普通高等教育精品教材

普通高等教育"十一五"国家级规划教材

iCourse·教材

国家级精品资源共享课程配套教材

全国优秀教材
二等奖

比较文学

Bijiao Wenxue

（第三版）

胡亚敏　编著

高等教育出版社·北京

内容简介

本书为国家级规划教材和教育部普通高等教育精品教材。本教材系统阐述了比较文学的基础理论和研究方法，从跨文化和跨学科的角度具体分析了中外文学和文化现象，有助于读者拓宽视野，更新方法，扩展知识结构。本教材涉猎广博，结构清晰，语言明快，深入浅出，易于教学和自学，主要面向高等学校文学专业学生，也可供高等学校通识课使用。

图书在版编目（CIP）数据

比较文学 / 胡亚敏编著. -- 新1版. -- 北京 : 高等教育出版社，2016.5（2025.11重印）
ISBN 978-7-04-044802-3

Ⅰ. ①比… Ⅱ. ①胡… Ⅲ. ①比较文学-高等学校-教材 Ⅳ. ①I0-03

中国版本图书馆CIP数据核字（2016）第020584号

策划编辑 刘新英　　责任编辑 刘新英　　封面设计 王 鹏　　版式设计 马 云
责任校对 高 歌　　责任印制 存 怡

出版发行 高等教育出版社
社　　址 北京市西城区德外大街4号
邮政编码 100120
印　　刷 肥城新华印刷有限公司
开　　本 787 mm×960 mm 1/16
印　　张 16.25
字　　数 290千字
购书热线 010-58581118
咨询电话 400-810-0598
网　　址 http://www.hep.edu.cn
　　　　 http://www.hep.com.cn
网上订购 http://www.hepmall.com.cn
　　　　 http://www.hepmall.com
　　　　 http://www.hepmall.cn
版　　次 2016年5月第1版
印　　次 2025年11月第2次印刷
定　　价 27.20元

物 料 号 44802-A0

目 录

绪论

比较文学(Comparative Literature)作为一门新型学科,诞生不过百年左右,但它已在世界文坛站稳了脚跟,并以其独特的理论建树和研究方法,引导人们在更广阔的背景下认识文学,在文学研究和文化交流中发挥着越来越重要的作用。

一、什么是比较文学 *

给比较文学下定义是一件困难的事情。一些比较文学家认为比较文学这个词本身就是当初未起好的名称,容易造成误解。韦勒克认为,“比较是所有的批评和科学都使用的方法,它无论如何也不能充分地叙述文学研究的特殊过程”。[①] 并且由于各国对“比较文学”一词在表达和翻译上的差异,使其所强调的重点也有所区别。如“比较文学”中的“比较”在法语中是过去分词(comparēe),它暗指的是文学史上曾经发生过的各国文学关系;在英国,“Comparative”是“Literature”的修饰语,是作为形容词使用的;而在中国,“汉语中的‘比较’二字更容易让人想到比较的动作,同时,汉语中比较文学一词字面上也没有文学研究的含义”[②]。尽管各国对比较文学的理解不尽相同,但由于语言本身的契约性,“比较文学”这一概念已在世界各国约定俗成,人们普遍接受了这一简略说法。在本书中,“比较文学”中的“比较”一词被理解为方法的代名词,它包括考证、演绎、统计、对比等多种方法;“文学”在这里也是广义的,它不仅仅指作品,也包括文学史、文学理论和批评等,具有文学的综合性研究之意。

给比较文学下定义的困难不仅仅在于它的名称,更在于它发展过程中的动态性质。比较文学研究对象和方法的开放性,使任何对它的概括都显得力不从心。美国学者勃洛克在《比较文学的新动向》一文中指出:“我认为任何给比较文学下精确细致的定义,把它上升为一种准科学体系或者把比较文学家同其他

* 请访问爱课程网→资源共享课→比较文学 / 胡亚敏→第一章:绪论→教学录像(00:00:45-00:09:22)

① [美]韦勒克、沃伦:《文学理论》,刘象愚等译,生活·读书·新知三联书店 1984 年版,第 40 页。

② 乐黛云等:《比较文学原理新编》,北京大学出版社 1998 年版,第 63 页。

学者分开的企图都是不妥当的。”① 但是要从事理论研究，概念的界定又是不可缺少的，每一研究都需要有自己的基点，需要划界，这就构成了给比较文学下定义的悖论。北京大学乐黛云为《中国大百科全书》撰写的“比较文学”词条是这样界定的：

> 比较文学是兴起于19世纪末、20世纪初的文学研究的一个分支。它是历史地比较研究两种以上的民族文学之间相互作用的过程、文学与其他艺术形式以及其他意识形态相互关系的学科。

这是一种描述性的且兼收并蓄的定义，主要说明了比较文学的历史发展及研究范围。这一定义虽在中国被普遍接受，但还缺乏明确的区别性的内涵特征。我们不得不承认，任何定义都是一种片面，确定事物的某种性质必然以忽略该事物其他方面的性质为代价。随着人们对比较文学认识的深化，更多的比较文学定义将会不断出现。

二、学习比较文学的意义和作用 *

比较文学是文学教育中最具国际性的一门课程，联合国教科文组织的“教育的国际标准分类”对比较文学这门学科的学历层次、研究内容作了十分具体的规定。在我国，“比较文学与世界文学”为中国语言文学的二级学科，比较文学课程成为中文系学生的必修课之一。比较文学在人才培养和文化交流等方面具有重要意义，下面仅从文学研究的角度谈谈学习比较文学的必要性。

（一）有助于研究视野的拓展和治学方法的改进

比较文学是以一种跨越国界的视野研究文学现象及其相关的文化现象的，它的基本精神是将全世界的文学视为一个整体，把各国文学置于一个整体结构中加以认识和比较，从两种或多种文化体系上观察文学现象，发现文学之间以及文学与其他人类活动领域之间的种种关系，从中揭示和把握文学的规律和联系。杜甫诗曰：“会当凌绝顶，一览众山小。”比较文学犹如为我们提供一副望远镜，它使我们的视野更加宏阔。在思维方式上，比较文学提倡多元思维，或曰立体思维，即从线形转向发散，注重文学的多方面联系。法国结构马克思主义学派的代表人物阿尔都塞认为，社会的发展是由多种因素决定的，历史现象或事件从来就不是只有一个因素起作用，而是有众多原因，要全面描述某一历史时期，就必须看到历史现象的错综复杂性。文学的发展也是如此，纵观各国文学史，其发展就不仅仅是

① ［美］勃洛克：《比较文学的新动向》，施康强译，见干永昌、廖鸿钧、倪蕊琴选编：《比较文学研究译文集》，上海译文出版社1985年版，第196页。

* **请访问爱课程网→资源共享课→比较文学／胡亚敏→第一章：绪论→教学录像（00:09:23-00:24:08）**

纵向的历史继承,也有横向的多因素的渗透,以及文学与社会其他各层面的互动。

这种整体化的视野和思维方式必然带来研究方法上的改进。传统的文学研究立足于国别文学,将对象限定在一个特定范围之内。人们习惯于用切割的方式,先以国别为界将各国文学分割开来,再以历史分期为线将国别文学又加以划分,以致最后人们的注意力仅仅停留在某一时期某一作家甚至某一部作品上,这是一种原子论的研究方法。这种研究有助于对对象的深入开掘,但由于分工过细,使文学之间缺乏贯通。比较文学则采用一种联系的和比较的方式,在世界范围内考察文学现象。王元化的《文心雕龙创作论》一书在这方面作了有益的探索。在研究方法上,王元化打破了传统的以古证古,单纯地关注背景、源流、注释的研究方法,有意识地把中国古代文论同马列文论、西方文论对照着研究,由此使他在《文心雕龙》的研究上取得了一定的突破。钱锺书的《管锥编》也是采用这种联系和比较的方式。在讨论一个问题时,他常常古今中外地旁征博引,以期说明那"无心契合"而"会心不远"的共同文心。

(二) 有助于更深入地研究本国文学和外国文学

比较文学的一个重要功能是为文学研究提供了"他者"的立场和眼光,这对于研究中国文学与外国文学都很有启发。比较文学侧重于以世界文学为背景,以他国文学为参照,重新认识和评价本国文学。

中国文学要在世界文坛寻找自己的位置,要了解不同于其他民族文学的地方,都需要借助比较文学的视野。通过对本国文学与外国文学之间的联系、异同的比较研究,可以使我们对本国文学和外国文学的艺术价值的判断有一个参照系,从而有效地避免盲目排外和盲目崇洋的倾向。例如,只有把《离骚》《红楼梦》《西游记》《三国演义》《聊斋志异》,还有李白、杜甫的诗歌等作品与世界文学中的一流作品加以比较,才能向世界展示出它们的美学价值。同样,在将中国文学与相似的外国作品作比较时,也可以看出外国作品的价值和特性,如将《红楼梦》与普鲁斯特的《追忆逝水年华》加以比较,就使得我们对《追忆逝水年华》的艺术成就有了更深切的把握。其他中西叙事作品的比较也是如此,人们在映照中对中西的叙事艺术特征及得失会有更为清楚的认识。《十九世纪文学主流》的作者勃兰兑斯曾对这种比较研究作了形象的描述:"这样的比较研究有两重好处,一是把外国文学摆在我们跟前,便于我们吸收,一是把我们自己的文学摆到一定距离,使我们对它获得更符合实际的认识。"[1] 此外,为了更好地了解一部作品的意义和贡献,还可以考察一下作品在国外的流传情况,如范存忠的《赵氏孤

① [丹麦]勃兰兑斯:《十九世纪文学主流》(第一分册),张道真译,人民文学出版社 1997 年版,第 1 页。

儿杂剧在启蒙时期的英国》[1] 就是一个范例。通过这些研究,我们可以多方位地观照文学和文化,从而更全面地把握文学的价值,对作家作品也将有更深入的理解。

(三)有助于更清楚地认识中外文学史和文学理论

自人类文明产生以来,一个民族的文化、文学不可避免地受到其他民族文化、文学的影响,同时也会对其他民族的文化、文学产生影响。从比较文学的眼光看,一个民族的文学发展历史就是不断与世界各国文学交流、吸收和改造的历史。比较文学介入文学史,研究的重点是文学史上的外来渗透和对外影响。首先需要考察外来文化、文学对本国文学的影响。就中国文学史而言,我们可以研究魏晋时期印度的佛教、音韵学、文学对中国的影响,唐以来西亚文化对中国的影响等,以丰富中国文学史的研究。郑振铎说:"因为受了印度文学的影响,我们乃于单纯的诗歌和散文之外,产生出许多伟大的新文体,像变文,像诸宫调等等出来。在思想方面,在题材方面,我们也受到不少从印度来的恩惠。我们可以说,如果没有中印的结婚,如果佛教文学不输入中国,我们的中世纪文学可能是完全不相同的一种发展情况。"[2] 另一方面,若放眼中国文学对外国的影响,也会看到中国文学的辉煌。这种新的文学史将既包含本文化系统的纵向发展,又包含对他种文化系统横向吸取和改造而形成的新质。

就理论建构而言,文学的共同规律也不可能在一个封闭的文化体系内完成,必须在各种文化体系的对话中寻求。只有将不同民族的文学现象加以综合考虑,才能面对和解决文学上的一些共同问题。正是在这些意义上,杨周翰认为:

> 我想比较文学能起到的作用大致有两个方面。一是对文学史起的作用。一个民族的文学不可能在完全封闭状态中发展,往往要受到外国文学的影响。因此,要说清楚本国文学的发展,不可能不涉及外国文学。同时,为了说明本国文学的特点,也须要同外国文学对比,这种对比不一定是明比,而是意识到本国文学与外国文学的不同之处。第二,比较文学的目的还在于通过不同民族文学的比较研究来探讨一些普通的文学理论问题。这两个目的都是一国文学的内部比较所无法达到的。[3]

(四)有助于促进各国文学和文化的联系与交流

比较文学是伴随着资本主义开拓世界市场的历程诞生的,是在文学和文化交流的基础上发展起来的,在人文学科中,比较文学处于文化沟通的前列,它的

---

① 参见张隆溪、温儒敏编选:《比较文学论文集》,北京大学出版社 1984 年版,第 83—121 页。

② 郑振铎:《插图本中国文学史》(上),北京出版社 1999 年版,第 168 页。

③ 杨周翰:《镜子与七巧板》,中国社会科学出版社 1990 年版,第 3 页。

一个重要使命就是促进各国文学和文化的联系和交流,在世界各国文学之间架起一座理解和沟通的桥梁。

当今是一个文化交流空前频繁的时代,无论是文学创作,还是文学理论与批评,都不可能是一种孤立的文化现象,往往一旦问世,就借助各种媒介广泛传播。就我国而言,首先面临的是如何有效地吸收外来文化和文学的问题。毋庸讳言,我国近代以来的文学创作、文学批评都深受西方文学和理论的影响。如何在中西文学和文化的碰撞、交汇中建构中国自身的话语体系是人们思考的一个中心问题。而要有效地研究和建设20世纪中国的文学与理论,就必须借助比较文学的理论和方法,才能更好地厘清我国当代理论的构成。可以说,在今天,试图封闭"自足"地研究中国当代文学创作和文学理论已经不可能了。

我国的文学研究在向世界敞开大门的同时,也有责任把中国的文学与理论推向世界,参与世界文坛的对话,让其他国家的人们对中国有进一步的了解。我国丰富的文学遗产应该进入世界文学的殿堂,为世界各国人民所共享;我国传统的文学理论和批评也应成为世界正在寻求的文学理论综合构架的重要组成部分,这一切都必须借助比较文学的话语。而在这方面,我们做得远远不够。世界对中国的了解特别是对中国文学和文艺理论的了解非常有限,而这有限的了解中又有一部分是虚假的或扭曲的"幻景"。有些作品在西方获得声誉的一个重要原因是它们在一定程度上迎合了西方人眼中的东方形象,仿佛在证明西方人对东方人想象的合理性。在经济全球化的大趋势下,如何既防止或避免文化帝国主义(或曰一体化)之单极文化的发生,又遏止文化观念上盲目自守、拒绝对话,否认先进与落后、缺乏自我更新等狭隘文化部落主义的生成,是摆在比较文学面前的一个严峻的课题。

比较文学并不追求某种终极意义,而是通过联系与比较,寻求不同文化的理解与和谐共处。一方面,使各国人民了解和熟悉他国文学与文化,分享他国文学与文化的成果,消除陌生感,减少敌意;另一方面,借助他者的眼光,重新认识和评价自身文学和文化的特色,使之更加充实和丰富,这就是比较文学的任务。从某种意义上讲,各民族文化的相互理解就是比较文学的目的。比较文学学者弗朗索瓦·于连说,穿越中国是为了更好地阅读希腊,我们也可以说,穿越西方也是为了更好地认识中国。

三、比较学者的素养 *

比较文学是一门涉及面广、难度大的学科。从事比较文学需要广阔、扎实的

* 请访问爱课程网→资源共享课→比较文学/胡亚敏→第一章:绪论→教学录像(00:24:09-00:38:09)

知识和合理的知识结构,需要缜密的思辨力、敏锐的感受力,尤其是对文学美的领悟力。法国比较文学家艾金伯勒在《比较文学的目的,方法,规划》一文中表达了对"理想的比较学者"的殷切希望:"我希望我们的比较学者……除了受到一个历史学学者应受的训练外,我也希望他受到一个社会学学者应受的训练,我甚至不去阻止他接触总体文化。此外,他应该具备他所选择的那个时期有关造型艺术和音乐的较完备的知识,而不满足于一知半解,以便能在这方面产生他自己的见解!"并且"在不久的将来,处于最理想状态的比较学者会是这种人:具有极为广泛的爱好,通晓几种将在2000年前后用来写作的最重要的语言,并且具有对文学的美的深切体会"。总之,"我希望我们的比较学者尽可能博学多闻;我甚至希望他具有百科全书编纂者那样的雄心,狄德罗那样的雄心"。① 比较学者需要多方面的知识和训练,其中主要有以下五点:

首先,比较学者应该掌握比较文学的理论和方法。比较文学并不是将两部作品随意拿来比较一通就大功告成的,它有自己的原则和方法。必须认真地学习比较文学的基本原理,了解比较文学的历史和性质,掌握比较文学的基本方法。只有建立在理论自觉的基础上,才能从事科学的比较文学研究。

第二,比较学者应尽可能地熟悉本国文学和外国文学。比较文学研究的是文学关系,没有深厚的文学素养是难以胜任的。而从事比较文学研究的特殊性还在于比较学者不仅要了解本国文学,而且要了解外国文学,仅熟悉一方是不可能进行真正的比较文学研究的,即便贸然行事,也不可能做出准确的判断。因此,努力并深入学习两国或两国以上的文学,是对比较学者的又一基本要求。

第三,比较学者应具备深厚的文化素养和丰富的历史知识。各国文学都有自己的文化传统,都是一定时代的产物。要进行可靠的比较研究,必须对研究对象的文化背景和历史传统有深入的认识,否则就会失之片面或空泛。如研究中西古典爱情小说时,我们发现,中国的才子佳人小说与西方的骑士传奇中女子的择偶标准很不相同,中国深闺里的小姐希冀的是满腹经纶的才子,而西方的小姐或贵夫人则渴望勇武之士,由此折射出不同民族或文化源远流长的政治制度上的差异。中国历代实行文官治政,以科举取士,而西方靠功业封地,崇尚武功。封建社会女子婚嫁图的是终生有靠,中西方男人在社会上的不同地位和实力构成了中西女子择偶标准的区别。这一解释已经深入不同民族的文化根源。由此可见,要从事比较文学研究,需要掌握比较广博的历史文化知识,并进行艰苦的思考。

第四,比较学者应努力掌握多种语言。对于中国学者来说,除自己的母语

① [法]艾金伯勒:《比较文学的目的,方法,规划》,戴耘译,见干永昌、廖鸿钧、倪蕊琴选编:《比较文学研究译文集》,上海译文出版社1985年版,第106—108页。

外，至少应掌握一门外语。人类各种语言之间，有其可译的一面，也有其不可译的一面。语言往往根植于文化传统之中，语言中的文化沉淀是造成其不可译的根源。为了更好地理解和比较两个对象的特质，比较学者最好掌握第一手资料，仅靠翻译是难解其中味的。这种情况在中西诗歌研究中尤为突出，中国一些很隽永的古典诗词一译成外文，就几乎完全失去了原诗所蕴含的韵味。

第五，比较学者应了解其他艺术形式、其他意识形态乃至整个文化领域的知识。这是人们对比较文学寄予的厚望。钱锺书曾倡导“打通”法，这种“打通”不仅表现在文学范围内地域、时代、文类界限的打破，而且推向整个文化领域，体现为各个学科门类的汇通。这种突破学科界限研究文学的视野对比较学者提出了更高的要求。

可以说，比较文学所要求的知识结构似乎构成了对人的智力的挑战，也唯其如此，比较文学才显得更有魅力。美国比较文学教授勃洛克在《比较文学的新动向》一文中充满激情地说：“当前没有任何一个文学研究领域能比比较文学更引起人们的兴趣或有更加远大的前途；任何领域都不会比比较文学提出更严的要求或更加令人眷恋。”[①] 在从事比较文学中，我们深深体会到：人生苦短，学海无涯。

专栏

专栏 1

教科文组织的“教育的国际标准分类”一文着意把我们学科的“研究水平和规划”总结成为三段……

一般至少在修满中等教育后方可修比较文学学科，它设有下列学位：文学学士、文学硕士和博士，或其他同等学位。授课方式主要有：课堂讲授、座谈会、小组讨论和研究。

学士学位的课程主要研究国际文学关系和文化关系。其主要课程内容通常包括以下几个方面：作家和作品在其诞生地以外的国家流传、接受和所产生的影响的情况；国际文学运动的传播和演化；类别、主题和题材的特征及相互关系；民间文学和民间传说；批评；美学；文学之间的媒介和关

① ［美］勃洛克：《比较文学的新动向》，施康强译，见干永昌、廖鸿钧、倪蕊琴选编：《比较文学研究译文集》，上海译文出版社 1985 年版，第 206 页。

系，以及文学和其他学科之间的关系。背景知识一般包括历史、社会科学和行为科学、哲学、宗教、神学和自然科学。

研究生学位的课程主要是关于国际关系和文化关系的高级研究。重点放在研究工作上，以学术论文为考查依据。课程和研究项目所涉及的主要内容包括：国际文学运动的起源和演变、民间文学和民间传说、批评、美学、媒介、史诗、传奇、悲剧、喜剧、现代戏剧、当代小说、比较文学研究问题、文学研究中的比较法、当代文学的势力和比较文学中的研究技巧。

［美］克莱门茨：《比较文学的渊源和定义》，黄源深译，见干永昌、廖鸿钧、倪蕊琴选编：《比较文学研究译文集》，上海译文出版社 1985 年版，第 232 页。

专栏 2

不同文明的接触，以往常常成为人类进步里程碑。希腊学习埃及，罗马学习希腊，阿拉伯学习罗马。中世纪的欧洲学习阿拉伯，文艺复兴时期的欧洲学习东罗马帝国。学生胜于老师的先例有不少。至于中国，如果我们视之为学生，可能又是一例。事实上，我们要向他们学习的东西与他们要向我们学习的东西一样多，但我们的学习机会却少得多。如果我把中国人当成我们的学生，而不是相反的话，只是因为我害怕我们是不可教育的。

［英］罗素：《中国问题》，秦悦译，学林出版社 1996 年版，第 146 页。

专栏 3

我们必须综合，除非我们宁愿让文学研究永远支离破碎。只要我们有雄心加入人类的精神生活和情感生活，我们就必须随时把文学研究中得出的见解和成果集中起来，把有意义的结论贡献给别的学科，贡献给全民族和全世界。匆匆忙忙下概括判断的确是危险的，但人们往往借口有这种危险而畏缩不前。“我们必须等所有的材料都收集完全。”可是我们明明知道，所有的材料永远也不可能收集完全。哪怕有一代人确实做到把关于某个作家或某个问题的所有材料都集中起来了，这些“事实材料”也一定而且应当会被不同的一代代人作出不同的解释。学术研究必须适当地审慎，但却不应该被不现实的求全责备弄得一事无成。

[美]亨利·雷马克：《比较文学的定义和功用》，张隆溪译，见张隆溪选编：《比较文学译文集》，北京大学出版社 1982 年版，第 3 页。

专栏 4

比较文学是一种探讨的方法，是对各种假设的论证、对文本提出质疑的方式。作为出发点，应提出这样的一个带有根本性的问题，它也许可以把比较文学跟其他“比较”学科区别开来：当根植于某种文化（其自身的文化）的人的意识面对作为另一种文化的表现形式及组成部分的作品时会发生什么情况呢？

[法]伊夫·谢弗勒：《比较文学》，王炳东译，商务印书馆 2007 年版，第 10 页。

专栏 5

不论每个比较文学家对文学及生命的探讨方式如何，幸而它包括以下的一些共同点：一种对其他文学与不同的表达方式的伟大开放性与主动接受性，对各种文学关系（尤其是关系甚少者）不屈不挠的探究精神与敏感性；根据坚定的原则，对知识的不断整合；戮力国际化和真正扩展西方人对比较文学的狭隘观念；末了，也是最重要的，不断地发展从事比较性思考的思维习惯。

[美]李达三：《比较文学研究的思维习惯》，见李达三：《比较文学研究之新方向》，台湾联经出版事业公司 1982 年版，第 195 页。

专栏 6

异日发明光大我国之学术者，必在兼通世界学术之人，而不在一孔之陋儒固可决也。

…… ……

夫尊孔、孟之道，莫若发明光大之，而发明光大之之道，又莫若兼究外国之学说。

王国维：《奏定经学科大学文学科大学章程书后》，见《王国维文集》第三卷，中国文史出版社 1997 年版，第 71—72 页。

思考题

1. 谈谈比较文学与文学比较的区别。
2. 学习比较文学对治学方法有何启示？

进一步阅读

1. [法]巴登斯贝格：《比较文学：名称与实质》，徐鸿译，见干永昌、廖鸿钧、倪蕊琴选编：《比较文学研究译文集》，上海译文出版社 1985 年版。
2. [美]韦勒克：《比较文学的名称与性质》，黄源深译，见干永昌、廖鸿钧、倪蕊琴选编：《比较文学研究译文集》，上海译文出版社 1985 年版。
3. 李赋宁：《什么是比较文学？》，见北京大学比较文学研究所、《中国比较文学年鉴》编委会编：《中国比较文学年鉴 1986》，北京大学出版社 1987 年版。
4. 张隆溪：《钱锺书谈比较文学与“文学比较”》，载《读书》1981 年第 10 期。

第一编　比较文学的历史和性质

第一章　比较文学的历史

比较文学的诞生与资本主义的发展和浪漫主义文学思潮的兴起有关。一百多年来，比较文学在其形成和发展过程中先后出现不同学派。目前，比较文学已成为具有世界规模的人文学科分支和文学研究的重要领域，东西方文学的交流和对话构成了比较文学发展的新阶段。

第一节　比较文学的诞生

美国比较文学家克莱门茨（R.J.Clements）在《比较文学学科》一书第一章开篇指出："对几国民族文学的比较，远在比较文学成为受原则和方法所制约的一门科学和学科之前，就已经开始了。"比较的手段在西方文学史上由来已久，古罗马贺拉斯在《诗艺》中曾将古希腊文学与罗马文学作过比较；文艺复兴时期意大利人文主义者将古希腊、拉丁文献与中世纪文化加以比较；这些研究虽然采用了比较的方法，但由于缺乏自觉的理论意识，故不能称其为比较文学。

一、比较文学产生的历史背景 *

真正意义上的比较文学产生于19世纪末，它的出现与19世纪整个社会的经济、文化环境有着密切关系。

首先，比较文学的诞生与资本主义的发展及其相伴的世界主义意识直接相关。资本主义的本质就是要不断开拓世界市场，获取最大利润。资本主义的生产方式不仅促进了各国之间经济和商业的联系和交往，而且促进了各国之间的文化交流。马克思、恩格斯在《共产党宣言》中指出："资产阶级，由于开拓了世界市场，使一切国家的生产和消费都成为世界性的了。……旧的、靠本国产品来满足的需要，被新的、要靠极其遥远的国家和地带的产品来满足的需要所代替

* 请访问爱课程网→资源共享课→比较文学 / 胡亚敏→第二章：比较文学的历史→教学录像（00:01:20-00:05:17）

了。过去那种地方的和民族的自给自足和闭关自守状态，被各民族的各方面的互相往来和各方面的互相依赖所代替了。物质的生产是如此，精神的生产也是如此。各民族的精神产品成了公共的财产。民族的片面性和局限性日益成为不可能，于是由许多种民族的和地方的文学形成了一种世界的文学。"[①] 这段话言简意赅地说明了比较文学形成的物质基础和社会根源。

其次，18 世纪下半叶和 19 世纪初叶席卷全欧的浪漫主义文学思潮和世界主义文学的觉醒为比较文学的诞生准备了文学土壤。尽管文艺复兴运动和启蒙运动都带有全欧性质，如伏尔泰的《论史诗》(1733) 主张从各民族史诗的语言风格和时代风尚中探寻史诗的共同法则和鉴赏标准，倡导吸收各民族文学长处等，这些观点都已具有比较文学的因素。随着浪漫主义运动的高涨，各民族文学之间出现了互相交流和融会的更大的趋势。莎士比亚、但丁、拜伦、雪莱、歌德、席勒、雨果等人的作品被译成各种文字在欧洲大陆流传，成为欧洲各国共同的文化财富。同时，浪漫主义文学作品中所采用的国际性题材及其体现的开阔的文学视野也显示出一种新的文学意识。重视民间文学研究是当时欧洲浪漫主义文艺思潮的又一重要特征。德国狂飙突进运动的代表人物赫尔德于 1777 年至 1778 年编辑的《民歌》，(后更名为《诗歌中各族人民的声音》，*The Voices of Peoples in Songs*)，实际上就是一部世界文学作品选，在一定程度上促进了文学的比较研究。在浪漫主义运动中出现的对民间文学的搜集、分类、对比的做法直接促成后来民间文学中采用比较法编订故事类型及其所孕育的主题学的萌芽。在文艺理论方面，施莱格尔兄弟、斯达尔夫人等文艺理论批评家有意识地用比较的眼光和方法阐述各国文学中环境、精神、风格上的差异，他们的研究为比较文学的形成提供了思路和范例。与此同时，文学史家也力图对欧洲各国文学作大规模的比较和综合。英国文学史家亨利·哈勒姆(Henry Hallam)因《15、16、17 世纪欧洲文学导论》(*Introduction to the Literature of Europe in the 15th, 16th, and 17th Centuries*)一书而被称为是"英国第一位以比较历史的方法研究文学的人"。关于浪漫主义与比较文学的关系，日本比较学者大冢幸男指出："十八世纪至十九世纪初期掀起的浪漫主义潮流，因其国际性特征的缘由，形成了即便是在研究一国文学之际，也不能无视它同外国文学关系的风气。这样，便催发了比较文学这门新兴学科的萌生。"[②]

在这场浪漫主义运动中，特别要提及的是斯达尔夫人的两部著作——《论文学》和《论德意志》。这两部书既是浪漫主义的理论著作，又是比较文学的开山之作。在《论文学》中，斯达尔夫人把欧洲文学分为南方文学和北方文学，前

① 马克思、恩格斯:《共产党宣言》，见《马克思恩格斯文集》第 2 卷，人民出版社 2009 年版，第 35 页。
② ［日］大冢幸男:《比较文学原理》，陈秋峰、杨国华译，陕西人民出版社 1985 年版，第 12—13 页。

者以希腊、意大利、西班牙、法国等国家为代表，后者以英国、德国、丹麦、瑞典等为代表。斯达尔夫人是一个环境决定论者，她从地理位置入手，分析了南北的差异。她认为欧洲南方气候清新，又有较多的丛林溪流，大自然形象丰富，因此人们能够感受到生活的乐趣，大多乐于享受而不耐思考，且感情奔放，与女性交往很少拘束。在这样的环境下，南方人一方面可以忍受奴役，另一方面又从自然的美和艺术的爱中获得一种补偿。而北方土地贫瘠，气候阴沉多云，人们易于产生生命的忧郁感和哲学的沉思，他们具有独立意志，不能忍受奴役，尊重女性，盛行于北方的基督教（新教）也有助于人性的培养。斯达尔夫人很赞赏北方文学中所体现的哲学思想和独立意志。在这部著作中，斯达尔夫人把文学放在超越国界的空间中，从社会、环境、宗教等方面来考察各国文学特征，这一视野对法国比较文学的兴起有着重要的启迪作用。

第三，比较文学的兴起与19世纪自然科学、社会科学中边缘、交叉、关联学科的出现也有一定关系。在斯达尔夫人发表《论文学》的同时，比较解剖学的奠基人居维叶（Georges Cuvier，1765—1832）出版了著名的《比较解剖学》一书。当时还出现了《比较生理学》《比较语言学》《哲学系统比较史》等专著，这种比较的风气对文学研究中新分支的出现有影响和催生作用。

二、"比较文学"的萌芽

最早使用"比较文学"一词的是法国两位教师诺埃尔和拉普拉斯，他们于1816年出版了一部文学作品集，书名为《比较文学教程》。不过，他们只是选编了一些法国文学和英国文学的片断，故影响甚微。

在法国，使"比较文学"登堂入室的是维尔曼（Abel-Francois Villemain，1790—1870），他是法国著名的历史学家和文学批评家。维尔曼于1827年在巴黎大学开设了"18世纪法国作家对外国文学和欧洲思想的影响"的讲座，其中涉及的法国作家有孟德斯鸠、伏尔泰、狄德罗、卢梭等。两年后，其讲稿以《18世纪法国文学综览》的书名出版。在讲课和著书中，维尔曼多次使用"比较文学""比较历史"等词汇，并从理论和实践上为比较文学提供了范例。他在《法国文学论》的序言中说："渊源相同，曾在各时代相互交流融合的数种现代文学，此刻正在一所大学里首次作比较分析。"1838年，他在其讲稿的第三卷序言中正式使用了"比较文学"这个专门术语，后人因此尊他为"比较文学之父"。另一位被称为"比较文学的哥伦布"的人是法国文学史教授安培（J.J. Ampère，1800—1864）。1830年，安培在马赛任教，他把课程名称定为"各国文学的历史比较"（书出版时改为《法国中世纪文学史》），并在课堂上以及后来出版的著作中从理论上阐述了比较文学的方法，为比较文学史的建构作了开拓性的工作。此外，法国19世纪中叶出现了一批比较文学著作，如毕布克斯的《西班牙、法国比较文学史》、杜盖斯奈尔的《比较文学史教材》等，可见当时比较文学这个名称已在法国学术界流传开来。在后来的几十年间，英国、德国和意大利等国也有类似的研究。随着比较文学讲座的普遍开设和有关比较文学著作的翻译，"比较文学"这一名称也由法语译成相应的英语"comparative literature"及其他语言形式。

三、比较文学学科建立的标志

比较文学作为一门学科正式建立有以下几个标志：

1. 理论著述的问世。一门学科的产生，通常是以这门学科的理论专著的出版并冠以该学科名称作为标志的。1886 年英国学者波斯奈特（H.N. Posnett）的专著《比较文学》的出版标志着人们对这门学科的研究已进入自觉阶段。1899 年法国学者贝茨（Louis-Paul Betz）编订的《比较文学书目集》则在资料研究方面为比较文学学科奠定了基础。此外，其间还出现了一些比较文学期刊，如梅尔茨尔（Hugo von Meltzl）创办的《国际比较文学》（1877—1888）就力图通过"广泛的比较原则"推进文学史的改革。

2. 高校课程和机构的设置。比较文学作为学科的另一标志是进入大学课堂。1896 年法国学者戴克斯特（Joseph Texte）在里昂大学开设了比较文学讲座，他本人成为第一个比较文学教授，1897 年，巴黎大学邀请他去作了一系列关于比较文学的演讲，于是这门学科的名称及有关著作逐渐被高等学校和学术界所认可。1899 年美国哥伦比亚大学创立了第一个比较文学系，哈佛大学也于 1904 年设立了比较文学系。

3. 国际会议的召开。1900 年在巴黎召开的国际性学术会议把"各国文学的比较研究"正式列入议题，表明世界文坛对比较文学的承认。许多国家的学者已经认识到，比较文学已成为介于本国文学和外国文学之间的一个不可忽视的重要领域。

简言之，19 世纪末 20 世纪初，比较文学作为一门学科的地位已经确立。

第二节　比较文学的发展*

比较文学在其发展过程中形成了不同的学派，现按其发展阶段分别阐述。

---

* 请访问爱课程网→资源共享课→比较文学 / 胡亚敏→第二章：比较文学的历史→教学录像（00:08:34-00:21:24）

一、法国学派

最早出现的比较文学学派是法国学派，代表人物有巴登斯贝格（Fernand Baldensperger，1871—1958）、梵·第根（P. von Tieghem，1871—1948）、卡雷（Jean-Marie Carre，1887—1958）和基亚（Marius-françois Guyard，1921— ）等。

巴登斯贝格是第一个系统地采用考证方法研究外国文学对法国文学影响的学者。他治学态度认真，力主用充分的事实材料来支持他的结论，因而他的研究成果被认为是法国比较文学的典范。巴登斯贝格不仅写下了《歌德在法国》《巴尔扎克作品中的外来影响》等重要的比较文学著作，而且是一个卓越的组织者和领导者。1921 年，他和保尔·阿扎尔共同创办了法国《比较文学评论》杂志，并主持出版了《比较文学评论丛书》。1930 年，他在其他同仁的支持下，创建了巴黎大学的现代比较文学研究院。可以说，比较文学能在不长的时间里相继成为法国几所重要大学的正式学科，是与巴登斯贝格的努力分不开的。

第一位从理论上全面阐述法国学派观点的学者是梵·第根。他于 1931 年出版的《比较文学论》具体论述了比较文学的性质、方法和范围，全书共分为“导言：文学批评—文学史—比较文学”“比较文学之形成与发展”“比较文学之方法与成绩”“一般文学”[①] 四部分。在书中，梵·第根对比较文学作了如下界定：“真正的‘比较文学’的特质，正如一切历史科学的特质一样，是把尽可能多的来源不同的事实采纳在一起，以便充分地把每一个事实加以解释；是扩大认识的基础，以便找到尽可能多的种种结果的原因。总之，‘比较’这两个字应该摆脱了全部美学的涵义，而取得一个科学的涵义的。”[②] 他认为“比较文学的对象是本质地研究各国文学作品的相互关系”[③]。就欧洲而言，他认为主要有三类：希腊与拉丁文学之间的关系，中世纪以来近代文学与古代文学的关系，近代各国文学之间的关系。同时，他把考证作为比较文学不可缺少的手段：“比较文学家第一应该避免那些早熟的似是而非的批判；那些批评诱惑着心智，但它们的立脚点却是一些近似或一些错误，而它们又只会把人引导到空泛或不确的概论去。”[④] 梵·第根还十分详尽地设计了比较文学的研究框架，将影响研究的对象分为三种类型：放送者、接受者和传递者。他将比较文学的领域分为两类：一类是“物质”部分，包括“文体学”（Genologie）、“主题学”（Thematologie）；另一类是文学交流，包括“誉

① 一般文学（General Literature）又译总体文学，后一种译法在中国比较文学研究中更为常见。

② ［法］梵·第根：《比较文学论》，戴望舒译，上海商务印书馆 1937 年版，第 17 页。

③ ［法］梵·第根：《比较文学论》，戴望舒译，上海商务印书馆 1937 年版，第 61 页。

④ ［法］梵·第根：《比较文学论》，戴望舒译，上海商务印书馆 1937 年版，第 65 页。

舆学”(Doxologie)、“源流学”(Crenologie)、“媒介学”(Mesologie)。最后,他还对比较文学与总体文学的界限作了区分,提出研究两国文学关系的是比较文学,而研究两国以上文学关系的是总体文学。梵·第根的比较文学理论我们将在以后的相关部分做详细阐述。也许梵·第根的某些划分有失偏颇,但他的一些基本观点至今仍为比较文学研究所遵循。可以说,梵·第根不仅是法国学派的代表人物,而且是比较文学史上的一位杰出的理论家,他的《比较文学论》是每个从事比较文学研究的人必读书目之一。

卡雷和基亚承继了梵·第根的比较文学的理论观点,在1951年出版的《比较文学》一书中,基亚认为比较文学实际上是国际文学关系史,比较文学不是文学的比较,它研究的是文学关系,没有关系的地方就不属于比较文学的领域。基亚把比较文学的研究对象分为七类:媒介、体裁、主题、作家、渊源、思想动向、国与国之间的固有看法,从而进一步扩大了法国学派的研究范围,发展和完善了法国学派的理论。在基亚这本小册子中,最有影响的是法国比较文学家卡雷在为其写的简短的却是纲领性的前言中对“比较文学”的定义:

> 比较文学是文学史的分支:它研究国际性的精神联系,研究拜伦和普希金,歌德和卡莱尔,司各特和维尼之间的事实联系,研究不同文学的作家之间在作品、灵感,甚至生活方面的事实联系。①

这个定义代表了法国学派的基本主张和特征。法国学者具有较强的历史意识,不少法国比较文学家同时又是文学史家,他们把比较文学同文学史结合起来,将比较文学规定为文学史的一支,这是法国学派的一个重要特点。同时,法国学者深受实证主义哲学的影响,在从事比较文学研究中崇尚考证,强调“事实联系”,他们致力于描述、记录各国文学之间的实际联系,调查、追溯这种联系,注解、阐释这种联系,判断、确定这种联系。他们正是以这种严谨的治学精神核对、整理、分析、归纳欧洲文学史上种种有关文学关系的事实和材料,积累了大量的资料和丰富的经验,从而形成了一套完整的理论和方法,为比较文学这门学科的发展做出了重大贡献。

法国学派的优点和缺点、成功与失败均与这两个特点相关。正因为他们把眼光放在有直接关系的文学之间,所以其研究主要限于欧洲文化系统和文化遗产的范围内;同时由于他们过分拘泥于实证主义方法,强调事实联系和考证,因而忽视了对文学作品的美学分析;并且他们在考证中常常流露出法国文学优于其他国家文学的民族沙文主义情绪。这种状况已不能适应现代尤其是第二次世界大战以来世界政治、经济、文化的新格局和美学思想的变化,从而导致比较文

---

① 转引自干永昌、廖鸿钧、倪蕊琴选编:《比较文学译文集》,上海译文出版社1985年版,第11页。

学陷入方法论的危机。

二、美国学派

美国学派是在挑战法国学派中崛起的，代表人物有韦勒克（René Wellek 1903—1995）、雷马克（Henry H.H.Remark 1916—2009）、奥尔德里奇（Alfred Owen Aldredre，1915—2005）等。他们力图摆脱法国学派理论和方法上的束缚，在与法国学派的论争中提出了一些新的理论观点和主张。

1958 年 9 月，国际比较文学学会在美国北卡罗来纳州教堂山举行第二届年会。耶鲁大学教授韦勒克在会上作了题为“比较文学的危机”的具有轰动效应的发言，对法国学派作了尖锐的批评。韦勒克在报告中一针见血地指出，比较文学研究的“处境岌岌可危”，其主要表现是：一是没有确定明确的研究内容和专门的方法；二是机械地把比较文学局限于研究渊源和影响，以至于比较文学被降到附属学科的地位；三是比较文学中的文化民族主义动机使研究本身失去了应有的客观性，成为为本民族“争夺文化声誉的舌战”。为此，韦勒克逐一加以批判。首先，韦勒克反对法国学者把总体文学与比较文学分开的做法，认为法国学者把“陈旧过时的方法论包袱强加于比较文学研究，并压上 19 世纪事实主义、唯科学主义和历史相对主义的重荷”①。同时，他指责法国学者只从渊源和影响的因果角度考察民族与民族之间的文学关系，而不去探讨含有整体意义的文学规律。韦勒克还批评他们把比较文学变成“文化功劳簿”，力图证明“本国施与他国多方面的影响，或者用更加微妙的办法论证本国对一个外国大师的吸取和‘理解’胜过其他国家”②。由此，韦勒克呼吁比较文学研究者摒弃毫无生气的事实，去领悟文学作品的价值和本质，使文学作品本身成为研究的中心。韦勒克的发言被认为是美国学派的宣言书，它打破了法国学派“一统天下”的局面。

美国学者对比较文学的态度与美国国情有关。首先，美国学派对法国学派实证方法的质疑受到美国 20 世纪 40 年代兴起的新批评的影响。新批评反对以社会背景、文学传统、作者生平为研究中心的传统批评模式，认为文学文本不是为研究历史提供线索的文献，文学有其独特的审美价值，文学研究的对象是文学文本本身，从而主张通过对文学文本的细读来解释和理解文学。20 世纪四五十年代新批评成为美国各大学文学教学的主导力量，许多比较文学学者本人就是新批评的倡导者、追随者。从某种意义上讲，美国学派与法国学派的论战正是

① 干永昌、廖鸿钧、倪蕊琴选编：《比较文学研究译文集》，上海译文出版社 1985 年版，第 122—123 页。

② 干永昌、廖鸿钧、倪蕊琴选编：《比较文学研究译文集》，上海译文出版社 1985 年版，第 129 页。

20世纪文学理论中的形式主义批评与19世纪实证主义批评的对抗。同时，美国又是一个多种族的国家，居民来自世界各地，他们把各自的文化传统带进了这个“新世界”，由此形成了多元文化，这为突破原有的比较文学研究范围提供了相应的社会条件。还有，美国是一个只有二百多年历史的年轻国家，其早期作品大多只能算是英国文学在美国的翻版。可以说美国文学无法与早在美国诞生之前就拥有拉伯雷、高乃依、莫里哀、拉辛、伏尔泰、狄德罗、卢梭这样一支蔚为壮观的文学巨匠的法国文学相匹敌。如果仅限于影响研究，美国只能研究欧洲文学对美国的影响。为了改变这种被动局面，美国学者提出了“无债原则”，即民族文学之间不存在债权人和债务人的问题，并在此基础上表达了跨越时空从事平行研究的愿望。

美国学派在理论上有重大建树的是雷马克和奥尔德里奇。他们明确提出了“平行研究”和“跨学科研究”的主张。他们认为，比较文学除了研究具有直接事实联系的影响与流传、来源之外，还必须研究那些没有直接关系的文学现象之间的异同，并从中寻找文学的普遍规律。美国学者还进一步提出要研究文学与其他知识领域的关系，从而大大扩展了“比较文学”的范围，使这一学科进入综合性领域。美国比较文学家亨利·雷马克在《比较文学的定义和功用》一文中表达了他们对比较文学的理解：

> 比较文学是超出一国范围之外的文学研究，并且研究文学与其他知识和信仰领域之间的关系，包括艺术（如绘画、雕刻、建筑、音乐）、哲学、历史、社会科学（如政治、经济、社会学）、自然科学、宗教等等。简言之，比较文学是一国文学与另一国或多国文学的比较，是文学与人类其他表现领域的比较。[①]

这个定义突出了两点，一是将比较文学定位于文学研究，而不是史料研究；二是要求人们不仅要看到不同国家文学上的异同，而且要研究文学与其他学科的关系，从而扩大了比较文学的研究领域。

作为对法国学派的反拨，美国学派要求比较文学应关注文学的内部联系，强调文学的美学含义和文学批评的美学原则，以纠正比较文学所出现的只考证事实忽视文学特征的倾向，这一主张有其合理之处。雷马克说：“影响研究如果主要限于找出和证明某种影响的存在，却忽略更重要的艺术见解和评价问题，那么对于阐明文学作品的实质所做的贡献，就可能不及比较互相间并没有影响或重点不在于指出这种影响的各种对作家、作品、文体、倾向性、文学传统等等的研究。”[②] 这些宣称与当时美国文学批评领域中占主导地位的新批评相吻合，不过，

① 张隆溪选编：《比较文学译文集》，北京大学出版社1982年版，第1页。
② 张隆溪选编：《比较文学译文集》，北京大学出版社1982年版，第2页。

美国学派那无所不包的研究领域似乎又与韦勒克所宣称的"文学性"形成鲜明的反讽。美国学派对法国学派的批评是有力的,但自身理论建设则不够细密。它扩大了比较文学的范围,但其研究对象过于宽泛,其后果可能导致这一学科出现新的危机。

20世纪六七十年代以来,国际比较文学界出现了一种融合的趋势。大西洋两岸的学者在比较文学的论争中互相吸取对方的长处,认识逐渐趋于接近。1963年,法国巴黎大学比较文学教授艾金伯勒(René Étiemble,1909—2002)出版了《比较不是理由》的论著。他认为,比较文学是促进人们相互理解、有利于人类进步的事业,提出要发展这样一种比较文学:"将历史方法和批评精神结合起来,将案卷研究与'文本阐释'结合起来,将社会学家的审慎与美学家的大胆结合起来,从而最终一举赋予我们的学科以一种有价值的课题和一些恰当的方法。"艾金伯勒这部论著的出版被美国学者称为是"在一场学术论争的暴风雨过去后象征着学术界和平的彩虹"[①]。

三、俄苏学派

比较文学在俄苏经历了一段曲折的发展历程。以维谢洛夫斯基(Александр Николаевич Веселовский,1838—1906)为首的历史比较学派在俄国早期的比较文学研究中作出了独到的贡献。1917年到20世纪20年代末,苏联文坛上活跃着各种文学思潮,比较文学在这一时期也有一定的发展。20世纪30年代以后,苏联文艺界对西方比较文学持否定态度,在1953年出版的《苏联大百科全书》中,将比较文学解释为"19世纪后半叶出现的资产阶级文艺学的反动流派",指责国内从事比较文学的学者是资产阶级自由主义和"数典忘祖",是对西方的顶礼膜拜。1960年苏联举行的"各民族文学的联系和相互影响"的学术讨论会标志着苏联比较文学的重新崛起。20世纪60年代复兴的俄苏学派,其代表人物有日尔蒙斯基(Виктор Максимович Жирмунский,1891—1971)、阿列克谢耶夫(Василий Михайлович Алексеев,1881—1951)、康拉德(Николай Иосифович Конрад,1891—1970)等。

日尔蒙斯基的《对文学进行历史比较研究的问题》[②]一文比较集中地体现了俄苏学派的观点。他用比较文艺学取代比较文学,这一名称的变换实质上表明了对这一学科性质的定位,即他们将比较文学视为文艺学的一个组成部分,是文艺学在"统一与多样化中研究文学过程的一个有机方面",从而把比较文学纳入

---

① 干永昌、廖鸿钧、倪蕊琴选编:《比较文学研究译文集》,上海译文出版社1985年版,第18页。

② 干永昌、廖鸿钧、倪蕊琴选编:《比较文学研究译文集》,上海译文出版社1985年版,第285页。

马克思主义文艺研究的领域。日尔蒙斯基为1976年《苏联大百科全书》撰写的“比较文学”条目是：

> 历史比较文艺学是文学史的一个分支，它研究国际的文学联系和关系，研究世界各国文学艺术现象的相同点和不同点。文学事实相同，一方面可能出于社会和各民族文化发展相同，另一方面则可能出自各民族间文化和文学的接触；相应地区分为：文学过程的类型学类似和文学的联系与影响。两者通常相互为用，但不应将它们混为一谈。

这个定义体现了历史唯物主义的立场和观点，它指出，无论是“类型学类似”，还是“文学的联系与影响”，社会历史因素都起着决定性的作用。

从历史唯物主义的角度从事比较文学研究，这是俄苏学派比较文学理论中最精彩的部分。日尔蒙斯基指出，“比较也就是判明历史现象之间的异同以及对它们作出历史的解释”①。他认为，人类社会历史发展的过程具有某些一致性和规律性，意识形态领域里包括作为对现实的形象认识的文学，在不同民族的社会发展同一阶段会出现大量的类似，这正是历史地比较研究各民族文学的前提。同时，日尔蒙斯基又看到影响在比较文学中也具有重要作用，文学发展过程中类型学的吻合问题总是与国际间文学的相互影响和相互作用的问题错综交叉在一起的，影响的策源地则是由社会发展某一阶段的先进国家或地区轮番充当。不过，这种影响仍受到社会的制约，取决于民族、社会和文学发展的内在规律，换句话说，为了使影响成为可能，就必须存在需要这种思想输入的要求，必须有在一定社会、一定文学中多少已经定型的发展的类似倾向。在苏联学者那里，影响与类似得到了辩证的统一，而起主导作用的是类型学研究。

俄苏学派还进一步提出要扩大比较文学研究空间的问题，认为要把世界各国的文学关系包括东西方文学纳入研究轨道。苏联学者康拉德在《现代比较文艺学问题》一文中批评了欧美各国比较文学研究中的“欧洲中心论”，用实际例子证明，国际文学联系的范围远远超过欧洲，不仅西方文学在东方各国文学史上起过巨大作用，东方文学也为欧洲文学史的发展做出了贡献。

总之，俄苏学派的比较文学研究强调马克思主义的指导，侧重研究文学现象与社会发展的内在联系，重视东方文学和东西方文学的联系，这些特点使他们成为比较文学发展史上的又一重要派别。

此外，德国、英国、意大利、以色列以及东欧各国的学者在比较文学领域里也都有不同程度的建树。

---

① 干永昌、廖鸿钧、倪蕊琴选编：《比较文学研究译文集》，上海译文出版社1985年版，第285页。

第三节　中国比较文学的兴起

中国的比较文学是在中国近代中西文化和文学交流的大潮中，在欧洲比较文学的直接影响下兴起的。中国比较文学的发展经历了求索、引进等阶段，后期与俄苏学派相似，也由沉寂转向复兴。

一、中国比较文学的先驱 *

近代以来，民族的危机、文化的危机粉碎了中国上层人士长期形成的“天下之中”的优越感，激发了一批有识之士对中国传统文化的反思和寻求振兴中国良策的热情。中国比较文学正是在中西文化的碰撞和比较中孕育的。康有为、梁启超、严复、林纾等人对西方文化、文学的翻译和提倡，对中外文化、文学的比较，可视为中西文学比较研究在现代中国的滥觞。

在当时中西文化的大讨论中，严复所写的《论世变之亟》一文对中西文化的优劣得失解析得尤为犀利：

> 中国最重三纲，而西人首明平等；中国亲亲，而西人尚贤；中国以孝治天下，而西人以公治天下；中国尊主，而西人隆民；中国贵一道而同风，而西人喜党居而州处；中国多忌讳，而西人重讥评。其于财用也，中国重节流，而西人重开源；中国追淳朴，而西人求欢虞。其接物也，中国美谦屈，而西人务发舒；中国尚节文，而西人乐简易。其于为学也，中国夸多识，而西人尊新知。其于祸灾也，中国委天数，而西人恃人力。[①]

严复虽称未敢“分其优拙”，但其意显然，中国传统文化已经无法与西方近代文化相抗衡，不在社会观念和文化心理上来一番改造和更新，“徒塞一己之聪明以自欺”，只能“常受他族之侵侮，而莫可谁何”。严复主要是用西方文化之长来揭本国文化之短，这与当时的时代风气有关。一个民族当它意识到自己落后时，常用的方法是用其他民族的优点来针砭自身。

中国近代文学史上的另一个特殊人物——林纾不仅在翻译上开一代风气之先，而且在其译作序跋中，就中西小说的题材、结构、技巧和作家等方面也作了颇有深意的比较。他在《〈利俾瑟战血余腥录〉叙》中曾对中西的战争描写作了

---

* 请访问爱课程网→资源共享课→比较文学/胡亚敏→第二章：比较文学的历史→教学录像(00:21:50–00:27:35)

① 严复：《论世变之亟》，见卢云昆选编：《社会剧变与规范重建——严复文选》，上海远东出版社 1996 年版，第 5 页。

比较："余历观中史所记战事，但状军师之摅略，形胜之利便，未有瞻叙卒伍生死饥疲之态，及劳人思妇怨旷之情者……（是书）详叙拿破仑自墨斯科败后，募兵苦战利俾瑟逮于滑铁庐，中间以老鳖约瑟为纲，参与其妻格里林之恋别，俄、普、奥、瑞士合兵，法军之死战，兵间尺寸之事，无不周悉。"林纾感叹地说："嗟夫，法国文明，虽卒徒亦工纪述，而吾华乱中笔墨，虽求如《嘉定》《扬州》之记，亦不可复得矣。"[①] 林纾所言"中史"主要指我国历史著作，但他的这一看法也适合于中国演义小说。在中国的演义小说中，兵卒只是战争的陪衬和点缀，读者无法看清他们的面目，更无从了解他们的身世和心理。而西方战争小说比较注意战争的微观场面，普通士兵的情感和心理在作品中也有比较细致的描写。在比较优劣之时，林纾又指出，不必"心醉西风，黜华伸欧"，他希望"以彼新理，助我行文"，用西方的一些进步的文艺观来推动中国小说的变革。

中国现代文学的奠基人鲁迅在比较文学研究上也做出了开拓性的贡献，《摩罗诗力说》(1907)集中反映了鲁迅对西方浪漫主义文学的关注和对具有反抗品格的诗人的推崇。在这篇长文中鲁迅表示："意者欲扬宗邦之真大，首在审己，亦必知人，比较既周，爰生自觉。"在鲁迅看来，比较和对照是通向民族文化自觉和发展中国新文学的重要途径。基于这样的认识，鲁迅满腔热情地介绍了拜伦、雪莱、普希金、莱蒙托夫和密茨凯维支、裴多菲等浪漫主义诗人，赞扬他们"刚健不挠，抱诚守真；不取媚于群，以随顺旧俗；发为雄声，以起其国民之新生，而大其国于天下"的业绩。相比之下，鲁迅认为中国诗人如屈原虽能"放言无惮，为前人所不敢言"，但作品中"多芳菲凄恻之音，而反抗挑战，则终其篇未能见"，因此，鲁迅提出"别求新声于异邦"，学习那些摩罗诗人"立意在反抗，指归在动作"的勇敢精神。[②] 需要提及的是这一时期人们对文学的阐述往往与社会、政治问题联系在一起，这也许是时代使然。

二、中国比较文学的第一次兴起

在中国，"比较文学"的概念始见于"五四"时期。20 世纪 20 年代，一些在华任教的外国人和留学欧美、日本的中国学人，开始关注比较文学，其标志便是大学比较文学课程的开设。当时的清华大学成为中国比较文学的摇篮，1929 年至 1931 年，新批评派大师瑞恰兹(I.A.Richards)在清华大学任教，开设了"比较文学"和"文学批评"两门课程，这是中国的大学首次开设"比较文学"课程。当

---

① 林纾：《林纾诗文选》，曾宪辉选注，华东师范大学出版社 1990 年版，第 49—50 页。

② 以上引文均出自鲁迅《摩罗诗力说》，见《鲁迅全集》第 1 卷，人民文学出版社 1981 年版，第 65—99 页。

时清华大学中文系还开设了"当代比较小说""佛教翻译文学"等具有比较文学性质的选修课。而在这之前,从美国哈佛大学比较文学系获硕士学位归来的吴宓于1924年在东南大学开设了"中西诗之比较"等讲座。此外,中国当时的一些高校如北京大学、燕京大学、岭南大学等也相继开设了类似课程。

20世纪30年代,我国出现了一批有关比较文学的译著和论文,其中1930年傅东华翻译的罗力耶《比较文学史》和1937年戴望舒翻译的梵·第根《比较文学论》,是中国所翻译外国比较文学学者专著中的第一批,这两本书系统介绍了比较文学的历史、理论和方法,为比较文学的学科建设提供了理论支持。吴康的《比较文学绪论》(1935)则是我国最早的一篇专论比较文学的论文。

在中国比较文学发展初期,一批学人自觉地展开了中外文学比较研究,其代表人物有陈寅恪、吴宓、茅盾、周作人、郑振铎、朱光潜、闻一多、梁宗岱、陈铨等。他们引进西方文化和文学思潮,翻译介绍外国文学,并对中外文学关系做了开拓性探讨。在比较文学研究方面,他们或追溯中外文学的源流,或借他山之石观照中国文学,或考察中国文学的声誉,等等,取得不俗的成绩。如周作人的《文学上的俄国与中国》(1919),对中俄两国文学发展的进程、文化背景、国情作了比较考察;茅盾的《中国神话研究》(1925)运用西方比较神话学派的理论对中外神话的起源、类型、保存等作了比较研究,奠定了现代中国神话研究的基础;陈寅恪的《西游记玄奘弟子故事之演变》(1930)以严谨的考证方法揭示了孙悟空、猪八戒与印度佛教的关系,并通过渊源的考察来寻求故事演变的规律;而陈铨的《中国纯文学对德国文学的影响》(1934)则侧重论述中国文学对西方文学艺术的影响。这些中国比较文学初期的论文和论著如今已成为中国比较文学研究的经典之作。

三、中国比较文学的再度兴起

20世纪70年代末80年代初,随着对外开放和与世界各国文化交流的加强,比较文学在中国重新崛起①。1981年北京大学成立比较文学研究会,1985年中国比较文学学会在深圳成立。1979年,钱锺书《管锥编》的出版是中国比较文学兴盛的里程碑式的事件。《管锥编》前四册七百八十一则,围绕《周易正义》《毛诗正义》等古籍十种,引用了八百多位外国学者的一千四百多种著作,结合古今中外三千多位作家的创作,阐发了他的读书心得。《管锥编》的最大贡献是在纵横古今中西中总结文学规律,寻求共同的"诗心"和"文心"。在探寻这些规律时,

① 20世纪50年代到70年代,中国内地的比较文学相对沉寂,港台地区的比较文学于20世纪60年代后期开始兴盛。1973年,台湾比较文学学会成立;1978年,香港比较文学学会成立。

钱锺书大多从具体文学现象出发,而很少有演绎的推理。他用大量例证说明,在没有相互的传播、影响和因果关系的情况下,不同国度的作家、艺术家也能运用相似的技巧或创造出主题、情节、结构等方面机杼相似的作品,文艺理论家、批评家也能提出"心理攸同"的文艺见解来。《管锥编》的另一特点是突破了多种学术界限,包括时间、地域、学科、语言,"打通"了整个文学领域。他一方面继承了传统的治学方法,立足对古籍的注疏,另一方面又引进西方各学科的理论方法,如心理学、文化人类学、语义学、风格学等来论证文学现象。钱锺书坚信:"人文学科的各个对象彼此系连,交互映发,不但跨越国界,衔接时代,而且贯穿着不同的学科。"[①] 可以说,钱锺书的《管锥编》体现了比较文学作为一门最广阔、最开放、最无法归纳进任何文学研究体系中去的"边缘学科"的特征。

继《管锥编》后,不少比较文学的成果相继问世。宗白华的《美学散步》(1981)在比较美学及诗、画、戏剧等交叉学科方面有独到贡献。季羡林的《中印文化关系学史论文集》(1982)对中印文学关系作了详细的考察。金克木的《比较文化论集》(1984)着重比较了《梨俱吠陀》与《诗经》,并论及"符号学""诠释学"的运用。杨周翰出版了《攻玉集》(1984)和《十七世纪英国文学》(1985),前者以中国文学为参照系统,重新解释莎士比亚、弥尔顿、艾略特等欧洲作家,后者在国际文化的背景下,从作家、作品出发,研究断代的国别文学。朱光潜的《悲剧心理学》的中译本也于 1983 年出版,作者对西方悲剧理论的探讨和对东西悲剧观的比较独树一帜,这些成果显示了比较文学在中国复兴的实绩。

总之,20 世纪 80 年代以来,中国比较文学向着全面和深入的方向发展,其队伍不断扩大,并且,中国学者开始步入国际论坛,以积极的姿态参与国际学术界的理论对话。如今,中国比较文学已成为国际比较文学的一个重要组成部分。

四、中国比较文学的特点

中国的比较文学是在全球化语境下兴盛的,主张多元对话的跨文化研究成为中国比较文学的鲜明特色。与法国学派仅在欧洲文化背景下从事比较文学研究不同,中国比较文学一开始就意识到中西文化的隔绝和差异,主张采用跨文化的视野研究中外文学关系,这在 20 世纪初就已露端倪。并且,我国跨文化研究在找出差异之后更多的是强调文化整合而不是文化对抗,即所谓的"和而不同"。因此,促进异质文化的沟通和对话成为中国比较文学的特色和使命。

---

① 钱锺书:《诗可以怨》,见张隆溪、温儒敏编选:《比较文学论文集》,北京大学出版社 1984 年版,第 44 页。

双向阐发是中国比较文学的又一特点。“阐发法”是1976年由台湾学者提出来的，它是一种“援用西方文学理论与方法并加以考验、调整以用之于中国文学的研究”[①]的方法。不过，用西方理论阐发中国文学现象应该自王国维始，杨周翰认为，“我国早期学者多用外来的方法和理论来阐发中国文学，卓有成效。这个途径我觉得应当算做‘中国学派’的一个特点”[②]。杨周翰所说的“卓有成效”可能是指用异域理论来观照中国文学，可以发现中国文学的一些新层面。乐黛云在《中国比较文学的现状与前景》一文中进一步提出“双向阐发”的主张，即不仅用西方文学理论阐发中国文学理论和文学作品，而且也可以用中国的文论阐发西方的文学理论和文学作品。这种双向阐发更具平等和对话的精神。钱锺书的《管锥编》就是这种双向阐发的范例，他强调“邻壁之光，堪借照焉”，不仅运用西方文学理论来观照中国的文化心理和文学现象，而且将中国传统文学思想、理论和技巧与西方理论加以比较、印证和总结，以寻找创作心理、欣赏心理、主题、意境、风格或文学发展等方面的规律性，从而将代表古代中国精神生产成果的经史子集各类学科上升到美学的高度加以考察和评判。在这种双向阐发中，钱锺书还不客气地指出了某些外国学者在论述中国文论时不求甚解的错误。

中国比较文学的特点是与其不足联系在一起的。跨文化研究中如何处理文化与文学的关系，是一个需要认真对待的问题。阐发研究也存在一些弊端，双向阐发实质上是一种求同研究，它相对忽略了中西文学的差异；并且由于阐发研究大部分是求中国文学之同于西方理论，如果完全忽视不同民族的文学经验的差异而过度运用，将有削足适履之嫌。再则，尽管中国比较文学在最近几十年有较大的发展，但中国比较文学的理论主要来源于异域的成果，多是借鉴和综合，少有自己的新见。因此，中国的比较文学还需要结合中国的历史和现状，沉潜下来做艰苦的理论思考，去发现问题、研究问题，逐步形成自己的理论建构。也正因为如此，中国比较文学学科建设任重道远。

当前，国际比较文学界已经逐渐意识到第三世界文学发展的重要意义，东西方的比较文学研究越来越引起学者的兴趣和重视。美国哈佛大学比较文学系主任克劳迪·格伦说：“只有当世界把中国和欧美这两种伟大的文学结合起来理解和思考的时候，我们才能充分面对文学上的重大的理论问题。”[③]没有东西方文学的比较，特别是没有中国加入的比较文学研究是跛足的，东西方比较文学的勃兴将是比较文学的新阶段。

---

① 参见古添洪、陈慧桦：《比较文学的垦拓在台湾·序》，台湾东大图书有限公司1976年版。

② 杨周翰：《镜子与七巧板》，中国社会科学出版社1990年版，第8页。

③ 转引自卢惟庸：《西方比较文学研究的现状》，载《国外社会科学》1982年第1期。

第四节　比较文学兴盛的世纪特征

比较文学在全球的兴盛是历史的必然。当今世界正处于多元共生的时代，地球已变为休戚与共的整体。这种“全球意识”的形成为比较文学在20世纪的兴盛和21世纪的持续发展提供了良好的机遇和条件。

一、科技革命与时空感的变化

20世纪以来，人类对宇宙、社会和人自身的认识能力都有了很大的提高，随着科学的发展，特别是高科技的发达和迅速更新，极大地促进了社会的变化和经济的发展，今天的人们生活在一个与19世纪不完全相同的新的时空关系中，这种新的时空观为比较文学的兴盛提供了适宜的土壤。

（一）空间意识的强化

比较文学存在和发展的一个重要动力是人们了解异己的欲望和人们之间的接触与交流。现代科技极大地改变了社会交往的方式，为人们相互了解提供了更多的机会。“使地球变成全球经济村的两项重大发明为喷气式飞机和通讯卫星”①，地球在人们眼中变小了，乘坐喷气式飞机十几个小时就能抵达地球的另一端；“足不出户”地坐在电视机前，就可以看到世界各地的景观和身居要职的各国首脑；卫星通讯几乎覆盖全球，虽然相距遥远，但沟通不是问题。

20世纪下半叶互联网的出现，是人类社会发展史上又一次深刻的革命。互联网将全世界纳入它的系统之中，为人际交流提供了一个崭新的广阔平台，极大地推动了文化的传播和交流。随着信息传递方式的巨大改变，世界各地的人们之间的沟通变得十分便捷和广泛。空前流动的全球资讯可以越过一道又一道国家主权的门槛和意识形态的壁垒，资本和信息横越地球的过程能够瞬间完成。电子空间延伸了空间的概念，正如40年前加拿大传播学家麦克卢汉预言的那样，通过电子传播媒介的整合，世界将变成一个“地球村”。“海内存知己，天涯若比邻”已成为现实，而未来随着航天事业的发展，人们在天上生活也不再是神话。当今人类空间感的变化是比较文学兴盛的现实和心理基础。

（二）历史意识的萎缩

与空间意识强化相对的是人们的历史意识淡薄。人们更多的是注重当下，

① ［美］约翰·奈斯比特：《大趋势》，孙道章译，中国社会科学出版社1984年版，第57页。

媒体也为公众的历史遗忘症推波助澜。人们的目光被电视电影、报纸杂志、巨幅广告招贴画和海报栏上一个又一个转瞬即逝的图像所吸引,在音乐排行榜和电影排行榜上已经没有什么永久的东西了。正如詹姆逊所指出的那样,后现代主义作品表现的是当下的体验,“一种新的永远是现在时的异常欣快和精神分裂的生活”①,一切都成为瞬间的存在。

时空观的改变直接冲击了传统的文学研究,处于信息时代的人们不再仅追溯单一国别文学的继承和发展,而是突破国家界限,在这个五彩缤纷的世界平台上,观看各种文化场景。比较文学的视域和方法正好适应这一发展趋势。

二、全球化时代的一体化与多元文化

20世纪的世界面临着越来越尖锐的一体化和民族化的矛盾。随着经济、科技的全球一体化步伐的加快,国际交往空前激增,世界各国的政治、经济、文化处于抗拒与同化交织的过程之中。

(一)世界趋同性增加

世界的趋同性首先表现在经济模式上。我们看到,各国的经济模式正在互相吸收,差别逐渐缩小。资本主义国家采取了国家干预的经济政策,对分配关系有所调整,有些国家甚至进入了福利社会;而社会主义国家也开始推行市场经济,并实行了以公有制为主导、多种经济成分并存的经济制度,股份制形成后出现了除按劳分配外的按资分配,市场、政府、企业三者之间的关系成为各国经济学家都必须面对的问题。市场经济不是哪一个制度所独有的特权,而是一种普遍的经济模式。同时,我们还看到,诸如跨国公司之类已不再由某一个国家所管辖,它可以在许多国家设立机构,由世界各国的投资者所有。它们可以在劳动力最便宜的多个国家生产产品,并在全球范围内销售。

世界的趋同性还表现在人们面临的一些共同问题上,如环境污染、生态失衡、核能威胁、难民问题等,这些都不是某个阶级、某个国家能够单独处理的,而是全球性的问题,需要各国协商解决。

在文化交流上,世界各国将有更多的共同点。虽然不同的意识形态会影响人们的价值判断,但并不影响人们对艺术的热爱,拉美小说、美国大片等风靡全球就是最好的说明。随着艺术的广泛传播,人们之间的了解日益加深,在文艺欣赏上的共同点将越来越多,由此带来了人们情感的进一步沟通。

简言之,全球化在向我们展示世界交流和世界市场的巨大扩展的同时,也走向了文化的全球化,商品化在全球范围的流通造成了文化的同一或一元化现

① [美]詹姆逊:《文化转向》,胡亚敏等译,中国社会科学出版社2000年版,第290页。

象。全球化语境下人们愈来愈感到文化的同质性、单调性，资本、技术乃至生活方式、价值观念都表现出对差异性的取消。

（二）多元文化的共存

在各民族国家的生存与发展都受到全球化趋势影响的同时，当今世界图景中也充满不同文化系统的冲突和对抗。应该说，全球化这个逻辑本身蕴含着深刻的内在矛盾，全球化在造成文化同质和一体的同时，也激发了自为存在的各种文化，促成了文化的多元并存。“多元文化”（cultural pluralism)，或多元文化主义（Multiculturalism）含有“文化认同权、社会公平权以及经济受益需求”等具体要素[①]。20世纪下半叶以来，随着第三世界主体意识的强化，西方中心论遭到冲击和削弱，出现了文化民族化、多元化的趋向。正是文化的多元性构成了对趋同性的制约，而比较文学作为跨文化的文学研究顺应了多元文化的时代要求。

全球化语境下的后现代思潮为多元文化的生存和发展提供了理论支持。发展中国家的知识分子拿起后殖民批评的武器，对抗欧洲中心主义和西方现代性。他们认为文化上的渗透是一种文化殖民主义，文化交流将帮助文化殖民主义的建立，因此呼吁通过对自身文化的肯定来抵制被西方现代性同化。我们认为，承认各民族文化的独立性和存在价值，是多元文化的关键。但多元文化并不是像有些人想象的那样各自独立、无法沟通。多元文化中的“元”既有规定性的一面，这种规定性就在于民族精神和文化心理沉淀，但同时也应看到多元文化的互动和互渗。“接纳国文化对外来文化的努力也不是无动于衷的。接纳国文化也在努力适应外来文化，试图给外来文化让出地盘，自己也潜移默化，跟外来文化结合，生出个文化混血儿——文化交融的产物。”[②] 面对琳琅满目的产品，人们已很难判定当今的哪种文化现象是纯粹民族和本土的。

在这个强调差异、特殊、多元、边缘的时代，异质文化的碰撞、冲突、挪用和吸收给比较文学的繁荣带来新的机遇。比较文学将在欧美、亚洲、非洲和拉丁美洲的异质文化的比较中获得前所未有的发展空间，它将以其跨文化的优势积极参与多边的文化交流和对话，促进世界各国文化的互识和互动。

总之，尽管人类的历史、文学的历史、文学理论的历史充满对抗，但世界走向综合的趋势不可阻挡。当宇航员从浩瀚的宇宙遥望这个人类共同生活的蓝色球体时，我们更强烈地体会到这种融合。文学属于全人类，异质并存的文化

---

① 关于“多元文化”的概念参见《文艺报》2000年6月20日登载的1995年在澳大利亚召开的“全球文化多样化大会”上联合国教科文组织提交的大会报告中所述的概念。

② ［加］张裕禾:《文化多样性和文化融合的关系》，载《中国比较文学》1999年第1期。

是全世界的财富。

专栏

专栏 1

为了拯救欧洲，单靠它自己是不行的，这一点已经看得很明白。亚洲的思想从欧洲的思想得到教益，同样，欧洲的思想也需要亚洲的思想。这两者就好比人脑的两个半球，有一个麻痹了，整个肢体就会萎缩，必须恢复它们的联系和健康的发展。

《罗曼·罗兰笔记·印度》，转引自[法]雅克·鲁斯：《罗曼·罗兰和东西方问题》，罗芃译，见张隆溪选编：《比较文学译文集》，北京大学出版社 1982 年版，第 159 页。

专栏 2

就文学而言，迄今为止各国之间相隔仍然很远，以致从彼此的成果中得到的好处非常有限。要形象地说明现在或过去的状况，我们不妨回想一下《狐狸和鹳》这个古老的寓言。谁都知道狐狸请鹳吃饭时把美味的食物都放在平平的盘子里，使长嘴的鹳啄不起多少东西来吃。我们也知道鹳是怎么报复的。它把它的佳肴都放在细长颈子的高瓶子里，它自己吃起来很方便，而狐狸尽管嘴尖，却什么也吃不着。长期以来各国都在扮演狐狸和鹳这样的角色。如何把鹳贮藏的食物放到狐狸桌前，把狐狸贮藏的食物放到鹳的桌前，这一直是文学上的一个大问题。

[丹麦]勃兰兑斯：《十九世纪文学主流》（第 1 分册），张道真译，人民文学出版社 1997 年版，引言第 1—2 页。

专栏3

夫和实生物,同则不继。以他平他谓之和,故能丰长而物归之;若以同裨同,尽乃弃矣。

《国语·郑语》。

专栏4

如果欧洲各民族不再互相轻视,而能够深入地考察研究自己邻居的作品和风俗习惯,其目的不是为了嘲笑别人,而是为了从中受益,那么,通过这种交流和观察,也许可以发展出一种人们曾经如此徒劳无益地寻找过的共同的艺术欣赏趣味来。

伏尔泰:《论史诗》,见伍蠡甫主编:《西方文论选》(上卷),上海译文出版社1979年版,第325—326页。

专栏5

人类社会的历史事实上,不存在其个别部分之间缺乏相互影响而绝对孤立的社会和文化(因而也有文学的)发展的例子。越是文明的人民,与别国人民之间的联系和相互影响就越活跃。让我们回忆一下马克思在《资本论》序言中的话:“一个国家应该而且可以向其他国家学习。”

这些话也适用于文学的专门领域。任何一种伟大的民族文学都不能在排除与其他民族文学之间的积极而富于创造性的相互关系的情况下得到发展,而那些想要提高自己本民族文学的人,同时肯定,仿佛它只能在地区性的民族的土壤上成长,那么他们因此却使它遭受甚至不是“光荣的孤立”,而是地方的狭隘性和“自我服务”。

[俄]日尔蒙斯基:《对文学进行历史比较研究的问题》,见干永昌、廖鸿钧、倪蕊琴选编:《比较文学研究译文集》,上海译文出版社1985年版,第288页。

专栏 6

比较文学的第一个挑战就是一种全球性视角的必要性。在这里，我或许应该加上一句，佳娅特里·斯皮瓦克曾经催促我们要言说或者思考一种“星球的”(planetary)视角，而不仅仅是一种“全球性的”视角，以抵制被国际资本所操纵的有关全球化的思想。要想让比较文学走向“全球化”或者“星球化”是比较困难的，这是因为比较需要某些规范标准或者相似点，而总存在这样的危险：西方的比较文学将只会关注那些看上去与西方形式相似的文学。而这一困难又由于这样一个事实而变得更加复杂：在西方，从18世纪末开始，原来那种基于文类标准或模式的关于文学的概念已经被这样一种概念所取代：文类范畴倒被看作是一种压抑的标准，而想象力则应该从这种压抑中摆脱出来；许多人现在认为，最伟大的文学作品应该被看作是唯一的、独一无二的，而这恰恰又使我们更难确立比较之或然性的基础。我很快将会回过头来讨论如何在全球化或“星球化”的比较文学中进行文学比较这一问题。

比较文学的第二个挑战是由文化研究的兴起而造成的，后者与文学研究领域内的一些变化相关，这些变化是由我们在西方所谓的“理论”所引起的。在今天，被囊括在“理论”范围以内的很多理论都不是文学理论，因为它们并不是阐释文学作品的性质和研究文学的方法，而是关注一般的语言和文化、表意的种种机制、心理的运作、个人与社会之间的关系等等。对于“理论”而言，文学是文化生产的一种形式，文学系所的教授们所做的研究不仅仅聚焦于文学，而且也将研究的范围扩大到文化方面的话题和表意实践(signifying practices)。我或许需要强调指出，这并不是一种彻底的变化，因为先前所做的很多对表面上是文学话题的研究，在本质上其实是历史性的；这些研究重新建构起该文学作品和作家的创作时代。但是在过去，这种研究表面上看来最终都是指向对文学的某种理解。而在文化研究中，对文学文本的研究则经常意在理解社会话题、政治话题或文化话题，作为其他什么东西的某种症候。当比较文学将如此多不同的文化纳入自己的研究范围时，就已经变成了一个范围广大、无法操控(unmanageable)的事业；当文学与其他社会产品和文化产品之间的边界被消抹，当比较文学学者也开始研究电影、电视、流行文化、广告和各种各样的文化表现形式时，该学科所要面对的材料绝对多得令人窒息(completely overwhelming)。

上述的每一个挑战都十分重要，但它们的结果都走到了一起，走向“全球化”，走向“文化”研究；其所涉及的范围是如此广大，以至于它似乎已经不再是一个学术领域了：潜在地是对全世界的话语和各种各样的文化产品的研究。比较文学的研究范围迅速扩展，以至于根本无法把握，这一问题在比较文学的会议上显得尤为突出，大会上所提交的论文所涉及的范围常常如此宽泛，以至于你很难觉得你与很多其他的参会人员是属于同一个研究领域的，因为你与他们几乎没有多少共同的知识背景或相互之间的参照。

［美］乔纳森·卡勒：《比较文学的挑战》，生安锋译，载《中国比较文学》2012 年第 1 期，第 5—6 页。

思考题

1. 简述比较文学产生的历史背景。
2. 试比较“法国学派”与“美国学派”的异同。
3. 简述“俄苏学派”的基本主张与特征。
4. 比较文学自产生到现在，危机的警报不时响起，你如何看待“比较文学的危机”？

进一步阅读

1. ［法］基亚：《比较文学》，颜保译，北京大学出版社 1983 年版。
2. ［法］布吕奈尔等：《什么是比较文学》，葛雷、张连奎译，北京大学出版社 1989 年版。
3. ［美］亨利·雷马克：《比较文学的定义和功用》，见张隆溪选编：《比较文学译文集》，北京大学出版社 1982 年版。
4. ［俄］日尔蒙斯基：《对文学进行历史比较研究的问题》，见干永昌、廖鸿钧、倪蕊琴选编:《比较文学研究译文集》,上海译文出版社 1985 年版。
5. [美]李达三:《比较文学中国学派》,见李达三、罗钢主编:《中外比较文学的里程碑》,人民文学出版社 1997 年版。
6. 乐黛云:《中国比较文学的现状与前景》,见乐黛云:《比较文学与中国现代文学》,北京大学出版社 1987 年版。

第二章　比较文学的研究范围

在比较文学一百多年的发展历程中，其研究范围不断扩大，研究对象屡遭质疑，并不时传出比较文学危机的警报。特别是近几十年来，随着文化研究在西方的勃兴和在中国的传播，出现大量关于文学与其他文化领域之间相关问题的研究，比较文学领域因此显得更为庞杂。但比较文学作为一门学科，厘定大致的研究范围仍是必须的。

第一节　比较文学与相关概念*

在讨论比较文学的研究范围之前，我们不妨先将比较文学与民族文学、世界文学、总体文学等相关概念作一比较，从外延上把握比较文学的性质。

一、民族文学

民族，是历史上形成的人们的稳定的共同体，一般使用共同的语言，居住在共同的地域，过着共同的经济生活，具有表现在共同文化上的共同心理素质①。英文中的 nation 在有些情况下既可翻译成“民族”，又可翻译成“国家”，这说明这两个概念有重合之处。根据斯大林的观点，“民族不是普通的历史范畴，而是一定时代即资本主义上升时代的历史范畴”②。这种现代民族的概念经常与政治联系在一起，在这个意义上，民族与国家是一个有机的整体，离开国家的保护，民族在国际社会和国际组织中不仅得不到承认，甚至连基本的生存权利也难以保障。但从文化和现状的层面看，民族又不完全等同于国家，因为世界上有些国家是多民族的，例如中国、俄罗斯。同时，一个民族也可能分散在若干国家，如中东、东非的阿拉伯民族和欧亚大陆的斯拉夫民族等。应当承认，在民族的划分上，有关政治、

* 请访问爱课程网→资源共享课→比较文学 / 胡亚敏→第三章：比较文学的研究范围和研究方法→教学录像（00:00:19-00:05:57）

① 参见［苏］斯大林：《马克思主义和民族问题》，见《斯大林全集》第2卷，人民出版社1953年版，第294页。

② ［苏］斯大林：《马克思主义和民族问题》，见《斯大林全集》第2卷，人民出版社1953年版，第300页。

地缘等方面还存在交叉、变化的现象，但这些问题并未构成对“民族”定义的否定，“也没有严重到足以混淆民族文学研究和超出民族文学界限的研究”[①]。

民族文学指某个民族内具有传统联系的文学，该文学必须具有区别于他种文学的性质。日本学者大冢幸男在《比较文学原理》中将民族文学定义为“一种具有一国风土人情、民族性及传统等特征的各个国家的文学”[②]。民族文学内虽风格各异，但最根本的一点是它们来自同一文化传统。在欧洲，赫尔德被认为是确立民族文学的先祖。在《关于近代德国文学的片断》一文中，他认为民族文学应该是民族的，其标志便是独特性，因而民族文学不应在古希腊经典作品中去寻找源头，而必须到日耳曼民族起源中去发掘，一国文学艺术同该国风土人情、民族文明有着密切的内在联系。

美国学者韦斯坦因指出：“‘民族文学’这一术语应该从和比较文学有所关联的角度来界定，因为从本质上说，民族文学指那些形成比较文学基础的基本单元。”[③] 从比较文学的角度看，民族文学是研究一国内部的文学，比较文学则是超越国界的文学研究。《诗经》与《楚辞》的比较，李白与杜甫的比较，《红楼梦》与《金瓶梅》的比较，虽然用的是比较的方法，但属于民族文学的范围。换句话说，民族文学内部的比较不属于比较文学的范围，比较文学最根本的一点是跨越国界。在比较文学研究中，民族文学是基本单元，是研究的支撑点，比较文学则是超越民族文学的跨国界的文学研究。

二、世界文学

“世界文学”一词首次出现于 1827 年歌德与爱克曼的谈话中。歌德说：“我们德国人如果不跳开周围环境的小圈子朝外面看一看，我们就会陷入上面说的那种学究气的昏头昏脑。所以我喜欢环视四周的外国民族情况，我也劝每个人都这么办。民族文学在现代算不了很大的一回事，世界文学的时代已快来临了。”[④] 21 年后即 1848 年，马克思、恩格斯在《共产党宣言》中再次使用“世界文学”这个概念。此后，“世界文学”一词在不同情况下多次使用，归纳起来，大致有三种不尽相同的含义。

世界文学的第一种含义指全球文学，即通过对许多国家的文学思潮、流派、运动、作家、作品的评述写出的一部世界文学史，用韦勒克、沃伦的话说，“似乎

---

① ［美］雷马克：《比较文学的定义和功用》，见张隆溪选编：《比较文学译文集》，北京大学出版社 1982 年版，第 8 页。

② ［日］大冢幸男：《比较文学原理》，陈秋峰、杨国华译，陕西人民出版社 1985 年版，第 37 页。

③ ［美］乌尔利希·韦斯坦因：《比较文学与文学理论》，刘象愚译，辽宁人民出版社 1987 年版，第 9 页。

④ ［德］歌德：《歌德谈话录》，朱光潜译，人民文学出版社 1982 年版，第 113 页。

含有应该去研究从新西兰到冰岛的世界五大洲的文学这个意思"[①]。

世界文学的第二种含义指"伟大的""经典的"作品，或者说世界公认的最好作品，如《奥德赛》《神曲》《浮士德》《包法利夫人》等，这个意义上的世界文学变成了"杰作"的同义词。雷马克即持这一观点，"世界文学主要研究经过时间考验，获得世界声誉并具有永久价值的文学作品"，以及当代获得极高评价的当代作家作品[②]。

世界文学的第三种含义即歌德所倡导的世界文学。歌德希望人们冲出民族文学的狭小圈子，放眼世界各国文学的广阔天地，通过文学交流来增进各民族的互相了解。韦勒克、沃伦对此进一步解释道："这是一种要把各民族文学统起来成为一个伟大的综合体的理想，而每一个民族都将在这样一个全球性的大合奏中演奏自己的声部。"[③]

在世界文学的这三种含义中，歌德提倡的"世界文学"概念与比较文学有一定关系，他主要强调各国文学之间的关系。也正是在这个意义上，比较文学史家将歌德的世界文学构想视为比较文学产生的思想渊源之一。与歌德对世界文学的憧憬相比，比较文学有自身的理论体系和原则方法，强调从比较的角度去研究。同时比较文学坚持民族文学的个性和差异性，它将通过对本国文学与外国文学的审视和认识，追求文学和文化上的对话和共处。

三、总体文学

总体文学（或一般文学）是法国比较学者用于区别比较文学的一个概念。梵·第根指出："地道的比较文学最通常研究着那些只在两个因子间的'二元的'关系"[④]，"'一般文学'者，就是一种对于许多国文学所共有的那些事实的探讨"。[⑤] 按照梵·第根的说法，研究两种文学之间的相互关系是比较文学，而一般文学即总体文学研究超越国家、民族、语言界限的那些文学运动、文学思潮、文学体裁和文学风尚。例如浪漫主义在很多民族文学中都有反映，总体文学着重研究其在多个民族间的传播、发展和流变。有人打了个形象的比喻，"民族文学是在墙里研究文学，比较文学跨过墙去，而总体文学则高于墙之上"[⑥]。

---

① ［美］韦勒克、沃伦：《文学理论》，刘象愚等译，生活·读书·新知三联书店 1984 年版，第 43 页。

② ［美］雷马克：《比较文学的定义和功用》，见张隆溪选编：《比较文学译文集》，北京大学出版社 1982 年版，第 9 页。

③ ［美］韦勒克、沃伦：《文学理论》，刘象愚等译，生活·读书·新知三联书店 1984 年版，第 43 页。

④ ［法］梵·第根：《比较文学论》，戴望舒译，上海商务印书馆 1937 年版，第 202 页。

⑤ ［法］梵·第根：《比较文学论》，戴望舒译，上海商务印书馆 1937 年版，第 206 页

⑥ ［美］雷马克：《比较文学的定义和功用》，见张隆溪选编：《比较文学译文集》，北京大学出版社 1982 年版，第 12 页。

梵·第根的这种分法遭到美国学者的反对。雷马克在《比较文学的定义和功用》一文中说："梵·第根的定义至少引出一个问题。像他那样把比较文学规定为两个国家的比较研究，而两国以上的研究则为总体文学，这不是武断而且机械吗？为什么理查生和卢梭的比较算是比较文学而理查生、卢梭和歌德的比较就算是总体文学呢？难道'比较文学'这个术语就不能包括任何数目国家文学的综合研究吗？"[①] 从法美学者对"总体文学"概念的争论可以看出，不同时代、不同环境中的学者对比较文学的范围有不同见解。在我们看来，雷马克对梵·第根的批评是有道理的，因为这种将三个或三个以上的国家的文学比较归入总体文学的机械做法实际上是缩小了比较文学研究的范围。韦勒克指出："我们无法有效地区分司各特在国外的影响以及历史小说在国际上风行一时这两种事情。比较文学和总体文学不可避免地会合二而一。"[②] 历史发展正如韦勒克所预言的那样，特别是20世纪后半叶以来，比较文学早已超越了原来的界限，向综合性的方向发展，而这样一来，再区分比较文学与总体文学已经没有多大实际意义，总体文学已经成为"比较文学"学科的组成部分和研究对象。

第二节　比较文学的研究范围 *

比较文学作为一门学科，与文艺学中的三个分支——文学史、文学批评和文学理论相比，有其自身的研究范围。文学史、文学批评和文学理论这些分支学科尽管其研究的侧重点不断变化，并在各自的领域中不断探索和创新，但主要是围绕文学本身展开的。文学史的任务是梳理和评价各个时代的文学状况和突出的文学成就，文学批评侧重对当下文学实践活动的分析和评价，文学理论则研究文学的本质、范畴和文学活动的一般规律。而文艺学的这些学科很少在意不同民族文学之间的关系，或者说，各国文学之间的关系是传统文学研究特别是文学史研究的盲点，而这一盲点恰恰是比较文学关注的焦点。

比较文学要求人们从国际的角度观察文学现象，用面向世界的胸怀去认识和研究各国文学的关系和文学的普遍规律及特征，并通过文学推进不同文化间的理解和互补。不仅如此，比较文学还打破学科界限，研究文学与人类其他思想

① ［美］雷马克：《比较文学的定义和功用》，见张隆溪选编：《比较文学译文集》，北京大学出版社1982年版，第12页。

② ［美］韦勒克、沃伦：《文学理论》，刘象愚等译，生活·读书·新知三联书店1984年版，第44页。

* **请访问爱课程网→资源共享课→比较文学/胡亚敏→第三章：比较文学的研究范围和研究方法→教学录像(00:05:58-00:11:54)**

领域之间的关系，从而了解人类文化的规律和特色。正因为比较文学研究领域的特殊性，所以比较文学能够发挥其他学科难以发挥的作用。具体而言，比较文学的研究范围主要包括两个方面：一是跨国界，研究不同民族、文化间的文学关系；二是跨学科，研究文学与其他艺术形式、其他意识形态乃至自然科学之间的关系。

一、跨国界的文学研究

如上所述，传统的文学研究只限于一国文学的研究，而比较文学则打破时空的界限，研究不同民族、语言、文化间的文学关系。在比较文学研究中，国际文学关系是其研究的重点。

（一）研究各国文学、文化间的联系和交流

这类研究强调的是不同国度文学之间的联系和借鉴，如基亚所说："比较文学工作者站在语言的或民族的边缘，注视着两种或多种文学之间的题材、思想、书籍或感情方面的彼此渗透。"① 这类研究包括作家、作品在其诞生地以外的国度的流传、接受和所产生的影响等情况，也包括国际文学运动的起源、传播和演化，以及媒介的作用等。

比较文学最初主要研究欧洲各国之间的文学关系，如今已扩展到完全不同的文化背景之间。如唐代文学与日本早期文学的关系，19 世纪俄罗斯文学对法国文坛的影响，苏联文艺理论对我国文艺理论的影响，西方现代派文学对我国当代文坛和作家的影响等。就中国的比较文学而言，它既要研究外国文学和文化对中国文学的影响，也要了解中国文学和文化在国外的流传情况，由此将中国文学与世界文学联系起来。

（二）研究各国文学和文学理论之间的规律和异同

在相似的社会历史发展阶段，不同民族会有相近的发展水平、类似的思想情感和心理特征，使不少民族文学之间尽管在相互隔绝的状况下也会出现惊人的类似。我们可以把两种不同传统的文学对某个问题的不同处理作对照性考察。例如，14 世纪意大利作家薄伽丘的《十日谈》和我国清代艾衲居士的《豆棚闲话》都不约而同运用了"框架结构"，即一群人在某个固定的地点，一个接一个说故事。时代和环境遥隔的作者不约而同地运用了同样的叙述结构，这种结构方式上的相似只能通过社会生活现象的类同来说明。不仅如此，这两部作品在内容上都表现出某些意识形态的异己因素，表现出边缘人对当时主导意识形态如王权、宗教的对抗和消解，为我们重新观照历史提供了一种另类的"被压抑的

---

① ［法］基亚：《比较文学》，颜保译，北京大学出版社 1982 年版，第 4 页。

声音”,而这一类似令人惊叹。

二、跨学科的比较研究

跨学科研究(interdisciplinary approach)是美国学派提出来的。作为比较文学的扩展,跨学科研究是一种在保持文学主体性的条件下,探讨文学与其他学科关系的一种科际性研究,其目的是把文学置于一个广阔的历史、文化和学科背景下,通过考察文学与其他学科的联系和作用,使文学的内涵得到充分的展示,从而更好地揭示出文学发展的方向。

(一) 文学与其他艺术形式

文学与艺术的关系是多种多样的,也是非常复杂的。研究文学与艺术的关系可以为我们提供无数的研究课题,如文学如何吸收其他艺术的营养,文学与其他艺术之间的对抗和消长等等。这种研究既可以总结出文学之不同于其他艺术的独特规律,也可以了解其他艺术和表现方法对文学的渗透和影响。例如,从起源上看,许多艺术种类是相互联系的,中国古代的诗、乐和舞是合在一起的,中国文学史上每种新诗体的出现,如四言诗、五言诗、七言诗、词、曲等,都不同程度地受到音乐的影响。文学与绘画、雕刻乃至建筑艺术等也都存在相互启发的关系,后现代最初就是从建筑艺术发端的,后来这种思潮逐步渗透到文化的各个方面。每种艺术在发展过程中都会不同程度地受到其他艺术的影响,由此形成技巧、功能、效果的相互借鉴、交错,这些研究大大拓展了比较文学的研究领域。

(二) 文学与其他意识形态

文学本身属于意识形态的一部分,意识形态的其他部分如政治、宗教、哲学、道德对文学都有着或大或小的影响,有时这些影响还是直接的甚至决定性的。例如,文学与哲学的关系一直非常密切,伟大的文学作品必然在某些方面包含着深刻的哲学思想,正是在这个意义上,法国作家加缪说:“伟大的作家必然是哲学家。”在中国,“文以载道”的这个“道”就是中国传统哲学的核心。当今人文社会科学各个领域的研究成果则直接运用到文学创作和文学批评之中,例如索绪尔的普通语言学、弗洛伊德的精神分析等对文学和批评产生了深刻的影响,极大地深化了人们对文学的认识,并促进了文学研究方法的更新。

现在这种跨学科研究又有了新的变化和发展,时间、空间、种族、性别、阶级等多维因素开始进入比较文学领域,并占据越来越大的比重。

(三) 文学与科学技术

文学与科学技术有着明显区别,这不言而喻,但文学与科学并不是互相隔绝,而是互相渗透且有着错综复杂的关系。先进的科学技术正在深刻地影响和改变文学的内涵、面貌乃至人们的生活方式,这是比较文学研究无法回避的问题。我们在后面谈到的爱因斯坦的相对论对文学创作时空观的影响和改变就是一个极好的例子。一方面,科学技术的突飞猛进尤其是具有深刻的哲学意义或方法论的自然科学理论更新着文学观念,为文学的创造带来新的天地;另一方面,文学中的想象力也会给科学的发展带来启发,科幻小说、科幻电影所展示的未来物象在一定程度上也刺激了科学家的灵感。与此同时,也要警惕科学技术给人类和文学带来的负面作用,科学也可能异化为人所不能控制的力量。正如爱因斯坦所说:"科学是一种强有力的工具。怎样用它,究竟是给人带来幸福还是带来灾难,全取决于人自己,而不取决于工具。"[①] 文学和科学技术的关系将是当今比较文学的一个非常重要的话题。

简言之,比较文学就是要突破各种学术研究的界限,"打通"整个文化领域,使文学研究进入综合性研究的新阶段。

专栏

专栏1

世界文学主要研究经过时间考验、获得世界声誉并具有永久价值的文学作品(如《神曲》《唐·吉诃德》《失乐园》《老实人》《维特之烦恼》等),或者不那么显著地,研究在国内获得极高评价的当代作家(如福克纳、伽缪、托马斯·曼等),这类作家当中不少只是名重一时(如高尔斯华绥、玛格丽特·米切尔、莫拉维亚、雷马克等)。比较文学却不受这种限制。已经完成的有启发性的比较研究,还有许多可以完成的这种研究,都是以二流的作家为研究对象的,这些作家往往比大作家们更能代表他们时代的局限性特色。

[美]雷马克:《比较文学的定义和功用》,张隆溪译,见张隆溪选编:《比较文学译文集》,北京大学出版社1982年版,第9页。

① [美]爱因斯坦:《科学和战争的关系》,见《爱因斯坦文集》第3卷,许良英、赵中立、张宜三编译,商务印书馆1979年版,第56页。

专栏2

这里歌德总结了西方从希腊以后各民族文学的历史经验。可注意的有这几点：第一，民族文学的建立不能只靠一些孤立的各走各路的个别作家，而要靠全民族，它须反映全民族思想的伟大、情感的深刻以及行动的坚强和融贯一致；其次，民族文学的建立是要和一个民族的伟大历史时代联系起来的，这民族要处在高度文化中而且在进行着伟大的历史运动，所谓“伟大的事件及其后果的幸运的有意义的统一”就是指历史运动顺着规律进展，产生推动历史前进的效果；第三，民族文学要植根于本民族的过去文学传统和历史遗产，有前人的成功的和失败的经验可以作为教训，而且能更深刻地体现民族特点。有了这些条件，具有天才的作家才容易培养起来，不会在教养方面感到贫乏或困难，而且安定的物质生活也可以保证他们专心致志地进行创作。

…………

歌德并不是从一个狭隘的民族主义者的观点去提倡民族文学，他是第一个人瞭望到“世界文学”的产生，并且号召“每个人都应该努力促使它快一点来临”。他所理解的“世界文学”不是把某一“优选”民族的文学强加于世界，把各被统治的民族的文学全压下去，如帝国主义者为着侵略，在“世界主义”的口号之下所宣传的。世界文学是由各民族文学互相交流，互相借鉴而形成的；各民族对它都有所贡献，也都从它有所吸收，所以它和民族文学不是对立的，也不是在各民族文学之外别树一帜。歌德对于世界文学的主张是辩证的：他一方面欢迎世界文学的到来，另一方面又强调各民族文学须保存它的特点。……歌德在另一个场合说得很明白，“我们重复一句：问题并不在于各民族都应按照一个方式去思想，而在他们应该互相认识，互相了解；假如他们不肯互相喜爱，至少也要学会互相宽容”。

朱光潜：《西方美学史》，人民文学出版社1979年版，第433—435页。

专栏3

假如的确存在某一题目的“比较性”难以确定的过渡区域，那么我们将来必须更加严格，不要随便把这种题目算做比较文学的范围。我们必须弄确实，文学和文学以外的一个领域的比较，只有是**系统性**的时候，只有在把文学以外的领域作为确实**独立连贯**的学科来加以研究的时候，才能算是“比较文学”。……一篇论莎士比亚戏剧的历史材料来源的论文(除非它的重点放在另一国之上)，就只有把史学和文学作为研究的两极，只有对历史事实或记载及其在文学上的应用进行了系统比较和评价，只有在合理地作出了适用于文学和历史这两种领域的结论之后，才算是“比较文学”。讨论金钱在巴尔扎克的《高老头》中的作用，只有当它主要(而非偶尔)探讨一种明确的金融体系或思维意识如何渗进文学作品中时，才具有比较性。

[美]雷马克:《比较文学的定义和功用》，张隆溪译，见张隆溪选编:《比较文学译文集》，北京大学出版社 1982 年版，第 6 页。

思考题

1. 简述“世界文学”这一概念的三种含义。
2. 比较“民族文学”“世界文学”与“总体文学”这三个概念的差异。
3. 将跨学科研究纳入比较文学的范围，你认为合适吗？谈谈你的看法。

进一步阅读

1. [德]歌德:《歌德谈话录》，朱光潜译，人民文学出版社 1982 年版。
2. [美]韦勒克:《比较文学的名称和实质》，见干永昌、廖鸿钧、倪蕊琴选编:《比较文学研究译文集》，上海译文出版社 1985 年版。
3. [美]亨利·H.H. 雷马克:《比较文学的起源、演化及跨学科研究》，耿强译，载《中国比较文学》2009 年第 3 期。
4. [德]胡戈·狄泽林克:《比较文学导论》，方维规译，北京师范大学出版社 2009 年版。
5. 朱光潜:《西方美学史》，人民文学出版社 1979 年版。
6. 张隆溪、温儒敏编选:《比较文学论文集》，北京大学出版社 1984 年版。

第三章　比较文学的研究方法

作为一门学科，一定的研究对象和研究方法是其得以成立的基本条件。但对于比较文学来说，要确定清晰的研究对象无疑是困难的，而将比较文学当作百科全书式的研究又显然不明智。因此，从方法论的角度探讨比较文学的性质是一种相对适宜的策略。

"比较"作为人类认识的一种手段，有其普遍性，人们总是自觉或不自觉地通过在一事物和他事物的比较中确定事物的性质。比较文学的研究固然离不开比较，但"比较"作为比较文学的具体手段之一不同于人们一般的用法，它必须严格按照比较文学的基本原理，通过"影响研究""平行研究"这两大支柱，考察和研究两国和两国以上的文学关系。在比较文学中，影响研究和平行研究才具有方法论的意义。

第一节　影响研究

影响研究指以历史方法处理不同民族文学间业已存在的实际联系的研究，它的根基在于各民族文学的相互接触和交流。影响研究强调实证和事实联系，凡是缺乏事实依据的推测或判断均不属于影响研究的范围。影响研究是一种可靠的扎实的具有说服力的方法，也是比较文学领域里出现最早、最基本的研究方法。法国学派为影响研究的确立做出了重要贡献。*

一、何谓"影响"

"影响"是影响研究中的核心概念。比较文学的"影响"概念与一般意义上的"影响"概念是有区别的。通常所说的影响指一种事物对另一种事物发生作用，引起后者的反应和反响。比较文学的"影响"概念强调"外来性"，它关注的

---

* 请访问爱课程网→资源共享课→比较文学 / 胡亚敏→第三章：比较文学的研究范围和研究方法→教学录像（00:12:02–00:18:29）

是外来因素的作用。美国比较文学家约瑟夫·T. 肖在《文学借鉴与比较文学研究》中说："一位作家和他的艺术作品，如果显示出某种外来的效果，而这种效果又是他的本国文学传统和他本人的发展无法解释的，那么，我们可以说这位作家受到了外国作家的影响。"[①] 美国的另一位比较文学家奥尔德里奇"把影响界定为'一个作者作品中的某种东西，假若他没有读过前一位作者的作品，这种东西就不可能存在'"。[②] 鲁迅创作的小说无论是体裁内容还是结构形式都与中国传统小说迥然不同，究其原因，正如鲁迅自己在《我怎么做起小说来》中所说，"大约所仰仗的全在先前看过的百来篇外国作品和一点医学上的知识，此外的准备，一点也没有"。[③] 鲁迅承认《狂人日记》里有果戈理和尼采的影子，《药》的结束也分明留着"安特莱夫似的阴冷"。也就是说，鲁迅如果不读那些外国小说，就不可能创作出这些具有"别样形式"的作品。冰心也是如此，她若不读泰戈尔的诗，就不可能写出《繁星》《春水》这样用精辟的短句表达零碎思想的小诗。因此，比较文学的"影响"不是自发产生的，而是在外力作用下的结果。

下面，我们进一步将比较文学中的影响与相关概念加以区别。

影响与接受　接受是一种阅读经验，仅表明影响的潜在性，只有当作家创作出相关的作品来，影响才算真正实现。有些作品可能在某一阶段被许多读者接受，畅销一时，甚至引起轰动，但却未在当时的文学界中留下影响的痕迹，例如美国小说《飘》在 20 世纪 40 年代后半期的国统区一度风行，但却不曾对中国文学产生什么影响。相反，有些作品读者很少，却对文学界产生了深刻的影响，如但丁的《神曲》，无论中外，阅读者寥寥，而我们从波德莱尔、艾略特这些大诗人的作品中，可以依稀感受到《神曲》的某些因子。《荒原》中的伦敦，笼罩在死气沉沉的悲观气氛中，居住在那里的人们由于缺乏宗教信仰而变得贪婪狠毒、卑劣猥琐、荒淫无耻，深陷在罪恶的泥潭里不能自拔，人类处于灾难、痛苦和绝望之中，这些描写使人们不由得想到《神曲》中的"地狱篇"。

如果我们将影响的过程分为三步：作品力量—阅读经验—创作因素，那么，接受仅停留在阅读经验这个层面，只有进入创作过程才算产生了影响。因此，影响不是一种单向的发射，而是相互作用，必须在作品中体现出某种可见性。

影响与模仿　模仿是"作家尽可能地将自己的创作个性服从于另一个作

---

① ［美］约瑟夫·T. 肖：《文学借鉴与比较文学研究》，见张隆溪选编：《比较文学译文集》，北京大学出版社 1982 年版，第 38 页。

② 转引自［美］乌尔利希·韦斯坦因：《比较文学与文学理论》，刘象愚译，辽宁人民出版社 1987 年版，第 29 页。

③ 鲁迅：《我怎么做起小说来》，见《鲁迅全集》第 4 卷，人民文学出版社 2005 年版，第 526 页。

家"[①],或者说完全失去创作个性;而影响则是某种文学现象的创造性变形,被影响的作家所产生的作品本质上是属于他自己的。鲁迅的《伤逝》可以说受到易卜生《玩偶之家》的影响,因为如果鲁迅没有看过《玩偶之家》,可能就创造不出子君这样的人物。但鲁迅又不是完全依样画葫芦,而是融入了自身对妇女解放的思考。鲁迅尖锐地指出,娜拉式出走的结局不是堕落就是回来,妇女的解放既需要独立的意志,又需要相应的政治和经济环境。

顺便提及的是,比较文学并不完全排斥模仿,模仿往往是艺术家发展过程中的一种学习手段。普希金甚至认为,模仿可能标志着一种"对自己的力量的崇高的信心,希望能沿着一位天才的足迹去发现新的世界,或者是一种在谦恭中反而更加高昂的情绪,希望能掌握自己所尊崇的范本,并赋予它新的生命"[②]。在比较文学看来,创造不可能凭空而生,关键是选择一个好的范本。作家的创作实践证明,模仿好的范本就是成功的开始。

影响与类同 类同指没有任何联系的两部作品在风格、结构、情调或观念等方面的近似。而影响的产生是有条件的,它必须有时间上的先后,因果上的机遇等,也就是说它需要有明确的事实作依据。废名的小说《竹林的故事》展示了儿童飘忽不定的思绪,有人说他的作品很像伍尔夫的意识流。废名却说他从未看过伍尔夫的作品。后来他找来一看,也觉得很像。两位作家身居不同国家,素无接触,写作方法竟十分相似,这只能解释为类同。

综上所述,我们给比较文学的"影响"概念作如下限定:比较文学中的影响指一国作家从外国作家作品中获得一些新的因素并有机地融入自己的创作过程中去的文学现象。

需要说明的是,指出一个作家受到他国作家作品的影响并不意味着贬低该作家的地位和成就。在从事文学创作的过程中,除作家的直接生活经验外,模仿、借用、吸收、消化直至创新是作家的必经之路。其实,很多伟大的作家并不讳言别人对他的影响。以中国作家而论,无论是现代作家,还是当代作家,他们当中很多人都承认自己接受了外来影响,如郭沫若、茅盾、巴金、冰心、莫言、韩少功等。梵·第根说:"一种心智的产物是很少孤立的。不论作者有意无意,像一幅画,一座雕像,一首奏鸣曲一样,一部书也是归入一个系列之中的,它有着前驱者,它也会有后继者。"[③] 一位天才作家的成功秘诀之一就在于他如何从现有的成果中

① [美]约瑟夫·T. 肖:《文学借鉴与比较文学研究》,见张隆溪选编:《比较文学译文集》,北京大学出版社 1982 年版,第 36 页。

② 转引自[美]约瑟夫·T. 肖:《文学借鉴与比较文学研究》,见张隆溪选编:《比较文学译文集》,北京大学出版社 1982 年,第 36 页。

③ [法]梵·第根:《比较文学论》,戴望舒译,上海商务印书馆 1937 年版,第 7 页。

加以选择、利用,并在此基础上施展自身的才华。

二、影响产生的条件

影响产生的条件包括影响者与被影响者两方面的因素。影响者作为施动者应具备释放的力量,也就是说,影响者须在某些方面处于优越或领先的位置,并且影响者所具有的某些因素须切合接受国的条件。不过,从根本上讲,影响之所以产生还在于接受者的吸纳程度。因此这里主要从接受国的角度来考察影响产生的主客观条件。*

(一) 接受国的社会环境

就像种子的生长需要合适的气候和土壤一样,外来的文学要产生影响也需要相应的社会环境。接受国的社会环境首先指接受国的开放程度,这与当时接受国的意识形态有关。统治阶级的对外和对内政策直接影响文学的发展和对外的交流。例如,清代康乾时期的闭关锁国政策就导致了中外文化交流的中断,而今天中国的改革开放则使中国文坛出现了一次又一次中西文化交流的热潮。

接受国的社会环境还包括其民族精神和文化心理结构。国民的文化心理结构与外来文化的契合程度是外来思想能否发生影响的又一重要因素。例如,法国思想家卢梭以他的坦白,他对人类的爱,他为人权而战的勇敢热忱,他对理想的追求等深刻地影响了美国精神,而卢梭的思想对中国的政治文化影响则很弱,这与中国人的价值观念、处世原则等不无关系。

(二) 接受国的艺术传统与欣赏习惯

影响的产生与接受国的艺术传统有直接关系。若接受国的艺术传统深厚,外来文学进入时阻力就大,反之,阻力就小。中国是诗歌的黄金之国,唐诗宋词妇孺能诵,这也许是十四行诗始终未能在中国盛行的重要原因之一;而西方的叙事文学则可以长驱直入,晚清时期翻译小说的繁荣就是明证。与此同时,接受国民众的欣赏习惯也很重要,没有接受国读者的参与和认同,外来思想和技巧即使进入作家的创作,也很难流传开来。深受拉美魔幻现实主义和法国新小说影响的中国当代先锋小说在当代文坛的隐遁就和缺乏一定数量的读者群有关。

影响的产生还取决于接受国文学内部的变化。如果接受国的文学和欣赏中已开始孕育新的因素,而这种因素又与影响者的某些成分类似,就会直接催发接受。晚清小说《九命奇冤》中的时间倒置技巧虽然受到西方侦探小说技法的启发,但时间技巧在我国说书人和民间艺人的作品中早已开始发育,因此,民众能

* 请访问爱课程网→资源共享课→比较文学/胡亚敏→第三章:比较文学的研究范围和研究方法→教学录像(00:21:50-00:26:24)

够适应这一叙述上的变化[①]。特别是当接受国的文学传统遭到抨击或面临解体，社会呼唤新的文学之时，外来的思想和技巧很容易作为新的因素被结构到新的文学中去。“五四”时期和20世纪80年代中期小说创作中的外来因素就是在这种情况下进入的，当人们否定传统的文学技法时，借鉴外来的形式和技巧就成为必然。

（三）被影响者个人的内在条件

被影响者在思想、个性、气质等方面与影响者的共鸣则是影响产生的主观原因，也是最重要的原因之一。在同一国度里，有众多文学家和理论家，为什么某一外国作家影响了甲而未影响乙呢？这里就有一个思想、气质相近或相斥的问题。鲁迅和郭沫若就是典型的例子，两人同为现代文学的巨匠，但因气质不同，他们对外来作品的接受就有明显的差异。鲁迅感兴趣的主要是弱小民族的批判现实主义作品，他是用一种冷峻的眼光观察人生的；而郭沫若偏爱浪漫主义作品，他回忆说，惠特曼“那豪放的自由诗使我开了闸的作诗欲又受了一阵暴风般的煽动”[②]，“尤其是惠特曼的那种把一切的旧套摆脱干净了的诗风和“五四”时代的暴飙突进的精神十分合拍，我是彻底地为他那雄浑的豪放的宏朗的调子所动荡了”[③]，因此郭沫若的诗作大多具有“火山爆发式”的力量。即使是某一外来作家的作品受到普遍关注，但被影响者所吸收的因素也因人而异。如郁达夫读尼采的作品，他对尼采那种“疯狂的哲学”并不感兴趣，却从尼采的书中看出超人的柔情这一面，这与郁达夫重柔情轻玄思的气质有关。

三、影响的类型

文学中的影响并非简单的因果关系，而是错综复杂的，这里主要谈两组类型。

（一）直接影响与间接影响

直接影响指作家直接接触和吸收外国作家作品中的因素，用图式表示：甲——乙；间接影响指作家通过一个或几个中介吸收外国作家作品的营养，用图式表示：甲——丙（中介）——乙。

直接影响与间接影响在概念上容易定义，但具体分析起来则十分复杂。约瑟夫·T. 肖在《文学借鉴与比较文学研究》一文中具体说明直接影响与间接影响的转换问题：

---

① 参见《〈九命奇冤〉中的时间：西方影响和本国传统》，见［加］M.D- 维林吉诺娃：《世纪转折时期的中国小说》，胡亚敏、张方译，华中师范大学出版社1990年版，第124—136页。

② 郭沫若：《创造十年》，见《沫若文集》第7卷，人民文学出版社1959年版，第58页。

③ 郭沫若：《我的作诗的经过》，见《沫若文集》第11卷，人民文学出版社1959年版，第143页。

> 一个作家将一个外国作家的影响引入文学传统，然后，如同俄国的拜伦式传统那样，它就会随着本国作家的影响而向前发展。随着这种传统的继续，另一个本国作家又会去向这个外国作家索求第一个作家没有采用的素材、色调、意象、或效果，于是，这种影响又被进一步丰富了。例如，莱蒙托夫受到普希金和其他俄国作家的拜伦式诗体小说的影响，可是，他又回到拜伦那里，直接寻求那些被普希金忽略或更改过的特点。①

在这里，间接影响又转化为新一轮的直接影响，并在新一轮的直接影响中获得新的因素。我国近代受西方文化的影响也是如此。有些学者和作家曾留学欧美，直接受业于西方某一大师，如梁实秋就拜师于美国新人文主义代表白璧德门下，他所受到的影响是直接的。但也有些仁人志士东渡日本，他们是借道日本向西方学习的，如中国近代的西学翻译，不少译文中的词汇是转借日本的，这样就有一个对中英日词汇的追踪和辨析的问题。

直接影响与间接影响的复杂性不仅表现在间接影响可以转化为直接影响，而且在很多情况下，间接影响的路径非常模糊，一个作家通过媒介接受了某个作家的影响，却并没有弄清自己艺术上的前辈是谁。这种现象在当今我国学人吸收和运用西方某些文学观念和批评方法上并不少见。

（二）正影响和负影响

正影响和负影响是从效果的角度加以划分的，往往会融入某些意识形态和权力的因素，不可避免会有价值判断。但为了促进合理的文化交流，这种划分又是必须的。

从施动与接受两方面看，正影响指影响者对被影响者的作用是积极的，它推动、丰富了他国的创作；或者说，被影响者吸收、消化外来因素，创作出优秀的作品。负影响指影响者对被影响者的作用是消极的，阻碍或破坏了他国的创作；或者说，被影响者对影响者的某些因素加以抵制和否定。华兹华斯号召英国诗人抵制当时出现的“病态而又愚蠢”的19世纪德国悲剧，认为它们对英国文坛的影响是负面的。在有些情况下，被影响者通过对影响者的抵制和反动也许会构成一种创造性的契机，产生一些新的动力。布鲁姆在《影响的焦虑》一书中曾对如何从前人影响的阴影中摆脱出来这一问题作了具体阐述。

我们还要看到，正影响和负影响在有些情况下是交织在一起的。“五四”时期西方各种文学思潮对中国文坛的影响就是如此。西方文学思潮一方面激发、推动和丰富了“五四”新文学的创作，另一方面又造成了新文学与传统文学在

① ［美］约瑟夫·T. 肖：《文学借鉴与比较文学研究》，见张隆溪选编：《比较文学译文集》，北京大学出版社1982年版，第40页。

一定程度上的断裂(当然,对“五四”的评价是一个复杂的问题,需要专门讨论)。这种正负影响也会出现在同一个人身上,接受者在创作中会吸收一些外来因素,也会排斥、曲解一些外来因素。例如鲁迅对尼采的态度就是如此,鲁迅在欣赏尼采的反叛和孤独的执着的同时,对尼采所表现出的对民众的轻蔑则持批评态度。

四、影响研究的范围 *

(一) 影响研究的经过路线

梵·第根在《比较文学论》中描述了比较文学中影响发生的路线,如图所示:

经过路线

起点————————————————终点

放送者　　　　传递者　　　　接受者

根据研究者立足点的不同,比较文学可产生三种不同的子学科:流传学、渊源学、媒介学。如果从放送者出发,研究作家作品在国外的命运,包括传播过程中的声誉、成就和变异,这种研究即为“流传学”;如果置身于接受者的立场,探讨作家作品的来源,分析它们所受到的各国文学的影响,这一研究被称为“渊源学”;如果研究文学传递的经过路线,即各国文学互相影响的途径和手段,就是通常所说的“媒介学”。这三个方面本身是一个过程,作这样的区分是出于理论阐述和研究方法上的需要而采用不同的角度罢了(关于这三个子学科的具体研究方式,我们将在第二编第四、五、六章详细讨论)。

(二) 影响研究的三个方面

影响研究作为比较文学的一种主要的和基本的方法论,它主要围绕“文学关系”展开。影响研究的范围很广,概略地说,有三大方面:一是作家作品的实际联系和影响,二是文学思潮和文学运动的互相呼应,三是文学史上的外来渗透和对外影响。

就作家作品而言,比较文学的影响研究要求既要了解作家作品在国外的流传和不同国度作家的师承关系,又要关注接受国作家在创作中的模仿、借鉴和创造,并在分析作家对外国文学的吸收和消化的过程中把握他的创新和成功之处。同时,文学作品中的类型、题材、情节和人物等的借用和变形也是影响研究的一个重要方面。近代以来,中国作家对西方学习的热情十分高涨,对西方文学的借鉴甚至超过对传统的继承,有些作品的题材、人物、情节、表现手法等有外来的渊

* 请访问爱课程网→资源共享课→比较文学 / 胡亚敏→第三章:比较文学的研究范围和研究方法→教学录像(00:18:30–00:21:49)

源和影响,这样的例子不胜枚举。

文学思潮和文学运动的互相呼应是比较文学研究范围的延伸(早期法国学者将超越两国的文学关系归入总体文学的范畴)。一种文学思潮或批评流派是怎样形成的?它又是如何传入别的国家和地区的?它在新的语境中有哪些新的发展和变化?这些都是比较学者需要考虑的问题。结构主义文学批评的发展走的就是一条国际路线,从莫斯科俄国形式主义,经由布拉格符号学派,最后在巴黎形成结构主义思潮,而这股思潮形成后又成为席卷全球的结构主义旋风。此后的解构批评发端于巴黎,但它却在大西洋彼岸的美国开花结果,并立即风行于世界。欧洲大陆的接受美学和美国的读者反应批评两股思潮彼此遥相呼应,形成了既有一定的理论差异又有共同旨趣的文学批评运动,旋即又在不同国家流传。这些思潮、运动的传播媒介、途径以及它们的联系和在流传中的变异都值得深入研究。

文学史上的外来渗透和对外影响是过去文学史研究忽略的部分,这恰是需要比较文学去填补的重要内容。自人类文明产生以来,一个民族的文化和文学不可避免地受到其他民族文化和文学的影响,同时也会对其他民族的文化和文学产生影响。杨周翰曾说过,在《欧洲文学史》编写中未充分论及欧洲各国文学的交流是一个遗憾。应该说,这对中国文学史的编写也是一个提醒。比较文学视野下的文学史,一方面要考辨外来文化和文学对中国文学的影响,如魏晋时期印度的佛教、音韵学对中国文化和文学的影响,唐以来西亚文化对中国文化和文学的影响等。另一方面,若放眼中国文学对周边国家的影响,也会看到中国古典文学的辉煌。例如中国古典文学对日本、朝鲜、越南的文学均产生了深刻和持久的影响,在《源氏物语》中我们不难辨出白居易诗歌的影子。

五、影响研究的局限

法国学派所创立的影响研究从某种意义上说可视为超越国界的实证主义研究。法国学者所发掘出的许多鲜为人知的材料,丰富了人类文学遗产,填补了文学史的空白,他们的科学精神和严谨学风为世界不少学者所叹服。但是,影响研究所具有的这种实证性也给自身带来明显不足。首先,影响研究偏重于事实联系,注重来源与影响的研究,把研究重心放在资料的发掘和考证上。但文学作品毕竟不是各种材料的总和,而是一个有机的整体。影响研究忽略了作品的这种整体性和作家的创作个性,这是它的缺憾之一。真正的文学研究不应仅仅关注事实的考证,更需要审美和思辨,需要了解作品的质量和价值,而影响研究的实证性在一定程度上妨碍了对作品的感悟,削弱了人们对作品艺术魅力的感知。其次,由于影响研究强调实证,使其范围受到限制。法国学者主要限于研究欧洲各国文学的关系,范围相对狭窄。事实上,世界上很多文学现象之间没有直接联系,如早期的中国文学就与欧洲几乎是隔绝的,因此面对中西古典作品,影响研究就不得不止步。还有,即使有些文学现象之间有某种联系,也可能由于其间事实链条的中断而使影响研究难以进行下去。

尽管影响研究有一定局限,但影响研究作为比较文学学科的支柱之一,为比较文学提供了一套切实可行的理论基础和方法步骤。当今随着经济全球化进程的加快和信息高速公路的四通八达,文学之间的接触和交流日益频繁,影响研究的发展前景将会越来越广阔。

第二节　平行研究

平行研究是用逻辑推理的方式对相互间没有直接关联的两种或两种以上的民族文学的研究。与影响研究相比,平行研究的范围更广,它可以从各种角度、各个方面对不同民族的文学加以研究。并且,平行研究注重对象的文学性,注重不同民族文学的主题、题材、文体类别、人物形象、风格特点等文本因素。平行研究的提出是美国学派的贡献。

一、平行研究的可行性 *

平行研究比较的是没有直接联系的两个对象,它不可能像影响研究那样可以拿出确凿的证据。那么,平行研究何以能够存在呢? 下面,我们通过探讨文化和文学的普适性与差异性,以论证平行研究的可行性。

(一) 文化的普适性与差异性

自 19 世纪以来,人类文化的某些共同性质越来越受到关注。人们逐渐摆脱孤立、割裂的思维方式而对人类文化的发展作一种宏观的综合的研究。这一趋势突出表现在对社会发展和人性的综合研究上。

就社会发展的同步性而言,早在 19 世纪中叶,马克思、恩格斯就在他们的著作中从唯物史观出发,根据生产力和生产关系的发展,将人类社会大致划分为原始社会、奴隶社会、封建社会、资本主义社会和共产主义社会五种社会形态,宏观地勾画出人类社会历史发展阶段。20 世纪以来,学者们不断修正和补充社会发展的理论,如比利时学者曼德尔将资本主义的发展分为早期资本主义、自由资本

* 请访问爱课程网→资源共享课→比较文学 / 胡亚敏→第三章:比较文学的研究范围和研究方法→教学录像(00:32:45-00:45:12)

主义和晚期资本主义三个阶段[①]。但这些修正并没有否定人类社会发展中社会形态的发展规律。

法国社会学家德鲁兹则从符号学的角度研究人类社会和文化发展的共性。德鲁兹将人类社会的发展也分为五个阶段。起初是“无符号”阶段,这是一个无符号、无沟通,与动物相差无几的蒙昧时代;第二个阶段是“符号化”阶段,人类开始认识周围的环境,赋予客观世界以名称和形式,如可吃与不可吃、生吃与熟吃等,这是一个漫长的过程;第三个阶段是“超符号化”阶段,随着人类对符号的运用,产生了系统的语言,符号的意义开始固定并被“神圣化”,人只能改变自己以适应僵化的符号;第四个阶段是“解符号化”阶段,所有神圣的名目不再有意义,一切用符号结构起来的“系统”已经分崩离析,“零散化”,人们甚至怀疑语言系统是否真正能够表现人类复杂多样、变幻无穷的感受。正是在这个意义上,将来也许会出现第五个阶段,“重新符号化”阶段,即重新认识世界并赋予它新的名称。

不仅人类社会发展的阶段大致相似,更重要的是作为社会主体的人,无论东方人还是西方人也有着某些本质上的相似,这不单指生理方面,也包括心理现象。早在两千多年前,孟子就说过:“口之于味,有同嗜焉,耳之于声,有同听焉,目之于色,有同美焉。”尽管历史有古今之别,人种有肤色之分,但人类毕竟有一些共同的东西,如生老病死喜怒哀乐之类。弗洛伊德提出的无意识理论、“俄狄浦斯情结”以及本我、自我、超我的三分人格结构等都揭示出人类心理活动的某些共同特征。

简言之,人类文化中的共同点非常多,这是一方面;另一方面,不同的文化背景、不同的民族传统也会形成文化的差异性。历史上的中国和西方虽然经历了大致相近的社会发展阶段,在基本人性上有着许多共同性,但由于地理环境、文化背景、民族心理等方面的差异,特别是中国古代一直是属于农耕文化,而西方自古以来在经济形态上就具有较鲜明的商业性质,由此形成了不同的民族精神。老舍在他的作品《二马》中曾通过人物形象揭示了中英民族性格的差异。马则仁的闲适、闲暇与英国人的“时间就是金钱”相对立,老马重仕轻商的意识在以金钱为本的资本主义制度面前被击得粉碎。

就中西哲学的差异而言,中国哲学主要与人事相关,“四书五经”都是谈人事的,《论语》开篇就说:“有朋自远方来,不亦乐乎!”而西方的哲学则大多是

① 在此基础上,美国学者詹姆逊将当今的后现代社会界定为“晚期资本主义的文化逻辑”。詹姆逊还提出了“非同时性的同时性”问题。即同一国家在同一时段存在不同的社会形态,和全球化时代处于不同发展阶段的国家中的物质文化乃至某些精神文化含有某些同质因素。

与科学联系在一起的,西方哲学注重科学的精神与方法,由此带来一系列差异。中国哲学强调统一、整体、和谐,西方更注重差异、多元、矛盾。中国文化注重人与自然的融合,人是自然的一部分,人的本性、生命活动、生存方式与自然休戚相关。据传为汉代思想家董仲舒所著的《春秋繁露》有言:“天地人,万物之本也。天生之,地养之,人成之。天生之以孝悌,地养之以衣食,人成之以礼乐。三者相为手足,不可无一也。”儒家追求天道、天理,实质上是探求人的生命之道、行为之道;道家主张“法自然”“法天贵真”,更多地表现出对自然的顺应和回归,与自然融为一体,进入一种“天和”、常乐的至境。这种天人合一的思想使中国哲学必然更加关注人生的体悟及精神伦理的修养。西方在人与自然的关系上,则主要表现为一种征服与被征服的关系。人是作为认识主体站在世界、自然之外观察它、研究它的;人与自然界是一种对抗关系,人只有在征服、战胜自然的艰苦斗争中才能求得自身的生存和发展;由此,人在了解自然的过程中支配自然,成为自然的主人和占有者。这种“占有的权力”对西方自然科学的发展起到了巨大的推动作用。

就历史观而言,西方的哲人则多向前看,从柏拉图的《理想国》开始,人们把希望寄托于将来,引颈眺望,心神奔驰。鲁迅曾指出:“吾中国爱智之士,独不与西方同,心神所注,辽远在于唐虞,或迳入古初,游于人兽杂居之世。”[①] 中国的智者常常将眼光投向过去,老子就要求人们“返璞归真”,回到“小国寡民”“鸡犬之声相闻,老死不相往来”的社会去。文人笔下的理想社会是尧舜时代,“致君尧舜上,再使风俗淳”,我们经常听到“世风日下,人心不古”的感叹。

在民族关系问题上,陈独秀曾鲜明地指出中西方的差异:“西洋民族以战争为本位,东洋民族以安息为本位。儒者不尚力争,何况于战。……若西洋诸民族,好战健斗,根诸天性,成为风俗。自古宗教之战、政治之战、商业之战,欧罗巴之全部文明史无一字非鲜血所书。”[②] 中国的理想模式是“协和万邦”,明代意大利传教士利玛窦曾说,明朝的军队是他所见过的世界上数量最庞大、装备最精良的军队,但他发现这支军队完全是防御性的,中国人没有想到要用这支军队侵略别国。

人们曾将中西文化差异用符号比喻,中国文化的象征是“太极图”,西方文化的象征是“十字架”[③],这一比喻很值得体味。“太极图”是圆的、平衡的,具有向心力,同时也是封闭的、互相纠缠的,内部运动和斗争的。“十字架”纵横相交,

① 鲁迅:《摩罗诗力说》,见《鲁迅全集》第1卷,人民文学出版社1981年版,第69页。

② 陈独秀:《东西民族根本思想之差异》,见《独秀文存》,亚东图书馆1922年版,第35—36页。

③ 易中天:《中国:掀起你的盖头来》封底语,海南出版社1995年版。

向四方延伸，显示出一种张力，也显示出侵略性和扩张性。认识和了解中西文化的这些差异是必要的，因为只有认识到民族的差异，才不会生搬硬套而犯普遍主义的错误，也才能有选择地吸收和发展。

以上仅是就主导文化而言，每个民族都有与主导文化相应或相反的亚文化群，它们构成了民族特色中的例外。在这里我们突然发现，平行研究与影响研究一样，仍建立在历史的和地域的基础上，这也许是比较文学的宿命。

（二）文学的普适性与差异性

文学作为文化的象征和体现也同样存在着普遍性与特殊性的问题。文学的某些普遍规律越来越受到人们的重视，宏观的、综合的文学研究已成为一种自觉。

文学的共同性突出地表现在“一切文学创作和经验是统一的”（韦勒克语）。从宏观的层面讲，也就是人性和文心的相似。首先，人类具有共同的生命形式，世界各国的人们在体验情感时存在着许多相同或相似之处，如爱与恨，生与死，欢乐与痛苦，喜庆与忧伤，分离与团聚，希望与绝望……例如，美国电影《廊桥遗梦》之所以能风行一时，震撼全球亿万观众的心，其根本原因就在于它展现了人性中所共有的隐秘且珍贵的情感，触动了一般观众特别是女性观众的心弦。这种体验其形式具有超个体、超历史的一面。郑振铎在其《插图本中国文学史》绪论中就讲了这一点：“时代的与‘种族的特性’的色彩虽然深深地印染在文学作品中，然而超出这一因素之外，人类的情思却是很可惊奇地相同。”其次，文学本体及其存在形式在各民族文学也有着许多共同性。各民族文学都有诗歌、戏剧、小说等相应的文学体裁，并且小说这一体裁都较诗歌晚，因为小说的发展需要一些新的因素。各民族文学都有夸张、拟人、比喻、象征等表现手段。这些形式因素具有超历史、超个体的一面。

正是这种人类的共同的情感体验和表现形式上的类似之处提供了可比性的基础，使我们从国际的角度突破语言和地方性文化传统的局限研究文学的共同特征和规律成为可能。然而，文学的这些体验形式、创作形式又是在特定的文化心理和历史传统中实现的。同是写爱情，中西方文学在价值观念、人物形象和语言表达上就有较大的差异。在体裁的处理上，中西也各有千秋。中国戏剧突出表演，讲究唱念做打；西方戏剧则偏重于文学部分，讲究戏剧结构和冲突。

总之，平行研究的基础在于文化、文学的普适性与差异性。完全相同，甲等于乙，没有比较的必要；甲与乙不相干，没有比较的可能。正是文化和文学的这种普适性与差异性使平行研究具有了可行性。当然，可比性的表现形式有显在的，也有隐形的，而隐形的可比性则需要在一定的范围和特定的标准下才能觉察和比较。

二、平行研究的具体方法 *

平行研究的具体方法包括比较、对照、假设、推论、解析、综合等，其中类比和对比是最主要的两种方法。

类比指研究“两部没有必然关联的作品之间在风格、结构、语气或观念上所表现的类同现象”(奥尔德里奇语)，即考察相互间没有关联的作家作品间的相似之处，以期发现其共同性。就作家而言，我们可以考察作家相似的经历和思想观念等。例如，屈原和但丁的比较研究，萧红与伍尔夫的比较研究。就作品而言，不同民族文学间在相互隔绝的状况下也会出现惊人的类似。如“人与非人”这一题材就出现在中外不同时期的作品中，蒲松龄《聊斋志异·促织》(人变蟋蟀)，卡夫卡《变形记》(人变甲虫)，尤里斯库剧作《犀牛》，这些类似的故事都揭示了一个深刻的主旨——社会压迫所引起的人的异化。又如吝啬冷酷、贪得无厌的艺术形象，不仅出现在英国莎士比亚的名剧《威尼斯商人》中，出现在法国古典主义戏剧家莫里哀的杰作《悭吝人》中，同样也出现在我国卓绝的讽刺小说《儒林外史》中，这些类同为作品的比较提供了可比性的前提。

对比指比较不同文化和文学体系的特点，从而使两者的特征相形突出。这是一种求异研究。例如中西神话比较研究，同是神话，它们都产生于人类的童年，都表现为与现实相异的想象世界，这是可比性的条件。但中国的神话人物大多是开天辟地的英雄，具有献身精神，且不食人间烟火，极少情欲，形体上往往是人兽结合，伏羲鳞身，女娲蛇躯，西王母“豹尾虎齿而善啸”(《山海经》)；西方神话则多人神同形，这些神有人的弱点和局限，他们有的偷情(如天帝宙斯追逐欧罗巴)，有的嫉妒(如天后赫拉)，爱争吵甚至哭泣等，由此形成中西神话的不同特点。又如中西作家笔下的美女的喻旨，中国文人往往用美女喻君王，而西方则大多将美女作为古典理想或哲学境界的象征。汉代王逸《楚辞章句·离骚经序》中曰：“灵修美人，以媲于君。宓妃佚女，以譬贤臣。虬龙鸾凤，以托君子。飘风云霓，以为小人。”屈原《离骚》中的美女往往表现为对理想君王的渴求。但丁《神曲》中的美女则隐喻对某种精神信仰的追求，“美女引导我遨游天空”，歌德《浮士德》中的海伦则是一种古典美的象征，她的逝去隐喻这种理想的破灭。再如，中外文学家笔下都曾把蝴蝶作为描写对象，但却赋予其不同含义。王蒙的《蝴蝶》有庄周之意，表达的是人生沉浮的感慨，马尔克斯的《百年孤独》则传达的是拉美那块神奇土地上的神秘氛围。这种对比研究应该建立在类似的基础上，而

* 请访问爱课程网→资源共享课→比较文学/胡亚敏→第三章:比较文学的研究范围和研究方法→教学录像(00:45:13-00:52:18)

侧重点则是比较其差异。

文学之间的异同不是一种简单的、平面的现象，而往往呈现出复杂形态，往往是同中有异，异中有同。有的乍看类似，而深入研究却发现有本质的区别；有的看似相去甚远，而仔细辨认却可以找出其中的共同特征。杨绛在《李渔论戏剧结构》一文中细致地辨析了李渔和亚里士多德的戏剧结构理论的异同。杨绛指出，两人的理论在表面上看很相似，李渔要求戏剧结构"一本戏只演一个人的一桩事"，而且这件事是一个完整的有机体，它必须"承上接下，血脉相连"，全剧的结构是情节发展的必然结果，这与亚里士多德在《诗学》中所论悲剧的"故事整一性"非常接近。亚里士多德也认为，悲剧应演一个人的一桩事，这桩事也必须有完整的机体，前后连接，各部分有必然的联系。但经过深入研究后作者发现，这两者所论的其实是性质不同的两种结构。李渔所说的戏剧结构的整一和亚里士多德的整一并不是一回事。希腊戏剧结构要求整一是因为演出地点不能改变，所以时间不宜过长，地点不宜太广，时间、地点的集中使情节很紧凑，悲剧的开始紧接着结局。而我国传统戏剧不受这个限制，时间长短可以根据剧情的需要，地点可以随心所欲，走一个圆场就表示十里之外，一件事发生的许多方面都可以在舞台上表演，戏剧的开始也不必紧接着结局。因此中国传统的戏剧结构与亚里士多德的戏剧结构并不相似[①]。杨绛对李渔与亚里士多德的戏剧结构理论的研究说明，表面相似的文学现象其内涵可能是完全不同的，中西戏剧结构的根本差异来自于两种不同的戏剧传统。如果脱离作品实际作肤浅的比附，很容易迷误和混淆。

类比和对比是平行研究的主要方法，就两者的关系而言，类比是比较的前提，而对比是比较的价值所在。在实际运用中，类比和对比这两种方法往往是交叉运用的。在研究中，准确地指出不同体系或作品的相同点和不同点并不是轻而易举的，它需要全面的综合的知识和机敏的头脑。而进一步科学地解释这些类同和差别的原因更需要深厚的学养。从更高的标准要求，则要在研究中有自己的发现和创造，或发现某些规律性的东西，或提出一个耐人寻思的问题。

三、平行研究的特点与局限 *

（一）平行研究的特点

美国学者勃洛克（Haskell M. Block）在《比较文学的新动向》一文中阐述了

① 杨绛：《李渔论戏剧结构》，见张隆溪、温儒敏编选：《比较文学论文集》，北京大学出版社 1984 年版，第 53—67 页。

* **请访问爱课程网→资源共享课→比较文学 / 胡亚敏→第三章：比较文学的研究范围和研究方法→教学录像(00:52:19-00:58:19)**

平行研究的特征："比较文学应该变得更能综观全局，它同时也应该变得更具评论精神。它应该用价值关系去取代事实关系，它应该着重考察的主要不是外部关系，而是内部关系。"[①] 平行研究不像影响研究那样采用历史的、考据的方法注重渊源、影响、联系等文学的外贸问题，而是采用哲学的、审美的、批评的方法研究文学，因此平行研究较影响研究更具有理论意义，可以说，平行研究所擅长的逻辑推理的思辨方法是它最有价值的方面之一。并且，由于平行研究不受"事实联系"的束缚，研究对象在时空方面没有明确的渊源联系，从而为了解各国文学特别是在各自独立的文化传统中发展起来的文学提供了理论通道，也就是说，平行研究可以将全球各地的文学现象最大限度地纳入其研究领域。例如，古希腊的神话既可以与北欧的神话相比，又可以与地域遥远的中国神话或澳大利亚神话相比较。莎士比亚的剧作也可以与中国汤显祖的剧作建立关系。显然，与只重事实联系的影响研究相比，平行研究的领域要广阔得多。不仅如此，平行研究还提出了文学与其他艺术、文学与其他学科（哲学、宗教、思想史、心理学等）之间的比较，这就进一步扩大了比较文学的研究空间。

平行研究对于中国比较文学更有着特殊的意义。中国长期处于相对隔绝的状态，中国比较文学研究的主要对象——中西文学在20世纪以前很少交流，平行研究为中西比较文学提供了一个纵横驰骋的疆场。宗白华的《中国诗画中所表现的空间意识》，朱光潜的《中西诗在情趣上的比较》等都是平行研究的佳作。平行研究也为比较诗学特别是中西文论提供了可行的途径，中西传统文论基本上是在没有相互传播、影响和因果关系的条件下产生的。我国学者可借助平行研究的方法，把握中西文论的特点，寻找中西理论家、批评家提出的带有普遍性的文学观念。

（二）平行研究的局限

平行研究在拓宽比较文学的空间的同时也带来了一些问题，即研究对象的选择缺乏严格的限定，甚至使其研究范围大得无法为一个学科所容纳。陈寅恪在《与刘叔雅论国文试题书》中谈到，文学研究"必须具有历史演变及系统异同之观念。否则古今中外，人天龙鬼，无一不可取以相与比较。荷马可比屈原，孔子可比歌德，穿凿附会，怪诞百出，莫可追诘，更无所谓研究之可言矣"。这道出了平行研究的一个严重问题，尽管文化和文学的普适性与差异性为平行研究提供了比较的可能和基础，但平行研究的对象还有待于限定和选择。在这里，陈寅恪提出的"历史演变及系统异同"的看法值得借鉴，被比较的对象之间应强调其历史的相关性和系统的相关性，时代与系统是限定平行研究对象的两个重

① 参见干永昌、廖鸿钧、倪蕊琴选编：《比较文学研究译文集》，上海译文出版社1985年版，第203页。

要尺度。

平行研究的另一难题是如何处理不同民族文学的异质性问题，就像“天鹅是白的”这一命题被突然飞来的一只黑天鹅所推翻一样。西方文化充满异质性，既有保守主义思潮，又有自由主义和激进主义思想；就哲学而言，既有英美的经验哲学，又有欧陆的思辨哲学。中国文化也不是铁板一块，儒道释是有区别的。伊斯兰世界也是多元的，有温和的现代派教徒，也有伊斯兰传统主义者等。因此平行研究的判断和结论应谨慎和尽可能地周密。在这个意义上，平行研究的局限为平行研究的发展提供了进一步探索和思考的空间。

总之，影响研究和平行研究是比较文学的两种基本研究方法，它们在比较文学发展史上相继形成，并在当今的比较文学研究中互相补充、相辅相成。从某种意义上讲，比较文学理论实际上是一种方法论的研讨。

第三节　比较文学的研究立场

影响研究和平行研究作为比较文学的方法主要是由法国学派和美国学派提出的。进入中国比较文学领域，在运用这些研究方法时，还存在着研究者的立场问题。而立场又与从事比较文学的目的相关。在比较文学研究中，我们的目光是放在寻求更多的文学共同点上，还是去了解本民族文学的差异，这也是比较文学绕不过的话题。

一、世界主义与民族主义

比较文学是在世界主义和民族主义意识觉醒中成长的，历来研究比较文学有两种立场，一种是世界主义的立场，即通过比较文学的研究，达到文化整合，追求天下大同；二是民族主义立场或本土立场，即通过比较文学的研究，认识和坚持本民族文化和文学的差异，推动本民族文学的发展。

（一）世界主义和民族主义的概念

法国的比较文学与世界主义思潮有直接关系。“比较文学是由于世界主义文学的觉醒而产生的，它兼有历史地研究世界主义文学的意愿。”[①]“世界主义”（Cosmopolitanism）本是一个政治概念，即要求所有的人都摒弃民族和国家的狭隘观念，视整个人类为自己的同胞，通过直接归属一个单一的联邦国家，摆脱由国境、人种歧视等引起的不必要的战争，达到永久性的和平。建立统一的欧洲是

① ［法］基亚：《比较文学》，颜保译，北京大学出版社1983年版，第1页。

欧洲许多先哲和政治家的梦想，近代以来，伏尔泰、卢梭、康德、圣西门、拿破仑、雨果等都用不同方式描绘过这一蓝图。梵·第根曾具体说明了欧洲文化发展中的四个世界主义时代，即中世纪的基督教和拉丁文化，16 世纪的文艺复兴，18 世纪的启蒙主义和人文主义，以及 19 世纪的浪漫主义。基亚认为，维尔曼、安培这些比较文学的先驱也是世界主义者。罗力耶则在他那部《比较文学史》中这样描述比较文学的发展方向，一切文学上的民族的特质将成为历史，“总之，各民族将不复维持他们的传统，而从前一切种姓上的差别必将消灭在一个大混合体之内——这就是今后文学的趋势”[①]。

“民族主义（Nationalism）一词 1844 年才出现于社会文本中，其基本含义是：对一个民族的忠诚和奉献，特别是指一种特定的民族意识，即认为自己的民族比其他民族优越，特别强调促进和提高本民族文化和本民族利益，以抵抗其他民族的文化和利益。[②]“民族主义”是一个屡遭非议的话题，它有其合理的一面，也有其病态的一面。民族主义存在的合理性在于它是一种具有凝聚力的集体意识；特别是在当代，它被作为反对帝国主义的一面旗帜，对第三世界来说，某种民族主义仍是十分重要的。所谓病态，即民族主义中潜藏着一种盲目自大的危险，容易滋长种族歧视与排外情绪。民族自卑与民族自大相交织，将导致极端狭隘的民族主义。英国美学家、艺术史家贡布里希晚年在对犹太人灾难的思考中这样说道：“我认为任何形式的民族主义都是可耻的骄傲自大，或是懦弱与愚蠢的混合物。说它懦弱，因为民族主义需要大众的支持，它不敢孤自独处；说它愚蠢，因为它自认为自己和同类优越于其他人。”[③]

如何看待民族主义与世界主义？韦斯坦因指出：“在胸襟狭隘的民族主义的时代，文学的世界国籍（世界主义）应该受到欢迎。但是，把它推向极端的做法是无论如何应该避免的”[④]。极端的民族主义需要警惕，但过分强调世界主义也将导致独裁和一体化。人类怎样表述自己和其他文化，是从事比较文学的学者也包括我们每个人需要思考的问题。

（二）中国对待外来文化的两种倾向

回顾中国近代以来的对外关系，一直存在两种倾向。一是全盘西化的主张，胡适的《睡美人歌》曾把中国比做一个沉睡的美人，因西方武士的千年一吻而惊醒，这一说法可视为全盘西化的隐喻。与全盘西化相伴而行的是在中外对比中宣传耻辱的做法，陈独秀的《东西民族根本思想之差异》和严复的

① ［法］罗力耶：《比较文学史》，傅东华译，上海商务印书馆 1930 年版，第 352 页。

② 参见徐迅：《民族主义》，中国社会科学出版社 1998 年版，第 40 页。

③ 转引自范景中：《贡布里希：中国文化令我深爱》，载《中华读书报》2001 年 12 月 12 日。

④ ［美］韦斯坦因：《比较文学与文学理论》，刘象愚译，辽宁人民出版社 1987 年版，第 17 页。

《论世变之亟》是其中的代表。另一种是文化保守主义，以辜鸿铭为代表，包括张之洞提出的“中学为体，西学为用”。他们认为，中国文化是世界上有着最悠久历史和最光辉灿烂的遗产的文化，中国的哲学思想博大精深，中国文化对西方文化中存在的缺陷具有一种难得的补救和治疗功能。如此种种，既“包括中国学者对西方文化一厢情愿的认同、误解和有意的歪曲，更包括情绪化的对西方的拒绝，还包括华夏文明优势失落后知识界不服气却又无可奈何的心态”。①

近百年间虽然中国发生了翻天覆地的变化，但这两种情况仍然存在，激进与保守、中国与西方仍成为当代知识分子的文化选择和论争焦点，只不过两种倾向此消彼长而已。

二、开放的民族主义 *

比较文学研究何为，这与研究立场有关。从事比较文学研究主要是为了本民族文学的发展，但这种发展绝不是独立发展，而是与其他民族的协调发展。比较文学最主要的工作不仅仅是去证明他国文学、文论与我国文学、文论的相似，而是理解和尊重他国文学与我们的差异，在吸收中发展自己。我们不能将正常的中西文化交流现象都视为西方后殖民主义的文化入侵。从某种意义上讲，全球化并不意味着超越民族或国家的形式，也不会最终取代民族或国家的形式，全球化将会造成和加强国家之间的依赖关系。

（一）“民族”概念的再认识

1. 民族的相关性。比较文学的民族是一种关系概念，用来表示世界体系的各组成部分。民族不是孤立存在的，而是存在于与其他民族的关系之中。詹姆逊认为：“‘民族’在今天应该用来表示一个系统中的一部分，这一部分永远应该暗指（多于二项的）相关性。”② 民族的概念往往与另一地域的他者相区别，是在与他者对比和参照中确立的，每个民族的历史也是如此，往往与其他民族的历史联系在一起。

2. 民族的发展在于否定和更新。“民族性”应被视为一个动态、开放的概念，它处于不断扬弃的过程中。外来的一些先进的因素将融入本民族文化传统中，而民族性中一些陈旧的、不适应社会发展的东西将会遭到淘汰。例如中国的民乐就是一个典型的例子。先秦时期的编钟、石磬现已很难寻觅，而二胡、笛子这

① 张宽：《欧美人眼中的“非我族类”》，载《读书》1993 年第 9 期。

* **请访问爱课程网→资源共享课→比较文学 / 胡亚敏→第二章：比较文学的历史→教学录像（00:31:14–00:31:47）**

② ［美］詹姆逊：《快感：文化与政治》，王逢振等译，中国社会科学出版社 1998 年版，第 440 页。

些胡乐则逐渐成为中华民族的传统乐器。中国传统文论的发展也是如此，在印度佛教基础上发展起来的禅宗对我国文人和文论有着深远影响，禅宗的很多思想乃至一些术语已成为我国文论的重要组成部分。退一步说，传统本身也不是一个僵化不变的存在，人们常说“汉唐气象”，其突出风格就是大度和开放，它勇于吸收域外的异质文化。因此，民族性不是一个固守的概念，而是一个不断摈弃、吸收、转换的过程。从某种意义上讲，民族意识需要自我否定和自我更新，一个民族如果不构想新的观念，没有具备改变现存行为方式的能力，它就不能够生存下去。

3. 民族中蕴含普遍性。人类具有普遍性是一个被政治学、社会学乃至当代最精密的基因技术所证明了的事实，民族性中的普遍性首先表现为人类的共同性，而这个问题常常被忽视。民族性中的普遍性还表现为“心怀全球”，它一方面坚持民族的独立性，另一方面又希望得到世界的认同，渴望立于世界之林。可以说，没有哪一个民族希望自立于全球之外，这就是民族性的逻辑。

（二）“开放的民族主义”的特征

在经济全球化的大趋势下，如何既防止或避免文化帝国主义（或曰一体化）之单极文化的发生，又遏止文化观念上盲目自守、拒绝对话，否认先进与落后之别、缺乏自我更新等狭隘文化部落主义的生成，这是摆在比较文学面前的一个严峻的课题。

1. 坚持民族的差异性。坚持民族的差异性是全球化时代民族知识分子的策略。全球化不仅仅是跨国资本与解区域化的信息高速公路，全球化还蕴含着西方意识形态的全球渗透。用吉登斯的话说，全球化的意义生产是由西方的跨国资本主义利益集团来主导的。西方文化以美国为首，形成了庞大的全球信息传播体系和以知识、学术、教育体系为支柱的意识形态体系，以及以美国好莱坞、迪斯尼为主导的影视娱乐体系，现在关于全球化的各种观念、符号、形象等大都是这个西方意义生产体系制造出来的。面对西方的现代化渗透，抵制同质性、单一性，警惕用全球性话语取代地方话语，这是民族知识分子的责任，也是开放的民族主义的重要特征。

从事比较文学需要有自己的民族背景。坚持民族的差异性就要立足于本土文化，坚持本民族文化的独特发展。民族性根植于传统之中，在长期的历史发展中，民族性中有值得珍惜的东西，需要根据不同的环境作取舍，有些东西要坚持，有些东西则应该抛弃。民族知识分子应保持民族的差异性，做民族文化的发扬光大者。当然，坚持民族的差异性不是回到过去。“我们不再把过去看成是我们要复活、保存或维持的某种静止和无生命的客体”[①]，历史是无法割舍的，但可以重新审视和重新评价，用当代新的思想和新的术语去批判和重建自身的传统。也就是说，我们不可能绕过当代，回避现代西方学术去讨论传统。在比较文学研究中，坚持民族的差异性还应该从中国文学的实际情况出发提出问题、研究问题，特别是通过研究中国的现实问题以获得当今世界的话语权。

2. 有容乃大。与坚持民族的差异性相对，开放的民族主义特别标举“有容乃大”的气度，它要求以宽容的精神、多元的价值观、对话的姿态踏踏实实地吸收一切先进文化的精华。回顾历史，中国文化之所以没有衰亡，就因为她是一个善于吸收的民族。闻一多曾满怀激情地写道，中国、印度、以色列、希腊这“四个文化同时出发，三个文化都转了手，有的转给近亲，有的转给外人，主人自己却都没落了，那许是因为他们都只勇于‘予’而怯于‘受’。中国是勇于‘予’而不太怯于‘受’的，所以还是自己的文化的主人。然而也只仅免于没落的劫运而已。为文化的主人自己打算，‘取’不比‘予’还重要吗？……过去记录里有未来的风色。历史已给我们指示了方向——‘受’的方向，如今要的只是勇气，更多的勇气啊”！[②] 与世界其他古老文明相比，中华民族延续时间之长，涵盖空间之广，并且从未间断，可谓举世无双，而“有容乃大”是其重要原因之一。其实，当今的西方文化之所以保持强劲的势头，也与其善于吸收有关。例如，巴黎的服装就很有东方情调，欧洲的有些绘画也从东方获取了灵感。而美国本身就是一个多元化的社会，它的机制就像一个加工厂，从世界各地获取原料，加工后又推销到世界各地。当今世界已成为纵横交错的网络，如结构主义文学批评虽然盛行在法国，但其因子中既有索绪尔（瑞士）的贡献，又有普洛普和俄国形式主义者的贡献。中国当代学术也正努力从异质文化中汲取有利于自身发展的因素。从某种意义上讲，如今中国的“西学”已成为“当代中国文化意识”的组成部分。

简言之，开放的民族主义立场要求在比较文学研究中，超越东西方等级秩序和狭隘的民族情绪，一切从有利于中国文化和文学的发展出发，在世界文坛这个平台上建设21世纪中国的新文化、新文学。比较的目的在于中国文化的重组、融合和再生。

---

① ［美］詹明信：《晚期资本主义的文化逻辑》，张旭东编，陈清侨等译，生活·读书·新知三联书店1997年版，第190页。

② 闻一多：《文学的历史动向》，见北京大学比较文学研究所编：《中国比较文学研究资料（1919—1949）》，北京大学出版社1989年版，第89—90页。

专栏

专栏1

的确，影响问题是很微妙的问题，它要求研究者有极广博的知识和精巧的手段，而过去的一些努力在这两个方面都还不足。有不少关于影响研究的论文过于注重追溯影响的来源，而未足够重视这样一些问题：**保存下来**的是些什么？**去掉**的又是些什么？原始材料**为什么**和**怎样**被吸收和同化？**结果**又如何？如果按这类问题去进行，影响研究就不仅能增加我们的文学史知识，而且能增进我们对创作过程和对文学作品本身的理解。

[美]亨利·雷马克：《比较文学的定义和功用》，张隆溪译，见张隆溪选编：《比较文学译文集》，北京大学出版社1982年版，第2页。

专栏2

昔时读河东君此词下阕"春日酿成秋日雨，念畴昔风流，暗伤如许"诸句，深赏其语意之新，情感之挚。但尚未能确指其出处所在。近年见……恍然悟河东君之意，乃谓当昔年与几社胜流交好之时，陈宋李诸人为己身所作春闺风雨之艳词，遂成今日飘零秋柳之预兆，故"暗伤如许"也。必作如是解释，然后语意方有着落，不致空泛。且"念畴昔风流"，与上阕末句"尚有燕台佳句"之语，前后思想通贯。"酿成"者，事理所必致之意。实悲剧中主人翁结局之原则。古代希腊亚力斯多德论悲剧，近年海宁王国维论红楼梦，皆略同此旨。然自河东君本身言之，一为前不知之古人，一为后不见之来者，竟相符会，可谓奇矣！至若瀛海之远，乡里之近，地域同异，又可不论矣。

陈寅恪：《柳如是别传》（上），生活·读书·新知三联书店2009年版，第346—347页。

专栏 3

一方面单纯的差异的事物虽表明为彼此不相干，但另一方面，相等与不相等却是一对密切相互联系的范畴，没有这一范畴，便无法设想另一范畴。这种从单纯的差异发展到对立的过程，即在我们通常的意识里业已存在，只要我们能承认惟有在现存的差别的前提下，比较才有意义；反之，也惟有在现存的相等的前提下，差别才有意义。因此假如一个人能看出当前即显而易见的差别，譬如，能区别一支笔与一头骆驼，我们不会说这人有了不起的聪明。同样，另一方面，一个人能比较两个近似的东西，如橡树与槐树，或寺院与教堂，而知其相似，我们也不能说他有很高的比较能力。我们所要求的，是要能看出异中之同和同中之异。

[德]黑格尔:《小逻辑》，贺麟译，商务印书馆 1981 年版，第 253 页。

专栏 4

正如同十八世纪的一位大胆的生物学家把一朵花和一个昆虫之间的形状和色彩进行精巧的比较那样。十分清楚，真实性不在那里。仅仅对两个不同的对象同时看上一眼就作比较，仅仅靠记忆和印象的拼凑，靠一些主观臆想把可能游移不定的东西扯在一起来找点类似点，这样的比较绝不可能产生论证的明晰性。

[法]巴登斯贝格:《比较文学：名称与实质》，见干永昌、廖鸿钧、倪蕊琴选编:《比较文学研究译文集》，上海译文出版社 1985 年版，第 33 页。

专栏 5

似乎比较文学的任务就仅仅在于比较——例如德国与法国文学的比较，或席勒与阿尔菲耶里的比较。然而这类比较可望取得的成绩却微乎其微：综合几种民族文学的总体比较往往太浮泛，得不出什么有科学价值的结果，两个作家之间的比较又往往只是使他们显得互相各不相同，而不是让人们认识他们的共同点。另一方面,由结构的类似出发进行的纯平行的比较,也似乎不可靠。比较学者们当然知道,作为个别的独创说来,艺术品根本是不能比较的。比较学者的目的与研究各个民族文学的目的并没有什么不同,都是要充分理解文学作品,而且尽可能多方面地去理解。不同之处只在于**对文学本身的理解**以及在**方法**上。

[德]霍斯特·吕迪格:《比较文学的内容、研究方法和目的》,张隆溪译,见张隆溪选编:《比较文学译文集》,北京大学出版社1982年版,第18页。

专栏6

目前,比较学者的首要任务是反对一切沙文主义和地方主义。他们必须最终认识到,没有对人类文化价值几千年来所进行的交流的不断认识,便不可能理解、鉴赏人类的文化,而交流的复杂性又决定了任何人也不能把比较文学当作一种语言形式或者某一个国家的事,包括那些地位特殊的国家在内。

[法]艾田伯:《比较不是理由:比较文学的危机》,罗芃译,见《比较文学之道:艾田伯文论选集》,生活·读书·新知三联书店2006年版,第4页。

专栏7

不同的文化如果不相接触,自然不能互相影响;如果相接触,则模仿出于人类的天性,彼此截长补短往往是不期然而然的。就人类全体说,这种文化交流是值得提倡的,它可以除去各民族都难免的偏蔽,逐渐促成文化上的大同。一个民族接受其他民族的文化犹如吸收滋养料,可以使自己的文化更加丰富。这里我们大可不必听短见的狭义的国家主义作祟。"相观而善之谓摩",这是我们先圣对于个人交友的看法,它也可以推广到整个民族。

朱光潜:《文学与语文(下):文言、白话与欧化》,见《朱光潜美学文集》第2卷,上海文艺出版社1982年版,第330页。

专栏 8

哪种可比性能够引导比较文学从一门以欧洲为中心的学科转向更富全球性的学科？这是个难题。

…………

建立在具体的学术规范或类型、主题、历史的模式上的可比性，其优点在于这些规范或模式诉诸调查和论证。这是官僚主义虚空的规范所没有的。因此，尽力阐明那些作为比较前提的假设和规范，不失为一个解决的办法。……奥尔巴赫写道："一个好的出发点的特征，一是其具体性和明确性，二是其具有离心辐射的潜能。"这个出发点可能是一个主题，一个比喻，一个细节，一个结构问题，或者是一个界定明确的文化功能。我们可以假设以联系原则为前提的跨文化比较，这种联系原则的人为性和偶然性，将防止它们成为一个标准或理想模式。比如，比较姓氏以 B 开头的作家作品，或比较那些在参考文献中排列的序号能被 13 整除的作品。老实说，奥尔巴赫不太可能会考虑这类事情，并且，这也不是从根本上或原则上解决可比性问题的办法。更有种可能，就是试图从地理和历史的角度，确立比较的视角：一个人如果不去设想比较文学视角的全球性视野，就可能强调价值。比如，强调有非洲背景的欧洲文学作品之比较价值，因为这些作品与非洲某一特定时期的文化产品有联系。这种出发点虽然强加了标准或准则，但总比担心比较文学会变得令人讨厌要好。……

[美]乔纳森·卡勒：《比较文学何去何从？》，查明建译，载《中国比较文学》2009 年第 3 期，第 9 页。

思考题

1. "影响研究"中的"影响"与一般意义上的"影响"有何区别？
2. 影响产生的条件是什么？
3. 简述影响研究的性质和局限。
4. 简述平行研究的特点与局限。
5. 简述影响研究与平行研究的区别。

进一步阅读

1. [美]约瑟夫·T. 肖:《文学借鉴与比较文学研究》,见张隆溪选编:《比较文学译文集》,北京大学出版社 1982 年版。
2. [日]大冢幸男:《"影响"及诸问题》,见北京师范大学中文系编:《比较文学研究资料》,北京师范大学出版社 1986 年版。
3. 陈寅恪:《金明馆丛稿二编》,上海古籍出版社 1980 年版。
4. 钱锺书:《谈艺录》,中华书局 1984 年版。
5. 许思园:《中西文化回眸》,华东师范大学出版社 1998 年版。
6. 闻一多:《文学的历史动向》,见北京大学比较文学研究所编:《中国比较文学研究资料(1919—1949)》,北京大学出版社 1989 年版。

第二编　比较文学理论概要

第四章　流传学

流传学研究作家作品或一国文学在外国的成就、命运和影响，这种研究是从放送者出发研究接受者的，是一种从源到流的探寻。譬如莎士比亚对德国、法国、中国等国的作家作品的影响就属于流变研究的大课题。

第一节　流传学的研究类型*

流传学以放送者为基点，根据放送者的位置，中国流传学的研究可以列出三种类型：中国文学在国外，外国文学在中国，各国文学之间的交流与影响。

一、中国文学在国外

这是一种专门探讨中国文学在国外的形象、中国文学对外国的影响的研究类型。通过研究中国文学在国外的情况和外国学人对中国文化、文学的评价，可以借助“他者”的眼光更好地反观中国文学和中国文学史的性质和特征。这种研究对于清醒地认识中国文学在世界文化格局中的位置和中国文学对世界的贡献具有重要意义。

13世纪中期，蒙古人发动了横扫亚欧大陆的远征，建立了包括中国、中亚、西亚和东欧的大帝国，为中西之间的交通提供了空前便利的条件。当时西方传教士开始进入中国，并传回了包括文学在内的关于中国的图景。17世纪前后，法国耶稣会教士金尼阁就将《诗经》译成拉丁文。其间还有不少中国文学作品被翻译介绍到西方，如《水浒传》被译成英、法、德、意、俄、匈牙利、捷克、波兰等国的文字及拉丁文等12种文字在世界各地发行。《红楼梦》在世界的传播和影响更广，据不完全统计，《红楼梦》有20多种译本，“红学”研究成为国际性话题。捷克著名中国学研究者普实克则对中国现代文学有深入研究。他高度评价“五四”运动后出现的一代作家，包括鲁迅、茅盾、郑振铎、阿英、郁达夫、丁玲、胡也频、

* 请访问爱课程网→资源共享课→比较文学/胡亚敏→第四章：流传学→教学录像(00:00:00–00:21:24)

老舍等，独到地拈出“抒情”和“史诗”两个概念作为中国现代文学主流的重要特征。

我国一些旅外学人也加入了中国文学在国外流传的研究。陈铨的《中德文学研究》(1936)就是一本研究1763年以来的二百年间中国文学在德国的翻译、介绍以及对德国文学影响的专著。全书分绪论、小说、戏剧、抒情诗、总论五章，书中特别对18世纪德国作家歌德、席勒等人接触中国作品的情况作了细致的介绍和分析。《好逑传》在18世纪就有英、法、德、荷四种译本，歌德读了《好逑传》后对它作了高度评价，并想根据它和其他一些中国作品改编成《哀兰伯诺》(未完成)。席勒也曾打算将这本书改编成小说，但未写完，手稿至今还存放在博物馆里。遗憾的是此后的一段时间关于中国文学在国外的研究因各种原因未能继续深入下去。

20世纪80年代以来，随着比较文学在我国的再度兴起，学者们加强了这方面的研究，出版了多套丛书，除中国与西方诸国外，还包括中国对东方邻国如日本、越南的影响，如花城出版社出版的《中国文学在法国》《中国文学在英国》《中国文学在俄国》《中国文学在日本》等系列丛书。我国学者黄鸣奋于1997年出版的《英语世界中国古典文学之传播》也是一本研究中国古典文学在国外的具有史料价值的专著。

在追踪中国文学在国外的流传过程中，我们可以了解到外国对中国和中国文学从陌生、曲解到逐步认识的发展轨迹。早期西方对中国文化表现出一定程度的向往，钱林森在《蒙田在中国》一文中介绍说，蒙田在55岁(1588)即辞世4年前，读到西班牙来华传教士门多萨的《中华大帝国史》，接触到中华民族的历史，他在《随笔》第3卷写下了这样的话：“在中国，在这个很少与我们交往，对我们并不了解的王国里，它的政府体制和艺术在一些杰出的领域内超越了我们，它的历史告诉我，世界之大、之丰富是我们的祖先和我们自己所无法深刻了解的。……”[①] 蒙田的这段谈论中国的绝无仅有的文字，表现了西方学者对东方古国的一种陌生感，和对中国古老文明的神往之情。不过，洛可可时代的欧洲人对于中国的认识，不完全是通过文字，而是通过那些浅色的瓷器、色彩飘逸的闪光丝绸所展示的使他们梦寐以求的美好生活的情景。奥尔德里奇在《世界文学的再现》第三章“文化多元主义与文学批评”中说：“西方大多数人对中国和日本只有一些极为模糊的概念。而且，这些概念与其说是由现实构成，不如说是出于纯粹的想象。”[②]

① ［法］蒙田：《蒙田随笔全集》下卷第13章，译林出版社1996年，第349页。

② 转引自乐黛云：《比较文学原理》附录，湖南文艺出版社1988年版。

中国文学传入欧洲后，法国启蒙主义者试图从中寻找思想武器以抵抗教会统治。《赵氏孤儿》中的舍子救主，《好逑传》中的坐怀不乱，这些作品引起法国启蒙主义者的惊奇和兴趣，作品中所表现的责任感和道德感在法国学者看来是一种十分美好的理性主义。如伏尔泰读了纪君祥的《赵氏孤儿》后，被其中"舍子救主"的行为所感动，遂以《赵氏孤儿》为蓝本，改编和创作了《中国孤儿——五幕孔子的伦理》一剧。剧本以元朝为背景，宣扬中国道德同化外来征服者的力量。如第一幕第一场作者就通过剧中人伊达美之口说出了全剧的中心思想："用我们中国文化的力量，把这一只野心勃勃的狮子(指蒙古族征服者——引者)收服过来，用我们的礼教道德感化这个野蛮的鞑子，叫他归化中国。"[①] 伏尔泰是按照他的理念，从反对中世纪教会统治的需要来赞美中国文学和中国道德的，他认为一个世俗的国家同样可以发展出高度的文明。18 世纪的西方是中国文化热的时期，正如美国学者史景迁所指出的，"18 世纪可以说是欧洲历史上最倾慕中国的时期"[②]，不过，后期的伏尔泰对中国的态度有所改变。中国才子佳人小说中的情节也成为西方读者的猎奇对象。鲁迅说，《玉娇梨》《平山冷燕》《好逑传》"若在一夫一妻制的国度里，一个以上的佳人共爱一个才子便要发生极大的纠纷，而在这些小说里却毫无问题，一下子便都结了婚了，从他们看起来，实在有些新奇而且有趣"[③]。

法国大革命后，欧洲思想的中心移到德国，德国学者对 18 世纪的中国文化热开始反思。黑格尔承认中国是一个古老的国家，但他接着说："很早我们就已经看到中国发展到了今天的状态。因为缺少客观存在与主观运动的对立，所以排除了每一种变化的可能性。那种不断重复出现的、滞留的东西取代了我们称之为历史的东西。"在这个意义上，黑格尔认为"中国……还处在世界历史以外"[④]，也就是说，黑格尔认为中国是一个呆滞的、没有真正历史的国家，并且认为在中国占主导地位的是家庭精神，这种家庭精神的结果就是东方专制主义，而专制主义是压制意志的。有位德国人曾这样描述了他对中国感受的变化，东方是他的梦中情人，而当他走近后却感到这个情人已经衰老。

如今关注西方对中国文学的研究已成为比较文学的重要方面。西方学者对中国古典小说《三国演义》《水浒传》的研究，对中国当代小说的评介，乃至对中国的马克思主义文学理论家的研究，都成为我国学者研究中国文学和文学批评的重要参考。国外学者的观点和方法有助于开启研究的思路，使我们对中国文

① 转引自许苏民：《比较文化研究史》，云南人民出版社 1992 年版，第 132 页。

② [美]史景迁：《文化类同与文化利用》，廖世奇、彭小樵译，北京大学出版社 1999 年版，第 58 页。

③ 鲁迅：《中国小说史略》，人民文学出版社 2006 年版，第 340 页。

④ 卫茂平：《中国对德国文学影响史述》，上海外语教育出版社 1996 年版，第 251 页。

学和文学批评的理解和认识更为深入和多样，这正是比较文学对中国文学研究的贡献。

二、外国文学在中国

这是一种研究外国文学对中国文学影响和渗透的类型，我国学者对这一类型关注较多，如歌德在中国、易卜生在中国、托尔斯泰在中国，等等。这些研究不仅可以了解两种文化的交汇、吸收和分歧状况，而且可以更清楚地认识外来因素是如何丰富中国文化和中国文学的，从而更好地把握中国文学的变迁。

研究近代以来西方文化、文学对中国的影响是一项艰巨的任务，外来的思想文化如何成为中国现代思想和文学的组成部分的历程需要认真梳理和总结。如今我国学者已开始系统地梳理西方文学和文学批评的译介情况，分析其在中国的影响、运用和变异。该研究一般分三个阶段：1840 年以来中国对西方文学的介绍和翻译，20 世纪初以来外国文学对中国的影响，1978 年以来外国文学和批评在中国的流传和变异。

近代以来，出于思想启蒙的需要，在倡导“诗界革命”“小说界革命”的同时，中国出现了一个范围广泛、内容丰富的中西文化和文学比较研究的热潮，以林纾、马君武、苏曼殊等人为代表，翻译了大量的小说、诗歌、戏剧、文艺理论等。不过，国人对西方文化的接受也有一个过程。19 世纪末 20 世纪初，国人对西方文学抱鄙薄的态度。曾朴描述了这一情形：“那时候，大家很兴奋地崇拜西洋人，但只崇拜他们的声光电化，船坚炮利，我有时谈到外国诗，大家无不瞠目结舌，以为诗是中国的专有品，蟹行蚓书，如何能扶轮大雅，认为说神话罢了；有时讲到小说戏剧的地位，大家另有一种见解，以为西洋人的程度低，没有别种文章好推崇，只好推崇小说戏剧；讲到圣西门和孚利爱的社会学，以为扰乱治安；讲到尼采的超人哲学，以为离经叛道。”①

“五四”以后，年轻的中国现代文学以惊人的热情欢迎西方文化和文学思潮的登陆。从欧洲文艺复兴到俄国十月革命，各种社会思想和文艺思想在短短的几年都被介绍过来，作家从拜伦到波德莱尔、惠特曼，从莎士比亚到易卜生、梅特林克，从薄伽丘到狄更斯、阿志巴绥夫，等等；文学流派有浪漫主义、写实主义、自然主义、神秘主义、唯美主义；文学类型有长篇小说、短篇小说、自由体诗、话剧等。中国新文学以共时的形态展示了西方几百年文学发展的历时性风采。正如唐弢所说：“无论是作家个人还是文学社团，都和外国文学有非常紧密的联系。几乎没有一个作家或社团不翻译外国作品，几乎没有一个作家和社团不推崇一

① 转引自《中华读书报》2002 年 8 月 21 日。

个或几个外国作家，并且自称在艺术风格上受到他或他们的影响。"[①] 不过，这一时期对外国的引进又是与对传统的反思、批判和民族存亡的思考联系在一起的。20 世纪 30 年代以后，主流的左翼文艺运动为了建设"革命文学"，在外国文艺思潮中有了选择性倾斜。"以俄为师"，师法苏联无产阶级革命文学的单一性选择，遮蔽了"五四"时期那种对外国文学思潮多元共进、兼收并蓄的视野，苏联的文艺思潮直接介入并制约了中国左翼文学的发展。新中国成立后，中国与西方的联系渐行渐远，而对俄苏文学和文艺理论的研究更加系统，也更具规模。即使中苏在意识形态方面发生分歧，俄苏的文学和文学理论仍持续发生影响。

20 世纪 70 年代末 80 年代初，西学东渐的浪潮再度涌起。这一时期的文学殿堂门户洞开，八面来风，显示出开放性特征。从接受的历程来看，作家对外来文学的接受有一个逐步深入的过程。最初，王蒙等一批小说家主要从形式上借鉴现代主义文学，以后逐步表现为思想观念的共鸣与吸纳，一些年轻的小说家通过小说这一样式对生存形式、价值、文化等重新思考和选择。从接受的范围来看，新时期的文学接受面也有变化。如果说"五四"以来的新文学，对世界文学的选择主要侧重于东欧、北欧和俄罗斯文学，新中国成立以来的选择侧重于苏联和社会主义各国的文学的话，那么，新时期文学则是侧重于 20 世纪的西方和拉美文学。人们开始接触 20 世纪以来的大批外国作品，见识了种种令人眼花缭乱的流派、风格与手法。从接受的时效来看，中国文学与外国文学几乎是同步的。一种新的思潮一出现，很快传到中国，中国文坛马上做出反应，或介绍，或评介，并被中国作家所吸收。就中国当代小说而言，近几十年对中国小说家影响很大的外国作家有卡夫卡、博尔赫斯、马尔克斯和米兰·昆德拉等。卡夫卡让中国作家看到了文学中变形的力量，这是一种可以改变文学观念和叙述方式的力量；博尔赫斯对中国作家的启发主要在于短篇小说的形式感、时间和空间的错位与叠加，以及一些幻觉性仿写上；马尔克斯的魔幻现实主义不仅启发了中国作家的想象力，还促使他们更多地在自己脚下发现民族的神奇历史和现实。

梳理西方文学批评的译介情况，分析其在中国的传播、运用与变异，也是流传学研究的一个重要方面。严锋的《结构主义在中国》、张岩冰的《接受美学研究在中国》、季桂保的《解构主义在中国》[②] 等文以翔实的材料和条分缕析的研究勾画出西方文学批评理论在中国的发展和实践情况，为我们提供了解西方 20 世纪各种批评流派在中国发展演变的具体资料。当然，中国文学批评对西方文学批评的接受是十分复杂的，影响和抵制往往交织在一起，这类研究仍在进行中。

① 唐弢：《西方影响与民族风格》，载《文艺研究》1982 年 6 期。

② 以上三篇见《上海文论》1992 年第 2、3、5 期。

三、外国文学之间的交流与影响

这一类型主要涉及外国文学之间的关系,如莎士比亚对法国文学的影响,法国文学对俄罗斯文学的影响等,从事这方面工作的多是专修外国文学史的专家。这类研究不仅可以勾勒出各国文学在历史上的渊源关系和发展状况,而且可以说明世界各国文学之间的普遍联系。

以流浪汉小说在欧洲的影响为例。流浪汉小说16世纪中叶诞生于西班牙。这种小说的第一部和代表作是《托美思河的小拉撒路》(中译本名为《小癞子》),该小说问世后不久就被译成各种主要的欧洲语言而传入欧洲各国。在西班牙流浪汉小说的影响下,德国的格里美豪森创作了《痴儿历险记》、法国的勒萨日写了《吉尔·布拉斯》和《瘸腿魔鬼》。英国所受的影响最深,持续时间也很长。菲尔丁继承并发展了流浪汉小说的传统,他创作的《大伟人江纳生·威尔德传》和《汤姆·琼斯》在文学史上被认为是18世纪最有代表性的流浪汉小说。到了19世纪,狄更斯、萨克雷也都写了一些流浪汉小说。狄更斯的早期作品多采用流浪汉小说的形式,如《匹克威克外传》《雾都孤儿》等都是通过对人物流浪生活的描写,展示各色社会生活画面,由此我们不难看到欧洲各国文学的密切关系。顺便提到的是美国作家爱伦·坡与欧洲的关系。长期以来人们所了解的都是欧洲文学对美国的影响,而郑振铎在介绍美国文学时指出美国作家爱伦·坡对欧洲各国的影响:"欧文使欧洲文坛认识了美国文学,爱伦·坡却使欧洲文坛受到美国文学的重大影响了。在1909年爱伦·坡的百年生忌时,全个欧洲,自伦敦到莫斯科,自克里斯丁那(Christiania)到罗马,都声明他们所得到的他的影响,且歌颂他的伟大与成功"。[①]这一史料提示我们应看到爱伦·坡的文学价值和对欧洲的意义。

法国近代作家拉伯雷的《巨人传》中的戏谑、怪诞风格对欧洲乃至世界的现代和当代文学的审美观念和创作产生了深刻影响。巴赫金在《弗朗索瓦·拉伯雷的创作与中世纪和文艺复兴时代的民间文化》(1965)一书中指出了拉伯雷作品中的"非文学性"和"非官方性"的特质:"是生活本身在狂欢节上表演,而表演又暂时变成了生活本身,这就是狂欢节的特殊本性。"[②]昆德拉在《小说的艺术》中也指出,拉伯雷小说艺术的本质,在于"小说的智慧"不同于"哲学的智慧","因为小说不是从理论精神中产生而是从幽默精神中产生。……在上帝笑声启发下的艺术从本质上说,不是屈从于意识形态的可靠性,而是与它们相矛

① 盛宁:《爱伦·坡与中国现代文学》,见张隆溪、温儒敏编选:《比较文学论文集》,北京大学出版社1984年版,第168页。

② 《巴赫金全集》第6卷,河北教育出版社1998年版,第9页。

盾”[①]。于是，“拉伯雷不仅在决定法国文学和法国文学语言的命运上，而且在决定世界文学的命运上都起到了重大的作用”。从拉伯雷作品中引申的狂欢精神成为后现代思想的来源之一。

第二节　流传的方式*

流传的方式可以作多种划分，这里大致分两类，作家作品的国外声誉和文学思潮流派的传播。前者以个体身份出现，包括作家之间的影响和一个作家对众多作家的影响；后者以群体的方式出现，包括思潮对个体作家的影响和思潮对众多作家的影响。

一、作家作品的国外声誉

考察作家作品的国外声誉是一种围绕个体的传播路线展开的研究，立足于作为放送者的作家、批评家在国外的流传状况以及对外国作家作品的影响，这是比较文学中应用得较多的一种。大凡文学大师和巨匠，都会对众多作家、流派产生影响，莎士比亚、巴尔扎克、托尔斯泰的作品和思想就曾深刻地影响了中国现代和当代的众多作家。这里我们以泰戈尔和陀思妥耶夫斯基为例，感受文学大师的艺术魅力。

泰戈尔是一个享誉世界的东方作家，他的诗作征服了欧洲，也在中国现代作家的创作中获得热烈回响。1913 年，泰戈尔以他的伟大诗篇《吉檀迦利》获诺贝尔文学奖，不久欧洲掀起了一股“泰戈尔热”，《吉檀迦利》成为欧洲最畅销的读物之一。1921 年，英译本问世后立即再版，仍供不应求，有时一个月之内不得不再版三四次。在德国，一次就发行了 500 万册。英国女王授予泰戈尔爵士称号。这股“泰戈尔热”很快由西向东，首先传到了日本，不久又由日本传到了中国。《新青年》一卷 2 号发表了陈独秀翻译的泰戈尔的《赞歌》，共四首，并对泰戈尔作了简要的介绍。1923 年泰戈尔来到中国。沈从文具体说明了泰戈尔对冰心和徐志摩的影响：

> 印度诗人泰戈尔《新月集》的介绍，和他本人一再莅临中国做客，意义大，影响深，中国两个现代诗人的成就都反映出泰戈尔先生作品点滴的光辉；一个是谢冰心女士，作品取用的形式，以及在作品中表示对于自然与

① ［捷］昆德拉：《小说的艺术》，孟湄译，生活·读书·新知三联书店 1992 年版，第 155 页。

* 请访问爱课程网→资源共享课→比较文学 / 胡亚敏→第四章：流传学→教学录像（00:21:25–00:32:30）

> 人生的纯洁感情，即完全由泰翁作品启迪而来。另一个是徐志摩先生，人格中综合了永远天真和无私热忱，重现于他的诗歌和散文中时，作为新中国文学的一注丰饶收成，更是泰翁思想人格在中国最有活力的一株接枝果树。①

冰心是公认受到泰戈尔影响最深的诗人。早在1920年，她就写过一篇题为《遥寄印度哲人泰戈尔》的文章说："泰戈尔！谢谢你以快美的诗情，救治我天赋的悲感，谢谢你以超卓的哲理，慰藉我心灵的寂寞。"冰心翻译了泰戈尔的诗歌并吸收其创作风格，她在《冰心诗集·自序》中说："我写《繁星》，因为看了泰戈尔的《飞鸟集》，而仿用他的形式，来收集我零碎的思想。"直到晚年，她还说"泰戈尔是我年轻时最爱慕的外国诗人"，可以说泰戈尔给了她终生的影响。

陀思妥耶夫斯基对欧洲现代派的影响也是一个典型的例子。在俄国文学史上，陀思妥耶夫斯基是作为与托尔斯泰齐名的一座丰碑耸立在现实主义的文苑中。从19世纪末开始，随着陀思妥耶夫斯基的作品大量介绍到欧洲，他的名字逐渐与焦躁、忧悒、迷惘的西方人联系在一起。"陀思妥耶夫斯基热"多次在欧洲和日本形成高潮，西方现代派的很多哲人和文学艺术家对这位异国他乡的作家表现出异乎寻常的亲近，把他"看成自己的先驱和自己的支柱"，在列举所师承的先驱者的名单上都会不约而同地写上了陀思妥耶夫斯基的名字。而陀思妥耶夫斯基的几乎每一部作品，都可以在西方找到它的"变体"。他作品中所体现的权威感丧失的倾向，所运用的复杂的人物内心独白的技巧，在艺术实践中所描写的畸形、梦魇、分裂、变态和那种阴惨、病态的色彩，反常的节奏，骚动的意绪等，已融入西方现代派文学之中。在萨特、艾略特、卡夫卡、加缪、海勒等西方作家的作品中，都可以瞥见陀思妥耶夫斯基作品中那种畸形、变态和怪诞的影子。不过，对西方现代派文学影响极深的陀思妥耶夫斯基，在中国当代文坛的地位却远远不及托尔斯泰，甚至不及果戈理。

二、文学思潮流派的传播

文学思潮指"在一定社会历史运动或时代变革的推动下，一些政治文化思想相近、创作主张和审美追求相似的作家共同形成的带有广泛社会倾向性的文学运动或文学潮流"②。文学思潮和运动的兴起是近代以来欧洲文学史上的一个突出现象，一种文学思潮一旦出现，就会迅速形成流派，然后向四面八方辐射，造成一个颇具规模的文学运动，覆盖欧洲的很多国家，并持续一个时期乃至一个时

① 沈从文：《印译中国小说译序》，载《世纪评论》1948年4月第16期。

② 刘安海、孙文宪主编：《文学理论》，华中师范大学出版社1999年版，第230页。

代。勃兰兑斯的《十九世纪文学主流》就是一部研究欧洲19世纪文学思潮与流派的集大成之作。

浪漫主义思潮的兴起和在全欧的传播是比较文学的又一个课题。浪漫主义出现于18世纪末至19世纪三四十年代，最初在德国（德国古典唯心主义哲学对人的推崇为文学中的浪漫主义提供了理论基础），随即传入英、意、法等国，后又波及俄国、波兰、匈牙利等斯拉夫语民族，发展为一场风靡欧洲的文学运动。浪漫主义在法国达到高潮，前期的主要代表为夏多布里昂、斯达尔夫人、拉马丁、维尼等，后期的主要代表是雨果。欧洲许多比较文学学者都对浪漫主义文学思潮有过深入研究。[①] 浪漫主义对我国现代作家也有一定影响，郭沫若的《女神》就具有浓烈的浪漫主义色彩，不过，浪漫主义的"自我"在郭沫若那里变成为民族解放呐喊的"大我"。

当今，各种文学思潮和批评流派的传播已成为世界性现象，其中心和源头已不限于某一国或某一种文化背景。每一种文学思潮和批评流派的产生都凝聚了各国学者的共同创造。女权主义批评就是在广泛吸收各种批评方法如社会学批评、西方马克思主义批评、精神分析批评、解构批评中建构的一种基于女性体验研究的批评模式。它的思想来源是世界性的，在创立中又融入了英、美、法等国学者的创造，特别是后期黑人女权主义和少数族裔女权主义者的加入，使女权主义批评出现了多极的倾向，而她们对父权制的反抗和建构女性文学批评的宗旨则体现了全世界女性主义者的共同愿望。在当代西方文学批评中，不可忽视东方文化的渗透，在荣格和德里达的文学批评中，均可以看到东方文化特别是中国文化对他们的影响。西方文学批评正是吸收了世界各国包括第三世界的精神文化的营养，又通过西方学者的再创造而向全世界输送的。

第三节　流传中的变异*

文学的流传往往不是直线、等量的，无论是外国文学在本国的流传，还是本国文学在外国的传播，与原作精神完全吻合几乎是不可能的。接受者必然会对放送者的作品有所选择、吸收和排斥，由此出现一些变异。从熵的理论来说，接受过程中的中介越多，差异就越大。从某种意义上讲，变异是绝对的。

① 参见韦勒克《批评的概念》中"文学史上的浪漫主义概念""浪漫主义再考察"，中国美术学院出版社1999年版，第124—213页。

* **请访问爱课程网→资源共享课→比较文学/胡亚敏→第四章：流传学→教学录像（00:32:31-00:53:51）**

一、变异现象举隅

（一）“幻景”

“幻景”（Mirage）作为比较文学的术语，指一种虚假影响。法国比较文学家布吕奈尔解释说，幻景是“神话和海市蜃楼……它唤醒和激起我们不受冷静的理性控制的好感，因为这种诱惑力只不过是我们自己的梦幻和欲望的喷射”[①]。

斯达尔夫人的《论德意志》(1814)中所描述的德国就带有“幻景”成分，连续三代法国人都整个儿地被“德国的幻景”（卡雷语）迷住了，许多作家都笃信存在一个简朴、有道德又富有哲理的德国。它是一位德高望重的博士，一个头戴钢盔的德国佬，一个社会民主党英雄，一个音乐家，一个欧洲人，等等，所有这些都是德国人，但没有一样是德国的。18世纪法国启蒙主义者对中国文化的评价也是一个“幻景”，前面提到的伏尔泰尤为突出。他赞赏中国的政治和法律，甚至说“人类智慧不能想出比中国政治还要优良的政治组织”，并感叹“我已不得不主张只有中国是世界上最公正最仁爱的民族了”[②]。中国人的西方“幻景”也是如此。近代以来，国人通过各种传媒了解西方文化和文学时，也带有不同程度的幻觉成分，往往不自觉地将西方特别是美国文化理想化。

（二）传播“错位”

由于时空的遥隔，作家、作品在其诞生国以外的流传与作家所在国的理解和评价不尽一致，这是流传中的普遍现象。日本文学界在“二战”后翻译了波德莱尔的《恶之花》，由于翻译时波德莱尔已享有盛名，因此使得波德莱尔原先的激进文化立场以及在欧洲主流文学界得不到承认的早期现实被遮蔽了，他在日本读者群中被作为法国文学的正宗代表来看待。斯威夫特的《格列佛游记》本是一部富有哲学意味的讽刺小说，但在很多国家却成了受欢迎的儿童读物。拜伦在中国被视为一种斗士形象，人们更看重他反抗专制暴政，争取民族独立自由的这一面，而拜伦的孤独、离群、暴虐乃至放荡的一面则被国人忽略。在当代，人们对西方现代性、后现代性的认识由于脱离了这些概念的特定语境，对它们的理解甚至有“差之毫厘失之千里”之虞。

（三）各取所需

各取所需，为我所用，这是接受者的主动变异。人们在接受异国文学时，往往根据不同时代、不同需要，采取不同的姿态，吸收不同的成分。

乐黛云写的《尼采与中国现代文学》就是一篇研究流传中变异的范例。她

① ［法］布吕奈尔等：《什么是比较文学》，葛雷、张连奎译，北京大学出版社1989年版，第89—90页。

② 孙景尧：《简明比较文学》，中国青年出版社1988年版，第93页。

通过具体梳理20世纪以来尼采在中国不同时期的形象，指出尼采对中国现代文学的影响是随着时代和政治需要的不同而变化的。辛亥革命前人们从尼采那里找到的是具有伟大意志和智力的“才士”，希冀雄杰的个人拯救中国的危亡。“五四”前后，人们心目中的尼采是摧毁一切旧传统的光辉的偶像破坏者，他帮助人们向几千年的封建统治挑战，激励弱者自强不息（虽然这并非尼采本意）。1927年后，由于形势的发展，进步的思想界已经很少提到尼采。到了20世纪40年代，为适应国民党统治的政治需要，尼采又在国统区一部分知识分子中被重新提起，这时他们强调的是绝对的英雄崇拜，是少数天才对人民的统治。由此可见，尼采对中国现代文学的影响在不同时期有不同面目，而不同时期的尼采都不等同于尼采本人，而是加进某些新内容、新色彩的尼采。即使在同一个人身上，放送者的影响也会发生变化。鲁迅早期对尼采的推崇和20世纪30年代与尼采思想的决裂就是放送者在同一作家身上发生变异的明证。鲁迅在日本留学期间就开始注意和接受尼采的学说，他在《文化偏至论》中提出“掊物质而张灵明，任个人而排众数”，主张发扬人们内心的主观精神和坚强的意志力，这一思想显然是受到尼采的影响。鲁迅在《野草》中塑造的孤独前行的“过客”和举起“投枪”的战士的形象，也都带有尼采式的色彩。20世纪30年代后，鲁迅开始批判尼采思想中脱离现实、脱离民众的倾向。1934年鲁迅写《拿来主义》时，对尼采的态度就有了明显的改变。他说：“尼采就自诩过他是太阳，光照无穷，只是给予，不想取得，然而尼采究竟不是太阳，他发了疯。”尼采在中国的命运说明，作家作品在某一国度的流传会因时代不同或接受者不同甚至同一接受者的不同时期而出现变异。

二、变异原因初探

首先，从放送者的角度看，放送者本身的丰富提供了变异的基础，使其在流传中能够呈现不同面目。尼采之所以在不同时期对中国现代文学有不同影响，与他本人思想的庞杂有关。昆德拉作品的丰富性也是人们难以准确把握其思想的重要方面。大多数中国人认为昆德拉小说具有很强的政治色彩，把其作品作为现实的参照，却忽略了昆德拉对人类命运的思考。其实，小说《生命中不能承受之轻》不仅反映了当时捷克政府的暴乱情景，而且更多的是对人的生存状态的思考。我国古典小说《水浒传》在国外的命运也是如此，J.N. 杰克逊认为《水浒传》再次证明作为人类本性的不可抗拒的向上精神和对非正义现象进行抗争的勇气；而旅美学者夏志清则指责《水浒传》作者媚俗，以致写了生动的开头后却流入机械的乏味的大杂烩，具有残暴和施虐狂支配的帮派道德，宣扬贬低女性抬高男性的英雄主义。[1] 而这些相反的意象都包含在《水浒传》之中。

其次，媒介对于流传的变异也负有不可推卸的责任。由于受到主客观诸方面的限制，媒体的承担者接触到的很可能不是放送国最优秀的成果，故所翻译的不一定是其最有影响的作品，由此导致读者视野受到限制。例如，当时歌德阅读的中国小说是《好逑传》《玉娇梨》等，而这样的作品在中国并非一流，因此，不能不说是一个遗憾。陈铨指出："歌德所读过的三部小说……的作者，都是代表孔子的人生观的，所以歌德看到的世界也只是孔子的世界，至于中国文化里面道教佛教的成分，歌德没有机会接触。如果歌德曾经读过《红楼梦》《三国志》《水浒传》《西游记》《封神演义》一类的作品，也许他的看法又不一样。"[2] 我国唐代僧人寒山也是如此。寒山在唐代乃至当今在中国都不是很知名的诗人，但在 20 世纪 60 年代的美国，最流行的中国诗人不是李白、杜甫，而是寒山。美国小说家杰克·克洛维在他的小说《法丐》的扉页上的题词是："献给寒山。"同时，由于介绍者主观介绍、译者误译等，也易于造成文化和文学交流上的偏差。例如，雨果在本国以诗人著名，而在国外，尤其是在英国、日本和中国则以小说《悲惨世界》闻名，这显然与介绍者关注的焦点有关。作为媒介之首的翻译则是造成变异的重要原因，林译小说《撒克逊劫后英雄传》（当代重译本为《艾凡赫》），由于林纾以章回体形式来写，使之俨然像一部武侠小说，而小说原本中体现的民族主义气节在林译小说中已很难寻觅。又如由于英语译者对汉诗的拆译和误解，中国古典诗歌传到西方时大部分丧失了原有的严格格律，变成了自由诗或无韵诗。

第三，接受国在地理、历史、经济、制度、习俗等文化背景和思维方式上与放送国之间的差异是变异产生的根本原因。同是托尔斯泰的作品，西方读者和评论家关注的是他的宗教感情、道德自我完善、勿用暴力抗恶，而我国学者从中却看到了俄国的社会情况，司法界的腐败，农民的苦难，这是选择上的"文化过滤"。又如华兹华斯和拜伦都是英国浪漫主义的一流诗才，华兹华斯在本土可能更受推崇。但在我国撰写的欧洲文学史上，拜伦的地位和影响显然超过了华兹华斯。究其根源，意识形态的因素占很大成分，拜伦曾参加了希腊民族解放战争，而华兹华斯则隐匿在湖畔，对英国工业革命持疏离态度。就文学批评而言，中国文学批评对西方思潮的接受更多的是在工具论的层面而不是在本体论的层面上，这与中国不存在西方文学批评那样的哲学背景有关，同时也存在语境的差异。另外，接受者缺乏对对方国家的必备的知识储备，传媒误导等，也是导致盲

---

① 参见黄鸣奋：《英语世界中国古典文学之传播》，学林出版社 1997 年版，第 200—201 页。

② 陈铨：《中德文学关系研究》，辽宁教育出版社 1997 年版，第 15 页。

目变异的原因。这些现象与下一章“渊源学”的误读有关。

总之,对作家作品流传中的诸种变异作充分扎实的辨析,可以更好地发掘放送者国家的作家作品的潜能,同时接受者国家的文学研究也会因此而丰富。

专栏

专栏1

佛教传入我国,随之而来的有印度和西域各国的文化,大大丰富了我国的文化,达到了鼎盛的局面,特别是在文学艺术方面。例如犍陀罗的佛教艺术,直接影响我国的石窟壁画和雕塑;寺院舍塔丰富了我国建筑样式和技术;梵文语法和音调,促进了我国的诗文体制和音韵学的发展;番乐的流行,使唐乐多彩多姿,称盛于全世界;因明逻辑之学以及系统剖析的议论文格式,促使我国的学术界有系统的长篇论著出现,如刘勰《文心雕龙》那样规格严整的雄大学术论著,就是在这个影响下产生的。特别可注意的是佛经的唱读,和变文、宝卷等的流行,引起我国新文体的大变化,大量产生像话本、弹词等俗文学,进一步引起我国小说、戏剧的新发展。

朱维之:《禅与诗人的宗教——中印文学思想交流一例》,见中国印度文学研究会编:《印度文学研究集刊》第1辑,上海译文出版社1984年版,第99—100页。

专栏2

一个作家在另一个国家被接受,会引起整个文学的相当一部分被这个国家接受。拜伦在欧洲的声誉多多少少促成了汤马斯·摩尔以及与他同时代的其他作家在欧洲的名望,在某些国家中,甚至可能间接地推动了十九世纪对莎士比亚的崇拜。屠格涅夫在西方被接受又使得托尔斯泰、陀思妥耶夫斯基以及整个俄国近代文学在西方被接受。为什么有些作家容易输出，有些却不行——为什么拜伦比他的同代人在国外的声誉更隆，这些问题倒是耐人寻味的。

[美]约瑟夫·T. 肖：《文学借鉴与比较文学研究》，盛宁译，见张隆溪选编：《比较文学译文集》，北京大学出版社1982年版，第35页。

专栏3

间接传播文化，有利亦有害。利者如植物移地，因易环境之故，转可发挥其特性而为本土所不能者。如基督教移植欧洲，与希腊哲学接触，而成欧洲中世纪之神学、哲学及文艺是也。其害则辗转间接，致失原来精意，如吾国自日本、美国贩运文化中之不良部分，皆其近例。然其所以致此不良之果者，皆在不能直接研究其文化本原。研究本原，首在通达其言语。

陈寅恪：《读书札记三集·高僧传笺证稿本》，生活·读书·新知三联书店2009年版，第307页。

专栏4

左拉(E.Zola)对茅盾先生有重大的影响，对巴金先生有相当的影响；但是左拉，受了科学和福楼拜(G.Flaubert)过多的暗示，比较趋重客观的观察，虽说他自己原该成为一个抒情的诗人。巴金先生缺乏左拉客观的方法，但是比左拉还要热情。在这一点上，他又近似乔治·桑(George Sand)。乔治·桑把她女性的泛爱放进她的作品；她钟爱她创造的人物；她是抒情的，理想的；她要救世，要人人分到她的心。巴金先生同样把自己放进他的小说：他的情绪，他的爱憎，他的思想，他全部的精神生活。

李健吾：《咀华集·咀华二集》，复旦大学出版社2005年版，第6—7页。

专栏 5

借用维奈·达沃克的说法,我们可以把世界文学描绘为“一个由多幅地图移动交叠而成的蒙太奇”,这一运动涉及文学史及文化实力的变换关系。文学作品极少在完全平等的情况下跨越国界。如果说经典世界文学作品进入新的语境后同样能够享受崇高声誉及权威地位,那么如今当非经典作品流入北美时,这种权利关系经常是颠倒的。布伦南等学者都批评过美国通过操纵进口书籍来获取政治优势的行为,但是这还不仅仅是政治问题。一切作品在进入异国时都难免遭到操控甚至扭曲,但是那些已经被奉为经典的作品通常会在一定程度上受到自身文化声誉的庇护:编辑和出版商不大可能公然删减或者改写经典文本——而那正是非经典文学作品通常遭遇的命运,译者即使满心同情,也只能按照出版商的意图删改原著。

[美]大卫·达姆罗什:《世界文学 民族语境》,李锐、王菁译,载《中国比较文学》2012 年第 2 期,第 16 页。

思考题

1. 流传学包括哪三种类型?
2. 列出作家或作品在流传中的某些变异现象,试分析变异的原因。
3. 举例说明西方文学思潮对中国小说的影响。

进一步阅读

1. 陈铨:《中德文学关系研究》,辽宁教育出版社 1997 年版。
2. 范存忠:《中国文化在启蒙时期的英国》,上海外语教育出版社 1996 年版。
3. 季羡林:《印度文学在中国》,见季羡林:《比较文学与民间文学》,北京大学出版社 1991 年版。
4. 钱林森:《中国文学在法国》,花城出版社 1990 年版。

5. 乐黛云:《比较文学与中国现代文学》,北京大学出版社 1987 年版。
6. 赵毅衡:《远游的诗神——中国古典诗歌对美国新诗运动的影响》,中国社会科学出版社 1985 年版。
7. 黄鸣奋:《英语世界中国古典文学之传播》,学林出版社 1997 年版。
8. 胡文彬:《〈红楼梦〉在国外》,中华书局 1992 年版。
9. 卫茂平:《中国对德国文学影响史述》,上海外语教育出版社 1996 年版。

第五章　渊源学

渊源学研究文学作品中主题、题材、人物、情节、语言、风格等因素的异域来源，换句话说，即考察作家作品所吸收和改造的外来因素。这类研究是以影响的接受者为基点寻找放送者的溯源研究，旨在揭示不同民族文学间存在的因果关系。用法国比较文学家基亚的话说，这里触及作家的创作秘密。在西方，关于渊源学的研究出版了大量的著作和论文，被认为是典型的比较文学研究。

第一节　渊源学的类型 *

渊源学的研究类型可以作多种区分，这里把中国的渊源学研究划分为三种类型，即中国文学中的外来渊源，外国文学中的中国渊源，以及渊源的国际循环，由此把握渊源学的基本方法，了解各民族文学的互相影响和互相借鉴。

一、中国文学中的外来渊源

1926 年，郑振铎在《研究中国文学的新途径》一文中提出研究中国文学的"外化"问题，"要研究中国文学究竟在历代以来受到外来影响有多少，或其影响是如何样子"，并将这类研究称为文学研究的新途径。20 世纪以来，前辈学者在考察中国文学的外来因素上作了很多有益的探索，不过主要限于中印文学关系。1923 年，胡适在《西游记》考证中论及孙悟空形象的来历时，认为孙悟空的原型出自印度史诗《罗摩衍那》中的神猴哈努曼。此论一出，即遭到鲁迅反对。鲁迅在《中国小说的历史的变迁》中坚持他在《中国小说史略》中的看法，认为孙悟空的形象袭取六朝志怪小说中的无支祁。其实志怪小说与印度文学有直接联系，他们的争论在追根溯源后应该是一致的。鲁迅自己也说，"胡适之先生仿佛并以为李公佐就受了印度传说的影响，这是我现在还不能说然否的话"[①]。陈

---

*　请访问爱课程网→资源共享课→比较文学 / 胡亚敏→第五章：渊源学→教学录像(00:01:49-00:17:48)

①　鲁迅：《中国小说的历史的变迁》，见鲁迅：《中国小说史略》，人民文学出版社 2006 年，第 326 页。

寅恪曾在大学开过一门课,名曰“中国文学中的印度故事”。他认为,孙行者与印度佛典中的舍利弗之间有联系,并举证新修大正大藏本《贤愚经》第九《须达起精舍品》第四十一载有舍利弗与六师弟子斗法故事:

> ……六师众中,有一弟子,名劳度差,善知幻术。于大众前,咒作一树,自然长大,荫覆众会,枝叶郁茂,华果各异。众人咸言,此变乃是劳度差作。时舍利弗,便以神力,作旋岚风,吹拔树跟,倒著于地,碎为微尘。……(劳度差)又复咒一池,其池四面,皆以七宝,池水之中,生种种华。……时舍利弗,化作一大六牙白象,其一牙上,有七莲华,一一华上,有七玉女。其象徐详,往诣池边,并含其水,池即时灭。……复作一山,七宝庄严,泉池树木,华果茂盛。……时舍利弗即便化作金刚力士,以金刚杵,遥用指之,山即破坏,无有遗余。

陈寅恪指出:“今世通行之《西游记》小说,载唐三藏车迟国斗法事,固与舍利弗降伏六师事同。又所述三藏弟子孙行者猪八戒等,各矜智能诸事,与舍利弗国键连较力事,或亦不无类似之处。”[①] 其他如陈寅恪关于曹冲称象、华佗传说来历的研究以及季羡林的《柳宗元黔之驴取材来源考》等这些言之凿凿、考据翔实的论文都属于渊源研究。

中国现当代文学作品中的外来因素更多,在鲁迅、郭沫若、茅盾、巴金、老舍、曹禺等人的作品中,可以看到众多外国作家作品影响的痕迹。这里仅举一例,盛宁撰文指出,李健吾的短篇小说《影》《最后的一个梦》和《在第二个女子的面前》这三篇小说的背后都有爱伦·坡的影子。《影》与爱伦·坡的一个短篇同名,作品中的“影”是无处不在的死亡的象征;《最后的一个梦》记述了一个偏执狂病人的癫狂举动;而《在第二个女子的面前》基本上继承了爱伦·坡的《来琪亚》的主题,主人公在第二次恋爱中始终无法摆脱原先爱人的阴影,故事被蒙上一层浓厚的神秘气氛。这些小说都体现了爱伦·坡提出的故事应该“把滑稽上升为怪诞,把害怕涂上恐怖的色彩,把机智夸大成嘲讽,把奇特变成怪异和神秘的原则”[②]。

二、外国文学中的中国渊源

这一类型探讨外国文学作品中的中国意象和情节,也包括外国作家吸收和利用的中国思想。

---

① 陈寅恪:《〈西游记〉玄奘弟子故事之演变》,见《金明馆丛稿二编》,上海古籍出版社1980年,第174页。

② 盛宁:《爱伦·坡与中国现代文学》,见张隆溪、温儒敏编选:《比较文学论文集》,北京大学出版社 1984年,第177—178页。

由于中日两国悠久的文化联系，研究日本文学中的中国文学渊源，是比较文学渊源研究的一个常见话题。日本的中岛健藏在他的《中国现代文学在日本》一文中说："日本文学从诞生那一天起，就是在它的母乳中国文学的哺育下成长起来的。当然日本民族有它独特的文化，有它自己流传下来的口头文学，但是要把它们用文字记载和保存下来，却必须借助汉字。"[①]日本古代书面文学是在以《诗经》为代表的中国书面文学发展一千余年之后开始起步的。《万叶集》为日本最古的和歌集，它搜集了公元4世纪至8世纪中叶而主要是7世纪以后的长短和歌约4500首。《万叶集》中处处可见中国文学的影响，这里且不说万叶假名是对汉字的借用和改造，也不说《万叶集》的搜集整理是对中国律令制度的借鉴，就《万叶集》这一书名而言，就是取中国文学中"万叶"的含义而命名的。《昭明文选》中的"万叶"为万代之义，陆云的《祖考颂》中，"万叶"为诗文众多、茂盛之义。日本的歌人在取"万叶"为一代和歌总集之名时，显然是兼采二义的。《万叶集》的分类也参照了中国六朝初唐总集编次类目，《万叶集》共分"杂歌""相闻""挽歌""譬喻歌""四季""四季相闻"共六类，其中"杂歌"和"挽歌"等项取自《昭明文选》的类目。

近代以来，中国文学受到外来文化的冲击较大，因此人们大多研究中国文学中的外来渊源，而对外国作家所受到的中国影响的探讨相对薄弱。德国人卫礼贤的论文《歌德与中国文化》是研究欧洲学者和作家如何受到中国文化影响的较早的也较为重要的一篇。他考证了歌德和中国文化的关系。歌德除读过孔子的有关学说之外，在他的日记和谈话中还可以看出他读过元代戏曲《赵生儿》《赵氏孤儿大报仇》，小说《好逑传》《今古传奇》等。歌德写的《中德晨昏四时歌》抒情诗十四首也自称是模仿"汉风"写的，仅就第一首来看，其"汉风"之痕迹历历可见：

忽肯辜负好春光，吏尘仆仆人消瘦；
梦魂一夜到江南，草色青青水色秀；
临流赋新诗，踏青携美酒，
一杯复一杯，一首复一首。

由此可以了解歌德作品中的世界因素和"汉风"给他的创作带来的异域风情。另据戈宝权考证，托尔斯泰对中国古代的哲学思想也有深入研究，他曾翻译老子的《道德经》，写过《论老子学说的精髓》一文，托尔斯泰非常欣赏老子的"道"和"无为"的思想，把它融入"勿用暴力抗恶"的观点中[②]。

① ［日］中岛健藏：《中国现代文学在日本》，载《世界文学》1959年第9期。
② 戈宝权：《中外文化姻缘——戈宝权比较文学论文集》，北京出版社1992年版，第31页。

三、渊源的国际循环

这一研究超出了两国的界限而进入了国际间的普遍联系。纵观世界文学史，有些作品的题材、人物、情节等是互相借用、辗转流传的，仿佛文学因素的国际旅行。“二妇争子”就是国际循环的代表性例证，“二妇争子”的基本构架是二妇一子一法官，其核心情节是画圈争子。以布莱希特的《高加索灰阑记》为例，《高加索灰阑记》写的是总督夫人在战乱中扔下孩子，女仆保护并抚养了这个孩子。战乱平息后，夫人为争夺继承权强要这孩子，而此时女仆对这个孩子已很有感情。于是，法官命人在地上用粉笔画了一个圈，让孩子站在中间，假称争讼双方谁把孩子拉到自己身边谁就胜诉。女仆不忍心死力拉孩子，孩子被生母拉了过去。最后法官认为真正爱孩子的是女仆，把孩子判给了女仆。这一故事显然受到我国元代李行道的杂剧《灰阑记》（全名《包待制智勘灰阑记》）的影响。元剧讲的是马员外妻妾争子的事。马员外死后，马妻为了维持自己在家中的地位，将妾生的孩子霸为己有。官司打到包公那里，包公设灰阑画圈争子，看出其中真伪，将孩子判给了生母。这两出戏显然存在渊源关系，不过两剧的主题发生了变化，我国元代这出戏显示的是判决者的智慧，而布莱希特的剧本则是鞭挞为富不仁，他以“阶级情重于亲情”取代“血浓于水”，表现出他的马克思主义的阶级观念。“二妇争子”这一故事在东亚各国也曾流传，这个情节还可以追寻到更早的渊源，佛教经典、《圣经》乃至《古兰经》中都发现相似的故事，但作为戏剧题材是从我国开始的。

刘守华的《〈一千零一夜〉与中国民间故事》[①] 则是一种互为渊源的探讨。他从《一千零一夜》这部阿拉伯故事集中抽出 11 例与中国民间故事相类似的故事，并列出这些相似情节的三种影响路径。一是这些故事共同源于印度，脱胎于同一母本。如故事中被害者因祸得福的情节可能都吸取了印度佛经中关于善恶报应不爽的主题。二是阿拉伯故事传入中国。中国和阿拉伯地区自古以来就有频繁的经济、文化交流，不仅有陆上的“丝绸之路”，而且海上的航道也已开辟，因此那种用魔法将人变形为畜的故事可能由阿拉伯商人带入中国。三是中国故事传入阿拉伯。如《一千零一夜》中一位埃及商人在巴格达凶宅过夜得宝的故事在中国早有流传，魏晋人所撰《列异传》中之《何文》，唐人所撰《博异志》中之《苏遏》，均叙述了这类情节。该文通过这些故事的渊源关系的探讨为我们揭示了中、印、阿拉伯的文化交流路线图。不过，若严格按照影响研究的要求，该文中的这些论断还需要更多的实证材料来证明。

① 参见刘守华：《〈一千零一夜〉与中国民间故事》，载《外国文学研究》1981 年第 4 期。

第二节 渊源研究的途径

关于渊源研究的途径,西方比较文学学者曾作过不同区分。如约瑟夫·T.肖将渊源研究分为文学作品的形式和素材,史托尔曼将渊源研究分为文学和非文学(经验),野上丰一郎将渊源研究分为单一和集合渊源,以及文学渊源和思想史渊源等。这些划分为渊源研究提供了富有启示的思路。这里主要阐述梵·第根提出的五种渊源研究模式。然后我们将在总结西方学者的理论和实践的基础上,提出渊源研究的新途径,即文献的渊源研究和文本的渊源研究。

一、梵·第根的渊源研究模式

梵·第根在《比较文学论》中将渊源研究分为五种,即笔述渊源、口传渊源、印象(旅行)渊源、直线渊源和集体渊源。

笔述渊源指见诸文字记载的因果联系,这是最易于把握的一种。例如,曹禺在《纪念易卜生诞辰一百五十周年》一文中说:"我从事戏剧工作已数十年,我开始对于戏剧及戏剧创作产生的志趣、感情,应该说,是受了易卜生不小的影响。中学时代,我就读遍了易卜生的剧作。我为他的剧作谨严的结构,朴素而精练的语言,以及他对资本主义社会现实所发出的锐利的疑问所吸引。我至今还记得,早在本世纪二十年代,当我还是中学生的时候,学校里就曾演出过易卜生的名著《玩偶之家》。还记得,当年我们演出易卜生的另一部名著《国民公敌》的时候,曾被当时的反动军阀压制过。"① 作家的这一表白就是典型的笔述渊源。

口传渊源,指民间流传或交谈中获知的故事、逸事等,这类现象主要出现在民间文学和民间故事的流传中,也包括作家通过谈话获得异国素材而产生创作灵感。

印象渊源指作家在旅行中所形成的异国印象,勾起创作的情感和思想,使作品有了异域的色彩、气氛和音响。如歌德的意大利之行使他摆脱了魏玛的宫廷生活,接触了古代和文艺复兴时期的艺术,为他后期创作打下了现实主义基础;普希金和莱蒙托夫在高加索的生活,使其作品具有特殊的色彩。这样的例子还有很多。

直线式渊源指直接从一部作品中找到另一国文学作品的因素,这些因素可以是题材、思想,也可以是情节或细节。其中原型是直线式渊源的一个重要内容,

① 曹禺:《纪念易卜生诞辰一百五十周年》,载《人民日报》1978年3月21日。

例如老国王被新国王所杀、灰姑娘的故事就是各国文学作品中的常见原型。

集体渊源是指一个作家不只受到一个作家或一国文学的影响，而是受到众多外国作家作品的影响，换句话说，是以一个作家为圆心，探讨他所受益的众多外国作家作品。这种研究需要以这位作家所接触过的全部文献资料为基础，巴登斯贝格撰写的《巴尔扎克作品中的外国文学倾向》一书就是多重渊源研究的典范之作。这部著作以丰富的史料和证据向人们证明巴尔扎克受到与他的性格、境遇、气质截然不同的种种外国文学的影响。如他有些作品的构思得益于《一千零一夜》；阴森的描写受益于恐怖小说；他还受过歌德的《少年维特之烦恼》和《浮士德》的影响，以及司各特的历史小说、库柏的美洲小说、霍夫曼和薄伽丘的作品的影响等，甚至还有人相学原理的影响。从多重探源中我们可以了解到巴尔扎克作品的丰富性。不过，法国人要强调的是，“巴尔扎克并没有因阅读外国作品而被俘获，相反，他通过特有的、生动的综合方法确定了自己”[①]。

二、渊源研究的两个方面 *

梵·第根所列这五种渊源研究模式虽然比较全面具体，但名目较多，且划分标准不统一，故在研究中有交叉之嫌。为便于操作，我们另辟新径，拟从文献和文本两个方面探讨渊源研究。

（一）文献的渊源研究

尽可能搜集到与作家创作有关的各种文献，是从事渊源学的基本的也是必要的一步。这一研究需要建一个清单，里面包括作家的全部读物、私人日记、笔记、朋友们的回忆录、家属们的介绍、回忆、书信等，这些材料将为后续的研究提供切实可靠的证据。

列出作家读书书目，这是一种细致并能有效地说明问题的研究步骤，它将有力地证明作家所受到的外来文学的影响。寻找这些书目的方式是多样的，可以查阅作家的引征、注释、参考文献、日记、创作谈等文献资料。鲁迅在《我怎样做起小说来》(1933)谈自己创作小说时说，主要是阅读了二百多部外国小说，这就是一种文献说明。李欧梵在研究现代文学时感到从“五四”以来，中国的大部分作家采用的创作方法基本上与社会现实越来越接近，但施蛰存、戴望舒等人的创作方式则与那些大家熟悉的作家有显著的不同，究其原因，他发现施蛰存等人生活在上海，对西方的书籍看得特别多，包括一些杂志，如英国的 *Bookman*，

---

① ［法］基亚：《比较文学》，颜保译，北京大学出版社 1983 年版，第 90 页。

* 请访问爱课程网→资源共享课→比较文学 / 胡亚敏→第五章：渊源学→教学录像(00:23:46-00:35:54)

美国的 *Saturday* 等，他们从这些杂志中了解到一些现代派的知识，包括福克纳、海明威等人的作品，他们主要参考的是英文和法文资料，与鲁迅、茅盾从日、俄文中吸收的东西不完全一样，因而他从比较文学的角度为现代文学史上将施蛰存等人与鲁迅、茅盾的创作加以区别提供了实证材料。当然，“考查一个人所阅读的书籍，虽然不能解答一切问题，但起码可以帮助我们看清作者的精神范围”①。

检索作家日记、创作手记、备忘录，搜集作家谈话及与亲朋知己的信件等，也可以为作家研究提供有力的佐证。对这些第一手资料的整理有助于较清楚地看到作家在创作中受到的启发和自身的感想等真实的心路历程。例如，从巴金《答法国〈世界报〉记者问》中我们得知，巴金曾借鉴和吸收了许多外国文学大师的经验，“俄国作家如屠格涅夫、托尔斯泰；而在托尔斯泰的作品中，主要是《复活》——我的《家》受它的影响很深。……至于法国作家，大家都知道，莫泊桑和左拉在中国最有名气，拥有最多的读者，但对我来说，就不止于莫泊桑和左拉，我更要提到雨果和卢梭”，“结束访问之前，我要在此加上一句，在所有的中国作家中，我可能是最受西方文学影响的一个”②。茅盾也说过，“开始写小说时的凭借还是以前读过的一些外国小说”。郭沫若曾谈到他的诗集《女神》是在外国诗人的启发影响下诞生的。此外，作家之间的信件交往也是一个实据。西方一些大作家的信件往往被比较完整地保留下来以作为洞察作家创作奥秘的一个方面。托尔斯泰曾在 1906 年给一个中国人的信中写道：“中国人的生活常引起我极大的兴趣，我曾竭力要理解我所读到的一切，尤其是中国人的宗教的智慧的宝藏，孔子、老子、孟子的著作以及他们的评注。”③ 由此，我们可以看到中国古典哲学思想与托尔斯泰创作思想的联系。

作家的国外经历也是研究渊源的依据之一。国外旅游有时会给作家的创作带来某种契机，使他发现新的天地，获得一些新的感受、新的见解，或形成一种新的创作方法。徐志摩在英国剑桥留学的日子不仅奠定了他的文学道路，而且对他早期的理想主义和诗歌创作都有决定性的影响。尤其应该注意的是，作家的国外经历会使作家的思想发生深刻的变化，产生一些在本国不可能有的思想，这在中国现代作家中不乏其例。作家的国外旅行还反映在文学作品中对异域的描写。如瞿秋白的俄国之行，使他写下了《饿乡纪程》《赤都心史》两部以俄国为题材的小说。海明威作品中的战争也与他的西班牙经历有关。

---

① ［法］基亚：《比较文学》，颜保译，北京大学出版社 1983 年版，第 77 页。

② 《中国当代文学研究资料·巴金专集》，江苏人民出版社 1981 年版，第 79—81 页。

③ 《托尔斯泰的两封信》，载《东方杂志》1982 年第 25 卷 19 号，第 85 页。

（二）文本的渊源研究

如果说文献研究主要围绕文学作品的“外在关系”展开的话，那么，文本的渊源研究则集中于文本自身的“内在关系”，它是一种从文学内部探讨作品之间关系的研究。与文献研究相比，文本的渊源研究更具说服力，因为无论是作家的表白也好，还是众多的证明材料也好，影响的发生最终要通过作品表现出来。指出某个作家受到外国的影响，读过几百本外国小说，或发表过相关讲话，这些材料可以作为旁证，但最根本的是要在作家的作品中得到体现，在这个意义上说，文本研究是更具文学性的比较研究。

文本的渊源研究又可以从两个方面展开，一是从作品的主题、题材、情节、人物形象等方面入手，二是从作品的艺术技巧上即从作品的语言、叙述技巧、结构、风格等方面寻找其可见性。这里以鲁迅小说《狂人日记》与果戈理的同名小说之间的渊源关系为例，并结合其内容和形式说明文本渊源研究的特征。

果戈理的《狂人日记》写的是一个患妄想症的小公务员波普里希的心理和行为。他职位低下却自命不凡，对司长的女儿单相思，后来又幻想自己成了西班牙国王，最后在疯人院里向母亲求救。从时间顺序上讲，果戈理的作品在前，鲁迅的作品在后，鲁迅曾翻译过果戈理的小说，并多次在日记里提到果戈理，他们之间的师承关系是有据可依的。这里从文本的角度分析。第一，就体裁而言，两部作品同名，都为日记体。不同的是，果戈理的《狂人日记》有 19 篇，每篇标有具体日期，随着主人公疯病的加剧，日期标注得越来越混乱；鲁迅的《狂人日记》有 13 段，只用序号表示，没有日期。相比之下，果戈理在日期上的处理更具现实主义匠心。第二，从视角上看，鲁迅的狂人与果戈理的狂人都采用疯子的眼光、疯子的意识来看待或理解这个世界，不过鲁迅的《狂人日记》在开端部分比果戈理多了一个正常人的“序”，“序”中说“狂人”已病愈，“赴某地候补”，这种与现实妥协的举动与日记中彻底的反叛精神形成鲜明的对照，因此，该序在起着证实作品真实感的同时也具有某种反讽效果。第三，在语言处理上，两部作品都运用了亦真亦狂的语言，借狂人之口抨击社会，而细细品味，又能从狂中见真。果戈理小说中的狂人看了狗的信后说：“真见鬼，我再也看不下去了……世界上一切最好的东西全都被侍从官啊、将军啊占去了。”鲁迅小说的狂人看见的更可怕，陈年簿子上横竖都写着“吃人”。由此，鲁迅与果戈理的师承关系显而易见。值得注意的是，这种借鉴并没有使鲁迅的作品逊色，相反，由于他引进外来手法和技巧，小说格式别致，从而使他的《狂人日记》在中国现代文坛上以“标新立异”著称，日记体的运用也成为中国小说史的首创。鲁迅的《狂人日记》作为显示“五四”新文学“实绩”的成功还在于鲁迅的《狂人日记》在借鉴的同时有所超越，在人物塑造上表现出与果戈理不同的立意。果戈理笔下的狂人是一个被侮辱被损害的微不足道的小人物，在等级制度森严的社会里，完全得不到一点人格上的尊严和心理上的满足，同时他又念念不忘自己是名门望族，地位低下又爱慕虚荣，作者对他的揶揄、鄙薄多于同情。鲁迅笔下的狂人是一个反封建的精神斗士，在他混乱的思维中迸发出奇异的反抗火花，他的言行不被世人理解，但他仍在抗争，他的“救救孩子”的哀告实际上是变革社会的呼喊。

在具体的渊源研究中，文献和文本二者是互为补充、互相证明的。列出令人信服的文献证据来说明作家所受到的外来影响是必要的，但这种影响归根到底又必须通过作品本身显示出来。如王国维与叔本华的关系，我们可以从王国维的自序中了解到叔本华对他的影响，“自癸卯之夏，以至甲辰之冬，皆与叔本华之书为伴侣之时代也”（《静庵文集自序》）。但最有力的证明是他的《〈红楼梦〉评论》。鲁迅《白光》中的陈士成，精神受到了刺激，偏执狂发作，在月光下掘宝却挖出死人的下巴骨，上面还带着一排零落不全的牙齿，那下巴骨“在他手里索索动弹起来，而且笑吟吟地显出笑影”。这使人想起爱伦·坡笔下的疯人伊杰斯黑夜掘墓，从尸骨未寒的表妹口中卸下全部牙齿的可怕情节。如果我们再向前追索，就可以知道，早在1904年，正在日本留学的鲁迅就饶有兴致地读了爱伦·坡的推理小说《金甲虫》，他将这篇小说连同其他外国文学作品一起寄给了当时尚在南京读书的周作人。对于侦探小说同样感兴趣的周作人觉得这篇小说写得颇为巧妙，决心将他翻译为中文，以使更多的读者欣赏。鲁迅和周作人于1909年编辑出版了《域外小说集》，其中就包括了爱伦·坡的作品。①

结合文献和文本探讨作家作品所受到的多种外国影响的研究，这与梵·第根提出的集体渊源相似，而这一研究尤其适合于中国，因为中国很多优秀作家都远非一两国文学或几位作家的外来影响所能解释得了的。多重渊源研究为分析作家创作来源的丰富性提供了便利的工具。如在郁达夫作品中，我们就不难发现法国的卢梭、俄国的屠格涅夫、日本私小说等多种外来因素对他的影响。

第三节　创造性误读*

误读是文化交流中的一个常见名词，指人们在接受异质文化的过程中出现

① 参见盛宁：《爱伦·坡与中国现代文学》，见张隆溪、温儒敏编选：《比较文学论文集》，北京大学出版社1984年版，第167—185页。

* **请访问爱课程网→资源共享课→比较文学 / 胡亚敏→第五章：渊源学→教学录像（00:35:55–00:48:13）**

的过滤和变异现象。也就是说，人们在接受外来文化时，既吸收外来文化本身携带的信息，又有接受者所处文化氛围发出的信息，误读正是在两种不同文化的抗拒和同化的冲突中产生的。

一、误读与期待视野

在中西方文化交流中，人们对异域文化的接受存在种种误读，比较文学教科书上提到"独角兽"（unicon）引出的就是误读问题。在欧洲中世纪的一个传说中，独角兽被描绘成很温驯的、头上长着一只触角的白马，它生活在一个奇异的国度。马可·波罗受到这个传说的熏陶，在从中国回去的途中，他在爪哇看见了一个动物，于是，他这样描绘了他所看见的独角兽：它们不是白色，而是黑色。它们长着野牛一样的毛，有大象般的大脚，头看起来像野猪，舌头上长满刺，简直奇丑无比！事实上，他看到的是犀牛，但他是带着独角兽的标准看待犀牛的。在中国语境下，外来文学中的意蕴、形象和概念也往往被误读。"五四"时期人们将歌德的《少年维特之烦恼》与上海的鸳鸯蝴蝶派相提并论，将维特视为才子，绿蒂称为佳人，消除了歌德作品中所体现的社会冲突。"羔羊"在西方意味着牺牲，而由于中国缺乏西方那种宗教背景，"羔羊"在人们眼中变成受到怜悯的弱小者。

从阐释学的观点看，误读在文化交流中是必然的，其根本原因在于读者的接受期待。人们在与他种文化接触时，很难摆脱自身的文化传统、思维方式，往往按照自己所熟悉的一切来理解别人。伊格尔顿在评述接受理论时指出："读者肯定不会在真空中看到原文；一切读者都有其社会和历史地位，他们怎样解释文学作品将受到这一事实的深刻影响。"[①] 事实上，每个人在看待世界的时候，都有一个关于这个世界的先入为主的观念，而这个期待视野来自自己的传统。叶维廉在《比较诗学》一书中曾讲过青蛙和鱼的寓言。有一天，青蛙将陆地上的世界描述给鱼听，有的人身穿衣服，头戴帽子，手握拐杖，足履鞋子，水中的鱼脑子里便出现了一条穿着衣服，戴着帽子，翅夹拐杖，鞋子则吊在下身的尾翅上的鱼；青蛙又说，有飞的鸟，鱼的脑中又闪出的是一条飞鱼；青蛙又说，有车，带着四个轮子滚动，此时鱼的脑子里则出现了一条带着四个轮子的鱼。[②] 这则寓言虽带有揶揄，但说明了先在视野对接受的限制。在后殖民主义批评家看来，一些西方学者在描述东方时，尽管他们有着深入的野外考察的经历，甚至深入到了那些被东方的主流文化圈所忽略了的部落的生活中，在具体研究上也可能有着翔实的数

① ［英］伊格尔顿：《当代西方文学理论》，王逢振译，中国社会科学出版社 1988 年版，第 110 页。

② 叶维廉：《比较诗学》，台湾东大图书有限公司 1983 年版，第 1—2 页。

据材料，以及对材料的细致分析，但他们也像水中的鱼一样，是根据他们的想象描述东方的，给东方披上了神秘化乃至妖魔化的色彩，而东方在整个言说中是沉默的、缺乏意识的对象。同样，东方国家对西方文化和文学也存在误认和曲解的现象。因此，每个人都很难完全摒除原初视野来看待异国文化，比较文学研究需对由这种先见带来的盲视格外警惕。

误读又可分为不自觉的误读和有意误读。在文化交流中大多数误读是不自觉的，有意误读中则可能有权力和意识形态因素的介入，有时这两种误读交织在一起。尽管人们在接受中存在各种误读，但并不会因噎废食，放弃文化和文学的交流。随着视域的融合，人们的认识不断深化，会更加接近对象。在这个意义上，误读的程度又是不断变化的。

二、创造性误读

创造性误读是指主体对外来对象的有目的的选择，通过吸收和改造异文化中的某些因素，创造出一些新的思想和形式。是否产生新的因素是创造性误读与一般误读的根本区别，各民族文化和文学的创新和发展在一定程度上依赖于这种创造性的误读。法国启蒙思想家斯宾诺莎、莱布里茨和伏尔泰分别从中国哲学中寻找武器，并根据需要在一定程度上改造了中国的思想资料，应该说具有创造性。例如，他们从中国文化中发现泛神论以对抗中世纪神学，并借助“天理”这一概念，输入自然法则的内涵，呼吁建立一个至高无上的理性法庭；在政体的设置上，他们宣扬中国的政教分离，以反对教权凌驾于世俗权力之上；宣扬中国三教分立，宗教宽容，反对中世纪教会对宗教异端和学术异端的迫害；宣扬中国早期儒学的“民贵君轻”说，以伸张民权。了解中国历史的人看了，就会觉得这些论述并不完全符合中国文化的实际情况，但这种误读却有助于推行他们的启蒙思想。德里达、福柯对中文的误读也在一定意义上促进了他们对西方传统的形而上学和语音中心主义的反省；而严复对赫胥黎《天演论》的误读的本意出于唤醒一代中国人的自强意识。

创造性误读可视为艺术成熟的表现，庞德的意象诗和布莱希特的间离效果就是在吸收中国传统文学和戏曲的基础上的一种创造性误读。庞德从美国汉学家弗诺洛萨几百页的笔记中选取了十几首中国诗，于1915年翻译出版了《神州集》。他根据自身的理解与需要对中国诗歌作了有意义的误读，找到了他崇尚的自然、凝练和简洁，看到了他着意寻求的意象，于是，他把词约义丰的中国小诗视为意象派诗歌的催化剂；庞德还听信弗诺洛萨之言，以为中国方块字是一幅幅组合的图画，觉得中国诗从文字到意蕴彻底浸泡在意象里。由此，庞德从中国古典诗歌中提炼出意象脱节、意象叠加、“全意象”等艺术观念，并将这些特点融入他的意象派诗歌理论之中。正是这种对中国诗歌和汉字的误解和开发丰富了他的艺术创造力，居然引出了“意象诗”这样一个硕果。由此，“意象”这个在中国古代被用来作为表现主观情绪的手段，在庞德那里被夸大而演变成为诗歌的终极目的。德国的布莱希特观看梅兰芳的表演后，将中国京剧重表现、重“神似”的美学特征视为“陌生化”，从而印证他的“间离效果”理论，这也是从误解中生发出的创造。

更多的创造性误读是一种视域融合，即接受者与外来文化、文学的同时改造，是在充分理解外来文化、文学的基础上的贯通，它创造出来的是一种新质。

专栏

专栏1

一部书就像一个人一样：在考察它的内容之先，我们得考察它的形式，而且不仅是一本书，却是表现着独立性和本位的一切写作物：一篇短篇小说，一篇短论文，一篇戏曲，一首商籁体。可是这种形式往往或则是从本国文学的传统而来的（这传统本身往往也是来自外国的），或则是从直接的外国影响而来的。因此比较文学家应该去探讨那位作家所选的艺术形式的来历，说明他在这方面是否有所革新，并且——如果可能的话——解释这种革新的无意识的缘由或故意的理由。文学传统在任何部分里都没有像这里那样见重，各国文学的相互依赖关系在任何部分都没有像这里那样显得明白清楚。

［法］梵·第根：《比较文学论》，戴望舒译，上海商务印书馆1936年版，第77页。

专栏2

文学的互相丰富的过程绝不归结为机械地反映在另一个民族文学的某种静止的“屏幕”上的作用。这个过程必须以创造性的接受为前提，而创造性的接受永远是主动的、有选择的，永远是各种势力和倾向在一个艺术家的创作发展上、或者在某个民族文学的发展上进行斗争的结果。

［苏］聂乌波科耶娃：《有关研究各民族文学相互联系与相互影响的一些问题》，见刘介民编：《比较文学译文选》，湖南人民出版社 1984 年版，第 294 页。

专栏 3

寅恪尝谓外来之故事名词，比附于本国人物事实，有似通天老狐，醉则见尾……总而言之，三国志曹冲华佗二传，皆有佛教故事，辗转因袭杂糅附会于其间，然巨象非中原当日之兽，华佗为五天外国之音，其变迁之迹象犹未尽亡，故得赖之以推寻史料之源本。夫三国志之成书，上距佛教入中土之时，犹不甚久，而印度神话传播已若是之广，社会所受之影响已若是之深，遂致以承祚之精识，犹不能别择真伪，而并笔之于书。

陈寅恪：《寒柳堂集·三国志曹冲华佗传与佛教故事》，生活·读书·新知三联书店 2009 年版，第 180—181 页。

专栏 4

对于源泉学的范围，可以从两方面考虑。其一是，孤立的源泉探究。把某一文学作品采用孤立的方法，以搜求外国影响的源泉为目的。源泉学的这个主要方法是对主题原型的探究。莎士比亚、莫里哀是怎样多地从外国文学中吸取主题，拿来进行充分地研究。……

对待源泉学的第二个范围应该是集合源泉的研究。这种研究必须调查某作家接受影响的全部渊源，研究的范围是极广泛的。知道一个文学作品接受了其他作家的影响，那么，是哪一点影响呢？其中哪一点受外国影响，哪一点是从 A 来的，哪一点是从 B 来的，源泉学就是要研究这样的问题。因此，像这样研究，问题就在于作家只读哪些外国作品（原作或译作），必须以对此进行精密地调查作为基础。这个集合的源泉的研究也应该从接受者的一边出发，有时只是靠一门外国语而进行充分的研究。例如：贝洛（Bellay）仅仅是只探讨了意大利的源泉，戈德史密斯（Goldsmith）仅仅对于法国，伏尔泰仅仅很好地探讨了英国。然而必须注意的是，不仅探求其文学的源泉，而且对于其作家能够接受影响的一切方面都必须探求的。

野上丰一郎：《比较文学论要》，见刘介民编：《比较文学译文选》，湖南人民出版社 1984 年版，第 78—82 页。

思考题

1. 渊源学包括哪几种研究类型？
2. 简述渊源学研究的两个方面。
3. 举例说明中国某一作家在创作上对外国作家作品的师承和变异。
4. 举例分析一位外国作家作品中的中国渊源。
5. 什么是创造性误读？试举例说明。

进一步阅读

1. [法]梵·第根：《比较文学论》，戴望舒译，商务印书馆 1936 年版。
2. [澳]瓦尔特·F. 法伊特：《误读作为文化间理解的条件》，见乐黛云、张辉主编：《文化传递与文学形象》，北京大学出版社 1999 年版。
3. 陈寅恪：《〈西游记〉玄奘弟子故事之演变》，见《金明馆丛稿二编》，生活·读书·新知三联书店 2001 年版。
4. 戈宝权：《中外文化姻缘——戈宝权比较文学论文集》，北京出版社 1992 年版。
5. 乐黛云：《比较文学与中国现代文学》，北京大学出版社 1987 年版。
6. 严绍璗：《中日古代文学关系史稿》，湖南文艺出版社 1987 年版。

第六章　媒介学

媒介学研究不同国家或民族的文学之间产生联系和影响的具体途径和手段,也就是说,它研究的重心是文学在交流中的“中间环节”,即研究一国文学是怎样传播到另一国去的。梵·第根认为:“在两国文学交换之形态间,我们应该让一个地位——而且是一个重要的地位——给促进一种外国文学所有的著作、思想和形式在一个国家中的传播,以及他们之被一国文学的采纳的那些‘媒介者’,我们可以称这类研究为‘仲介学’。”①

第一节　媒介的演进与承担者*

一、传媒的变迁

人类传播的演进大致经历了口头流传、书写流传到电子流传这几个重大的变迁。人类从原始的非语言传播过渡到语言符号的传播,经历了漫长的时期,而从口语传播过渡到文字传播的时间相对短得多,电子传播则是20世纪的事了。今天,互联网的出现使文化和文学的传播更加便利,电子传播使全球进入了一个解区域化的时代。

(一) 口头传播

口头传播的方式主要有歌谣、传说和神话等样式。这种口头传播除了用于现场交流外,主要任务是传承历史,通过一代代人的口耳授受来维系该族群的文化。至今这种口头传播在有些少数民族地区仍然存在,成为了解这些少数民族生存和文化的珍贵资源。

不过,口头传播受到一些条件的限制。一般来说,口头传播讲究空间的在场性,即首先需要一个讲述者,若讲述者离去,这一文化就有失传的危险,与此同

---

① [法]梵·第根:《比较文学论》,戴望舒译,上海商务印书馆1936年版,第182页。

* 请访问爱课程网→资源共享课→比较文学/胡亚敏→第六章:媒介学→教学录像(00:03:18–00:12:46)

时,听者也不能缺席。口头传播的局限还在于它在穿越时空的过程中具有不稳定和不可靠的性质。当一个故事代代相传或从一个族群传递到另一个族群时,很可能丢失一些原有的含义和来龙去脉,也可能增加一些新的因素。尽管如此,口头传播作为人类童年的产物,它为我们保存了鲜活的人类童年记忆。

(二)文字传播

文字产生以后,文字和书写替代口头传播成为知识和历史的主要传承工具。文字传播包括书籍、报纸和杂志等媒介形式。较之口头语言,书面信息的交换不要求发送者和接受者同时在场,这就使得传播从早期的时空限制中被解放出来。书面文献不仅使原创者的思想观点在其死后留存下来,而且使此后的读者有时间对信息内容做独立和从容的审视。同时,随着印刷术的发明,文字传播获得了更为广大的空间,书本知识从少数人手里扩大到民众之中,几乎每一个识字且买得起书的人都能够接触到科学、哲学和宗教知识。特别是报纸的诞生和普及,不仅改变了人们的认知方式,而且成为某种意识形态的工具,具有直接影响人们思想意识的作用。

(三)视像传播

视像传播主要指电视和电影等方式,特别是电视,它是采用电子技术传输图像及声音的现代化媒介,通过光电转换系统将图像、声音和色彩及时重现在远距离的接收机荧屏上。视像传播是现代电子技术高度发达的产物。

视像传播有诸多优势,其中传真性的视听结合是其主要特色,它为受众提供了一个逼真的“虚拟空间”,老少咸宜、雅俗共赏的特点又使它拥有深厚的社会基础。并且电子媒介时效性强,覆盖面广,渗透力强,这些成为视像文化得天独厚的优势。不过,电子媒介也有其弱点和局限,存在顺序播出和传播内容的平面化等问题,特别是视像传播所带来的“形象爆炸”使观众主要用眼睛观看,而放弃了思考。

(四)网络媒介

多媒体技术的出现,尤其是网络媒介及新兴的移动网络的崛起,是传播媒介的又一次重大变革。随着数字化技术的应用,网络传播告别了纸张等物理媒介形式的传递工作,信息的储存、传递由“比特”(bits)担任,处理变得快捷、简易。资讯的全球流动深刻地改变了时空结构,延伸空间的概念,“作为信息它将瞬间从一个节点到另一个节点,穿越有形的地球、有形的物质世界”[①]。

随着互联网的问世,传统媒介的传播出现了危机。20世纪下半叶,大多数报纸和杂志经历了一次从内容、版式到技术的实质性的革新,如提供更为深入的

① [美]詹姆逊:《文化转向》,胡亚敏等译,中国社会科学出版社2000年版,第150页。

背景报道和分析，引进计算机排版和新的印刷技术，增加色彩和图像等，力图通过重新定位以应付挑战，求得生存空间。但在未来数字化世界里，纸质媒体将风光不再。

颇有意味的是，在网络传播阶段，可能出现对口头传播阶段的某种形式上的回归，即传播再次成为个性化和个人化的传播。与报纸和电视不同，网络传播已不是点对面的传播，而是点对点的传播，个人的主动性得到更大的发挥，终端接受者可以自由地选择、分享信息和发布信息，以及充分自由地反馈信息，这是传播权利在人类历史上第一次得到真正的普及。并且传播者无论发出什么信息，都带有自己的个性特征，接受者在解读时，也可以对信息作个性化理解，并通过自己过滤器式的电脑程序，对众多信息进行检索，丢弃其中的大部分，只留下少数自己需要的信息。与此相应，个人也可以在网上发布自己想要发布的任何信息。

二、媒介的承担者

媒介的承担者主要有三类，即个人媒介、团体媒介和环境媒介，我们分别述之。

（一）个人媒介

个人媒介指将一国文学介绍、传播到另一国去的个人。就身份而言，个人媒介可以是职业的翻译家，也可以是作家、旅行者、记者或其他人员。人们借助这些人的介绍和评说，得以了解他国的文学状况。

从传播的途径而言，个人媒介又可分为多种类型。一是接收者国家的个人媒介，即将外国文学介绍到本国来的人员，如朱生豪翻译莎士比亚、傅雷翻译巴尔扎克。二是放送者国家的个人媒介，指把本国文学介绍给国外的人员，如杨宪益将《红楼梦》译成英文介绍给西方国家。第三类是第三国的个人媒介，指既非放送者国家也非接收者国家的人员，这些人是以世界公民的身份来促进各国文学交流的。如勃兰兑斯，他1842年出生于丹麦哥本哈根的一个犹太人家庭，在哥本哈根讲学期间写就《十九世纪文学主流》，概述了19世纪初叶以来法、德、英等几个欧洲主要国家的文学运动状况，着重分析了这几个国家浪漫主义的盛衰消长过程，以及现实主义相继而起的历史必然性。如今，勃兰兑斯的这本书已成为研究欧洲文学史的经典之作。还有一类个人媒介则具有双重身份，即既将外国文学介绍到本国，又将自己国家的文学介绍给外国，一些外籍华裔学者在这方面做了很多工作。

个人媒介在文化交流中起着重要的作用，这方面最著名的例子就是《马可·波罗游记》。据传1275年，威尼斯人马可·波罗到达中国，在中国生活了17

年(1275—1292),回去后写了《马可·波罗游记》,描写中国元朝大都的繁华景象,在当时的欧洲引起轰动。一个"没有洗礼""乐善好施、温文有礼""富裕繁荣""孝顺父母"和彼此"亲密一家"的中国形象,成为当时欧洲人心中向往的一个美善无比的地上"天堂"。从某种意义上讲,正是由于《马可·波罗游记》的流传以及来华后返欧教士、商人、旅行家等人的介绍,激发了哥伦布的航海热情。

(二) 团体媒介

在中外文学史上,文学社团、文学派别和书局在促进文学交流上功不可没。德国的"狂飙突进运动"将莎士比亚、卢梭、斯威夫特、菲尔丁等人的作品介绍给德国文坛,推动德国浪漫主义文学的发展。欧洲各国的研究会形式也起到传播的作用,欧洲的莎士比亚研究会、易卜生研究会、托尔斯泰研究会、爱尔兰文学运动研究会等主要从事外国文学研究工作。中国现代文学史上也有类似社团,如由沈雁冰、郑振铎、周作人、叶圣陶等作家在北京发起建立的"文学研究会",他们以"研究世界文学、整理中国旧文学、创造新文学"为宗旨,在引进和传播外国文学方面做出了较大的贡献。此外,中国现代文学史上的各色刊物和丛书也为传播外来文化和文学提供了宣传的阵地。

国际性学术会议同样是文化交流和传播的重要方式。不同民族的声音,各种文化理念,都可以在这里汇集、交锋,并通过会议代表带回各地。团体媒介还包括民间流传,人们旅行、迁徙的过程实际上是一个文化传播和融合的过程。那些移居他国的侨民也具有团体媒介的作用,"巴登斯贝格认为大革命以及帝国部分时期的侨民们是团体的媒介:法国的侨民散居各国,了解英国、德国、西班牙、意大利、俄国、美洲的生活与文学,这些侨民中的作家们后来把了解到的许多东西带到本国的文学中来"①。同样,美籍华裔作家群的创作也体现了两种文化的冲突和交融。

(三) 环境媒介

特殊的地理位置所形成的沟通渠道也可以充当交流的功能。举世闻名的"丝绸之路"就是中国与阿拉伯民族乃至西方文化的交往之道,敦煌则是中华文明、印度文明、伊斯兰文明乃至基督教文明这四大文明的汇聚地。经由丝绸之路,波斯、阿拉伯乃至罗马的文化都与中华文化发生了程度不等的联系。中国的丝绸、刺绣、陶瓷和其他绚丽多彩的工艺产品被运往中亚乃至欧洲,而异域的核桃、蚕豆、胡萝卜、葡萄酒和多姿多彩的音乐、舞蹈、绘画也在汉唐文化中产生了广泛影响。特别是印度佛教的传入,大大改变了中国原有的哲学、文学和艺术的风貌;而中国四大发明传入阿拉伯和欧洲,也使整个人类文明发生了深刻的变化。常

---

① 转引自干永昌、廖鸿钧、倪蕊琴选编:《比较文学研究译文集》,上海译文出版社1985年版,第272页。

任侠的《丝绸之路与西域文化艺术》就是研究这方面的论文。刘守华的《民间童话之谜》一文也属于环境媒介的研究，他指出，中国、俄罗斯和德国民间故事中都有三根金发的故事，并根据里面情节的微妙变化勾勒出文学传播的路线，初步判定这个故事是由中国经蒙古流传到俄罗斯和日耳曼去的，由此梳理了在以往的岁月里欧亚大陆的文化交流。杨宪益在《试论欧洲十四行诗及波斯诗人莪默凯延的鲁拜体与我国唐代诗歌的可能联系》一文中则指出，意大利的西西里岛是西方接受东方文化的首站。

处于政治文化中心的城市也具有文化影响和交流的性质。例如我国唐代的长安，现在的北京，美国的纽约，法国的巴黎，瑞士的日内瓦，这些城市都是政治文化的中心，它们不仅为文化和文学的交流提供了场所，而且本身就处于文化交流和碰撞之中。

第二节　翻　　译

翻译是国际间文学影响和交流的最直接、最普遍的手段，中国文学与外国文学发生关系主要是通过翻译来实现的。翻译在比较文学中占有极其重要的位置，如今翻译已成为一门独立的研究学科，又称“译介学”，它在理论和实践上都呈现出丰富性。

一、翻译理论刍议

翻译的最基本的定义是将一种语言转换为另一种语言。钱锺书曾对“翻译”一词作了训诂。“译”字包含“诱”“媒”“讹”“化”等义，而“翻译能起的作用，难以避免的毛病，所向往的最高境界”[①] 就尽在这几个字中。

（一）中英文字的差异 *

汉语与英语分属两种不同语系，由于其历史、地理、经济、文化、制度、习俗等背景的不同，致使这两种语言呈现出各种差异。中英文的翻译必须了解和尊重各自语言的特征，尽可能地发挥所译语言的潜力。

就书写形式而言，汉语是表意文字，英语是表音文字。前者属象形文字，与形象有一定联系，后者与声音相关。美国著名翻译理论家奈达在其著作《译意》(*Translating Meaning*)一书中认为，“就汉语和英语而言，也许在语言学中最重

① 钱锺书：《林纾的翻译》，见薛绥之、张俊才编：《林纾研究资料》，福建人民出版社1982年版，第291页。

* 请访问爱课程网→资源共享课→比较文学/胡亚敏→第六章：媒介学→教学录像(00:15:11-00:18:12)

要的一个区别就是形合与意合的对比”（contrast between hypotaxis and parataxis）。也就是说，英语往往是通过连词 if、because、when、although、so that 等词表达出来，而汉语中的从属关系主要是通过句子之间的内部逻辑关系表达出来。

就词汇而言，英语与汉语在词义的范围上有交叉宽窄之分。一般说来，英语词义比较灵活、抽象，一词多义，汉语词义相对固定、具体，词义比较单一。如汉语里的“山”，英语里须分为 hill 和 mountain。反之，英语的 river，汉语则细分为“江”和“河”。汉语里“江”和“山”的组合，又可指称“国家”。因此，在翻译时，有时需添词，有时需减词，有时要浓缩，有时又不得不稀释。在词语形态上，中英文的区别十分明显。英语有单复数的区别，有现在、过去、完成、将来等时态上的限制，有主动、被动的语态变化，还有性的区别。汉语在表述中几乎没有形态变化，必要时则用词汇来表示。汉语对性的区分也不是很明显[①]。此外，汉语有丰富的量词，如“一线希望”，“一串笑声”，带有鲜明的形象性。而英语中则是介词具有巨大的语法功能，它多达 280 多个，且十分活跃，像人体的关节一样，贯穿于整个英语之中；英语句子的扩展，意义的表达，往往是通过介词来实现的。由于介词的运用，英语的表达较之汉语更为确定和明晰。而汉语的介词不足 30 个，特别是在高度凝练的诗歌中，几乎不用介词，而这种惜墨如金的语言往往产生一种绝妙的意境。

在语法上，汉语与英语同属分析语，两者主语和谓语的结构语序基本相同，但两者在表述中的思维方式有很大差异。英语表述大多开门见山，主句和要强调的内容放在前面；而汉语则往往是最后一锤定音，须耐心听完整个句子方才明白。例如，英语往往先表明态度，然后才说明起因，因此，英语一般主干很短，后面却像葡萄一样，果实累累。而汉语则先把事情或情况讲清楚，最后才作简短的表态或评论。还有，英语大多从中心逐渐向外扩展，汉语则习惯从外沿逐步收缩到中心。这一点在人们的自我介绍和通讯地址上最为明显。英语首先是个人的名字，其次是家族的姓，再次是身份和职业，最后才是团体或单位。而中国包括东方国家的人则相反，首先是团体或单位，其次是社会地位或身份，再次是姓，最后才是只属于个人的名字。地址也是如此，西方是扩展型的，从小到大；东方是收缩型的，从大到小。这种顺序表现了东方人深深的归属意识和东方式的道德特点。

下面，我们试分析李白的《静夜思》和美国诗坛泰斗 Witter Bynner 的英译，了解中西语言的差异。该诗译文被吕叔湘选入《英译唐人绝句五百首》：

---

① 这并不等于中国性别歧视不严重，而只能表明，在中国文化传统和语言表述中，中国女性还没有作为一支独立的力量与男性抗衡。

床前明月光，　　So bright a beam on the foot of my bed—
疑是地上霜。　　Could there have been a frost already?
举头望明月，　　Lifting myself to look, I found that it was moonlight
低头思故乡。　　Sinking back again, I thought suddenly of my home.[①]

李白的诗中人称和时态没有限制，可以是诗人，也可以是他人。“举头望明月，低头思故乡”一句，读者既可以设身处地，以己推人，以自己的体验去感受诗人的情感，又可以将此句视为一种超越时空的普遍情感。而英译《静夜思》为了符合英语读者的审美习惯，在翻译中补以第一人称代词“I”“my”“myself”，使原诗中不确定的人物关系变得确定，朦胧变得真实，特别是原诗后两行那亦个体亦普遍的含蓄朦胧之美变成了个人经验，从而削弱了原诗的张力和美感。温庭筠的“鸡声茅店月，人迹板桥霜”（《商州早行》）一句也是如此，鸡在何处？什么时候啼？是正在啼，还是已经啼过了？茅店与板桥、月亮的位置关系怎样？这在英语里都要求有明确的表述，汉语则无此限制，而恰恰是这种不能和不为，显示了汉语在欣赏上的魅力。从某种意义上讲，汉语的这种模糊性比较适合文学上的表达，英语所具有的这种限定性更有助于严密的逻辑思维。在这个意义上，每一种语言都有它的长处和局限。

严格地讲，翻译并不单纯是文字和语法问题，从根本上说是两种文化的交流和对抗。相同或相近的文化形态，其语言文字交流的阻碍就小一些，如欧洲尤其是西欧由于源自相同的文化背景，交流起来就相对容易；而文化背景差异比较大的国家，在将一种文字翻译成另一种文字时往往出现偏差，特别是在翻译那些具有深厚文化积淀的词语时，就会因失去原有时空的联想而削弱其丰富的文化底蕴，甚或被曲解。例如，中国的“君子”一词，在西方很难找到相应的词，有人译为 superior man，有人译为 gentleman，但似乎都仅译出“君子”的某些意蕴。即使学贯中西的辜鸿铭，他将“君子”译为 wise man，这一译法也遭到诟病，因为这种译法仅强调了“君子”的智慧超群，而对其道德楷模即“贤哲”的一面没有译出[②]。将西文 liberalism 译成中文“自由主义”则出现了接受上的误读。国人对“自由主义”的理解与这个词在西方的含义有很大不同，liberalism 中的开明、主张进步和改革，反对特权、主张文化自由等含义在翻译中被忽略[③]。王佐良曾提到英国企鹅书店 1965 年版的 *Poems of the Late Tang*（《晚唐诗》）的译者格雷厄姆的一件事。格雷厄姆用心翻译了杜甫的《登岳阳楼》一诗，但几经考虑，最后还是

① 吕叔湘编注：《英译唐人绝句五百首》，湖南人民出版社 1980 年版。
② 参见张诗亚、廖伯琴：《走出李约瑟似的大山》，载《读书》1998 年第 7 期。
③ 参见邓昌炎、刘润清：《语言与文化——英汉语言文化对比》，外语教学与研究出版社 1989 年版，第 172—178 页。

决定不拿出来发表，原因是他对自己译文的最后一行不满意。《登岳阳楼》的最后一行是“凭轩涕泗流”，他译为“As I lean on the balcony, my tears stream down”。这里关键是“涕泗”的翻译，本来“涕泗”和“tears”基本对等，但译者却感到用“tears”未必能够完全传达“涕泗”所包含的全部的感情力量。正如王佐良所说，“某些词在一个语言里有强烈的感情力量，而其同等词在另一种语言里却平淡无奇”，上述两个词正是这样的例子[①]。

综上所述，由于文化传统的差异，中英语言之间既有可译性的一面，也有不可译的一面。一般说来，任何能用一种语言表达的东西，也能够用另外一种语言通过恰当的方式重新组织信息和语法来交流，在这个意义上，语言的可译性是必然的，没有可译性就没有交流的可能。但不可否认，在语言转换中，除了一些可以转述的东西之外，仍然存在着一些不可转述的东西，一些在该语言自身的系统中由上下文语境所包孕的东西。例如，我们读陀思妥耶夫斯基的《罪与罚》的译文，也许可以体会到他叙述中的激烈、紧张和纤细，但叙述中所特有的俄国式的诡谲、含糊和嘲讽却很难在译文中表现出来。语言的可译性与不可译性归根结底是文化的差异，同时也是文学翻译中不可避免的问题。对于文学翻译来说，文化的差异既是障碍也是促进，正是这些不可译之处对译者提出了更高的要求。一个好的翻译家必须对两种语言的文化传统、民族心理、历史背景乃至心理特征有深入的了解，弄清词义的发展沿革和它所具有的特定含义和色彩，这些难译之处方显译者的才干和创造。

（二）翻译的性质和要求

说到翻译，历来有两种不同的看法。苏联学者费道罗夫在《翻译的理论概要》一书中提出“等值说”，“翻译的等值就是表达原文思想内容的完全准确，和作用上、修辞上与原文完全一致”。英国学者泰勒在《论翻译的原则》一书中则提出好翻译的定义是“原作的长处完全转注在另一种语言里，使得译文文字所属的国家的人能明白地领悟，强烈地感受，正像用原作文字的人们所领悟、所感受的一样”。中国翻译界在翻译理论上也有类似的两种不同倾向。鲁迅曾有几百万字的译稿，在翻译理论上主张以直译为宜。他在《出了象牙之塔》后记中说：文句仍然是直译，和他历来所取的方法一样；也竭力想保存原书的口吻，大抵连语句的前后次序也不甚颠倒。鲁迅的这种译法没有取得他预期的效果，不过从当时的文坛状况看，鲁迅的主张是有其苦衷和深意的，他是针对当时对外来文化和理论的曲解有感而发的。《飘》的译者傅东华在该书译者序中则表达了与鲁迅不尽相同的看法：“关于这书的译法，我得向读者诸君请求一点自由权……我

① 王佐良：《词义·文体·翻译》，载《翻译通报》1979年第5期。

的目的是在求忠实于全书的趣味精神,不在于求忠实于一枝一节。”可以说,译文的忠实与自由一向被视为翻译的两种相互冲突的倾向,但这种对立不能作绝对的价值判断。德国诗人荷尔德林翻译希腊悲剧作家索福克勒斯的作品就是逐字逐句用希腊式的德语来翻译的,他着意于使译文接近原文的语言,从而有意识地造成异国情调,同时也拓宽了德语的疆界,他的译作被本雅明称为“翻译的典范”[①]。因此,无论是逐字逐句的直译,还是不拘一格的自由,最终都取决于读者在何种程度上有效地理解译文,是否达到了传播和交流的目的。

在从一种语言转换成另一种语言的过程中,翻译主要面临两个问题,一是词义的选择,二是语言的表达。每种语言都有自身的系统,词汇的含义往往是交叉的,完全对应是不可能的。翻译实际上是在许多可能的词汇中选择取舍的问题,是一种求近似值的过程。具体到文学翻译,要真正激起读者情感上的共鸣,还必须了解中西方人在文化心理、情感表达上的差异,在语言表达上不拘泥于原词而采用较灵活的译法,也许能比较准确地表达原作的意蕴。因此,翻译要充分理解文本的深层内涵和文化底蕴,须考虑语言应符合接受国的文化习惯。晚清严复提出的“信、达、雅”虽然有中国式的折衷之虞,但仍不失为一种理想的标准。20世纪的翻译理论更侧重于可理解性。钱锺书在《林纾的翻译》一文中提出“化境”说:“文学翻译的最高标准是‘化’。把作品从一国文字转变成另一国文字,既能不因语文习惯的差异而露出生硬牵强的痕迹,又能完全保存原有的风味,那就算得入于‘化境’。”[②]这是对文学翻译的更高要求。

达到佳境的翻译在中国翻译史上不乏其例。傅东华对 *Gone With the Wind* 这一书名的推敲就颇为讲究,最初上海电影院译为《随风而去》,这与原名固然吻合,但不够醒目和精练,后来改为《乱世佳人》,该片名既反映了作品的内容又达到招徕观众的目的,但这与原作的名称已不相及。傅东华将书名定为《飘》,飘的本义是“回风”,同时飘又有“飘扬”“飘逝”之义,这就把 Gone 的意味包含进来了,这个字虽未与原书名一一对应,但足以表达原书名的意蕴了。又如将美国影片 *The Bridge of Madison County*(直译为“麦迪逊县的桥”)译成颇具诗意的《廊桥遗梦》,就比较符合东方人的感觉。东方人尤其是中国人对描写“梦”的作品一直情有独钟,如《南柯一梦》《红楼梦》。这种翻译是有创造性的。从更高的意义看,翻译可视为原作生命的延续。翻译不仅使作品置于新的环境中,从而使原作具有与更广泛的读者交流的可能,而且译者的创造性也使原作得到新的滋润。随着不同时代新的译作的出现,原作的生命将得以延伸。

① 本雅明:《翻译者的任务》,乔向东译,载《中国比较文学》1999年第1期。

② 钱锺书:《林纾的翻译》,见薛绥之、张俊才编:《林纾研究资料》,福建人民出版社1982年版,第292页。

二、译介学的研究对象

译介学研究的内容很广，不仅繁复的翻译文献有待整理，而且不断翻新的翻译理论需要考辨。为方便初学比较文学者，这里将译介学的对象列为三个方面，即文学翻译史的研究、翻译大家及其译著风格的研究和译本的文化研究。

（一）文学翻译史的研究

这是一种将文学翻译作为一个相对独立的发展线索进行史的描述的方式，这种研究可以看出两种（或数种）文化、文学交流的历史轨迹。

在我国，文学翻译的起点应该从汉译佛典算起（公元前 2 年），佛典中的许多篇章已具有文学作品的特点。不过，将大量的外国文学介绍到中国则出现在近代。概括地说，我国历史上有过三次翻译高潮：东汉至唐宋的佛经翻译，明末清初的科技翻译，鸦片战争至“五四”的西学翻译。当今出现的是第四次翻译高潮。文学翻译史的研究主要包括对文学翻译活动或事件的梳理，翻译家的理论观点，以及中国读者对翻译文学的反应和接受等。通过对翻译史的梳理和研究，不仅可以了解不同国度文化的交流状况，也可反观接受国的开放程度。

中国近代文学翻译是一个颇值得研究的课题，这一时期有很多特点。鲜明的政治性是近代文学翻译的一个突出特点。近代是一个交织着文字和文化、传统与现代的冲突的时期，这一时期的文化冲突在形式上表现为文白混杂，在深层上则表现为传统文化与西方文化的较量。传统文化极力将西方文学纳入传统伦理道德轨道，如林纾把《堂·吉诃德》译为《魔侠传》，将《老古玩店》译为《孝女耐儿传》，不过，这次传统文化却并未产生以往那种强大的同化力，而是在西方文化的冲击下解体了。近代文学翻译的政治性还表现在选择外国作品时的强烈的社会意识。近代中国的历史境遇迫使中国知识界意识到了自身的落后和寻求新理的必要性，当时翻译过来的外国文学作品数量以小说为最，世界各国的政治小说、历史小说、爱情小说、侦探小说、科幻小说、社会小说和教育小说等涌入中国，这一现象显然与中国当时的社会状况和文学传统有关，它主要来自对小说的“怨世，诋世，醒世”等社会功能的青睐，而非自觉地考虑到了小说自身的文学或是美学价值。梁启超曾表示“欲新一国之民，不可不先新一国之小说”。近代文学翻译在接受外来文学和文化思潮上的多元倾向也是其政治性的表现形式之一。当时克鲁泡特金的无政府主义，叔本华的意志表象论，尼采的“超人”哲学，杜威的实用主义，斯宾塞的社会达尔文主义，罗素的社会改良论等各种驳杂的思想无不传入中国。与政治性相伴随的“以意为之”是近代文学翻译的又一特点。且不说林译小说中唐宋古文风格的简略和别出心裁，就文学作品的故事情节和文体样式来看，近代一些翻译家或为了符合中国传统文学的审美形式，或出于某种社会、政治、道德的需要,或炫耀自己的才情,在翻译过程中的漏译、误译和带有创作成分的任意删改随处可见。因此,人们需要对近代文学翻译的得失做出理论反思,在肯定近代文学翻译对社会变革的巨大冲击力的同时,也要看到其强烈的政治倾向性对文学作品审美特质的损害。

(二)翻译大家及其译著风格的研究

译者被称为"个人媒介之最",在中国的文学翻译家中,有不少人不仅有很高的翻译造诣,而且具有极高的人格魅力。傅雷是其中一个代表。傅雷对翻译事业有着强烈的使命感,并希望用译作启迪民智,唤醒沉睡的中华民族,长达15卷500余万言的《傅雷译文集》凝聚着他毕生的心血。傅雷在大量的翻译实践中积累了丰富的经验,他曾撰写《〈高老头〉重译本序》和《翻译经验点滴》等多篇论述翻译的文章。仔细研究他的著述,可以清晰地看到,他对翻译有着自己明确的认识,在丰富的翻译实践与深刻的理论思考中,形成了自己的翻译观。他提出翻译的"神似"理论,强调"形"与"神"是一个和谐的整体,其独到之处就在于"把文学翻译纳入文艺美学的范畴,把翻译活动提高到审美的高度来认识"。傅雷的译笔如行云流水,朗朗上口,清丽可诵,成为中国译界备受推崇的范文,形成了"傅雷体华文语言"。陈玉刚主编的《中国翻译文学史稿》评价说:"傅雷译文准确,用字丰富优美,自然流畅。既能传达出原著的精神,又能为我国读者所乐读和理解。清新、朴实的译文,有如清澈见底的流水,使读者不自觉地陶醉于其中。傅雷所译巴尔扎克的作品,确是千头不乱,繁而不杂,脉理清晰,层次分明,毫不夸张地说,傅译本给原著的语言增添了光彩。"① 又如朱生豪,他所译的莎士比亚剧作文笔流畅,辞藻华赡,传达出了原作的情趣和气势,而他本人那"九死而未悔"的翻译经历更是可歌可泣,可谓道德文章俱佳。

此外,参考译者所写的序跋,对了解译者对原著的态度和看法,以及他关注和感兴趣的焦点等也不无裨益。

(三)译本的文化研究

在翻译史上,有些杰作在不同时代有不同译本。对同一原著不同译本作比较研究,可以发现接受国文学趣味乃至语言和文化的变化。不同时代的译者对原作的感悟、理解不尽一样,"翻译者多多少少都在使他的译作符合自己时代的口味,使他所翻译的过去时代的作品现代化"②。即使同一时代同一作品的几个译本也可作比较研究。例如《尤利西斯》在我国就有两个译本:萧乾本和金隄本。同一个母本,却产生出两个大到风格,细至遣词用字、标点符号的使用都不尽相

① 陈玉刚主编:《中国翻译文学史稿》,中国对外翻译出版公司1989年版,第314页。

② 张隆溪选编:《比较文学译文集》,北京大学出版社1982年版,第36页。

同的中译本，这一现象很值得研究。

20世纪下半叶后殖民主义批评的出现为翻译研究提供了新的契机。译本的比较研究不再局限于译本风格，而拓展到考察译本所体现的社会、政治、文化、宗教等语境，并表现出对西方文化帝国主义渗透的警惕。例如，西方早期为了扩大殖民统治，掠夺殖民地资源，甚至通过翻译对方的著作来了解他国的思想文化风俗；同时又通过翻译本国的作品来影响他国的价值观念。西方译者对第三世界国家文学文本傲慢曲解的霸权主义心态，理所当然地遭到第三世界知识分子的反对和批判。

三、翻译在文学交流中的作用 *

（一）催生新的思潮

百余年前，梁启超呼吁："国家欲自强，以多译西书为本；学子欲自立，以多读西书为功。"胡适呼吁"赶紧多多翻译西洋的文学名著做我们的模范"，并要以"庄严灿烂的欧洲"的文学作为中国文学革命的样板。一时间，许多学人倾力于西方典籍的翻译，一些新的思想正是通过翻译进入人们的头脑，从而左右了一代风气。1918年6月《新青年》杂志出版《易卜生专号》，翻译介绍《娜拉》等剧本，对当时的反封建和个性解放起到推动作用，用阿英的话说，"易卜生在当时中国社会引起了巨大的波澜，新的人没有一个不狂热地喜爱他，也几乎没有一个报刊不谈论他"①。20世纪20年代郭沫若翻译歌德的《少年维特之烦恼》，在当时青年人中掀起了一股"维特热"。可以说，"五四"以来的中国新文化运动的兴起与翻译介绍国外文化思想、文艺作品有着密不可分的关系。

同样，20世纪80年代大量的西方哲学著作和文学理论著作的翻译和介绍，也在新时期文坛上形成了一股又一股新学热潮，这些译作给中国作家和莘莘学子提供了新的感受和新的理论装备，拓展了新时期文学家的视野，促进了思想的解放。

（二）产生新的词语

外来文化和文学的引进的另一成果是在一定程度上丰富和更新了汉语词汇，前辈学者曾对这个问题有过具体研究。外来词汇进入中国有不同途径，首先表现在翻译过程中适当的异化所产生的新的词汇，如佛典中的"世界""因缘"，西方的"沙发""吉普"等均已在汉语中流行开来，这种新词汇的加入丰富了汉语的表达。其次，翻译还可以赋予已有词汇以新的含义，即对原有词汇做出新的

---

* 请访问爱课程网→资源共享课→比较文学 / 胡亚敏→第六章：媒介学→教学录像(00:29:27–00:34:37)

① 转引自谢天振：《中国翻译文学史：实践与理论》，载《中国比较文学》1998年第2期。

解释。例如“幽默”一词,最早见于《楚辞》,意为寂静无声,当年林语堂将英语中“humor”译成中文时,颇费了一番心思。他说这个词既不能译为“笑话”,又不尽同“诙谐”“滑稽”;若必译其意,或可作“风趣”“谐趣”“诙谐风格”,无论如何总不如译音直截了当,省得引起误会,从此,幽默成为一个使用频率很高的新词。此外,经日本转译过来的“哲学”“经济”等词也都是在原有词汇上注入了新的含义。

(三) 发展新的文体与技巧

译作推动文体的革新在我国文学史上不乏其例。我国小说的发展就受到佛典的讲经变文的影响。魏晋南北朝时期,骈文风靡文坛,文风趋向艳薄,中国散文、韵文都骈偶化。竺法护、鸠摩罗什用朴实平易的白话文体翻译佛经,但求易晓,不加藻饰,于是造成了一种新文体——平话。

翻译文学对中国近现代文学的文体影响尤为明显,这不仅表现为小说地位的空前提高和新诗的出现,而且促进了现代散文和戏剧的发展。中国近现代小说创作在小说观念、创作方法和技巧上都得益于翻译小说的影响。在这方面,胡适曾对晚清小说技巧的发展作过专门的考证。中国自由体新诗直接仿效外来诗歌。

(四) 翻译与作家

许多作家通过阅读译著吸收创作营养,这是文学史上的常见现象。这里要强调的是有些作家通过翻译与自己思想、气质、艺术风格相近的作品,带动自己的创作,比较文学上称为“选择性共鸣”。鲁迅说:“注重翻译,以作借镜,其实也就是催进和鼓励着创作。”[①] 在我国现代文学史上有不少作家翻译过作品,如鲁迅译果戈理,郭沫若译歌德,冰心译泰戈尔,曹禺译莎士比亚,李健吾译莫里哀。通过翻译,他们能非常细致地体味和推敲外国作品,从中获得有益的思想营养和写作技巧。周立波译肖洛霍夫的《被开垦的处女地》而创作《暴风骤雨》就是一个突出的例子。

四、翻译的负影响

翻译虽然担负着人类不同文化之间接触、沟通的桥梁作用,但不同质文化之间的交流,其障碍和曲解是难免的,误译(即钱锺书所说的“讹”)现象一直存在。

与误读一样,误译也分为不自觉的误译和有意识的误译。前者是译者的疏忽和译者的外语功力及文化储备不足造成的,后者则是译者的有意处理。如晚清人士出于对有伤风化的担心,未译出《迦因小传》中迦因未婚先孕的情节,故

① 鲁迅:《关于翻译》,见罗新璋编:《翻译论集》,商务印书馆 1984 年版,第 290 页。

又被称为半部《迦因小传》。还有些译者考虑到中国读者一般只注重作品中的故事情节而不喜复杂的心理活动的心理,在翻译过程中将一些与情节关系不大的环境描写、心理描写删节掉,以适合本国读者的口味。并且还有些译者力图将西方的某些成分纳入本国的思想文化体系之中,这种有意识的误译体现了原语文化与译语文化的较量,具有重要的比较文学研究价值。

造成翻译的负影响的原因很多,首先与译者自身的素养有关,译者本人的才学禀赋、对原作的态度以及译者的人生美学价值取向等都将会直接影响文学翻译;其次关涉翻译的目的,出于政治、宗教、道德的考虑,对原作有所增删,从而歪曲了原作的语言和思想;第三涉及读者的需求,不同的翻译理论和对读者的态度将对翻译家产生影响。就目前情况看,浮躁的心态、知识和语言能力上的欠缺、望文生义而造成翻译的失误是当今最严重的问题。

第三节　媒介学的其他传播方式*

除翻译外,媒介学还有其他传播方式,如对外国原著的改编、改写、借用和仿效等,或借助媒体的力量,对外国文学加以评论和介绍。

一、改编

改编指按照一定原则对外国原著的内容和形式加以改写,使之更适合本国国情和读者的接受习惯。改编实际上是一个再创造的过程,它与翻译、模仿有联系,但与后两者相比,改编具有更大的自由度。通过研究如何改编,可以寻找到时代、国情和风尚对文学的影响。

根据不同的需要,可采用不同的改编方式。显而易见的是对原著的体裁或文体的改写。如林纾把易卜生的剧本《群鬼》改译成文言小说《梅孽》,朱生豪用散文体翻译莎士比亚剧中的人物对白(原文为无韵诗体),纪德和保罗将卡夫卡的小说《城堡》搬上舞台等就属于此类。就内容和风格而言,改编又可分雅化和俗化两类,以分别对待不同层次的读者或观众。例如魏晋时期对佛典的讲述就同时存在着雅化(格义)和俗化(变文、讲唱故事)的情况。当今安徽黄梅剧团将莎士比亚戏剧《无事生非》改编成黄梅戏,戏中的护城官剃的是光头,穿的是中国古装,讲的是黄梅腔,这种对剧本情境的改变就是一种俗化过程,它拉近了中国观众与剧情的距离。

*　请访问爱课程网→资源共享课→比较文学/胡亚敏→第六章:媒介学→教学录像(00:34:38—00:39:55)

改编虽是一种再创造,但不可任意为之。北朝民歌《木兰辞》中的花木兰被美国迪斯尼公司改编成动画片后,竟出现了凯旋之后的花木兰与皇帝拥抱的场面,这在中国人看来是不可思议的。从后殖民主义批评的观点看,这种做法缺乏对中国宫廷礼仪的基本常识的了解,表现出改编者对中国传统文化的无知和傲慢。

二、评介

评介指将一国文学写成评论或介绍文字,通过报纸杂志让另一国的人们知晓。评介包括对国外文学的综论、书评等。评介既有输入又有输出,前者是向本国介绍国外文学的发展状况,后者则是向国外介绍本国文学的成就。

评介往往需借助新闻机构的力量,包括专业期刊、报纸副刊和电视专栏节目,这些媒体负有向公众提供和介绍外国文学状况的使命。新闻媒体在传播外来文化和文学上具有得天独厚的优势,其影响之广、速度之快是翻译和改编等传播方式无法比拟的。在中外近现代文学史上,报纸杂志在西方文学和文化的传播上就起到了很大的推动作用。“五四”时期《新青年》杂志曾介绍了屠格涅夫、王尔德、叔本华、莫泊桑、陀思妥耶夫斯基、显克微支、托尔斯泰和安徒生等作家及其作品。20 世纪 20 年代的《小说月报》《学衡》杂志等也都系统介绍过法国文学、希腊文学等。

评介文章往往得风气之先。如 20 世纪 80 年代初我国对现代派文学和普鲁斯特、福克纳等人的介绍和分析就走在翻译的前面。与翻译、改写相比,评介具有更多的主体因素,评介中往往融入了评论者的选择、情感、意志和认识。

三、借用与仿效

借用指作家对业已存在的故事、情节、事件等因素的再次运用,包括作家对前人作品的再加工和重新处理。约瑟夫·T. 肖在《文学借鉴与比较文学研究》一文中十分清楚地阐述了借用的性质、来源、方式和意义:“借用是作家取用现成的素材或方法,特别是格言、意象、比喻、主题、情节成分等。借用的来源可以是作品,也可以是报纸、谈话报道或评论。借用可以是一种暗指,隐隐约约表明其文学上的出处,也间或有某种仿效的成分。古代和现代的许多老练的作家都认为他们的读者能够从字里行间辨别它们,批评家和学者的任务则是指出新作中借用的素材与老作品有什么关系——借用的巧妙之处。”[①] 在我国古代小说研究中,我们发现唐传奇中李朝威的《柳毅传》、沈亚之的《湘中怨解》等都借用了印

---

① [美]约瑟夫·T. 肖:《文学借鉴与比较文学研究》,见张隆溪选编:《比较文学译文集》,北京大学出版社 1982 年版,第 37 页。

度传说中的龙女故事。

仿效指“出于某种艺术目的，作家的风格和内容表现出别的作家、别的作品、甚或某一时期的风格特征”①。仿效与模仿相关但又有区别，仿效更多的是侧重于作品的文体风格和意蕴，并且作者有其明确的创作意图。普希金创作的《波尔塔瓦》在表现彼得大帝时仿效 18 世纪的英雄诗体，目的是为了传达特定的气氛或背景。仿效又可分正仿和反仿，西方 17、18 世纪的仿英雄体诗就属于反仿，即一种把古典史诗中崇高的英雄文体运用于琐细题材的讽刺作品。当时一位无名作家仿效荷马史诗写了一篇戏作《蛙鼠之战》，后来布瓦洛的《读经台》、蒲柏的《夺发记》都属于这种仿英雄体诗，这种反仿为作者提供了再创造的天地。

专栏

专栏 1

因为我这封信要用好几种语言写，所以我现在改用英语写（英文），——不，不，我还是用我的优美的意大利语，它像和风一样温柔清新，它的词汇犹如最美丽的花园里的百花（意大利文）；也用西班牙语，它仿佛林间的清风（西班牙文）；也用葡萄牙语，它宛如长满鲜花芳草的海边的细浪（葡萄牙文）；也用法语，它好似小溪一样湍湍而流，水声悦耳（法文）；也用荷兰语，它如同烟斗里冒出的一缕香烟，显得多么舒适安逸（荷兰文）。

［德］恩格斯：《致威廉·格雷培》，见《马克思恩格斯全集》第 47 卷，人民出版社 2004 年版，第 170 页。

专栏 2

巴别塔（Babel）的神话说明了一个无可置疑的事实：我们这个星球上的人们并不操同一种语言。因此翻译活动很有必要，它使得被认识世界的不

① ［美］约瑟夫·T. 肖：《文学借鉴与比较文学研究》，见张隆溪选编：《比较文学译文集》，北京大学出版社 1982 年版，第 36—37 页。

同结构分开来的个人可以进行交流。但是翻译的文学文本在涉及其本身的地位时仍然是争论的焦点：它是否和“其他作品”一样，就是说也具有（相对）的自主性？它是不是原作的复制品或赝品？它是不是一种诠释？它难道不应只作为通向原作的桥梁？产生这种种疑问在大多数情况下源于人们对一切翻译活动即语言的操作所赋予的意义。

［法］伊夫·谢弗勒：《比较文学》，王炳东译，商务印书馆2007年版，第17页。

专栏3

翻译家的任务在于在译作语言中创造出原作，为此他必须找到作用于这种语言的意图效果，即意向性。这就是翻译从根本上同诗人的作品区别开来的一个特征，因为后者的努力从未像翻译这样直接指向语言本身和语言的总体，而仅仅是直接指向特定的语言环境。和文学作品不同，翻译不把自身置于语言丛林的中心，而是于丛林之外。眺望树木茂盛的山岭，它向丛林深处呼喊却不进入其中，全神贯注地注视着那个唯一的、在自己异质的语言中能产生原作的回声的地方。不仅仅翻译的目的与文学作品的目的不同——它指向作为整体的语言，而将另一种语言里的单一作品视为出发点——而且它也是一种全然不同于文学创作的劳作。诗人的意图是自发的、原始的、生活的；而翻译家的意图则是派生的、终极的、观念的。因为译作的最大主旨是将许多种语言合并成一种真正的语言。……虽然翻译作品的特性几乎没有得到过清楚的界定，可是它们却对历史产生了不小的影响。

［德］本雅明：《翻译者的任务》，乔向东译，载《中国比较文学》1999年第1期。

专栏4

如果要我给“解构”下个定义的话，我可能会说“一种语言以上”。哪里有“一种语言以上”的体验，哪里就存在着解构。世界上存在着一种以上的语言，而一种语言内部也存在着一种以上的语言。这种语言的多样性正是解构所专注与关切的东西。……

即便最忠实原作的翻译也是无限地远离原著、无限地区别于原著的。而这很妙。因为翻译在一种新的躯体、新的文化中打开了文本的崭新历史。

[法]德里达:《书写与差异·访谈代序》，张宁译，生活·读书·新知三联书店2001年版，第23—25页。

专栏5

翻译——除出能够介绍原本的内容给中国读者之外——还有一个很重要的作用：就是帮助我们创造出新的中国的现代言语。中国的言语(文字)是那么穷乏，甚至于日常用品都是无名氏的。中国的言语简直没有完全脱离所谓“姿势语”的程度——普通的日常谈话几乎还离不开“手势戏”。自然，一切表现细腻的分别和复杂的关系的形容词，动词，前置词，几乎没有。宗法封建的中世纪的余孽，还紧紧的束缚着中国人的活的言语，(不但是工农群众！)这种情形之下，创造新的言语是非常重大的任务。欧洲先进的国家，在二三百年四五百年以前已经一般的完成了这个任务。就是历史上比较落后的俄国，也在一百五六十年以前就相当的结束了“教堂斯拉夫文”。……因此，无产阶级必须继续去彻底完成这个任务，领导这个运动。翻译，的确可以帮助我们造出许多新的字眼，新的句法，丰富的字汇和细腻的精密的正确的表现。因此，我们既然进行着创造中国现代的新的言语的斗争，我们对于翻译，就不能够不要求：绝对的正确和绝对的中国白话文。这是要把新的文化的言语介绍给大众。

——《鲁迅和瞿秋白关于翻译的通信(瞿秋白的来信)》，见罗新璋编:《翻译论集》，商务印书馆1984年版，第266页。

专栏 6

动笔之前，就先得解决一个问题：竭力使它归化，还是尽量保存洋气呢？日本文的译者上田进君，是主张用前一法的。他以为讽刺作品的翻译，第一当求其易懂，愈易懂，效力也愈广大。所以他的译文，有时就化一句为数句，很近于解释。我的意见却两样的。只求易懂，不如创作，或者改作，将事改为中国事，人也化为中国人。如果还是翻译，那么，首先的目的，就在博览外国的作品，不但移情，也要益智，至少是知道何地何时，有这等事，和旅行外国，是很相象的：它必须有异国情调，就是所谓洋气。其实世界上也不会有完全归化的译文，倘有，就是貌合神离，从严辨别起来，它算不得翻译。凡是翻译，必须兼顾着两面，一当然力求其易解，一则保存着原作的丰姿，但这保存，却又常常和易懂相矛盾：看不惯了。不过它原是洋鬼子，当然谁也看不惯，为比较的顺眼起见，只能改换他的衣裳，却不该削低他的鼻子，剜掉他的眼睛。我是不主张削鼻剜眼的，所以有些地方，仍然宁可译得不顺口。

鲁迅：《"题未定"草》，见《鲁迅全集》第 6 卷，人民文学出版社 1973 年版，348—349 页。

专栏 7

余笃嗜莎剧，尝首尾研诵全集至十余遍，于原作精神，自觉颇有会心。廿四年春，得前辈同事詹文浒先生之鼓励，始着手为翻译全集之尝试。越年战事发生，历年来辛苦搜集之各种莎集版本，及诸家注释考证批评之书，不下一二百册，悉数毁于炮火，仓促中惟携出牛津版全集一册，及译稿数本而已。厥后转辗流徙，为生活而奔波，更无暇晷，以续未竟之志。及三十一年春，目睹世变日亟，闭户家居，摈绝外务，始得专心壹志，致力译事。虽贫穷疾病，交相煎迫，而埋头伏案，握管不辍。凡前后历十年而全稿完成，夫以译莎工作之艰巨，十年之功，不可云久，然毕生精力，殆已尽注于兹矣。

余译此书之宗旨，第一在求于最大可能之范围内，保持原作之神韵；必不得已而求其次，亦必以明白晓畅之字句，忠实传达原文之意趣；而于逐字逐句对照式之硬译，则未敢赞同。凡遇原文中与中国语法不合之处，往往再四咀嚼，不惜全部更易原文之结构，务使作者之命意豁然呈露，不为晦涩之字句所掩蔽。每译一段竟，必先自拟为读者，察阅译文中有无暧昧不明之处。又必自拟为舞台上之演员，审辨语调之是否顺口，音节之是否调和。一字一句之未惬，往往苦思累日。然才力所限，未能尽符理想，乡居僻陋，既无参考之书籍，又鲜质疑之师友。谬误之处，自知不免。所望海内学人，惠予纠正，幸甚幸甚！

朱生豪：《莎士比亚戏剧全集·译者自序》，万卷出版公司 2013 年版。

专栏 8

可知佛典中，“道”之一名，六朝时已有疑义，固不待慈恩之译老子，始成问题也。盖佛教初入中国，名词翻译，不得不依托较为近似之老庄，以期易解。后知其意义不切当，而教义学说，亦渐普及，乃专用对音之“菩提”，而舍置义译之“道”。此时代变迁所致，亦即六朝旧译与唐代新译（此指全部佛教翻译事业，非仅就法相宗言。）区别之一例，而中国佛教翻译史中此重公案，与今日尤有关系。吾人欲译外国之书，辄有此方名少之感，斯盖非唐以后之中国人，拘于方以内者所能知矣。

陈寅恪：《金明馆丛稿二编·大乘义章书后》，生活·读书·新知三联书店 2009 年版，第 183—184 页。

专栏 9

翻译者在一国的文学史变化更急骤的时代，常是一个最需要的人。虽然翻译的事业不仅仅是做什么“媒婆”，但是翻译者的工作重要却进一步有类于“奶娘”。……我们如果要使我们的创作丰富而有力，绝不是闭了门去读《西游记》、《红楼梦》以及诸家诗文集，或是一张开眼睛，看见社会的一幕，便急急的捉入纸上所能得到的；至少须于幽暗的中国文学的陋室里，开了几扇明窗，引进户外的日光和清气和一切美丽的景色；这种开窗的工作便是翻译者所努力做去的。

郑振铎：《翻译与创作》，载《文学旬刊》1923年第78期。

专栏10

林纾的翻译所起的"媒"的作用，已经是文学史上公认的事实。他对若干读者，也一定有过歌德所说的"媒"的影响，引导他们去跟原作发生直接关系。我自己就是读了他的翻译而增加学习外国语文的兴趣的。商务印书馆发行的那两小箱《林译小说丛书》是我十一二岁时的大发现，带领我进了一个新天地，一个在《水浒》、《西游记》、《聊斋志异》以外另辟的世界……接触了林译，我才知道西洋小说会那么迷人。我把林译里哈葛德、欧文、司各特、迭更司的作品津津不厌地阅览。假如我当时学习英文有什么自己意识到的动机，其中之一就是有一天能够痛痛快快地读遍哈葛德以及旁人的探险小说。

钱锺书：《林纾的翻译》，见薛绥之、张俊才编：《林纾研究资料》，福建人民出版社1982年版，第295—296页。

思考题

1. 举例说明个人媒介在文化交流中的作用。
2. 译介学的研究对象主要有哪几个方面？
3. 试分析翻译中的某种误译现象及其文化含义。
4. 挑选一部名著的两个中译本，试比较其在语言、风格等方面的差异并分析原因。
5. 除了翻译，媒介学还有哪些传播方式？试举例说明。

进一步阅读

1. 谢天振:《译介学》,上海外语教育出版社 1999 年版。
2. 钱锺书:《林纾的翻译》,见薛绥之、张俊才编:《林纾研究资料》,福建人民出版社 1982 年版。
3. 罗新璋编:《翻译论集》,商务印书馆 1984 年版。
4. 陈玉刚主编:《中国翻译文学史稿》,中国对外翻译出版公司 1989 年版。
5. 高名凯、刘正埮:《现代汉语外来词研究》,文字改革出版社 1958 年版。

第七章　形象学

形象学(Imagologie)研究一国文学中异国形象及其所蕴含的文化意义。换句话说,即通过对文学形象的研究来了解民族与民族之间是怎样互相观察、互相表述的。形象学中的形象,不仅仅指异国的人物、景物,也可以指作品中关于异国的情感、观念和言辞。

第一节　形象学的发展历史

形象学孕育于影响研究之中,可视为影响研究的扩展或又一个分支。实际上传统影响研究中的流传学、渊源学和媒介学已经包含了形象学的因子,如"旅游者"是媒介学的主要研究对象之一,而旅游者根据自己亲身的游历体验所书写的游记则为形象学研究异国形象提供了第一手资料。形象学与这三大分支既有交叉又有区别,传统的影响研究注重影响和接受的"事实联系",以考据为中心,意在挖掘文学继承和创新的源流关系,而形象学在注重事实的基础上,把目光更多地投向文学中的异国形象及其所体现的文化冲突和对话上。

一、形象学在西方

对异国形象的描绘在西方古已有之,但作为比较文学分支的形象学,其形成仍在比较文学的故乡——法国。早在1896年,当比较文学还在争取成为独立学科时,路易–保尔·贝茨便显示出对文学作品中异国异族形象的兴趣,他指出,比较文学的任务之一便是"探索民族和民族是怎样互相观察的:赞赏和指责,接受或抵制,模仿和歪曲,理解或不理解,口陈肝胆或虚与委蛇"①。20世纪初,巴登斯贝格的《法国文学中的英国和英国人》可作为形象学的初步示范。20世纪30、40年代,让–玛丽·卡雷和基亚将形象研究推向前台,提示人们用新的视角研究异国形象。在为基亚的《比较文学》所写的序言中,让–玛丽·卡雷主张,研

① 转引自[德]胡戈·狄泽林克:《论比较文学形象学的发展》,载《中国比较文学》1993年1期。

究国际文学关系应将一国文学中的异国形象置于"事实联系"的中心,并把关注"各民族间的、各种游记、想象间的相互诠释"作为比较文学的任务。1947年,卡雷的专著《法国作家与德国幻象:1800—1940》出版,该书从比较文学的角度探讨法国不同作家、哲学家对德国形象的幻化,以及这种幻想由崇拜到幻灭的过程,体现出"形象"所产生的巨大的文化和社会影响力。1951年,卡雷的弟子基亚出版《比较文学》,该书虽未运用"形象学"一词,但以"人们所看到的外国"为题设专章讨论。基亚一方面坚持实证研究,主张以大量鲜活的文学事实为基础,同时又主张"不再追求抽象的总括性影响,而设法深入了解一些伟大的民族传说是如何在个人或群体的意识中形成和存在下去的"①。基亚在谈及个人、集体、民族这些名词时,实际上已将异国形象的研究由"事实联系"延伸到"文学、文化",表明形象研究须在文化背景下展开。20世纪60年代,巴柔、让-马克·莫哈等法国学者对比较文学形象学作了更为深入的探索,巴柔提出,"一切形象都源于对自我与'他者',本土与'异域'关系的自觉意识之中,即使这种意识是十分微弱的。因此,形象即为对两种类型文化现实间的差距所作的文学的或非文学,且能说明符指关系的表述"②。他认为异国形象不是个人或单一文化的考究,而是两种文化互动的产物,应该放在"社会集体想象"层面上深入研究。这些论述已经论及形象学的基本性质和特征。

法国学者对于异国形象的跨界研究引起了部分学者特别是美国学者的担忧。韦勒克曾指出,卡雷和基亚"最近突然扩大比较文学的范围,以包括对民族幻象、国与国之间相互固有的看法的研究,但这种作法很难使人信服"③。他批评卡雷和基亚的研究更接近历史、思想研究而非文学研究。以韦勒克为代表的美国学派强调异国形象研究的"文学性",反对过分挖掘文学以外的历史或政治证据,以此来保证形象学的文学性,其初衷可嘉,但在实践中却未能贯彻下去。美国比较文学学者欧文·奥尔德里奇在韦恩州立大学出版社出版的《龙与鹰——美国启蒙运动中的中国形象》(1993)(*The Dragon and the Eagle*:*The Presence of China in the American Enlightenment*)就是从本国政治和历史文化视野研究中国形象的,并揭示出美国创造这一异国形象背后的社会政治意义。因此,美国学界的异国形象研究同样是一种跨学科、跨国别、跨文化的文化研究,并且更具实用性特点,有些美国学者的研究甚至直接服务于美国的政治需要。

① [法]马·法·基亚:《比较文学》,颜保译,北京大学出版社1983年版,第106页。

② [法]达尼埃尔-亨利·巴柔:《从文化形象到总体想象物》,见孟华主编:《比较文学形象学》,北京大学出版社2001年版,第121页。

③ [美]韦勒克:《比较文学的危机》,沈于译,见张隆溪选编:《比较文学译文集》,北京大学出版社1982年版,第24页。

当代西方文学批评特别是后殖民批评的异军突起推动了形象学的发展。形象学从各种后学理论中获取了思想资源，从而在不同层面上开展对异国异族形象的研究。“东方主义”“异国情调”“中心与边缘”“他者”“身份”等概念进入形象学的话语体系。一些批评家开始重新审视西方文学经典中异国形象的描绘，如后殖民批评家对莎士比亚作品中描写异域或野蛮人时所流露的文化优越感的分析和批判，从理论和实践上扩展了形象学研究。

二、形象学在中国

鸦片战争以后，随着中国出使国外和留学人员的出现，西方人的形象开始出现在中国人的日记、游记和介绍中。其中郭嵩焘《伦敦与巴黎日记》有筚路蓝缕之功。1876 年郭嵩焘成为清政府的第一任驻伦敦公使，后来还兼驻巴黎公使，他将从上海到伦敦的五十天日记整理后抄寄总理衙门，以《使西纪程》的书名刊刻印行。在书中，郭嵩焘认为西洋技术发达，七万里一瞬而至；特别是他认为西洋的政教(英国的巴力门，parliament，国会)优于中国，设买阿尔(mayor，民选市长)治民顺从民意，优于中国，这就打破了“天朝上国”政教优于狄夷的神话。郭嵩焘的这些言论激起轩然大波，引得满朝大夫公愤，闹到奉旨毁版[①]。而第一次世界大战后欧洲的衰败又使得一部分中国人对欧洲文化思想产生怀疑，1919 年梁启超出版的《欧游心影录》，着笔点尽在西方近代文明的破产和中国传统文化的优长。他通过周游欧洲和描述西方人对中国传统文化的反应，展示出对中国传统文化的自信和推崇[②]。

到 20 世纪 30 年代，出国留学游历的人员增多，域外游记一度十分流行，仅旅欧游记就有数十种，如朱自清的《欧游杂记》(1934)，郑振铎的《欧行日记》(1934)，王统照的《欧游散记》(1937)，李健吾的《意大利游简》(193 年)，刘思慕的《欧游漫忆》(1935)，张若谷的《游欧猎奇印象》(1936)，邹韬奋的《萍踪寄语》(1934，1935)和《萍踪忆语》(1937)等，他们从不同视角展示了欧洲形象的多幅面孔。关于形象学的学术研究当推钱锺书，他在《十七、十八世纪英国文学中的中国》(1937)一文中，重点探讨了 17 至 18 世纪英国的各式文献中对于“中国”的特定解读与想象性塑造，包括法国的中国研究对英国的影响，英国早期文献中所呈现出来的“中国”面貌，中国风格在英国的流行与争议，以及英国文学对中国故事的曲解与改写，等等。

20 世纪 90 年代以来，在乐黛云、孟华等人的大力译介下，出版了《文化传递

① 参见钟叔河主编：《走向世界丛书·郭嵩焘：〈伦敦与巴黎日记〉》，岳麓书社 1984 年版。

② 参见梁启超：《欧游心影录　新大陆游记》，东方出版社 2006 年版。

与文学形象》(1999)、《比较文学形象学》(2001)等一批形象学的译著和论文。这些著述介绍了形象学在国内外的最新发展,并较详细地探讨了形象学的研究史和方法论,为比较文学形象学在中国的发展奠定了理论基础。随着东西方文化交流和对话的不断升温,形象学逐渐得到中国学界的重视,开始成为比较文学的一个新的独特而重要的分支。

第二节　形象学的基本概念*

形象学的相关概念是理解形象学的前提和基础性工作,下面分别对“形象”“社会集体想象物”“套话”和“他者”四个关键词加以阐释,以期更好地理解和运用形象学的理论和方法。

一、形象

比较文学形象学中的“形象”主要指文学作品中的“异国形象”。与文学理论中界定的“形象”相比,形象学中的“形象”有其自身特点:一是其涵盖面要比一般意义上的“形象”窄,它并不针对所有层面的“文学形象”,只是研究一国文学中对“异国”形象的塑造或描述;二是这种形象体现了一种跨民族、跨文化的性质。异国形象的创造有别于美学意义上的人物形象塑造,而是某种文化表征,也就是说,“它表达了存在于两种不同的文化现实间能够说明符指关系的差距”①,展示了不同民族间的互相注视。

形象学中的“形象”本身又承载三重意义,如法国学者让-马克·莫哈所言:“文学形象学所研究的一切形象,都是三重意义上的某个形象:它是异国的形象,是出自一个民族(社会、文化)形象,最后,是由一个作家特殊感受所创作出的形象。”② 这里,我们反过来说,首先,这个形象是由作家创作出来的,作家根据自己的体悟去描述和塑造了作为他者的异国形象。不过,这个形象虽经作家之手创造,但又绝不是一种单纯的个人行为,这就上升到第二个层面,一个作家对异国现实的感知与其隶属的社会或群体的集体想象密不可分,或者说,作家对异国异族的理解来自作家本人所属社会和群体的想象。由此进入第三个层面,即创造

* 请访问爱课程网→资源共享课→比较文学/胡亚敏→第七章:形象学→教学录像(00:12:42-00:21:31)

① [法]达尼埃尔-亨利·巴柔:《从文化形象到集体想象物》,见孟华主编:《比较文学形象学》,北京大学出版社2001年版,第121页。

② [法]让-马克·莫哈:《试论文学形象学的研究史及方法论》,见孟华主编:《比较文学形象学》,北京大学出版社2001年版,25页。

出来的这个承载着“社会集体想象物”的“形象”是一个异国形象。

二、“社会集体想象物”

“社会集体想象物”是特定时代作家所属的群体或社会对另一相异的群体或社会文化的想象性阐释，如对异国异族的亲善或憎恶等文化语境和文化心理。“社会集体想象物”具有社会群体的性质，常常转化为集体无意识。作家在创作异国形象时，往往受到“社会集体想象物”的制约，换句话说，文学作品中的异国异族形象是整个社会想象力参与创造的产物。

一个社会总有不同声音，“社会集体想象物”体现了主流的群体优势，它代表一个群体对另一国家、民族的文化观照，体现了这个群体的整体认知。例如，作家通过文学作品表达出对某一异国形象的憎恶和鄙夷，这一认知获得了大多数国民的认同，但也不排除有作家对这一异国形象有好感，或借助这一异国形象反思本国问题。这涉及一个国家内部的分层和矛盾以及不同的价值取向问题。

“社会集体想象物”又是一个建构性的存在，它会随着时代和环境的变化而变迁。德国汉学家顾彬《关于“异”的研究》是一本研究异国形象的专著，顾彬在书中逐一分析了德国文学史中不同阶段的中国形象，并提炼出这一形象得以形成、演变的观念史，从而揭示了德国社会“社会集体想象物”变化的心理动机与价值取向。同时，“社会集体想象物”的变迁也与异国形象的创作者有关。也就是说，作家笔下的异国形象既可以折射出当时的“社会集体想象物”，又可以是新的“社会集体想象物”的建构者。例如，有些游记作品就是以一种解构的姿态颠覆原有的“先入之见”的。

三、套话

形象学中的套话是指某个民族长时间反复使用、用来概括他国或他国人形象的约定俗成的词语，是民族心理定势推动下对“他者”形象的一种象征性表述。套话是表述“社会集体想象物”的最小单位，它在个人表述与社会之间建立起某种一致性，众人认可，众人使用，在话语交往中有特定的所指，标示出对“他者”的固定看法。犹太人在欧洲被称为“鹰钩鼻”，西方人在中国曾被称为“老毛子”“洋鬼子”，新中国成立前上海的印度巡捕被叫作“红头阿三”，这些特定的形象都属于套话，它们具有“具体的一般”的特征。

作为一种想象物，套话不一定与事实相符，多是出于自身需要对异国形象的虚构。如西方文学中描述中国的套话“付满楚”“查理·陈”“功夫”等，并不是中国的全部和真实情景，而是特定时期西方人出于自身需要对中国形象的幻化[①]。套话作为高度浓缩了的一个民族对异民族的认识和感受，其消长与双方国力的盛衰有一定关系。

四、“他者”

“他者”具有丰富的历史和哲学内涵，在西方哲学史上，黑格尔、萨特、梅洛-庞蒂，乃至后来的拉康、勒维纳斯、德里达等人对“他者”都有论述，其中黑格尔《精神现象学》中关于“主奴辩证法”的论述对后来的学者有深刻影响。黑格尔认为自我的整一性必须经由对对立之物的扬弃而完成，因此，在自我与“他者”的关系中，“他者”是自我意识的完成不可缺少的参考系。

20世纪西方各种文化理论和批评理论为“他者”注入了一些新的内涵。如波伏娃在《第二性》中指出，男性将女性看作从属性的“他者”，从而确立自身的主体地位，女性被有利于男性的社会结构和制度所建构，处于次要和附属的地位。萨义德《东方学》提出的“他者”则是从东西方关系上讲的，即西方通过各种话语建构东方，表述东方，“东方”成为“西方”塑造的“他者”。在萨义德看来，与西方对立的东方文化这一概念的设定是一种文化霸权的产物，是对西方理性文化的补充。在西方话语看来，东方充满原始神秘色彩，这正是西方人所没有的，并且是感兴趣的。于是这种扭曲的“想象性东方”成为验证西方自身的“他者”。同时西方又将“虚构的东方”形象反过来强加于东方，把东方纳入西方中心的权力结构之中，从而实现东方文化和语言的被殖民。后殖民批评中的主体与“他者”的关系研究为当代形象学的理论建设提供了丰富的思想资料。

如今“他者”概念已被广泛应用于文学和文化研究。饶有意味的是，“他者”起初只是作为一个异己的低一等的对象来加以描述的，随着社会的发展，“他者”也可能被解释为理想榜样，并导致对“他者”的过分美化和对自己的过度反思，这样一来，“他者”这个概念在自身认同上竟具有爱恨交加的效果。

第三节　形象学的研究对象*

形象学的突出特点是关于“异”的研究。研究文学中的异国形象及其流变就成为形象学的基本任务。随着社会的发展，形象学又遇到了新的问题，有些作家拥有多重身份，游走于不同国度之间，这种难以归类的“世界人”现象可视为

① 参见姜智芹:《欲望化他者:西方文学中的中国形象》,载《国外文学》2004年第1期。

* 请访问爱课程网→资源共享课→比较文学／胡亚敏→第七章:形象学→教学录像(00:21:32–00:31:38)

对比较文学形象学的挑战和拓展。

一、文学中的异国形象

不言而喻,形象学面对的形象主要是异国形象,具体说来,形象学既可以考察他国文学中的中国形象,又可以考察中国文学中的异国形象。关于他国文学中的中国形象的研究成果较多,周宁的《天朝遥远:西方的中国形象研究》(2006)就是其中的代表作之一,该书展示了西方对中国从崇拜到厌恶或者说中国由正面形象转化为现代性的反面形象的流变过程,并对这一过程做了历史上的勾勒和分类。孟华等著的《中国文学中的西方人形象》(2006)则采用"东方"反向言说"西方"的方式,探讨中国文学如何言说西方人的形象。该论文集收录了15位师生的18篇论文,均以比较文学形象学的理论和方法论为指导,从不同角度入手,以点带面地探讨了西方形象在中国文学中的变迁和不同形态。

形象学的任务不仅仅是指出作品中的异国形象,更为重要的是探索异国异族形象被创造的过程,关注作家在他们的作品中如何理解、描述和阐释作为"他者"的异国异族形象。由于不同国家、民族在文化上的差异,作者对"他者"的想象是必然的。因此,形象学很清楚地意识到这些异国形象只是一个幻象、一个虚影,而不必从史实和现实统计资料出发去求真求实。异国形象可能是理想化的,展现的是一个乌托邦;也可能是被"妖魔化"的,描绘的是一个地狱景象。例如,近代以来,中国许多青年和有识之士,留学或考察国外社会文化,他们被西方文明所震撼,异国形象成为救亡和改造中国的主要参照。在一些中国作家特别是留学归来的作家的小说和游记里,我们可以从那些带有虚构性的异国空间的描绘中体会到某种乌托邦的意味。而在当代中国小说中,一些作家在描述美国生活时使用的"天堂""地狱"这些具有隐喻和想象色彩的词汇背后潜藏的则是种族和文化的差异和冲突。立足于本民族的文学事实,考察和辨析本民族对异域文化的接受与变形以及对异国形象的扭曲与夸饰,这无疑是中国形象学的研究重点之一。

二、异国形象的流变

考察西方文学和文化中的中国形象的流变,是形象学的重要内容,也是不少学者关注的热点问题之一。几个世纪以来,中国和中国文化在西方不同时代呈现出不同形象。《马可·波罗游记》把中国描写得黄金遍地、美女如云,绫罗绸缎应有尽有,简直就像天堂一样。这部游记传达出的中国是一个高度文明、和平而繁荣的国度,书中的内容使每一个读过的人都无限神往。这本书问世后在欧洲广泛流传，激起了欧洲人对中国文明与财富的倾慕，最终引发了新航路和新大陆的发现。这种对中国的乌托邦式的幻景一直延续到18世纪的启蒙运动。此后，随着资本主义的新一轮扩张，中国形象开始变得黯淡了。1792年，英国外交官马戛尔尼携带英王信件出使中国，把一个行将灭亡的中国形象带回了西方。一个当年被描述成花园的王国变成了“满街是开口粪池和垃圾”的肮脏之国，而穿着丝绸、捧着青花碗的中国人也变得贫穷、猥琐和丑陋不堪。鸦片战争爆发，中国形象更是一落千丈。有感于西方对于中国形象的歪曲和丑化，郑振铎在《西方人所见的东方》(1929)一文中发出这样的感慨：“东方，实在离开他们太远了，东方实在是被他们裹在一层自己制造的浓雾之中了！”[①] 随着西方资本主义的迅猛发展，中西方交流的社会文化语境发生了巨大变化，西方对于中国的社会集体想象物也产生了变化。近年来随着中国经济的快速发展，综合国力不断增强，西方人眼中的中国形象又有所改观。这些形象的变化自然引向了对这些“社会集体想象物”背后复杂的社会、政治和文化的思考。

异国形象变迁的原因是多方面的，就西方文学中中国形象的变化而言，其中之一是信息源的匮乏。早期西方人带回的有关中国的各类信息大多比较散乱或片面，由于信息的不全和稀少所造成的片面，埋下了“臆断”的隐患。其二则与创造异国形象的主体有关。无论是伏尔泰还是黑格尔，他们的中国想象既来自他们对这个遥远的东方国家的某些深刻认识，又源于他们对中国的无知和傲慢所带来的种种奇思怪想。中国古代作家对异域的想象，也与中华帝国的“世界中心”观念息息相关。而异国形象的变化更重要的原因则在于双方社会的政治、经济和文化力量的对比，这些问题与形象学的基本特征有关。

三、多重身份与形象塑造

在当今世界文坛，出现了一批具有多重文化身份的作家，特别是第三世界作家进入西方文化圈，这些来自前殖民地国家的作家有着在多个国家生活的经历，且大多用宗主国的语言写作，于是对他们的文化身份的判断就成为一个问题。诺贝尔文学奖的获得者奈保尔就是一个典型的例子，奈保尔于1932年出生于中美洲的特立尼达和多巴哥的一个印度婆罗门教家庭，1948年毕业于特立尼达和多巴哥的首都西班牙港的一所学校，1950年获奖学金赴英国牛津大学留学，毕业后为自由撰稿人，曾为BBC做“西印度之声”的广播员并为《新政治家》

① 郑振铎：《西方人所见的东方》，载《小说月报》1929年第20卷第1期。

杂志做书评，1955年在英国结婚并定居，60年代在世界各地广泛游历。这里不厌其烦地介绍奈保尔的生活轨迹，主要是为了勾勒奈保尔的世界人身份。这种文化归属模糊的作家在作品中的异国形象塑造超出了简单的主体和他者的关系而成为复数的主体和他者，从而提供了更为复杂的异国形象，展示出多种异质文化间的冲突和融合。

当代海外华人文学研究也是同样的问题。一些华人作家一方面是黄皮肤黑眼睛，骨子里有中华民族的基因，但同时作为在美国生长的第三代、第四代，又接受了美国主流社会的价值观，因此在作品中表现出一种夹在东西方文化间的挣扎和困惑，产生一种身份的焦虑。特别是一些华人女作家，作品中的主人公极力想融入当地社会而事实上又很难融入，她们的作品常常有一个典型主题即“寻找父亲”，同时对美国男性形象的塑造也具有很复杂的心态。叙述人在对母体文化和客体文化选择时常常表现出一种焦虑的矛盾心态。

在21世纪的今天，同时受两种或多种文化影响的作家人群会越来越多，他们笔下的“异国形象”将是各种文化互相作用下的结果，对这些“边缘人”和“流散者”的作品的研究将成为形象学的新课题。

第四节　形象学的基本特征 *

与影响研究的其他分支相比，形象学有自己的研究领域和特点。形象学关注的重点不再是文学的流传与接受，而是塑造异国形象的主体和各民族间借助异国形象这一载体的互视，并且形象学要揭示的也不仅仅是放送者和接受者的个体因素，而是异国形象背后的群体文化差异和冲突，从而不可避免地进入文化和政治领域。简言之，形象学研究一国形象在异国文学中是如何被塑造、被想象和被利用的，进而分析异国形象产生的文化和政治根源，由此更深刻地认识他国、反观自我。

一、作为镜像的“他者”

异国形象体现其客体、异己、异域及差异的同时，更多是作为一个“他者”，为本土以及主体身份提供参照，德国学者胡戈·狄泽林克明确指出：“每一种他者形象的形成同时伴随着自我形象的形成。”[①] 我国学者孟华也认为，“文学的异

---

* 请访问爱课程网→资源共享课→比较文学/胡亚敏→第七章：形象学→教学录像（00:31:39–00:38:13）

① 转引自[德]胡戈·狄泽林克：《论比较文学形象学的发展》，载《中国比较文学》1993年第1期，第179页。

国形象不再被看成是单纯对现实的复制式的描绘，而是被放在了‘自我’与‘他者’，‘本土’与‘异域’的互动关系中来进行研究”。“对异国人形象的研究从根本上讲实际上是对主体—他者对应关系及其变化形式的研究”[①]。从对“他者”的文化阐释转向对自我的反思和确认是当代形象学的一大转向，这一研究范式的转换更加关注形象生成过程中主体与客体的关系，突显形象创造者在形象生成中的位置和作用。

塑造“他者”形象是自我确认的重要手段，通过剖析投射在异国形象——“他者”身上的“自我”形象，可以更好地了解和认识塑造者自身的社会发展、民族性格以及文化潜意识中的某种心理结构。例如，中国文化之所以在不同阶段引起欧洲人的兴趣，正在于他们要对中国加以文化利用。关于这一点，美国汉学家史景迁作了具体阐述：

> 对于那些深怀不安全感和焦虑感的西方人来说，中国在某种程度上成了他们的一条出路或退路。17 世纪早期对中国信息及故事的那股热情和兴趣就是这样产生的。记得在 1600 年到 1617 年和 1618 年这段时期，就出现了六七本关于中国的内容各异的著作。当时不正是 30 年战争之前人们对现状极度不满、政治分裂加剧和暴虐横行的年代吗?！很明显，这些著作所取得的显著成功也说明了当时西方公众要求阅读关于中国的作品的渴望。18 世纪中期当西方人开始探索政府的组织形式，特别是合理的政府形式时，也发生了同样的情况。可见，尽管西方社会非常繁荣，但人们仍旧怀有不安全感，其中包括对社会地位的不平等以及日益加剧的海外扩张的担心。学过欧洲历史的人一定不会忽视那段文化绝望时期，即第一次世界大战后，就连中国的梁启超、蔡元培等思想家都注意到西方要灾难临头了。20 年代和 30 年代发展起来的一点复兴景象很快就被第二次世界大战和法西斯主义的崛起所扼杀。可见，西方文化的发展正处于彷徨时期，也就是在这个时候，大批西方作家和思想家开始重新研究中国。[②]

在形象学的异国形象分析中，西方作家和思想家对中国的重视是为他们自身服务的。当他们对现存制度不满，准备批评自身时，便认为中国是他们学习的楷模，是一个制度完善、充满理性精神的东方文明古国，而当他们要肯定自身的社会秩序、文化传统时，他们想象中的中国则是一个落后神秘的封建帝国。“欧洲人对中国的观念在某些时期发生了天翻地覆的变化。有趣的是，这些变化与其说反

① 孟华：《比较文学形象学论文翻译、研究札记》，见孟华主编：《比较文学形象学》，北京大学出版社 2001 年版，第 5 页。

② [美]史景迁讲演：《文化类同与文化利用》，廖世奇、彭小樵译，北京大学出版社 1997 年版，第 186—187 页。

映了中国社会的变迁,不如说更多地反映了欧洲知识史的进展。”①

中国文学中的异国形象塑造也多出于改造和变革中国社会和文化的目的。“五四”时期许多学者和作家对西方社会和文化的介绍和描述、美化和憧憬,传达出来的主要是形象制作者自身的种种社会的、文化的和意识形态的范式。20世纪30年代上海有位叫张若谷的作家写道:“身为异乡孤客,观光西方各邦,见闻虽广,感想也多。看到大都会中市政建设的美观,便要感叹中国市政的简陋污秽,看到彼邦实业的改良发达,和商战的激烈竞争,不免又要感叹中国工业的幼稚及商人的守旧;再看到列强积极扩充国防军备,自然又要忧虑到我们国家……左思右想,想到事事落在人后的中国前途,不由人不受到深刻的刺激,而思奋起,追他人的后尘。”② 当时中国各类旅欧游记中都有一个基本主题,那就是在对比中探索中国社会的出路。作家对异国异族形象的塑造实际上是对自我民族的对照和透视,在审视“他者”身影时表达的是灵魂深处自我的心境。

二、形象学中的政治

形象学通过研究作品中的异国形象进而探讨一个民族“对异国看法的总和”,这个总和就是异国形象背后承载的“社会集体想象物”,而意识形态则是“社会集体想象物”的集中体现,由此形象学不可避免地与政治发生关联,这是形象学的又一基本特征。

异国想象中的政治无处不在,钱锺书的论文虽然侧重于学问,但他通过对纷纭繁杂的文献史料的清理,在勾画“中国”形象在17、18世纪英国人眼中变化轨迹的同时,也揭示出这个时期“中国热”背后的意识形态意味,英国人建构的摇摆不定且彼此矛盾的“中国”形象只不过是他们借以“塑造”其自身的那种“进步、繁荣、发达和高贵”形象的必要“载体”。纳粹德国时期的游记作者关于冰岛的描述也有着同样的目的,游记里强调的在严峻气候条件下人的孤傲、克制、自律、庄严、成熟、强大以及尚武的传统等美德,与德国人对自己种族优越性的神化联系在一起,他们把冰天雪地的北方虚构成德国的过去,德国文化的摇篮和精神的家园,雅利安民族的理想范本及纯洁性的象征③。“意识形态形象(或描写)的特点是对群体(或社会、文化)起整合作用。它按照群体对自身起源、特性及其在历史中所占地位的主导性阐释将异国置于舞台上。这些形象将群体基本的价

① ［英］雷蒙·道森:《中国变色龙》,常绍民等译,时事出版社1999年版,第16页。

② 张若谷:《游欧猎奇印象》,中华书局1936年版,第7页。

③ Susan Bassnet. *Comparative Literature: A Critical Introduction*. Oxford: Blackwell Publishers, 1993.

值观投射到他者身上，通过调节现实以适应群体中通行的象征性模式的方法，取消或改造他者，从而消解了他者。”①

后殖民批评的渗入使形象学的政治色彩更为浓烈。后殖民批评将斗争锋芒直指殖民意识形态，对其充满优越感的文化逻辑发起尖锐的批判，这一性质也表现在形象学中。让-马克·莫哈在他的《法国当代小说中的第三世界形象》(1992)一书中，运用后殖民理论对法国关于第三世界的误解和歪曲的现象作了反思，揭示法国作家在文学作品中对异域文化和社会的描写所流露的文化优越感。中国学者评析美国电影对中国人形象的塑造上也采用了类似的政治视角，早期好莱坞电影里的中国人形象被猥琐化、神秘化，这在一定程度上是意识形态使然。

第五节　形象学的未来发展

形象学是一个颇具挑战性的领域，形象学研究范围广阔，各国文学关系错综复杂，且这些关系又始终处于不断变化的文化语境之中。在形象学理论建构中，我们既要吸收西方形象学的研究成果，又要清醒地看到形象学的内在矛盾。只有在反思的基础上不断探索，才能使形象学的中国之路走得更为坚实。

一、对形象学的反思

形象学与生俱来的政治文化意味使它的研究范式具有明显的向外转的趋向，形象学“把文学思考重新引回到社会和文化问题方面”②。恰是这一特征带来了两个问题，一是研究中的政治文化分析造成了对文本的遮蔽，二是形象学中的民族主义所导致的偏颇。这些问题需要我们认真思考和对待。

形象学研究处于“文学史、政治史和民族心理学几个领域的交叉口上”③，因此，形象学带有很强的跨界研究的倾向，异国形象的文学性分析是一个薄弱环节。形象学的理想状态应是以文学研究为基础、以文化研究为背景，由文学形象深入民族、文化传统之中。尽管这些异国形象是出自一个民族(社会、文化)的

---

① [法]让-马克·莫哈:《试论文学形象学的研究史及方法论》，见孟华主编:《比较文学形象学》，北京大学出版社2001年版，第35页。

② [法]巴柔:《形象》，见孟华主编:《比较文学形象学》，北京大学出版社2001年版，第184页。

③ 转引自[法]让-马克·莫哈:《试论文学形象学的研究史及方法论》，见孟华主编:《比较文学形象学》，北京大学出版社2001年版，第21页。

想象,但毕竟也是"由一个作家特殊感受所创作出的形象"①。鉴于形象学研究文本分析的薄弱,我们不妨从叙事策略入手,关注和分析作家在作品中是如何观察、描述和阐释作为他者的异国异族形象的,从文学文本出发,进而研究文学与其他话语生产的关系。

与其他民族的文学或文化的互视,这是形象学的特点,但往往伴有民族主义的情绪,这也许是形象学的宿命。应该说,形象学中民族意识是必不可少的,否则就无法窥视异国形象的内涵,但若民族意识膨胀,则容易走向极端。因此,坚持开放的民族主义乃成为一种必需。形象学研究需要一种平等和对话的姿态,一份从容和豁达的心境,在各民族的互视中尊重其他民族的文化和传统,吸收其他民族的优长。

需要补充的是,就当今中国形象学研究而言,关于外国文学和文化中中国形象的塑造与流变的研究已有一批不俗的成果,但对我国文学中所塑造的异国形象的研究还刚刚起步。在今后的形象学研究中需逐步改变这种不平衡状态,通过我国学人的努力以丰富形象学的理论和实践。

二、形象学的价值与前景

形象学在当代中国具有重要的研究价值和意义。当今国际交往日益频繁,中国综合国力不断增强,中国的国家形象正在发生深刻的变化。随着外界对中国的了解程度进一步加深,外国作家笔下的中国形象将会更加鲜活、更加逼真。与此同时,开放中的中国对其他国家的了解和认识也将更为客观深入,中国文学中的异国形象将展现出更为丰富的面貌。不仅如此,同时受多种文化影响的作家笔下的"异国形象"也将展示各种文化的互动,呈现出文化冲突和文化融合的景观。这些足以说明形象学是一个极具发展潜力的研究领域。

作为比较文学的分支,形象学自身也在不断更新。这不仅表现为研究领域的扩展,而且随着新的理论的加入,其研究范式也在发生变化,研究方法也将会更加多样。我们已经看到,形象学正在从对"他者形象"真伪及其与现实偏离程度的讨论转向了对形象制作者一方的追问,即从"是什么"的考证转向"为什么"的探究,今后新的理论因素的加入将会给形象学带来新的转向。

21世纪是一个多元文化时代,世界各国需要了解,需要沟通,形象学因而有着更为广阔的发展前景。如何更好地处理不同民族之间的关系,促进不同文化

① [法]让-马克·莫哈:《试论文学形象学的研究史及方法论》,见孟华主编:《比较文学形象学》,北京大学出版社2001年版,第25页。

间的交流和融合，如何构建比较文学形象学的中国范式，实现文学研究与文化研究的互补等问题有待于进一步探讨。

专栏

专栏1

伽列和基亚最近突然扩大比较文学的范围，以包括对民族幻象、国与国之间相互固有的看法的研究，但这种作法也很难使人信服。听听法国人对德国或英国的看法固然很好——但这还算是文学学术研究吗？这岂不更像是一种公众舆论研究，只是对美国之音的节目编辑人以及其他国家的同类组织有用？这只是民族心理学、社会学；而作为文学研究，只不过是过去那种题材史研究的复活。“法国小说中的英国和英国人”比“英国舞台上的爱尔兰人”或“伊丽莎白朝戏剧中的意大利人”，并不见得更好。这样扩大比较文学无异于暗中承认通常的主题搞不出什么结果——然而代价却是把文学研究归并于社会心理学和文化史研究之中。

［美］雷内·韦勒克：《比较文学的危机》，沈于译，见张隆溪选编：《比较文学译文集》，北京大学出版社1982年版，第24页。

专栏2

西方心目中的中国是在历史过程中形成的形象，代表着认为不同于西方的价值观念，这不同可以是好，也可以是坏。在不同时期，中国、印度、非洲和中东都起过对衬西方的作用，或者作为理想化的乌托邦、诱人和充满异国风味的梦境，或者是作为永远停滞、精神上盲目无知的国土。

张隆溪：《非我的神话》，见［美］史景迁：《文化类同与文化利用·附录》，北京大学出版社1990年版，第217页。

专栏 3

中国人在思想、行为和情感方面几乎和我们一样，使我们很快就感到他们是我们的同类人，只是在他们那里一切都比我们这里更明朗，更纯洁，也更合乎道德。在他们那里，一切都是可以理解的，平易近人的，没有强烈的情欲和飞腾动荡的诗兴，因此和我写的《赫尔曼与窦绿台》以及英国理查生写的小说有很多类似的地方。他们还有一个特点，人和大自然是生活在一起的。你经常听到金鱼在池子里跳跃，鸟儿在枝头歌唱不停，白天总是阳光灿烂，夜晚也总是月白风清。月亮是经常谈到的，只是月亮不改变自然风景，它和太阳一样明亮，房屋内部和中国画一样整洁雅致。……还有许多典故都涉及道德和礼仪。正是这种在一切方面保持严格的节制，使得中国维持到几千年之久，而且还会长存下去。

[德]歌德:《歌德谈话录》，朱光潜译，人民文学出版社 1978 年版，第 112 页。

专栏 4

我“看”他者；但他者的形象也传递了我自己的某个形象。在个人(一个作家)、集体(一个社会、一个国家、一个民族)或半集体(一种思想流派、一种“舆论”)的层面上，他者形象不可避免地同样要表现出对他者的否定，对我自身、对我自己所处空间的补充和外延。我想言说他者(最常见的是由于专断和复杂的原因)，但在言说他者时，我却否认了他，而言说了自我。我也以某种方式同时说出了围绕着我的世界，我说出了“目光”来自何处及对他者的判断：他者形象揭示出了我在世界(本土和异国的空间)和我之间建立起的各种关系。他者形象如同一种次要语言，它平行于我所说的语言，与其共存，又在某种意义上复制了它，以说出其他的东西来。

[法]达尼埃尔 – 亨利·巴柔:《从文化形象到集体想象物》，见孟华主编:《比较文学形象学》，北京大学出版社 2001 年版，第 123—124 页。

专栏 5

美国形象——它究竟是谁的形象？欧洲人对于美国人的想象，会不会是对我们自身的镜照？或者美国人创造的关于我们的形象，是不是他们反过来借以发现他们自己的一种尝试？你能拥有一种形象而不具有另一种吗？答案并不清晰；但有一件事清晰明了：当我们探讨种种形象时，我们跨过门槛，进入了博尔赫斯时常自我指涉的巴比伦式图书馆。

[丹麦]斯文德·埃里克·拉森：《文化对话：形象间的相互影响》，见乐黛云、张辉主编：《文化传递与文学形象》，北京大学出版社 1999 年版，第 208 页。

思考题

1. 何谓形象学？谈谈你的认识和理解。
2. 形象学的形象和一般文学形象的区别。
3. 结合具体文本论述西方人形象在中国的流变。
4. 举例说明文学作品中异国形象的文化意义。
5. 试论全球化时代形象学研究的价值和前景。

进一步阅读

1. 孟华主编：《比较文学形象学》，北京大学出版社 2001 年版。
2. 乐黛云、张辉主编：《文化传递与文学形象》，北京大学出版社 1999 年版。
3. 钟叔河主编：《走向世界丛书·郭嵩焘：〈伦敦与巴黎日记〉》，岳麓书社 1984 年版。
4. [法]艾田蒲：《中国之欧洲》（上、下），许钧、钱林森译，河南人民出版社 1995 年版。
5. [德]顾彬讲演：《关于“异”的研究》，曹卫东译，北京大学出版社 1997 年版。

6. [美]史景迁讲演:《文化类同与文化利用》,廖世奇、彭小樵译,北京大学出版社 1997 年版。
7. 周宁:《天朝遥远:西方的中国形象研究》(上、下),北京大学出版社 2006 年版。
8. 刘洪涛:《对比较文学形象学的几点思考》,载《北京师范大学学报》1999 年第 3 期。
9. 孟华:《形象学研究要注重总体性与综合性》,载《中国比较文学》2000 年第 4 期。
10. [德]胡戈·狄泽林克:《比较文学形象学》,方维规译,载《中国比较文学》2007 年第 3 期。

第八章　主题学

主题学（Thematology）是比较文学的重要组成部分。尽管在比较文学史上，主题学能否进入比较文学领域有过争议，关于主题学的定义也不尽一致，但主题学以它特有的研究领域、明确的国际意识和它所取得的令人瞩目的成就终于得到学界的承认，成为比较文学的又一分支。

第一节　主题学的历史和定义

一、主题学的发展历史

主题学被认为是在19世纪从德国的民俗学热中培育出来的一门学问[①]。起初民俗学家关注的是民间传说和神话故事的演变，在研究中，人们发现这些故事总有一些大致相同但又有区别的若干说法，于是感到有必要加以整理，以描绘出故事的谱系图。随着研究的深入，学者们扩大了研究范围，着手探讨诸如友谊、时间、别离、自然、世外桃源等与神话传说关系不大的主题，发表了“多得不可胜数”的博士论文和其他论文，由此在德国形成了一门可观的主题学研究。又由于要给这些流传中发生变异的民间文学主题正本清源，学者们在方法上转向比较，其研究视野随着流传的路线遍及欧洲，于是主题学便与比较文学接上了关系。

主题学研究受到来自两方面的批评。法国比较文学学者巴登斯贝格不赞成主题学，他认为主题学研究缺乏科学性，因为在这类研究中，链条的各个环节“永远不可能完美无缺地重建起来，必然会有许多断裂”。法国的另一学者保罗·阿扎尔认为主题学不可能把研究限定在“事实联系”的范围内，因此持拒绝态度。法国学者所持的立场与他们的实证主义倾向相关。在美国，主题学也受到冷落。韦勒克、沃伦的《文学理论》不设“主题学”，在谈到文学史时，他们认为

① 参见陈鹏翔主编：《主题学研究论文集》，台湾东大图书有限公司1983年版，第1页。

“材料史(Stoffgeschichte)是最少文学性的历史”[①]，因为它主要与社会、历史、心理等因素有关，所以理所当然遭到形式主义批评的否定。并且，韦勒克还认为，作家的创造性只存在于处理材料并使之成形的过程中，借鉴来的主题或题材只是作家用来创作的材料，而不是作家的创造。

这些学者的确看到了主题学研究的某些先天性缺陷，但尽管如此，主题学的研究仍在继续，并取得了可观的成果。特别是在德国，主题学研究十分活跃，保尔·梅克尔于 1929 年至 1937 年间编辑出版了一套主题学丛书。1962 年，德国学者伊丽莎白·弗兰采尔出版了《世界文学的题材：创作史纵剖面词典》，这部文学题材词典为研究各国文学题材的发展衍变提供了翔实的资料。比利时学者雷蒙·图松于 1966 年出版的《比较文学的一个问题：主题研究》一书是主题学研究的个案分析。他专门讨论了普罗米修斯这个人物主题的演变，并把这一人物的研究同认识人类的历史联系起来，他说：“研究这些传说的历史，深入探讨这些传说各种变体的隐秘，也就是了解人类祖先发展演变的一部《奥德赛》，其中有得意的欢乐，也有失意的悲哀。”[②] 美国学者哈利·列文于 1968 年出版的《主题学与文学批评》一书则肯定了主题学的文学性，他指出：“作家对题材的选择是一种审美决定，观念性的观点是结构模式的决定性因素，信息是媒介中固有的。”他认为主题学的审美性既体现在作家对题材的选择上，又体现为作为文学形式的主题自身。俄国形式主义者托马舍夫斯基在他的《主题》一文中细致地分析了主题的要素和连接技巧，为主题学研究提供了一些相关概念、框架和方法。总之，经过各国比较学者和文艺理论家的努力，主题学在争议中展示了它的实绩。

二、主题学的定义 *

主题学的定义与主题学的发展历史直接相关。早期主题学多注重相同题材(神话、传说、人物等)的流传与演变，因此，梵·第根在《比较文学论》中对主题学作如下定义：

> 那对于各国文学互相假借着的“题材”的研究，是比较文学的稍稍明晰的探讨所取的第一个形式。这范围广大的研究在法文中没有一个确定的名称；德国人称它为 Stoffgeschichte(题材的历史)，我们现在提出了

---

① ［美］韦勒克、沃伦：《文学理论》，刘象愚等译，生活·读书·新知三联书店 1984 年版，第 300 页。

② 转引自［美］乌尔利希·韦斯坦因：《比较文学与文学理论》，刘象愚译，辽宁人民出版社 1987 年版，第 128 页。

* 请访问爱课程网→资源共享课→比较文学 / 胡亚敏→第八章：主题学→教学录像(00:06:11-00:09:54)

Thématologie(主题学)这名称。[1]

梵·第根认为,文学中主题的发明是很少的,作家往往只是把老的、旧的模式修改一下,注入新义而已。例如善良、忠贞战胜邪恶和残暴,几乎是文学作品最常见的主题。古希腊埃斯库罗斯的《被缚的普罗米修斯》,写的是热爱人类的善良的普罗米修斯与残暴的宙斯之间的悲壮的冲突,后来欧洲的许多文学作品都沿用了这一故事。

随着比较文学研究地域的扩大和研究方法的变化,主题学开始涉及不同文化体系之间文学的主题研究,即不同民族文学中出现的共同主题。于是,美国学者弗列特里契和马龙把主题学定义为“打破时空的界限来处理共同的主题”[2] 的研究。

在此基础上,我们对主题学作一描述性定义:主题学研究文学作品中内容的某些基本问题在不同国家、不同时代文学中的表现方式,和不同国家的作家对这些问题的态度与看法。它既可以对某种题材、人物、母题或主题在不同民族文学中的流传演变作历史的追寻,也可以对不同文化背景的文学中类似的题材、情节、人物、母题、主题作平行研究。

三、主题的概念

主题是主题学研究的基础,为了更好地从事主题学研究,有必要先对主题这个概念加以探讨。

主题是文学作品中的题材、人物所体现的思想,是故事中所蕴含的意义。托马舍夫斯基将主题定义为“作品具体要素的意义统一”[3]。主题的第一个特征是具有抽象性,它是对故事中的人物、情节的抽象,不同题材可以表现相同或相似的主题。比如表现“悭吝”主题的,就有巴尔扎克的小说《欧也妮·葛朗台》、莫里哀的戏剧《悭吝人》和我国元代郑廷玉的杂剧《看钱奴》等不同题材的作品。主题的第二个特征是丰富性,文学作品的形象性本身提供了丰富的内涵,这不仅表现在一些篇幅浩大、多条线发展的长篇小说中,也表现在一些具有哲理的短篇小说里。主题的丰富性还表现为某种程度的矛盾性。例如海明威的《老人与海》所表现的主题,既有“人可以被消灭但不能被打败”的硬汉精神,又通过老人拖来的大马林哈鱼的骨架与垃圾堆放在一起表现出“虚幻无益的自我求证”的意象,而这两者恰恰是相互冲突的。主题在不同体裁中有不同的表现方式,叙事作

---

① [法]梵·第根:《比较文学论》,戴望舒译,商务印书馆 1936 年版,第 99 页。

② 转引自[美]李达三:《比较文学研究之新方向》,台湾联经出版事业公司 1981 年版,第 190 页。

③ [俄]托马舍夫斯基:《主题》,见《俄国形式主义文论选》,方珊等译,生活·读书·新知三联书店 1989 年版,第 107 页。

品的主题主要体现在人物、事件或背景上，而抒情诗则往往通过诗中的意象体现出来。从阅读的角度看，训练有素的读者也可以从一部作品中发掘出主题的多重意义。

主题由不同层次的因素构成，与主题学相关的还有母题、题材、意象这些概念。母题是主题最基本的成分，歌德认为母题是“人类过去不断重复，今后还会继续重复的精神现象”。弗兰采尔指出：“母题这个字所指明的意思是较小的主题性的（题材性的）单元，它还未形成一个完整的情节或故事线索”[①]。托马舍夫斯基也指出，主题的要素简化到最基本的成分，如黄昏来临，英雄死了，信收到了，这些单元就称为母题。对文学的构成来说，母题具有双重性质，一方面，它是主题的最小要素；另一方面，母题又具有强大的生成力。换句话说，可以利用的整个母题库相对而言是比较小的，但这些母题可以生发出大量的故事，就像我们用简单的七巧板可以拼出变化无穷的图案一样。题材是母题的逻辑或时序上的连接，是一种“勾勒清楚的故事线索”，即具体的故事。母题的各种组合（因果关系、时间关系或是共时描述）可以变换出各种各样的题材。题材可以是一个历史事件，也可以是当代的行动，甚至可以是想象的产物。意象即富有某种特殊含义和文学意味的具体形象，它可以是自然现象（如日月星辰，雷电山水），也可以是动物或植物（如狮虎狼狗，松柏兰竹），还可以是虚构中的景象或人物（如天堂地狱，神仙魔鬼）等。意象在不同的民族文化里，有时有着截然不同的含义，有时却具有相近甚至相同的含义。如西方用苹果作为引诱的物件，中国赋予“桃”以长寿的含义。

主题研究与主题学是有区别的。一般的主题研究（Thematic Studies）探讨的是一部作品中主题的呈现问题，是某部作品或某个人物典型所表现出来的思想，重点在于研究对象的内涵。而作为比较文学分支的主题学研究的是不同时代、不同民族的不同作家对相同或相似主题、题材、情节、人物典型的不同处理，重点在于研究对象的外延。以文学形象唐·璜为例，一般的主题研究多集中在对这个形象的性格和思想的剖析上，以揭示作者通过这个形象所要抨击、讽刺、嘲弄的对象，即揭示作品的主题，如有人说拜伦的《唐·璜》是对英国资产阶级社会的讽刺。而在主题学研究中，学者首先关心的是这个人物的出处，以及这个人物最初出自何人笔下，接着是寻找各国写过唐·璜这个人物的作家和作品，以勾勒这个文学形象的演变轨迹。

① 转引自［美］乌尔利希·韦斯坦因：《比较文学与文学理论》，刘象愚译，辽宁人民出版社 1987 年版，第136页。

四、主题史研究

主题学不同于限于一国主题史的研究。主题史研究的范围是探讨、考证某一相同或相似的题材、主题在一国流变和增衍的过程。

顾颉刚的《孟姜女故事的转变》一文对孟姜女哭长城故事的起源以及不同朝代流变的追寻和分析是主题史中研究题材演变的范例。根据他的考证，该故事最早见于《左传》，上面记载的杞梁之妻是一个谨守礼法的人。杞梁死后，齐侯在路上碰见她，途中吊唁，她认为这不合礼法，坚持“不受郊吊”，齐侯只好亲自前往她家中再行吊唁。这个谨守礼法的故事到了西汉刘向的《说苑》中增加了崩城之说，再到唐代诗歌中，杞梁成了秦朝人，崩城开始与秦始皇筑长城的行动联系在一起，宋代孙爽作《孟子疏》，指出杞梁妻的名字叫孟姜，由此杞梁妻与孟姜女合为一人。再到元明之间，有关孟姜女的传说、唱本越来越多。顾颉刚从文学本身的发展和唐代时势的反映两方面解释了为什么将最初的故事与筑城联系起来的原因：就文学而言，汉乐府中《饮马长城窟》等诗篇中已有筑城的悲苦和惨死的叙述；从社会方面讲，唐代武功极盛，闺中少妇大有哭倒长城之怨气。

我国文学史上“昭君和番”故事的意蕴变化属于主题史中的主题变异。王昭君远嫁匈奴的事发生在西汉元帝竟宁元年(前33)，这一故事最早见于《汉书》的片断记载，到元代马致远的《汉宫秋》已发展得比较完备。昭君的故事在诗词、小说、戏曲中均有出现，其情节没有多大变化，但这一题材却写出了相近又不尽相同的主题，如红颜薄命、恶人恶报、思亲望乡等。在宋代诗人欧阳修的诗中，我们居然看到了对皇帝的诘问：“耳目所及尚如此，万里安能制夷狄？”借昭君远嫁抨击皇帝的昏聩无能。到了郭沫若的《三个叛逆的女性》之一的《王昭君》，故事的主题、风格发生了很大的变化，郭沫若所塑造的王昭君，一反以往昭君故事中的传统女性形象，不顾皇帝的挽留，毅然选择了投身沙漠之路，并当面骂皇帝：“你居住的宫廷比豺狼的巢穴还要腥臭……”体现了强烈的个人选择的价值，为以往的昭君题材所少见。不仅如此，全剧还从整体上表现出一种中国文学前所未有的强烈、浪漫、浓郁的悲剧气氛，剧中王昭君痛苦呼喊：“我愿有炽热的砂石来炙灼，狼犬的爪牙来撕裂。我能看见我的心肝被狼子衔去在白齿中间咀嚼，我的眼睛被野鸭啄去投在北海的冰岛上纳凉。……”

这种对一国内同一主题发展衍变的研究，从不同侧面为我们提供了一国文学史、社会、思想、风俗等不断变迁的丰富信息。这类相同或相似主题在同一国家内的发展或变异，属于主题史的研究范畴。如果某一题材、人物等的流传跨越了国度，就属于主题学的研究范围了。

第二节　主题学的研究范围*

主题学的研究范围很广，梵·第根曾提出主题学研究的三大领域：题材、典型和传说。美国学者柏尔威尔提出主题学研究自然现象、母题、情境、人物类型等。我们从比较文学方法论入手，将主题学的研究范围分为两大类：题材史与主题学(狭义)。

一、题材史的研究类型

主题学中题材史研究采用的是影响研究的方法，即对某一题材、人物在不同民族文学中流传演变的历史的研究，这是德法学者最感兴趣的课题之一。这一研究类型又可分为两种。

(一) 相同或相似题材的比较研究

相同或相似题材的比较研究指脱胎于同一母体并在各国辗转流传的题材类型的比较研究。民间故事类型是题材史的重要对象。如各国民间传说中的灰姑娘故事，现在收集的已达 345 种之多。这些传说情节结构基本相同，表达的主题也近似，只不过因各地风俗不同而有所变异，西方的灰姑娘或穿水晶鞋，或穿红舞鞋，而在中国唐代段成式的《酉阳杂俎》中，那个女孩却穿的是一双木屐。杨宪益在《零墨新笺》中也提到，安徒生《皇帝的新装》的故事在佛经中曾有类似的记载，此故事在公元 4 世纪初以前就存在，传入我国大约在公元 6 世纪，齐梁时期的《高僧传》中，鸠摩罗什说他师傅讲了一个故事："如昔狂人，令绩师绩棉，极令细好。绩师加意，细若微尘，狂人犹恨其粗；绩师大怒，乃指空示曰：'此是细缕。'狂人大喜：'何已不见？'师曰：'此缕极细，我工之良匠，犹且不见，况他人耶？'狂人大喜，以付绩师。"对这些史料的整理将会获得一些有价值的发现，有助于更深入地了解各民族之间的交往和差异。除民间流传的故事外，不同国度的作家对某些基本故事和情节的借鉴也属此列。例如中国的《杜十娘怒沉百宝箱》东渡日本后，杜十娘被易名为白妙姑娘，在日本作家都贺庭钟的笔下上演了一出"江口妓女怒沉珠宝痛斥薄情郎"的悲剧。

(二) 同一或相似人物的比较研究

所谓同一人物指各国文学作品中出现的特定人物，它包括历史人物、神话人物、传说人物以及文艺作品中的典型人物等。无论对于历史人物如查理大帝、罗兰、熙德、贞德、拿破仑等，还是对于神话人物如普罗米修斯、传说人物如浮士

*　请访问爱课程网→资源共享课→比较文学/胡亚敏→第八章：主题学→教学录像(00:17:03—00:35:33)

德、文艺作品中的典型人物如唐·璜等这些更多存在于人们想象、描述中的人物，作家们都可能从不同的角度，运用不同的政治或道德标准，赋予其不同的色彩乃至相反的评价，从中我们可以窥视到不同的时代特征和民族风格。

浮士德主题的演变就是一个饶有趣味的课题。1575 年曾出版了一部拉丁文的《浮士德博士的一生》，该书写一个农民的儿子成为星相学家、数学家、医生。他与魔鬼订约，魔鬼为他服务 24 年，条件是他放弃信仰。于是，魔鬼引导他去周游世界，获得人类尚未知晓的一切知识。24 年后，浮士德只剩下眼睛和几颗牙齿，尸体被抛到屋外粪堆上。这本书的主题是写人类牺牲一切去追求知识，但所得到的知识比起自然的全部奥秘来微不足道。这种努力不仅徒劳无益，而且导致自身的毁灭，也就是说，人类探索宇宙和人生的努力是一种罪孽。此后，英国作家马洛又写了一个剧本——《浮士德博士的悲剧》，于 1588 年上演。剧本写浮士德博士不满知识的贫乏，与魔鬼订约 24 年。在这段岁月里，他探索新知，肯定知识是伟大力量，幻想征服自然，实现理想，可是在蒙昧主义的压迫下终于屈服于旧势力，24 年后被劫往地狱。剧本的主题变为抗议对求知者的迫害，同情求知者的遭遇。到了歌德的《浮士德》，这部巨著体大思精，主题十分丰富，书中的浮士德被塑造成一个在人间不断追求最真诚的知识、最美好的事物、最伟大的理想的卓越人物。他经历过书斋、爱情、宫廷、美的梦幻等阶段，终于在得出智慧结论之际与世长辞了。人终于不能突破生命的局限。这里包含着对一切哲学、医学、法律和神学的否定，包含了抛弃书本而幻想通过另一种方式(如魔术、巫术)打开通往未知世界大门的欲望，也包含了对大自然的永恒——“生生和死死，永恒的潮汐”的赞叹和对于生命短暂的惶惑。

不同国度的作家对法国贞德的评价也是饶有兴味的。法国历史上的贞德被认为是一位率领法国军民击退英国侵略军的民族英雄，但在莎士比亚的《亨利六世》第一部中贞德被视为一个美丽的妖妇，而马克·吐温对贞德的政治、军事才能大加赞赏，法朗士认为贞德的行为只不过是一种强烈的宗教情感，萧伯纳则写下了《圣女贞德》。这里我们不是为贞德编撰书目，而是让读者看到同一人物在不同国家、不同作家笔下被抹上的不同色彩，被赋予的不同个性，以及由此形成的民族文学之间的互相借鉴和差异。

二、主题学(狭义)的研究类型

狭义主题学探讨各国文学间没有联系的相同或相似内容如主题、题材、人物和环境等因素的异同，属于平行研究，下面从四个方面简述其研究对象。

(一) 文学中人类永恒的经验

这是对文学作品中主题思想的研究。在世界文学史上，爱情、死亡、追求等这些人类永恒的经验常常在不同时代、不同国家或不同民族的文学里经常出现并且不断被不同的作家所采用。

死亡就是人类面临的一个永恒的困顿，“生命中最确定的事情是：我们都会死亡；最不确定的事情是：死亡何时降临。”[①] 怀生畏死是人类心理的长期的共同经验。用变形——人变成动物或草木昆虫——来代替生命的死亡，固执地认定生命不可能寂灭无有地消逝，这是中外神话的普遍模式之一。恩斯特·卡西尔在《人论》中指出：“在某种意义上，整个神话可以被解释就是对死亡现象的坚定而顽强的否定。”[②] 只不过中国人对内心深处的死亡焦虑表现得较为柔和、平缓和间接，西方人则更倾向于直接而深刻地外现出内心强烈的焦虑。在中外文学作品中，死亡场景和死亡意象出现的频率很高，许多优秀的文学作品正是通过对死亡的探索和表现展示了人生的意义。但中西对死亡的描写还是有差异的，尤其是悲剧作品。中国悲剧的基调是对死亡的无可奈何的深切忧伤和剪不断、理还乱的缠绵哀愁，是一种优美。作品对死亡的描写，重点不是放在死亡本身，而是死亡给人带来的悲哀和柔肠寸断的感受。而西方悲剧则大多突出庄严的思想和强烈激越的情感，呈现的是悲壮和崇高的美。哈姆莱特临死前，从容镇静地部署，睿智地预见将来，仁慈地宽恕他人，使他的死有一种巍峨高山般的精神力量。埃及女王克莉奥佩特拉，冷静地将毒蛇放入自己怀中，安详、从容地死去，用死维护自己的尊严。

永不满足和追求也是人类共有的心态，但人们追求的方式又各有不同。日本的中野美代子在分析陶渊明的《桃花源记》和莫尔的《乌托邦》时指出：“人类具有极其贪婪的求知欲，况且，我们所处身的现实世界总是丑恶不堪，因此，人们渴望在某个地方建立一个理想境界。……于是，中国人与欧洲人都创造了通往理想境界的道路，不过各自的方法却大相径庭。”[③] 在陶渊明的作品里，桃花源是与现实接壤的，要进入桃花源必须穿过一条隘路，这种隘路隐喻一种自我修养；而在莫尔笔下，乌托邦则在大洋彼岸，不远涉重洋是无法到达的，这种到大海那边去的渴望体现了一种冒险和自由的精神。

（二）文学所表现的人类与社会、自然的冲突

这是对作品情节的研究，人类与社会、自然的冲突很多，如命运冲突、幻觉与现实的冲突、责任与伦理的冲突等。

命运冲突是古往今来的叙事作品中常见的主题之一，主要表现为主人公受

---

① 转引自［美］斯·格罗夫：《死亡探秘——人死后的另一种境况》，中国人民大学出版社 1991 年版，第 1 页。

② ［德］恩斯特·卡西尔：《人论》，甘阳译，上海译文出版社 1985 年版，第 107 页。

③ ［日］中野美代子：《从小说看中国人的思考样式》，若竹译，北京十月文艺出版社 1989 年版，第 78 页。

到冥冥之中命运之神的拨弄,处于不可抗拒、无法逃避的境地。命运冲突体现了自然、社会对人的支配。古希腊的著名悲剧《俄狄浦斯王》就是一出典型的命运悲剧。神谕预示拉伊俄斯的儿子俄狄浦斯要弑父娶母,于是他们极力逃避这个灾难,但最终神谕还是应验了。悲愤之极,俄狄浦斯刺瞎了自己的双眼并自我放逐。法国童话《睡美人》也表现出命运的不可抗拒,女巫预言公主要死在一个纺锤之下,国王下令收缴了全国的纺车,但公主还是被纺锤扎破了手而昏死过去。不过这个故事的结局是美满的,沉睡了一百年的公主终于被王子唤醒。司汤达的小说《红与黑》和鲁迅的《在酒楼上》也带有某种宿命色彩,但与神话、童话不同,现代小说中的命运之神主要是环境,是强大的社会关系。仔细分辨这些作品中命运主题的差异以及造成这些差异的原因是主题学的任务之一。

幻觉与现实的冲突则是现代小说的又一常见主题。塞万提斯笔下的堂·吉诃德、福楼拜《包法利夫人》中的爱玛和鲁迅笔下的阿Q都反映了现实和想象的冲突。塞万提斯笔下的堂·吉诃德沉浸在主观幻觉中,常常以百倍的勇气向想象中的敌人冲杀过去,其冲突带有某种喜剧性;福楼拜的《包法利夫人》写的却是一个女人梦的悲剧,是深受浪漫主义文学传统熏陶的一代女性的悲剧;而鲁迅创作的阿Q的幻觉则是一种黑色的戏谑,在现实生活中遭到失败,却在虚幻的想象中取得胜利。

责任与伦理的冲突不仅是中国古代戏曲、话本经常表现的主题,也是西方古典悲剧的基本冲突之一,说的就是忠孝不能两全、家国不可兼顾的困境,天职与复仇、个人的社会责任和家庭伦理道德的冲突。这在中国戏曲《杨家将》和高乃依的悲剧《熙德》中都淋漓尽致地展现出来。

(三)常见的相似人物类型

这是各国文学作品中人物的比较研究,民族形象如犹太人、吉卜赛人等,职业形象如士兵、男仆、丫环、名妓、罪犯等,社会阶层形象如农民、贵族、无产者等都属此列。

相似人物的比较研究在中国比较文学研究中颇多。如方平在他的《三个从家庭出走的妇女》一书中,将《十日谈》"海盗与丈夫"中的女主人公与托尔斯泰笔下的安娜、易卜生笔下的娜拉三位女性形象加以比较,肯定了她们出走的意义,并从中探讨了有关道德和妇女解放的问题。又如我国古典文学作品《红楼梦》中的贾宝玉与俄罗斯作品中"多余人"形象的比较,小仲马笔下的茶花女与我国宋元话本中的杜十娘的比较,易卜生《玩偶之家》中的娜拉与鲁迅《伤逝》中的子君的比较研究,等等,这里不再赘述。

(四)自然现象及其所体现的哲理

各国文学作品中的自然现象如天空、高山、海洋、森林和四季的变化等,经过几千年来诗人的吟颂和作家的描写,已经成为各民族的象征,获得某种特定的含义,它们自然成为主题学的研究对象。

有些自然景象在不同民族那里往往具有相似的意义,在人们心中引起相同或相似的情感体验。例如,对于黄昏的感觉,中西诗歌中都有相似的表现。赵德麟在《清平乐》中吟叹:"断送一生憔悴,只消几个黄昏。"而许瑶光的《雪门诗钞》则说:"已启唐人闺怨句,最难消遣是黄昏。"英国诗人丁尼生也说,最憎恨薄暮日落之际,因为生离死别,怀远伤逝,皆于黄昏时分。当然,由于地理环境和文化心理结构的差异,有些相同的景物在中西文学作品中可能体现出不同的意义。例如中西文人对自然山水的态度就不尽相同,"山"在汉民族文化里有多种含义,它可以作为一种人格的象征,孔子曰"仁者乐山,智者乐水";也可以是一个受人崇敬的形象,所谓"山者,万人之所瞻仰也"(《韩诗外传》);或寄托诗人的情感,作为一个善于理解,可以容纳一切、安慰一切的朋友在古代诗歌中出现,如"相看两不厌,唯有敬亭山"。但在西方诗歌中,"山"更多地表现为一个高傲、具有威胁性的形象。因此,中国诗人对山水有更多的亲近感,他们寄情于山水,往往托物吟志,赋予山水以自身的人格;而西方诗人在山水面前则往往有一种对立或征服的欲望。不仅如此,中西诗歌在自然景物的选择上也表现出较大的差异。朱光潜在《中西诗在情趣上的比较》一文中写道:"西诗偏于刚,中诗偏于柔。西方诗人所爱好的自然是大海,是狂风暴雨,是峭崖荒谷,是日景;中国诗人所爱好的自然是明溪疏柳,是微风细雨,是湖光山色,是月景。"①

第三节　主题学研究的价值 *

了解和运用主题学的理论和方法,无论对于作家作品研究,还是扩展学术视野,都具有积极的意义。每个作家在创作时都会自觉不自觉地把自己的灵魂放入作品之中,并在作品中表现出来。梵·第根说:"当人们仔细地研究同一个典型的某一种变化的时候,人们便对那位诗人和他的艺术,认识得格外清楚了。"②通过对作品主题的比较研究,可以对作家、作品产生新的认识,得出有价值的结论。同时,主题学也并不讳言它与人类社会、历史、文化的关系,通过主题学的研究,还可以了解到人类文化发展的普遍性和特殊性。

---

① 北京大学比较文学研究所编:《中国比较文学研究资料(1919—1949)》,北京大学出版社 1989 年版,第 211 页。

* **请访问爱课程网→资源共享课→比较文学/胡亚敏→第八章:主题学→教学录像(00:35:34–00:42:29)**

② [法]梵·第根:《比较文学论》,戴望舒译,商务印书馆 1936 年版,第 101—102 页。

一、主题学与作家研究

探讨不同作家对同一或相似主题的处理，可以窥视不同作家的创作思想和创作个性，这是研究主题学的价值之一。例如，我们可以从《红楼梦》与《追忆逝水年华》的主题学研究中把握曹雪芹和普鲁斯特创作思想的异同。这两部巨著都是写大家族的衰落，一个是写封建大家庭的破败，一个则是对往昔资产阶级家庭繁华的回忆。尽管曹雪芹是用第三人称的态度叙述故事，普鲁斯特用第一人称的口吻讲述，但两位作者的个人经历都顽强地从作品的情节中流露出来。曹雪芹出身于封建官僚家庭，少年时曾过了一段富贵荣华的生活，后来家道中落；普鲁斯特出身于富裕的资产阶级家庭，父亲曾任法国第三共和国卫生总监，母亲有犹太血统，与巴黎富有的犹太裔资产者交往甚密，后来母亲死去，家道开始衰微，普鲁斯特本人也身患重病，长年卧床。这两部小说中都深深印上了作者个人生活的影子，不过，这两位作家对人生、对过去生活的态度却有着明显的区别。在曹雪芹身上，有一种比较浓厚的追求自然和寻求解脱的佛老思想，他对盛衰荣辱持一种超然态度，“食尽鸟投林”，“天下没有不散的筵席”，表明作者把好坏、生死、盛衰都看成一种变化，一种宿命。而普鲁斯特出身于信仰天主教的资产阶级家庭，尤其是母亲的犹太血统给了他很深的影响，因而他在对往昔生活缅怀和眷念的同时，怀着一种深深的负罪感，由此显示了不同文化传统的两位大家的不同的人生态度和文化心理结构。

二、主题学与作品研究

一国文学往往有一些独有的特征，这些特征放在本民族的文学史中也许不太明显，但借助比较文学的视野，用主题学方法探讨，就会使这些特征辉映得更加鲜明。例如，中西爱情诗的内涵在不同的文化背景和爱情观的制约下就表现出明显的区别。西方爱情诗是“慕”的胜境，诗人常常用许多美好的事物表达对女性的赞美，如海涅的诗《子曲》：“你那甜蜜的眼睛，闪烁着好比月亮；你那红润的脸庞，透露出蔷薇的红光。”并且这些爱情诗大半写于婚前，如莎士比亚的十四行诗，雪莱、白朗宁的短诗，诗人将女性作为一种追求对象，通过诗歌表达他们的爱慕。在中国，由于男子多追求功名利禄，构成种种离愁别绪，因此中国的爱情诗最擅长写“怨”情，金昌绪的《春怨·打起黄莺儿》、温庭筠的《望江南·梳洗罢》可谓将女子的“怨”情写到极致。这类“怨”诗在中国古代爱情诗中占有很大比重，而且也写得最情真意切。不过，中国的爱情诗大多写于婚后的别离，并表现出明显的依从性。此外，由于夫妻间感情在生前受到某种抑制，或讳言，或不屑言，因此妻子死后丈夫感到有一种无法弥补的缺憾，故中国古代的悼亡诗写得非常动人,读苏轼的《江城子·十年生死两茫茫》,常感到无限惆怅。

不仅如此,通过分析不同国家相似主题的作品所呈现的差异,还可以更好地把握不同文本的艺术特征。莎士比亚的《罗密欧与朱丽叶》与王实甫的《西厢记》两剧都表现了封建时代青年男女对爱情的追求,都体现了“愿天下有情人终成眷属”的强烈愿望,但在大致相同的主题下,两剧又显示出各自的特点。在戏剧样式上,莎剧的结局是悲剧性的,虽然中间出现过神父给了伪装死亡的药这样一个情节,仿佛故事转向喜剧性,但最后还是在误会中、在对爱情的执着不渝的坚持中,罗密欧与朱丽叶双双赴死,给两个家庭和观众都留下了深深的哀伤和遗憾。中国的《西厢记》则是奉旨成婚的大团圆式结尾,它同样中间插上了一个张生中状元后抛弃莺莺而和宰相的女儿成婚的误会,但最后被证实为流言,崔莺莺和张生在皇帝的谕旨下欢天喜地成婚。在情节的发展上,莎剧遵循西方古典主义的艺术法则,发展较快,在五日之内,人物的欢欣和绝望都趋于顶点;而《西厢记》的剧情发展则迟缓得多,春来暑往,几经波折,多有延宕;在人物形象上,无论行动还是语言都有较大的差异,莎剧的人物更为热情开朗,语言表达非常激越奔放,《西厢记》中的人物则较为矜持,语言含蓄,往往寓情于景,借景抒情,欲语还休,具有丰富的言外之意。这两部戏剧的差异显然深深地印上了各自所处的时代和传统的痕迹。《罗密欧与朱丽叶》表现的是文艺复兴时期人文主义的时代精神,而《西厢记》反映的则是封建礼教对男女爱情的压抑。这将涉及中西不同民族文化间各自的特点和差异,与所谈的下一个问题有关。

三、主题学与文化研究

主题学不仅仅限于文学,它不可避免地会走向文化研究,尤其是中西神话研究、中外民间文学研究都与文化有着千丝万缕的联系。例如,中西火神的比较,中国的火神是燧人氏,西方传说中的火神是普罗米修斯,他们都为人类引来了火种,但中西关于火种的来源是不一样的。燧人氏是钻木取火,他的火种来自树林,这体现的是经验型特征;普罗米修斯的火种来自天帝宙斯,是先验的。而经验与先验的区别又是整个中西文化和思维方式产生差异的一个关键问题。

主题学不仅帮助我们认识人类文化的特征,而且有助于我们从世界范围认识文学的某些普遍规律乃至人类的某些共同性。在研究中,人们发现世界文学史的长廊中有许多相似的情节类型和人物类型,如“及时行乐”“反败为胜”“孤独的反抗者”“多余的人”,等等,一些毫无关联的各民族文学中出现的共同主题可以帮助人们了解文学创作中存在的某些规律性的东西,发现文学作品的深层结构,进而为在世界范围中建构文学模式提供可供参考的基础。从某种意义上讲,这些共同的或相似的主题正是人类社会的某些共同性或相似性的结晶。

简言之，主题学将有助于我们更好地认识世界各地多姿多彩的文化和人生，包括各自的优势和不足、人生的可爱和局限，从而更好地把握人生和享受人生。

专栏

专栏 1

主题，和象征一样，是多义的，也就是说，在不同的场合里，可以赋予它们以不同的意义。这就使得对主题的流变的考察成为对思想史的探索。为何某一主题在某一时期（例如《尼伯龙根之歌》在瓦格纳笔下的复活）、或在某一地点（例如维吉尔所描述的、罗马与特洛伊之间的联系）被采纳？为什么某一主题被某一作家采用——例如：为什么圣女贞德的光辉形象会给马克·吐温、萧伯纳和阿纳托尔·弗兰斯（Anatol France）等怀疑论者留下如此深刻的印象，却又无法赢得莎士比亚的同情？通过寻找这些原因，将会大大丰富我们的知识。

［美］哈利·列文：《主题学与文学批评》，见哈利·列文：《比较的基础》，哈佛大学出版社 1972 年版。

专栏 2

既然已提到主题学在国内的发展，其来有自，我们还是先从引用郑樵在《通志·乐略》上的一段话着手。郑说：

稗官之流，其理只在唇舌间，而其事亦有记载。虞舜之父、杞梁之妻，于经传有言者不过数十言耳，彼则演成万千言……顾彼亦岂欲为此诬罔之事乎？正为彼之意向如此，不说无以畅其胸中也。

这几句话不仅道出民间传说在庶民之间的惊人发展，而且直指这些有名佚名作家的“意向”，他们利用民间故事来“畅其胸中也”。因此，我们不只可从其对故事的处理来了解其心态，亦可经由这些不断滋长的故事来管窥各时代的真面貌。

陈鹏翔:《主题学研究与中国文学》,见陈鹏翔主编:《主题学研究论文集》,台湾东大图书有限公司 1983 年版,第 5—6 页。

专栏 3

我们可以知道一件故事虽是微小,但一样地随顺了文化中心而迁流,承受了各时各地的时势和风俗而改变,凭藉了民众的情感和想象而发展。我们又可以知道,它变成的各种不同的面目,有的是单纯地随着说者的意念的,有的是随着说者的解释的要求的。我们更就这件故事的意义上回看过去,又可以明了它的各种背景和替它立出主张的各种社会的需要。

顾颉刚:《孟姜女故事研究》,见顾颉刚编著:《孟姜女故事研究集》,上海古籍出版社 1984 年版,第 72 页。

专栏 4

唐璜这个故事的演变,首先是发生在王朝复辟时期的意大利,然后到法国、英国,接着才传到德国和荷兰。对这种状况如果认为值得注视研究的话,那主要是因为这些个性和背景之受到重视或忽略,都是由作者的性情、气质决定的;还可能是由各个国家的思想和精神"气候"决定的。莫里哀的唐璜永远都是"塞维勒的诱惑者"(Le trompeur de Séville),但更主要的,还是一个不受世俗之见约束的人在为"人类之爱"而施恩。这对不对呢?到底是谁更能使十七世纪的法国观众激动?是艾尔威莉(Elvire)的诱惑者还是伪善的空谈家?在维纳斯,1736 年的狂欢节上,哥尔多尼却向人们介绍了一个完全不同的人物,他的唐璜变成为一个一点都不高尚的放荡者了,他塑造出了真正的卡萨诺瓦(Jacques Casanova)的形象。拜伦塑造的唐璜形象在意大利、法国或英国的人物画廊里却显得很孤单。它揭发了社会的伪善;抨击了那些假装正经的人;宣布了恋爱的自由。这位诗人并没有把他的唐璜打入地狱,相反,却把他神化了。

[法]基亚:《比较文学》,颜保译,北京大学出版社 1983 年版,第 45 页。

思考题

1. 简述主题学与一般的主题研究的区别。
2. 举例并分析某一人物形象或题材在不同国家文学中的变异。
3. 谈谈中西文学中“多余人”形象的异同。
4. 试析中外诗歌中对同一意象(如月、黄昏、山等)的不同表现及其原因。

进一步阅读

1. [美]乌尔利希·韦斯坦因:《比较文学与文学理论》第六章“主题学”,刘象愚译,辽宁人民出版社1987年版。
2. [俄]托马舍夫斯基:《主题》,见《俄国形式主义文论选》,方珊等译,生活·读书·新知三联书店1989年版。
3. 陈鹏翔主编:《主题学研究论文集》,台湾东大图书有限公司1983年版。
4. 钟敬文:《中国印欧民间故事之相似》,见北京大学比较文学研究所编:《中国比较文学研究资料(1919—1949)》,北京大学出版社1989年版。
5. [日]中野美代子:《从小说看中国人的思考样式》,若竹译,北京十月文艺出版社1989年版。
6. 邓晓芒:《人之镜:中西文学形象的人格结构》,上海文艺出版社2009年版。

第九章　文类学

文类学（英文 Genology，法文 Gēnologic）是专门研究文学类型在不同国家的发展历史和理论的分支学科。

第一节　文类学的提出与特征*

在比较文学未涉足文类这一领域之前，文类研究主要限于一国文学范围内，通常的做法或按一定的标准对本国文学加以分类，或从历史的角度梳理某种文学类型产生、发展和演变的过程，前者如按语言的韵白区分诗与散文，后者如对中国小说、诗歌发展史的编年研究。“文类学”一词由梵·第根在《比较文学论》一书中提出。他说，关于文类研究中的许多问题，比如某一国的文学为什么比别国更早采用某一种文类，或明显表现出对某一种文类的偏好；某一种外来的文类在某一时期某一国家何以会被热心地移植；某一种文类风行全欧却在另一些国家没有生根；等等。他认为这些命题只有通过比较文学家的探讨才能够阐明，因此可以把这类研究取名为“文类学”（gēnologie）[①]。自梵·第根以后，文类学成为比较文学的又一分支学科，受到人们的关注，不同民族间的文类研究逐步展开。

20世纪50年代以来，许多比较文学家都十分重视文类学。韦斯坦因的《比较文学和文学理论》，弗朗西斯·约斯特的《比较文学导论》，柏拉威尔的《比较文学研究》和奥尔德里奇编辑的《比较文学：内容和方法》等著作都设专章或专节研讨文学类型问题，并且他们大多突破了法国学派所强调的文类之间的事实联系，关注文类之间的类同。奥尔德里奇明确指出，文类学的任务是把某一民族中的文类与另一民族文学中的相应文类加以比较，以建立“文学关系”。至于研究方法，韦斯坦因认为，应该“既采用批评的方法又采用历史的方法”[②]。因此，文类

*　**请访问爱课程网→资源共享课→比较文学/胡亚敏→第九章：文类学→教学录像（00:00:36–00:01:37）**

① ［法］梵·第根：《比较文学论》，戴望舒译，商务印书馆1937年版，第81—82页。

② ［美］乌尔利希·韦斯坦因：《比较文学和文学理论》，刘象愚译，辽宁人民出版社1987年版，第97页。

学既探讨文学的类型在不同民族文学中的渊源流变过程，也研究和比较各种文类在不同民族文学中各自的发展历史及特征。

在比较文学中，文类学是最有共同性的领域之一。无论是东方还是西方，尽管有不同的文化背景和文学传统，但均有相应的诗歌、小说等文学类型，比较学者将从这些文类中发现众多的共同点，由此构成可比性的基础。同时，文类学又是一种具有可见性的研究。正如梵·第根所说："文学传统在任何部分都没有像在这里那样见重，各国文学的相互依赖关系在任何部分都没有像在这里那样显得明白清楚。"①

与主题学相比，文类学侧重于文学文本的研究。如果说主题学主要研究各国文学作品所体现和表达的人类社会、思想和情感的异同的话，那么，文类学则主要立足于文本中各因素异同的研究。韦勒克、沃伦在《文学理论》一书中辟专章讨论文学类型："我们认为文学类型应视为一种对文学作品的分类编组，在理论上，这种编组是建立在两个根据之上，一个是外在形式（如特殊的格律或结构等），一个是内在形式（如态度、情调、目的等以及较为粗糙的题材和读者观众范围等）。"② 他们要求从外在形式和内在形式两方面来确定文学类型，并且进一步指出文类概念应该倾向形式一边，就是说，主张按胡底柏拉斯式八音节诗或十四行诗划分类型，而不按政治小说或关于工厂工人的小说划分类型。"因为我们谈的是'文学的'种类，而不是那些同样可以运用到非文学上的题材分类法。"③

第二节　文类理论的发展*

"文类"一词，英文为 Genre，在我国又称文学体裁。文类研究是文学发展到一定阶段的产物，下面我们简略概述中西文类理论的历史和现状。

一、西方文类理论的历史

就欧洲文化背景来讲，文类的概念源于古希腊。亚里士多德在《诗学》中提出了区分文学类别的原则，文学"既可以像荷马那样，时而用叙述手法，时而叫人物出场（或化身为人物），也可以始终不变，用自己的口吻来叙述，还可以使模

① ［法］梵·第根：《比较文学论》，戴望舒译，商务印书馆 1937 年版，第 77 页。

② ［美］韦勒克、沃伦：《文学理论》，刘象愚等译，生活·读书·新知三联书店 1984 年版，第 263 页。

③ ［美］韦勒克、沃伦：《文学理论》，刘象愚等译，生活·读书·新知三联书店 1984 年版，第 263 页。

* 请访问爱课程网→资源共享课→比较文学 / 胡亚敏→第九章：文类学→教学录像（00:01:38–00:10:44）

仿者用动作来模仿”[1]。后来的文艺理论家根据亚里士多德提到的三个方面划分出三种类型:史诗、戏剧和抒情诗,这是一种经典的划分。这种将文学划分为叙事文学、抒情文学和戏剧文学三类的基本框架在西方一直沿用到现代。

亚里士多德的三分法主要强调文类的性质,但文体意识不强。在实践中人们意识到这一理论的有限性,故作了种种努力来探讨和确定文类的本质。如从主体的角度界定文类:史诗是客观的,抒情诗是主观的,戏剧是主客观的结合[2];或从时间的角度提出:史诗的事件来自过去,戏剧的行动伸向未来,抒情诗的情感立足于现在;等等,这些都是对三分法的文类理论的扩充。20世纪以来,加拿大文艺理论家弗莱在他那本有影响的著作《批评的剖析》中进一步划分出文类的亚层次,并提出了自己的标准。就叙事文学而言,他根据主人公在作品中的地位区分出五类:主人公在本质上绝对优于他人的是神话;不是本质上而是程度上优于他人的是浪漫传奇;优于他人然而不能优于环境、不能优于命运的是悲剧史诗;主人公与他人地位不相上下的是喜剧现实主义;主人公低于他人,成为嘲笑对象的是讽刺作品。弗莱还用环境作标准划分小说的细类:在浪漫传奇中,虚构世界总是高于经验世界;在讽刺小说中,虚构世界则低于经验世界;反映现实生活的历史小说则往往是虚构世界与经验世界相等。这些探讨虽不能完全令人信服,但至少说明,人们已经充分认识到文类是一个可以从不同角度用不同标准划分的问题。如今,面对不断翻新的文学创作,文类理论的概括显得十分苍白,韦斯坦因曾表示,“要用一种包罗万象的体系去概括一切地区、民族和国际性的文学形式自然是不可能的”[3]。

西方当代文类理论更强调文类的开放性。文学理论家威尔逊认为,文类“可被视为惯例性的规则,这些规则强制着作家去遵守,反过来又为作家所强制”。也就是说,一方面,文类有其固有的常规;另一方面,作家又可以通过自己的创作调整、扩充和改变文类的某些因素。美国比较文学家列文曾将文类比作“公共机构”,他说,文类是一个像大学或国家机器那样的公共机构,而不是一经建成就一丝不动地矗立在那里的建筑物。人们在这个机构中工作和表现,同时又不断对这些机构加以调整,使之不断适应新的环境的需要。

二、中国的文类理论

中国的文类研究源远流长。“体”“文体”这类术语在我国古代文论中经常

① [古希腊]亚里士多德:《诗学》,罗念生译,人民文学出版社1982年版,第9页。

② 参见[俄]别林斯基:《诗歌的分类和分科》一文,见《别林斯基选集》第3卷,上海译文出版社,1980年版。

③ [美]乌尔利希·韦斯坦因:《比较文学和文学理论》,刘象愚译,辽宁人民出版社1987年版,第113页。

出现,这些术语主要指文类研究,有时也涉及语体和风格。[①] 早在先秦时期,古人就已把诗和散文分别编集,这种做法表明当时人们对文体的类别有了一定的认识。不过,在魏晋之前,我国文学尚未进入自觉的时代,文学与非文学的界限并不十分清楚。

魏晋时期,开始出现一些论文和论著正式明辨文体的异同。如曹丕的《典论·论文》就将文体分为四科:奏议、书论、铭诔、诗赋。稍后的挚虞的《文章流别论》对文体的异同、性质、历史演变、发展趋势作了较为专门的研究。在我国古代文类研究史上承前启后并对后世产生了深远影响的著作当推刘勰的《文心雕龙》。在这本书中,刘勰在按文笔分类的基础上,提出阐明文体特点时应遵循的方法:“原始以表末,释名以章义,选文以定篇,敷理以举统”(《文心雕龙·序志》)。明代徐师曾的《文体明辨》和清代姚鼐的《古文辞类纂》等也都是比较重要的文体论著。我国古代学者对文类的划分往往不厌其细,但可囊括为“两分法”,即韵文和散文。这种分类也带来了一定的局限,一方面使文类研究主要囿于诗文范围,而对小说、戏曲及其他形式的俗文学很少论及;另一方面,由于对“文学”缺乏明确的限定,“散文”中常含有非文学的文章等。此外,与西方相比,我国文类研究主要偏重文体或风格的研究,在理论上建树不多。

“五四”以来,我国吸收了西方三分法的分类方式,并在此基础上适当加以补充,即把文学分为诗歌、小说、戏剧文学和散文四类,从此“四分法”成为我国比较通行的分类方法。将散文单列一类,是为了适应中国的文学传统,至于西方的叙事与抒情的划分是否合乎中国的文学情况则是需要讨论的另一个问题。

三、当今的文类观

当今创作的不断翻新对传统的文类理论提出了严峻的挑战。为应对这一变化,新的文类理论在吸收西方文类理论和中国传统文类思想的基础上,守正创新,借用我国古人的三句话表达文类理论的新理念,即“大体则有”,“定体则无”,“破前法者乃为雄”。

(一) 大体则有

一般来讲,某一文类应具有与其他文类相区别的基本因素所构成的整体性

① 美国学者韦斯坦因在《文学体裁研究》一文中认为,“在远东国家中,迄今为止还没有按照类属对文学现象进行过系统分类”,见张隆溪选编《比较文学译文集》第52页。这一观点以西方文类理论为标准,无视中国传统文论中的文体研究,有“欧洲中心主义”之嫌。

特征，即在长期文学实践中逐步形成并约定俗成的基本构成因素、特点和规律，有各自相对的稳定性。如小说、戏剧这些文类概念，经过自身长期发展，有其自身的构成要素和特性，遂成为文学的基本类别。

（二）定体则无

由于各种文类总在不断地发展变化，要在各文类之间划分出一条截然的、固定不变的界限是不可能的。这种发展变化首先表现为从低级走向高级，其次表现为文类中内部因素的消长升落，第三也是当今的一个趋势，即各文类之间的互相渗透、吸收、借鉴乃至非文学因素的进入，由此构成了文学类型的动态性和兼容性。

这里我们以小说为例来论述文类的未定性。首先，从小说的情节发展来看，当托美斯河的小拉撒路出发流浪时，我们看到的是竹节式的松散情节。在菲尔丁那里，开始有了以汤姆和索菲亚的爱情为中心的情节，军队生活、旅店风波、路上抢劫都是围绕这条线索展开的。到了 19 世纪托尔斯泰的作品中，又有了并列的复线结构，如《安娜·卡列尼娜》中有安娜与沃伦斯基的爱情、列文与吉提的爱情两条主线，这些并列的线索之间又互相交叉。而在昆德拉的作品中，我们看到的是多声部的演奏，多条线索之间既保持相对独立性，同时又构成一个统一的整体。小说的情节不断发展，日益丰富。其次，从小说主导因素的变化来看，从注重情节的描述到强调人物的刻画，一直到今天的情节逐渐淡化，人物日益抽象，转而注重叙述方式，小说的侧重点不断位移，小说也因此呈现不同面貌。第三，也是更为突出的变化即各文类乃至非小说文体的进入，如哲学、历史、诗、梦在小说中的运用。正是在这个意义上，借用钱锺书的话说，“文章之体可辨别而不堪执着”。若小说固守它的疆界，那将是它的死亡，不断地探索是小说的生命所在，也是它至今仍保持生命力的重要原因。

（三）破前法者乃为雄

中外文学史上经常出现文类的现存规则与创作实践的冲突。莎士比亚、陀思妥耶夫斯基都以自己的天才创作丰富和修正原有的文类。陀思妥耶夫斯基笔下那些活在自己矛盾观念中的人物，那种对天才与白痴之间界限的质疑，整个作品的复调式结构，都强烈地冲击了原有的文学法则。尤其在当代，作家们强烈的技巧观念，使他们不再注意如何谨守固定的体裁程序，而是力图寻求如何更好地表达自己情感的手段和技巧，从而造成对文类边界的冲击。从某种意义上讲，现代的文类理论不但不十分强调种类与种类之间的区分，而且还把兴趣集中在某一类型中所包含的与其他类型相通的东西，以及共有的形式技巧和文学效用等方面。

第三节　文类学的研究类型*

一、文类的历时研究

文类的历时比较是从史的角度探讨某一具体文学样式的形成及其在各国流传过程中的变化和增衍，它强调的是“事实联系”。欧洲比较学者对欧洲近代小说的雏形——流浪汉小说从16世纪的西班牙到德国，再到英国并在18世纪菲尔丁那里日臻成熟和完善的历史探寻就是这一研究的范例。

西方戏剧催生中国话剧属于文类的历时研究。中国本来没有话剧，传统戏剧的主要样式是戏曲，节奏较为缓慢，表演程式化，往往通过优美的唱腔表现人物丰富的、复杂的思想感情和变化。“五四”时期是一个“收纳新潮，脱离陈套”的时代，当时译介了大量的外国戏剧，这些崭新的、现场效果强烈、更容易抓住观众注意力的戏剧样式进入中国，让人耳目一新。正是这些剧作为中国现代话剧的形成和发展提供了可资借鉴的材料。在借鉴西方戏剧上，中国的集大成者是曹禺，他创作的话剧《雷雨》既有强烈的民族色彩，反映了中国特有的封建家庭的专制和腐朽，又充分地融合了西方戏剧的特点，不仅在内容上出现了乱伦、疯狂等西方戏剧常见的主题，而且在矛盾冲突的激烈、环环相扣的节奏、语言的富于表现力等方面，都深得西方戏剧的精髓，特别是在场景和时间的安排上，更是对西方古典主义“三一律”原则的完美运用。也正是因为中国话剧与西方的渊源关系，有人称话剧为舶来品。

中国现代小说的发生史也与欧洲小说相关。虽然中国现代小说承继了中国古典小说的某些神韵和技法，但精神实质和叙述方式主要受到西方文化和文学的滋养。就中国现代小说的形成而言，从章回体小说向现代小说的过渡得力于外国小说的影响。在描写方式上，叙述人称和叙述技巧多样化，从写事为主转向写人为主，并且把人的命运、思想、感情、心理等因素纳入性格体系的轨道；在语言上，吸收外国的一些词汇、句法和标点，叙述中出现一些欧化的句子结构；此外，日记体、书信体等新的小说样式的出现等，这些都与欧洲小说包括长篇小说和短篇小说的引入有直接联系，是对西方小说的借鉴。尽管“五四”时期国人对外国文学的译介鱼龙混杂，泥沙俱下，但不可否认，正是在西方文学的影响下，中国现代文学的面貌才出现了巨大彻底的改变。

---

*　请访问爱课程网→资源共享课→比较文学/胡亚敏→第九章：文类学→教学录像(00:13:32-00:26:57)

在文类学的历时比较中，还应充分注意到文类在不同国家流传时形式上的变化。英国十四行诗的形式不完全同于意大利的十四行诗，而中国诗人所写的十四行诗又不同于西方的十四行诗。文类流传中的变异是绝对的，这不仅仅因为各国文化传统的差异，而且与文学作品语言表达上的差异以及作家个性化创作均有关系。

随着形式上的变异，流传中会出现一些新型的样式，这也是一个值得注意的现象。如中国早期韵散相间的变文这一样式就是在印度文学和佛典的影响下形成的；庞德的意象诗则是受日本的俳句、中国诗歌和文字影响而形成的一种新的诗歌样式。

二、文类的共时比较

所谓文类的共时比较，即打破时空界限，研究没有关联的国家之间相同或相似的文学类型，以探寻文学发展的规律和各民族文学的特征。诸如中西古典小说的比较、中西古典戏剧的比较以及这些体裁的具体样式的比较研究都属于这一范围。

文类的共时比较侧重研究不同国家间相同或相似文类的构成因素、构成形态和表现方式技巧上的异同。以中西悲剧的异同为例。首先，从悲剧的样式看，西方的戏剧理论对悲剧和喜剧这两者的样式有着严格的限定和区别。古典悲剧理论反对悲喜混杂，认为悲剧必须崇高、严肃、神圣，喜剧则应滑稽可笑、低级、粗俗。悲剧的审美情感在于引起观众的怜悯和恐惧，喜剧的审美情感是使人感到可笑和愉快，喜剧因素一旦进入悲剧，就会冲击悲剧的审美效果。中国传统戏曲中的悲剧则不然，它一贯重视悲剧的喜剧因素和演出的喜剧效果，往往悲剧中混杂着喜剧因素，“伤心”与“快意”巧妙结合，但又与悲剧基调浑然一体。这一点在《梁山伯与祝英台》中体现得比较明显，“十八相送”这段情节就具有很强的喜剧性，但它不仅未冲淡全剧的悲剧气氛，反而以喜衬悲，加重了结局的悲剧意味。其次，中西古典悲剧中的主人公的性质也有较大差异。西方古典悲剧理论认为，悲剧中的人物必须出身于名门贵族，他们是神话、传说或者历史上的英雄人物，而不是普通人，因为在悲剧中只有高贵人物才会使观众产生距离感。直到 18 世纪，狄德罗才提出写普通人的主张，19 世纪的俄罗斯文学中出现了“小人物”的悲剧，这种限制才逐渐松弛。中国传统戏曲对悲剧人物的身份、地位、家庭以及是否有历史依据等都没有严格的限制，像《窦娥冤》《白蛇传》等悲剧中的主人公都是平民百姓，市井俚人，甚至还是异类。中国传统悲剧强调的是人物心灵的善，突出的是悲剧人物的正义性和无辜性，相比之下，中国悲剧更富有人情味。再则，从悲剧的结局看，西方的悲剧理论反对喜剧结局，也反对双重结局。悲剧的转变只能是由顺境转入逆境,而不能从逆境转入顺境。因此,戏的结束只能是流血、死亡、失败、出走。中国传统悲剧一般采用"大团圆"的喜剧结局,强调善有善报,恶有恶报,赏罚分明,带有理想化的成分。即使悲剧主人公生前不能如愿,死后也要通过变形,实现生前未能实现的愿望。如《梁山伯与祝英台》中的死后化蝶,《窦娥冤》的鬼魂复仇,《游园惊梦》中的仙游梦会,《孟姜女》的哭倒长城,《雷峰塔》的劈山救母。中国悲剧正是通过这种"情通理不通"的表演,使结局具有强烈的吸引力,从而使观众获得某种满足感。

基于以上这些方面的差异,钱锺书认为,"悲剧自然是最高形式的戏剧艺术,但恰恰在这方面,我国古代剧作家却无一成功"[①]。朱光潜也认为,"中国的剧作家总是喜欢善有善报、恶有恶报的大团圆结尾",因而中国"没有一部可以真正算得悲剧"[②]。但我们认为中国悲剧是存在的,它是在中国这块特定的土壤里生长出来的,是由中国历史、文化、民族的道德观念形成的审美观、欣赏习惯决定的。在从事比较文学研究中,不必完全用西方的悲剧概念和理论来衡量和要求我国传统戏曲中的悲剧作品。

三、缺类研究

探讨某一文类在某一或某些国家一度存在或盛行,而在其他国家没有出现的现象,称为缺类研究。换句话说,缺类指一些国家的某些文学体裁和样式在另一些国家没有直接对应的形式。

在中国文坛上,曾出现过汉民族是否有史诗的讨论。哈佛大学的海涛华(J.R.Hightower)发现,欧洲文学其他所有重要的文类都可以在中国文学中找到,只有史诗例外。汉学家普实克(Jaroslav Průšek)也指出,史诗及史诗的现实观在希腊文学和史学中极为重要,并且对于后来整个拉丁及欧洲的史学,有着非常重大的影响。然而它们在中国史学的地位,大体说来,却是无关紧要的。王国维也认为中国没有史诗,并感到基于这项明显的缺憾,中国人对于自己的文学实在不必过分自豪。但也有人认为中国有史诗。如胡适认为《孔雀东南飞》中具有史诗的因素。美籍华人杨牧则将《诗经》中描写战争的诗歌称为"周文史诗"。

这一争论从根本上说涉及史诗的标准问题。何谓史诗,用伏尔泰的话说,"是一种用诗体写成的关于英雄冒险事迹的叙述"[③]。一般认为,史诗具有两大特征:崇高的风格和较强的叙事性。而胡适提出的《孔雀东南飞》虽然冲突尖锐,

---

① 钱锺书:《中国古典戏曲中的悲剧》,见李达三、罗钢主编:《中外比较文学的里程碑》,人民文学出版社1997年版,359页。

② 朱光潜:《悲剧心理学》,见《朱光潜文集》第2卷,安徽教育出版社1987年版,第427—428页。

③ [法]伏尔泰:《论史诗》,见伍蠡甫主编:《西方文论选》(上卷),上海译文出版社1979年版,第321页。

人物性格悲壮，感染力强，但所表现的感情细腻而幽怨，缺乏崇高感；《诗经》中的文字气势不凡，音乐性强，但又缺乏完整的故事性。由此又引出了一个问题：中国的古典文学如此丰富，发展历史如此悠久，为什么偏偏没有出现像古希腊和印度那样恢弘的史诗？关于这个问题，朱光潜在《长篇诗在中国何以不发达》一文中从传统文化、民族性格等方面提出了他的看法。一是认为中国哲学思想的平易和宗教情感的浅薄，史诗所需要的广大的观照有赖于哲学，深厚的情感和坚持的努力则有赖于宗教，这两点恰恰是长期处在农耕社会中的中国汉民族所缺乏的。二是认为西方民族生性好动，其理想的人物类型是英雄；中国民族个性好静，理想的人物是圣人。这一点很中肯，中国史诗的缺乏与中国汉民族缺乏民族大迁徙有着直接的关系。此外，朱光潜还提到，西方文学以史诗悲剧擅长，中国文学以抒情短章擅长；史诗属于原始时代宗教思想的结晶，而中国散文发达，可能史诗的时代在当时已经过去等。这些都为史诗在中国汉民族的缺类问题提供了一些可以思考的角度。同时，朱光潜又认为，中国缺乏长诗也许是中国人的艺术趣味比较精纯的证据。由此，缺类研究将不可避免地导向平行研究，通过发掘和阐发文类的缺失现象，加深对各民族不同文化心理、审美特点的理解。

第四节　研究文类学的意义*

关于研究文类学的意义，美国学者韦斯坦因说得很明确："从比较的角度研究文学的学者会发现，文类的概念与时期、潮流、运动等概念一样，为文学研究提供了一个广阔而富有成果的领域。"① 因此"体裁研究在比较文学中的重要地位是无论怎样说也不过分的"②。

一、建立文类的国际联系

通过文类学研究，在国际的范围内对文学加以必要的映照和综合，可以建立文类的国际联系，在此基础上，通过不同国度文类的比较，有助于更好地认识本国文学在世界格局中的位置和特色。

研究中国古典文学，我们不仅要从社会、历史和文本的角度研究，同时也可以运用比较文学的方法，通过参照他国同类的文学样式以把握其优势和不足。

*　请访问爱课程网→资源共享课→比较文学／胡亚敏→第九章：文类学→教学录像(00:26:58–00:36:50)

①　[美]乌尔利希·韦斯坦因：《比较文学和文学理论》，刘象愚译，辽宁人民出版社 1987 年版，第 97 页。

②　[美]乌尔利希·韦斯坦因：《比较文学和文学理论》，刘象愚译，辽宁人民出版社 1987 年版，第 100 页。

例如,从中西古典长篇小说的结构比较中就可以看出中国古典长篇小说的特点。中西方长篇小说虽然在结构上都追求情节的完整性,但结构方式却有较大的差异性。一般来说,西方小说侧重以人物结构作品,早期小说如《小癞子》《堂·吉诃德》《巨人传》主要由一两个主人公的经历为线索,尽管当时还很难说有人物性格的发展。18、19世纪以来,则主要围绕人物性格的发展,虚构错综复杂的情节,如《红与黑》中的于连、《爱玛》中的爱玛等。中国古典小说受史学影响很大,在结构上多以时间为线索,大多具有史传的结构特点,或通史,或纪传体。演义小说主要借鉴通史的结构,起自旧朝,终至新朝,其间有诸多重大历史事件,人物你方唱罢我登场,全书线索清楚,主要人物生平轮廓完整。而《水浒传》则近于纪传体,人各一传,合为一书。即使是标志中国小说成熟的人情小说《金瓶梅》《红楼梦》,也是以家庭或家族兴衰史为结构线索的。《西游记》虽十分接近西方流浪汉小说的游记体,但每个人物必有出生历史和最终归宿的传记格式,仍留有史传的痕迹。中西方小说总体结构方式的差异导致了中西方小说内部结构的不同。西方小说家致力于展示一两个人物的性格发展,情节编排比较自由灵活,时序上经常出现倒叙、交叉等手法,多种线索错综复杂地交织在一起,整个结构显得较为严密完整。中国古典小说一般遵守时间顺序,或按历史纪元,或一人一传。这种单线发展使中国古典小说的内部结构具有各自为段的特点,书中的一些篇章可以抽出来成为相对独立的故事。

二、了解作家的艺术贡献

与主题学一样,文类学也可以通过研究文类的演变了解作家,只不过文类学侧重于把握作家的艺术成就和他在创作形式和技巧上的创新而已。梵·第根指出:"比较文学家应该去探讨那位作家所选的艺术形式的来历,说明他在这方面是否有所革新,并且——如果可能的话——解释这种革新的无意识的缘由或故意的理由。"①

在探寻了流浪汉小说这一文类的发展后,人们对菲尔丁的《汤姆·琼斯》的艺术成就,和他在小说结构的完整性上对欧洲小说的贡献就认识得更清楚了。《汤姆·琼斯》在文体上沿用了流浪汉小说的结构,反映的社会面十分广阔,包括军队生活、旅店风波、路上抢劫,等等,具有典型的流浪小说特征,但它与以往的流浪小说的一个重要区别是所有的情节都是围绕着汤姆和索菲亚这对男女主人公争取爱情自由这条线索展开的,故事有明显的主线而不仅仅是一种漫游式的记叙,这样它在情节结构上就比以前的流浪汉小说更为完整统一。在欧洲小说

① [法]梵·第根:《比较文学论》,戴望舒译,上海商务印书馆1936年版,第77页。

由传统的小故事集合向完整系统的典型小说样式的转变中,《汤姆·琼斯》是一个里程碑式的作品。有人评价说,这部书是个庞大的有机体,在这里,人物好像都是些器官,每一器官在它自己的位置上扮演它的一部分角色,而在整体的总进展中完成它的任务。可以说,菲尔丁以前的小说家没有一个像他这样重视结构。

在我国近代,林纾在中国古典小说向现代小说的转变中的作用值得一提。他创作的小说打破了章回体传统小说的程式,郑振铎在《林琴南先生》一文中这样谈他的小说:"中国的'章回小说'的传统的体裁,实从他而始打破……呆板的什么'第一回:甄士隐梦幻识通灵,贾雨村风尘怀闺秀'等回目,以及什么'话说''却说',什么'且听下回分解'等等的格式在他的小说里已经绝迹不见了。"[①] 在今天,传统的章回小说已很少见了,但人们大多不知晓,那位非议新文学运动的林纾却是现代小说形式变革的筚路蓝缕之人。

三、促进文学史和文学理论的研究

文类学的意义还在于通过把握文类的发展和变化,进一步促进文学史和文学理论研究的深入。英国学者柏拉威尔在《比较文学研究》一书中指出:"文类研究之所以引起比较学者的特殊兴趣,是因为它们连接了国际范围内的文学史和文学理论。"

一国文学、文类的不断发展一方面是对本国文学传统的继承,另一方面也受到外来文学的影响。通过对本国文类在外来因素渗透下的嬗变和发展的分析,可以拓宽文学史研究的视野。就中国文学史而言,不考虑外来因素的影响,很难说是一部完整的中国文学史。我国文学虽然长期处于封闭状态,似乎整个文学系统是自足生长的,其实,我国与周边国家的互动从来就没有停止过。季羡林的《印度文学在中国》一文曾探讨了印度文学对中国叙事文的影响。他指出,我国六朝时代的志人志怪故事,一般都很短,每篇只谈一个故事,从头到尾,平铺直叙。但是到了唐初,却出现了像王度的《古镜记》那样的小说,里面以一个主要故事为骨干,穿插许多小故事,这种结构在中国是陌生的,但在印度却是司空见惯的。印度古代著名史诗《摩诃婆罗多》的结构就属于这个类型,作为骨干的主要故事是难敌王和坚战王的斗争,里面穿插了许多独立的小故事。流行全世界的《五卷书》也是以一个老师教皇太子的故事为主干,每卷又以一个故事为骨干,把许多民间故事搜集在一起,凑成一部书的。季羡林还指出,中译佛典的一些经书也是这种类型。由此他推测说,唐传奇中的这种新结构可能是接受了印度文学影响后的产物。

---

① 薛绥之、张俊才编:《林纾研究资料》,福建人民出版社 1982 年版,第 152 页。

美国学者迈纳认为，一种文化中诗学体系的建立，表现在以此文化中占优势地位的“文类”为基础。他认为，亚里士多德的模仿说正是建立在戏剧文学的基础上，而中国、日本的文学理论则主要建立在抒情诗这一文类的基础上。他设想，若亚里士多德不以戏剧这一文类为基础，就不可能产生模仿说。这里，文类学的研究已经涉及比较诗学。

专栏

专栏1

文学类型的理论是一个关于秩序的原理，它把文学和文学史加以分类时，不是以时间或地域（如时代或民族语言等）为标准，而是以特殊的文学上的组织或结构类型为标准。任何批判性的和评价性的研究（区别于历史性的研究）都在某种形式上包含着对文学作品的这种要求，即要求文学具有这样的结构。例如，对一首诗的评判就包含了对评判者的一个要求，要求他具有对诗的说明性的和规范性的整体经验和概念，当然，一个人关于诗的概念总是会随着他对更多特殊的诗的评判和经验而不断地发生变化的。

［美］韦勒克、沃伦：《文学理论》，刘象愚等译，生活·读书·新知三联书店1984年版，第264页。

专栏2

夫文体递变，非必如物体之有新陈代谢，后继则须前仆。譬之六朝俪体大行，取散体而代之，至唐则古文复盛，大手笔多舍骈取散。然俪体曾未中绝，一线绵延，虽极衰于明，而忽盛于清：骈散并峙，各放光明，阳湖、扬州文家，至有倡奇偶错综者，几见彼作则此亡耶。复如明人八股，句法本之骈文，作意胎于戏曲，岂得遂云制义作而四六院本乃失传耶。诗词蜕化，何独不然。

钱锺书：《谈艺录》（补订本），中华书局1984年版，第28—29页。

专栏 3

我们若以东方文学的全体和西方文学的全体比较,我们立刻可以看出来的,便是东方诸民族对于诗的趣味其发生比西方诸民族来得自然。所以然者,不但因亚洲各种语言谐和丰富宜于做诗,并因东方诸民族大都和伟大的自然美相接触,故比较容易得着诗的感兴。在东方诸国天然景物极丰富灿烂的地方,做描写文章的但须求一个精确便可以显出极浓厚的色彩。但因温度的势力过于强盛,致使思想往往流于衰弱,不能如欧洲诸国文学之气魄雄劲而紧凑。这种雄劲的气魄是北欧文学和西欧文学的特征,其在波斯文学,除少数史诗的断片和英雄诗外,绝少概见。间有具备这种性质的,则其文心必异常精细。

[法]洛里哀:《比较文学史》,傅东华译,见王云五主编:《万有文库》第2集,商务印书馆1935年版,第433页。

专栏 4

从原型批评的理论来分析,我认为,中国神话之所以缺乏叙述性,是因为在中国美学的原动力里缺乏一种要求"头、身、尾"连贯的结构原型。这种"头、身、尾"结构的原型在以希腊古代文学为标准的其他的文化传统里却渐渐发展成了一大约定俗成的叙述性范型(pattern of narrative)。而中国神话由于缺乏这种"头、身、尾"结构的原型,则逐渐发展出了一种以"非叙述性"作为自己的美学原则的特殊原型。我认为,正是主要由于这一区别,导致了中西几千年来叙事传统的各自分流。

浦安迪讲演:《中国叙事学》,北京大学出版1996年版,第41—48页。

专栏 5

每谓读中国小说,如游西式花园,一入门,则园中全景,尽在目前矣。读外国小说,如游中国名园,非遍历其境,不能领略个中况味也。盖以中国小说，往往开宗明义，先定宗旨，或叙明主人翁来历，使阅者不必遍读其书，已能料其事迹之半。而外国小说，则往往一个闷葫芦，曲曲折折，直须阅至末页，方能打破也。吾友吕庐子，阅中外小说甚夥，亦谓外国小说，虽极冗长者，往往一个海底翻身，不至终篇，不能知其究竟。中国从无此等章法，虽有疑团，数回之后，亦必叙明其故，而使数回以后，另起波澜云云。

阿英编：《晚清文学丛钞·小说戏曲研究卷·小说丛话》，中华书局 1960 年版，第 348 页。

专栏 6

世人往往震矜于天竺希腊及西洋史诗之名，而不知吾国亦有此体。外国史诗中宗教哲学之思想，其精深博大，虽远胜于吾国弹词之所言，然止就文体立论，实未有差异。弹词之书，其文词之卑劣者，固不足论。若其佳者，如再生缘之文，则在吾国自是长篇七言排律之佳诗。在外国亦与诸长篇史诗，至少同一文体。寅恪四十年前常读希腊梵文诸史诗原文，颇怪其文体与弹词不异。

陈寅恪：《寒柳堂集·论再生缘》，生活·读书·新知三联书店 2009 年版，第 71 页。

专栏 7

梅、斯、布三位的区别究竟何在？简单扼要地说，最根本的区别是：斯坦尼斯拉夫斯基相信第四堵墙，布莱希特要推翻这堵墙，而对于梅兰芳，这堵墙根本就不存在，用不着推翻。这是因为中国传统戏剧一向具有高度的规范化，从来不会给观众造成真实的生活幻觉。

佐临：《梅兰芳、斯坦尼斯拉夫斯基和布莱希特戏剧观比较》，见张隆溪、温儒敏编选：《比较文学论文集》，北京大学出版社 1984 年版，第 71 页。

专栏 8

事实上,戏剧在中国几乎都是喜剧的同义词……仅仅元代(即不到一百年时间)就有五百多部剧作,但其中没有一部可以真正算得悲剧。……中国剧作家最爱写的是名誉和爱情。也许中国戏剧最能证明弗洛伊德派关于艺术是欲念的满足这一理论,虽然“欲念”在这里很少经过压抑与升华的复杂过程。剧中的主人公十有八九是上京赶考的穷书生,金榜题名时中了状元,然后是做大官,衣锦还乡,与相爱很久的美人终成眷属。或者主人公遭受冤屈,被有权势的奸臣迫害,受尽折磨,但终于因为某位钦差或清官大老爷的公正,或由于他本人得宠而能够报仇雪恨。戏剧情境当然常常穿插着不幸事件,但结尾总是大团圆。

朱光潜:《悲剧心理学》,人民文学出版社 1983 年版,第 16—218 页。

思考题

1. 简述文类学与传统文类研究的区别。
2. 举例说明文类学对于作家研究的价值。
3. 钱锺书说,“文章之体可辨别而不堪执着”,你是否同意这个观点?请阐述你的观点。
4. 有人认为中国古代没有悲剧,而王国维则认为《红楼梦》为“悲剧中之悲剧”,《窦娥冤》“即列于世界大悲剧中,亦无愧色也”,谈谈你的看法。

进一步阅读

1. [美]浦安迪:《中西长篇小说类型再考》,林夕译,见周发祥编:《中外比较文学译文集》,中国文联出版公司 1985 年版。
2. [美]伊恩·P. 瓦特:《小说的兴起》,生活·读书·新知三联书店 1992 年版。
3. 朱光潜:《长篇诗在中国何以不发达》,见北京大学比较文学研究所编:《中国比较文学研究资料(1919—1949)》,北京大学出版社 1989 年版。
4. 钱锺书:《中国古典戏曲中的悲剧》,见李达三、罗钢主编:《中外比较文学的里程碑》,人民文学出版社 1997 年版。
5. 童庆炳:《文体与文体的创造》,云南人民出版社 1994 年版。

第十章　比较诗学

比较诗学是从跨文化的角度对文学理论、文学批评的比较研究。诗学(Poetics)在西方泛指文学理论，亚里士多德的《诗学》就是西方文化传统中第一部比较系统的文艺理论著作。古罗马贺拉斯的《诗艺》、17世纪布瓦洛的《诗的艺术》也都属于文艺理论著作。20世纪人们继续沿用这个概念，只是在研究的侧重点上与传统诗学有所不同，如俄国形式主义理论家托马舍夫斯基在《诗学的定义》中认为，诗学的研究对象是"有艺术价值的文学"，将诗学界定为"研究艺术作品结构的科学"①。也许有人对将"诗学"一词运用于非西方文化圈心存疑虑，但无论怎样，从文学理论这个层面上使用"诗学"概念已被中国文论界普遍认可，不会因这个概念的使用而抹杀民族的差异性。*

鉴于中国古代文论的具体情况和当今文学理论的发展趋势，我们把文学批评也纳入比较诗学的范围。诚然，文学理论和文学批评作为文艺学的两个分支，在其构架层面上是有区别的，前者是关于文学本质的研究，后者是理论指导下的具体操作。但在理论和实践中，这两者常常难以截然分开，尤其是在我国古代文论中，理论和具体的批评大多交织在一起。如金圣叹评点《水浒传》，就既是批评实践又涉及理论问题。从这个意义上讲，人们把中国古代文论称为"中国古代文学批评"似乎更准确些。把文学批评纳入比较诗学的另一理由是因为20世纪的文学理论往往是与文学批评结合在一起，批评不仅是理论的运用，而且常常成为理论变革的先声，为理论提供新的因素。为了全面把握各国文学理论批评体系，文学批评被纳入比较诗学领域是应有之义。

从比较文学发展史上看，比较文学趋于理论研究的倾向十分明显。1963年，艾金伯勒在《比较不是理由》这篇文章中，首次提出了"从比较文学到比较诗学"的设想：

> 历史的探寻和批判的或美学的沉思，这两种方法以为它们自己是势不

---

① ［俄］托马舍夫斯基：《诗学的定义》，见《俄国形式主义文论选》，方珊等译，生活·读书·新知三联书店1989年版，第79页。

* 请访问爱课程网→资源共享课→比较文学／胡亚敏→第十章：比较诗学→教学录像(00:00:35–00:03:33)

两立的对头，而事实上，它们必须互相补充；如果能将两者结合起来，比较文学便会不可违拗地导向比较诗学。①

普林斯顿大学教授厄尔·迈纳在1983年北京中美双边比较文学讨论会上指出，近15年间最引人注目的进展是把文学理论作为专题纳入比较文学的范畴。

第一节　比较诗学的研究范围 *

比较诗学在研究对象上不同于比较文学的其他分支学科，它研究的是文学理论与批评而不是文学本身。为了使其研究范围更加清楚和具体，我们将从文论体系、术语范畴和学者个人三个方面对中西文学理论与批评加以探讨。

一、文论体系的比较研究

季羡林曾说，从全世界文学艺术的历史来看，文艺理论真能持之有故，言之成理，确有创见而又能自成体系的只有三个地方，一个是中国，一个是印度，一个是从古代希腊、罗马一直到今天欧洲国家的所在广大地区。这里我们主要关注其中的两方即中国与西方的诗学体系比较。

文艺理论批评体系的比较研究是一种整体比较，包括中西不同批评理论体系的哲学基础、思维模式、研究方法、理论构架、文学规律和特点的比较研究。认识中西诗学体系的差异是从事中西比较诗学的核心问题，也是展开具体研究的前提。

鉴于诗学与哲学的密切关系，比较诗学须从中西哲学的异同谈起。就世界本体来说，“道”是中国哲学的核心范畴，何谓“道”，有多种解释，老子讲，“道生一，一生二，二生三，三生万物”，“道”具有本源的性质，或者说具有化生天地万物的功能。同时老子又讲，“道可道，非常道”，“道之为物，惟恍惟惚”，道不可言传，道即虚无之谓也。故“道”在中国哲学里是隐在的，模糊的，是一种直觉的体悟。可以说，“道”这一范畴在中国历史中一直处于流动的建构与发展过程中，它的复杂程度堪与中华文明的历史同构。“Being”是西方哲学的一个根本概念，汉译为“存在”“有”“本是”等。亚里士多德认为，形而上学就是研究Being的问题，即使是柏拉图的“理念”也是彼岸世界的实体性的东西，黑格尔的《逻辑学》第一章就讲“Sein（being）”，“Sein”这个概念在海德格尔那里再次异峰

① 干永昌、廖鸿钧、倪蕊琴选编：《比较文学研究译文集》，上海译文出版社1985年版，第116页。

* **请访问爱课程网→资源共享课→比较文学／胡亚敏→第十章：比较诗学→教学录像（00:03:34–00:22:38）**

突起。“道”与“Being”的不同显示出中西宇宙观的差异，中国以道为源，无中生有，虚实相生；西方以 Being（存在）为本，从有到实体。

由此，中西在认识论和思维方式方面产生了很大的区别。在对世界和事物的把握上，中西有体认与认识之别。中国传统文化认为对事物和世界的把握靠的是心领神会，在对外物仰观俯察时应该用整个身心去体验，直到悟出最精微处。西方的认识论是主客二分的，主张客观世界是可以被认识的，认识的过程是从感性到理性，认识的结果是用一套概念系统把客体明确表达出来。在思维方式上，我国古代擅长直观的体悟的思维，其思维特征具有具体性和整体性。所谓具体性主要指我国传统文论善于用感觉性的词语对世界进行描述，而这种语词又体现出形象性和暗喻性的统一。如小说评点家金圣叹在评点《水浒传》时用“游丝惹花，将迎复脱”比喻叙事中所用的若即若离的伏笔技巧，这一形象说法传达的是一种美妙的感受。所谓整体性指对对象的整体把握，它突出形象的和谐乃至人与自然的浑然一体。

思维方式的差异直接导致东西方不同的文学理论形态。感悟式、印象式是中国古代文学批评的明显特征之一，人们在欣赏过程中全身心地投入和品味，其审美感受异常丰富，但言传出来却非常简单，大多是一些只言片语，表现在外观形式上就是诗话、词话、小说评点。而西方文学批评则是另外一种理论体系，虽然也有印象式的批评，但总体上是理性的、逻辑的、分析的，具有严密的概念、范畴和论证。当然，不能说西方人欣赏作品时不投入，任何真正的文学批评都必须以文学欣赏作为前提，但由于思维方式的不同，西方人总是习惯于把他们的感觉理性化、条理化，从而表现出一定程度的明确性。

需要说明的是，这里主要是根据诗学中占主导地位的理论和批评而言的，并不意味着各自的内部没有异质因素。其实，中国诗学虽然推崇思维的整一性，但也曾出现像荀子、名家那样重逻辑分析的学派，西方诗学中也有海德格尔式的“诗意的栖居”。不过总体说来，中西方文论还是各自有其相对完整的体系和结构特征的。西方的诗学虽然经历了从古希腊到当代这样一个漫长的历史进程，且各民族又形成了自身特色，但它们毕竟处于同源的文化传统和相似的文化圈内，因而具有相当多的一致性。中国诗学中儒道释三家的思想各有千秋，但由于它们都植根于宗法社会小农经济的传统思想之中，故也显示出多方面的一致性。并且“由于明显的相近的精神，显示了自己的文化、语言、风俗和制度的共同来源”。（施莱格尔语）

二、范畴术语的比较研究

中西文论长期处于隔离状态，形成了不同的文论体系，各自拥有一套范畴和概念。钱锺书曾表示:"如何把中国传统文论中的术语和西方的术语加以比较和互相阐发,是比较诗学的重要任务之一。"①

中西文论中术语的差异是很大的。中国古代文论中的范畴和术语大多空灵圆活,很少有明确的定义,其内涵缺乏明晰的逻辑层次,表现形式大致可分为两类。一类是诗意的、点到即止的描述,并且只能意会不能言传,如飘逸、沉郁、雄浑、婉丽、神韵、风骨、兴趣、气象等,这些描述作品风格特点的术语,其含义是很难言明的,讲究的是体验和感受。司空图的《二十四诗品》代表这种表述方式的极致。例如他对"冲淡"风格的描述:"素处以默,妙机其微;饮之太和,独鹤与飞。"首先将"素""默""妙""微"这些意义相近的词并置在一起,来强调这一风格的特质,接着又用"太和"来描述冲淡所具有的充盈的内在意蕴,最后用"独鹤与飞"这一意象来描述"冲淡"的最高境界:一只闲适的鹤在天空独飞,这是一种多么悠远的境界。又如在论述诗歌风格的"纤秾"时,则借助了"采采流水,蓬蓬远春。窈窕深谷,时见美人。碧桃满树,风日水滨。柳荫路曲,流莺比邻"的画面般的描绘,唤起读者的想象和体悟。中国古代文论的另一类术语虽不是感觉性的词汇,但却很玄妙,无固定所指,翁方纲说,"太白诗无一首不可作三昧观","三昧"本是梵语,经过文人妙笔生花,"三昧"遂成为幽深的隧道,深不见底;有的甚至类似代数式中的符号,如阴阳二字就既可表示日月,也可指代刚柔、男女等,本末、体用等术语也是如此,它们的作用在于表示事物内部各部分或事物之间的关系。正如季羡林所说,中国传统文论"使用一些生动的形容词,绘形绘色,给人以暗示,资人以联想,供人以全貌,甚至给人以艺术享受,还能表现出深度;但有时流于迷离模糊,好像是神龙,见首不见尾,让人不得要领"。②

西方文论持一种分析性的语言,其概念和术语尽管在不同时代或不同文论家的阐述中内涵会有所不同或变化,但在特定的上下文中却易于限定。"反讽"一词的界说就是一例,该词源于古希腊,其定义不断发展。古典时期有三种含义:其一,佯装无知;其二,苏格拉底式的反讽(对方在他的请教和追问下不自觉地露出破绽);其三,罗马式反讽(字面意义与实指意义不符或相反)。20 世纪的新批评家布鲁克斯则将反讽定义为"语境对一个陈述语的明显的歪曲",即语境能使一句话的含意颠倒。一般而言,西方文论术语在运用时都有一个大致明确的定义,即使是标举直觉和非理性的批评理论,其术语也可作逻辑分割。

中国诗学范畴和术语所具有的不确定性给中西诗学的相互理解带来一定

---

① 转引自张隆溪:《钱锺书谈比较文学与"文学比较"》,载《读书》1981 年第 10 期。

② 季羡林:《比较文学与民间文学》,北京大学出版社 1991 年版,第 160 页。

的阻碍,但这并不意味两者不能交流。其实,关于什么是文学,文学具有什么样的价值与功能等都是中西诗学共同关心的问题,与此相关的均有相应的术语,如表述文学与世界关系的术语,中国有道、物,西方有模仿、理念等;表述文学与作者关系的术语,中国有神思、妙悟、感兴,西方有灵感、迷狂、直觉等;表述作品内在关系的,中国有文、意、真幻、气韵,西方有符号、思想、结构、叙述等;表述文学与读者关系的范畴,中国有兴观群怨,西方有净化、寓教于乐,等等。这些范畴、术语既有自身的特色,又在汇通和类比中互相生发,通过对它们的阐释,可以发现这些术语在共同框架下的差异,从而揭示出双方文论中被遮蔽的潜质。

比较诗学中的范畴研究还包括对外来术语的辨认、消化和运用以及接受国对这个术语的理解和改造。在吸收和借鉴西方文学理论批评的过程中,需重视对外来概念和术语的梳理和消化,戒望文生义,浅尝辄止。例如"净化"(Katharsis),这是西方古代阐释文艺功能的一个重要概念,但不同时代不同国家的人们对这个词的解释不尽相同。"净化"一词最早来自古希腊医术,指使肉体摆脱某种有害的物质,使灵魂摆脱某种遮蔽心灵的污垢或致病的激情。在亚里士多德那里获得了某种宗教和审美的含义:"有些人受宗教狂热支配时,一听到宗教的乐调就卷入迷狂状态,随后就安静下来,仿佛受到了一种治疗和净化。这种情形当然也适用于受哀怜、恐惧以及其他类似情绪影响的人。"[①] 在《诗学》第六章中,亚里士多德提出悲剧是"借引起怜悯与恐惧来使这种情感得到净化"。亚里士多德所指的"净化"可以理解为通过音乐或其他艺术,使某种过分强烈的情绪因宣泄而达到平静,恢复和保持心理的健康。文艺复兴以后,这个概念不断演化,有人认为"净化"是以毒攻毒,以假想情节所引起的哀怜和恐惧来治疗人们心理上常有的哀怜和恐惧;也有人认为"净化"是去掉怜悯和恐惧中的利己因素,使它成为纯粹利他的情感;而"净化"传入中国,在国人的头脑中则少了西方的宗教意味而多了几分道德的色彩;这些需要人们全面了解和细致体会。"隐喻""他者"等术语在西方文中也经历了不断变化的过程,对这些范畴和术语在其自身文化传统中含义的考察是比较诗学中术语辨析的基础性工作。韦勒克撰写的《文学研究中的巴罗克概念》就是一篇追踪术语的范文,他详细考察了"巴罗克"一词在欧美各国的传播情况以及不同国度的人们对这个概念的连接和运用[②]。

① [古希腊]亚里士多德:《政治学》,见伍蠡甫主编:《西方文论选》上卷,上海译文出版社 1979 年版,第 96 页。

② 参见[美]韦勒克:《文学研究中的巴罗克概念》,见韦勒克:《批评的概念》,中国美术学院出版社 1999 年版,第 65—110 页。

近百年来，西方文论的概念源源不断地输入中国，如“典型”“现实主义”“现代性”等已成为我国文论的常用词汇。不过，人们逐渐意识到，若完全采用西方的那一套理论话语衡量和诠释中国文学，许多有本土特色和独创性的文学可能因不符合这套理论的准则而被摒除在外。并且西方文学理论批评毕竟是域外之物，离开了特定时空的术语往往会失去它所拥有的文化沉淀，故此“典型”已非彼“典型”，此“现实主义”也非彼“现实主义”。要适合此时此地的中国文学理论与批评，须对中国传统术语和西方术语作重新阐释和再创造。王国维的“境界”一词就是一个很好的尝试，它既有中国传统文化的因子，又注入外来的现代性因素。在这个意义上，再造表现自身理论特色的术语，是比较诗学的使命之所在。

三、学者或大师的比较研究

任何一位大师的产生都不是孤立的、封闭的，而是“站在巨人肩膀上”成长起来的，他们既是传统文论的承载者和光大者，又是世界文化的“盗火者”和对话者。对这些杰出的理论家和批评家做参照性比较研究，将会更加清楚地了解中外文论发展的历程。

不同国家没有直接联系的文论家、批评家的理论观点和批评实践是比较诗学关注的方面之一。如孔子与柏拉图，这两位东西方的文化巨人，不仅在政治立场、思想观点等问题上相近，而且在美学思想和文艺观点上也十分相似。他们都认为美的最高境界是“和谐”，都强调美的伦理性和文艺的社会功用，对这些观点的研究使我们看到了在特定时期“具有普遍性形式的思想”。又如王元化撰写的《刘勰的譬喻说与歌德的意蕴说》[①] 一文，具体分析了刘勰和歌德这两位文论大家对文学创作的认识和观点。尽管他们之间没有关联，但研究的是文学的一些共同问题。这种研究不仅可以发现文学理论的普遍原理，了解这些理论家、批评家他们对世界文论的贡献，而且可以看到我国古代文论的成就。刘勰的《文心雕龙》，其体系之完整，理论之深度，完全可以与世界上任何一部杰出的文论著作媲美。

探讨著名的文艺理论家、批评家对各国文艺理论批评的影响也是一项很有意义的工作。这些人须是文学理论批评史上颇有建树的大师级人物，如亚里士多德，他的“模仿说”雄霸欧洲数千年，对世界文艺理论产生了深远影响。艾略特的“反个性”论在文学批评转向文本的过程中发挥了重要作用，他关于“诗不是放纵感情，而是逃避感情，不是表现个性，而是逃避个性”的论断

① 参见张隆溪、温儒敏编选:《比较文学论文集》，北京大学出版社 1984 年版，第 46—52 页。

成为英美新批评理念的基石。当然,艾略特的“反个性”论也吸收了前人的思想成果。

研究某一理论家、批评家的思想来源,是比较诗学的又一方面。人们在对朱光潜文艺思想的研究中发现,朱光潜的文艺思想中曾不同程度地受到康德的“无目的的合目的性”、克罗齐的“审美直觉”、布洛的“心理距离”说的影响,这种研究将会使我们更清楚地认识朱光潜文艺思想的构成及丰富性。

第二节　比较诗学的研究类型*

比较诗学的研究类型主要体现在方法论层面,作为对影响研究和平行研究的拓展,对比研究、阐发研究和流变研究成为比较诗学的三种基本研究方法,下面分别述之。

一、对比研究

对比研究即研究中西诗学在文艺的一些基本问题上的差异,并通过对这些问题的映照和解读,构建彼此的关联,发现中西文论各自的特色和局限。可以说,中西诗学存在的巨大差异为对比研究提供了大有可为的基础。

(一) 文学本体论——言志与模仿

“什么是文学”,这是从事文学研究首先面对的根本问题。中西文论在长期的历史发展中形成了不同的文学观。

“诗言志”被朱自清称为中国诗论的开山祖,“诗者,志之所之也”(《诗大序》),“诗者,吟咏情性也”(《沧浪诗话》)。“在心为志,发言为诗”,诗是内在的“志”外化于“言”的产物。尽管随着历史和文学的发展,“志”的内涵不断演变,有“载道之志”“言情之志”“感物吟志”,但其落脚点都是抒发主观情感。不过中国诗论要求“发乎情,止乎礼义”,反对超越礼义的规范,毫无限制地放纵自己的感情。在中国传统诗学看来,从人的内在心态、感情出发,达到与天地的沟通,这就是文学的本体。

西方文艺思想的源头可追溯到古希腊,柏拉图虽然被称为开浪漫主义之先河,但他的文艺思想的基石是模仿,只不过他模仿的对象不是现实而是理念,理念须先外化为现实世界才能被文艺所模仿,所以现实是理念的影子,而文艺模仿现实则是影子的影子。亚里士多德在《诗学》中宣称:“史诗、悲剧、喜剧和酒

* 请访问爱课程网→资源共享课→比较文学 / 胡亚敏→第十章:比较诗学→教学录像(00:22:39–00:46:21)

神颂以及大部分双管箫乐和竖琴乐——这一切实际上是模仿。”他《诗学》的整个体系就建立在模仿这一基石上。无论是文艺复兴时期的“镜子说”，还是18、19世纪的“再现说”，都立足于艺术的本质是对现实的模仿。与此同时，西方也有些理论家主张情感的宣泄，如华兹华斯强调“诗是强烈感情的自然流露”（《抒情歌谣集》），尼采提倡酒神精神，不过，这些情感的迸发是与外在的触发分不开的。

这种文学观的差异与中西文学的主导文类有关。中国一直以来是以抒情文学为本位，正统的文学样式是诗而且是抒情诗，侧重于对自然的情感体验。小说、说唱文学则是“勾栏艺术”，“小道”也。西方以叙事文学为本位，偏重于对世界的知觉认识，把主体看作映照客体的镜子。其抒情诗大多无法与史诗相提并论。

（二）创作论——神似与真实

中西文论都讲究文学的真实性，但其侧重点各有不同。中国古人强调的真大抵偏于主体感受的真，而西方长期以来则偏重于所模仿的客体的真。

我国古人将创作对象区分为形和神两部分，所谓“形”，指一切有形之物；所谓“神”，即为所表现的对象和作者的内在精神品格。在创作活动中我国古人十分强调“传神”，而不以“形似”作为美学追求的目标。所谓“神似”是艺术家对现实的一种审美把握，沈括在《梦溪笔谈》中曾举王维的《袁安卧雪图》，图中画着雪里芭蕉，这在现实中是不合理的，但在中国艺术家看来，则是“得心应手，意到便成”，“其理入神，迥得天意”，理由是“书画之妙，当以神会，难可以形器求也”，绘画表现的正是一种诗意的情感逻辑。

西方文艺理论一贯将文学视为现实生活的再现，就创作而言，西方主要体现为所模仿的客体的真实乃至细节的真实。塞万提斯要求作家模仿外物模仿得越惟妙惟肖越好；巴尔扎克也给初学者传授经验，告知细节的真实是作品不朽的奥秘。并且在有些西方文艺理论家看来，文学作品不仅应当逼真地模仿现实，而且还应表现本质的真实。

（三）作品论——意境与典型

意境是中国古代文论的重要范畴，也是最能体现中国传统诗学特点的有代表性的范畴之一。“意境”一词最早见于唐代王昌龄的《诗格》，在王国维那里，“意境”被作为评判文艺作品成败和艺术价值高低的尺度，“文学之工不工，亦视其意境之有无，与其深浅而已”。意境的本质特征为情景交融、虚实统一、物我贯通。

典型是西方文艺理论的核心术语。从亚里士多德、贺拉斯到黑格尔，对典型的论述虽有不同，最初侧重于共性，突出的是经验的普遍性，近代以来强调个人，表现出人的觉醒,但其基本精神是一致的,典型即共性与个性的统一。

意境所强调的"境生象外"与典型所提倡的"个性中的共性"都具有寓无限于有限的性质。意境与典型的差异主要表现为:意境侧重于景物描绘,典型侧重于人物塑造;意境更偏重于主体情感的表现,典型更注重客观形象的再现。

(四) 作家论——人品与诗品

我国古代讲究"文如其人",作者之人格是至关重要的。孟子说:"颂其诗,读其书,不知其人可乎? 是以论其世也。"(《孟子·万章篇下》)他认为作者的品格是评价诗的重要尺度。钟嵘在《诗品》中,之所以将曹操的诗歌列为下品,就是因为曹操为乱臣贼子,不足以垂范后人。

西方文学理论也重视作家研究,不然就不会有新批评提出的"意图谬误"之说了。"意图谬误"说反对把作者的创作意图作为评价作品成败的标准,在新批评看来,"如果诗人成功了,那么这首诗本身就表现出诗人当时试图干些什么。如果诗人没有成功,那么这首诗就不是充分的证据"①。文学的价值只能由作品本身来评判。总的来看,西方对作家的研究是为了增进对作品的了解,是围绕作品展开的。如果作品写得好,文人的品行是可以忽略不计的。西方文学史上很多著名的文人都有特殊秉性,他们或偏执,或自私,或癫狂,但无损于其作品之伟大。弗洛伊德曾把文学家、艺术家与精神病人相提并论,王尔德甚至说"艺术就是不道德",这些言谈对于中国传统文人来说是难以接受的。

(五) 欣赏论——逆志与求知

中西文论都注重文艺欣赏中的审美感受,都看到了审美中想象和情感的作用。但两者在审美的目的性上则有所区别。

我国古人的审美更多的是一种体验活动,体验的路线是"以意逆志",与作者的本意相会,并且这种体验是难以表述的领悟。佛教讲"哑巴吃蜜",说的是真正的奥妙是不能用语言表述的,须"自见其趣"。西方学者的审美是一种认识活动,他们大多是出于对知识的渴求而阅读作品的,并在认知中享受美感。文学作品被视为世界和可知事物的地图,通过把握文学作品深刻的本质内容而获得发现的愉悦。波瓦洛曾说:"聪明的读者绝不会把光阴虚掷,他要在作品中寻找妙谛真知。"不仅如此,他们还要把这种"愉悦"、这种"妙谛真知"用文字明确地表达出来。

以上只是粗略列举,由此不难看到中西文论在文学的一些基本问题上的特点和存在的差异。从某种意义上讲,体系之间差异越大,越能辉映出彼此的特色。

---

① [英]戴维·洛奇编:《二十世纪文学评论》(上),上海译文出版社 1987 年版,第 569—570 页。

二、阐发研究

所谓阐发研究,指将不同民族的文学观念、文学理论和文学批评中的一些具有内在可比性的基本问题加以互相印证,互相阐释,互相发现,并互相运用,以求把握中西文学理论批评所具有的相似的文学观念和普遍规律,达到彼此进一步沟通和理解的目的。①

阐发研究是比较诗学中的求同研究。在阐发研究中,用西方现代文学理论解释中国文论和中国文学,可以发现一些用传统方法难以洞见的意义,进而重新评价、诠释自己的传统和传统文化。这是一种方式,但不是唯一的方式,不同民族的文论可以互相阐发,也就是说,阐发研究应该是双向的、相互的,是中西文论的互动和交汇。钱锺书的《诗可以怨》《通感》等文就是阐发研究的范例。钱锺书认为,无论是东方还是西方,"诗人体会,同心一理",都有共同的"文心""诗心",而这种共同的文心是以客观存在为基础的,所谓"心之同然,本乎理之当然,而理之当然,本乎物之必然,亦即合乎物之本然也"②,这番话从本原上揭示了阐发研究的合理性。

(一)"诗可以怨"与痛苦的解脱

中西文论都一致肯定痛苦对文学创作的积极作用,从一定意义上讲,痛苦是创作的动力,表现痛苦的诗篇较之欢娱的作品具有更强的艺术感染力。

"诗可以怨"是中国传统文论中一种源远流长的文学主张,从司马迁的"发愤著书"到刘勰的"蚌病成珠",乃至钟嵘的"使穷贱易安,幽居靡闷,莫尚于诗",韩愈的"夫和平之音淡薄,而愁思之声要妙;欢愉之辞难工,而穷苦之言易好",说的都是痛苦对作家创作所具有的积极作用。西方文学理论同样认识到痛苦在创作中的重要作用。叔本华认为人类是因为有了不可排遣、无从逃避的生之痛苦,才从事艺术以求解脱。福楼拜认为,与珍珠是牡蛎生病所结成的一样,文学创作是作家更深层的痛苦的流露。尼采则有一个绝妙的比喻,说痛苦使母鸡和诗人咯咯。③ 弗洛伊德也认为幸福的人不会幻想,诗是欲望未得到满足的表现。简言之,中西理论家都认为最动人的诗是表现哀伤或痛苦的作品,他们在说明这

① "阐发法"作为一种比较文学方法于1976年由台湾学者提出来,起初是用西方文论解释中国文学。后来,乐黛云在《中国比较文学的现状与前景》(1987)一文中提出"双向阐发"的主张,即不仅用西方文学理论阐发中国文学理论和文学作品,而且可以用中国的文论阐发西方的文学理论和文学作品。本教程的阐发研究更进了一步,即中西文学批评的互释(互相阐释)、互证(互相印证)、互补(互相补充),在此基础上发掘中西文学批评所具有的一些共同的文学观念。

② 钱锺书:《管锥编》,中华书局1979年版,第50页。

③ [德]尼采:《悲剧的诞生》,周国平译,生活·读书·新知三联书店1986年版,第269页。

一点时不仅看法相近,而且取譬用语也常常巧合。

不过,对东西方艺术家和理论家来说,痛苦的内涵却不尽相同。中国诗人的苦闷往往具有强烈的社会政治内涵,痛苦的原因是由于抱负和经世之心不得实现。这一点在屈原的《离骚》中已有体现。《离骚》自述其创作原因为"疾王听之不聪也,谗陷之蔽明也,邪曲之害公也,方正之不容也,故忧愁幽思而作《离骚》",对"惟党人之偷乐兮,路幽昧以险隘"与"众皆竞进以贪婪兮,凭不厌乎求索"的政治现实的批判,洋溢着"长太息以掩涕兮,哀民生之多艰"的正直和人道。而西方文人的痛苦之源,则更多的是"欲望",尤其是人的本能欲望,很多诗人在诗中所宣泄的痛苦是因为不能与心爱的人生活在一起。

(二) 言不尽意与语言的局限

言意关系是中国传统文论的常见话题,也是西方文论关注的焦点之一。语言在表达思想的同时也限制了思想的表达,历史上中西哲人和文人都曾表现出对语言局限性的种种思考和反抗。《易经》中的"书不尽言,言不尽意",老子的"道可道,非常道",陆机的"恒患意不称物,文不逮意。盖非知之难,能之难也",严羽的"不涉理路,不落言筌"等都表达了言意之间的差异和对言的超越。西方对这一问题的态度更为激进,黑格尔认为语言表达心蕴既过又不及,尼采认为语言乃为凡庸事物而设,故"开口便俗",斯宾诺莎说文字乃迷误之源,一直到伽达默尔将语言既作为与人沟通的"桥"又作为交往障碍的"墙",解构主义对文字的消解等,都表现出对语言意义的质疑。由此可见,言意矛盾是人类面临的共同问题之一。

相比之下,中国文论在言和意的矛盾面前逐渐走向空灵和神秘,如老子的"大辩若讷",庄子的"大辩不言",从语言退出而进入玄思和神游状态;西方则显示出一种怀疑精神和多元的倾向,当代西方文论家在对语言的颠覆中竟发现了一个自如的游戏空间。

(三) 诗无达诂与阐释学

"诗无达诂"是我国文论的又一重要思想,由汉代董仲舒提出。我国古人很早就意识到读者在阅读中存在的阐释差异,《易经》中就有了"见仁见智"之说。王夫之在《薑斋诗话》中说,"作者用一致之思,读者各以其情而自得",进而则"诗无定型,读诗亦无定解"[①],指出读者在接受中的差异性。在西方当代阐释学和接受美学中,读者在阅读中的积极作用得到更突出的强调。他们认为,文学文本包含着"某种特定的或预定的、同时又超越了词语的词典意义"的内涵,因而是多义的,不同时代的读者可以通过自己的理解,阐明或寻找到其中

① 钱锺书:《管锥编》第1册,中华书局1979年版,第224页。

"最合适"的意义,这在某种程度上与我们古代文论所说的"诗无达诂"有了相通之处。

相比之下,中国文人比较偏重欣赏者的个人素养,"文者见之谓之文,淫者见之谓之淫",强调读者的阅读与其自身的素养有着密切的关系。而西方的学者则主要从时间距离的角度来论述阐释差异,认为不同的时代有不同的视野,这种视野决定了读者在文本中的发现。

总的来说,阐发研究揭示出中西文论的种种不谋而合,道出了文学理论中某些有规律的东西,中国传统文论由此而得以与世界文论发生联系,而各民族不约而同发现的东西正是建立具有世界意义的文学理论的基础。

三、流变研究

流变研究是一种对文学理论批评在不同国度传播和流变的研究,即文学理论批评的旅行问题。它与对比研究和阐述研究所采用的平行研究不同,属于比较文学中的影响研究。比较诗学的流变研究在当今文学批评理论建设中具有重要地位,它是建构中国文学批评的一个不可忽略的环节,有诸多课题值得研究。这里,我们从史的角度简要概述近代以来西方文学理论与批评在中国的影响与变异,以便了解中国文学批评的某些特质和新质。

(一) 中国近代文学批评与西方文学观念

19 世纪中叶鸦片战争爆发,随着古老的中国被开放,中西文论互相隔绝之状态亦被打破。以梁启超、王国维为代表的中国近代批评明显受到西方政治、哲学和文艺思潮的影响,中国传统文学批评在与西方文学批评的交汇中逐步发生现代转型,在文学观念、批评观念和批评方法等方面都呈现出转型期的特征。

梁启超通过日本政治小说间接受到英国政治小说的影响,他一反中国传统理论轻视小说的倾向,从文体上将小说提到"文学之最上乘"的正宗位置,并在内容上破除小说"意在教忠""意在教孝""意在教之以明礼与义"的道统,把小说纳入鼓民力、开民智、新民德的群体国家观念之中,从而形成了一种具有政治色彩的激进的小说观念,对中国现代小说理论及新的文学观念的形成起到了重要作用。

在借鉴西方文学理论和批评精神为传统中国文学批评注入活力方面,最具有代表性的当推王国维。他的《〈红楼梦〉评论》,就是将西方哲学和美学理论运用于中国文学批评的初步尝试,也可谓开山之作,其中明显可见叔本华、康德的影响。王国维从叔本华的"原罪—解脱"说出发,用这一"舶来"的美学体系阐述了《红楼梦》描写人生之苦痛及其解脱之道的精神,一反过去考据、索隐的方法，从美学上对《红楼梦》作了极高的评价，认为《红楼梦》是“悲剧中之悲剧”，是“普通之人物、普通之境遇，逼之不得不如是”之悲剧。在该文中，王国维还放弃了传统的点评式、随感式批评样式，开始尝试采用西方的论说样式。全文分为五章，先叙述作者的哲学和美学观点，奠定全书的阐释框架，继而分别论述《红楼梦》的精神及其在美学和伦理学上的价值。这篇专论结构严谨，论说深入。论说样式最终取代了中国传统的诗文评点而成为主流批评样式，这是《〈红楼梦〉评论》最重要的历史意义。

王国维的《人间词话》重新采用了诗话的形式，但其观点却较多地融入了西方的文学批评理论。他拈出“境界”说这个范畴，并将此作为一条衡量诗歌艺术价值的最高标准。《人间词话》的特点是一方面在这一传统术语中注入西方美学的内涵，将境界分为造境和写境，同时又从中国古代文论中寻找契合点，提出“有我之境”和“无我之境”，把中西文学理论批评对这一问题的表述自然地糅合在一起。王国维这种追求中国与西方的融合，分析和鉴赏融合的风格，展示了近代文学理论批评的新趋势。

（二）现代文学批评与西方文学批评思潮

“五四”时期是一个自觉接受外来新思潮的时代。西方现实主义、浪漫主义、现代主义诸种文学思潮、文学观念、创作方法同时涌入我国，对我国文学创作和文学理论批评产生重大影响，与此同时，借用西方的文学思想和批评理论进行文学革命和从事文学批评成为当时文坛时尚。胡适直接介绍并实践了杜威的经验主义方法，他所提倡的考证方法使其成为当时文坛的“天之骄子”。梁实秋深受美国白璧德新人文主义思潮的影响，并结合儒家传统人文精神，形成了一种倾向于古典主义的批评理论和实践。他主张以人性为尺度，强调和谐、适度，同时对“五四”新文学运动基本持否定态度，甚至指责其为一场“浪漫的混乱”。精神分析批评、语义学批评对我国现代文坛均有所影响。如潘光旦对《诗经·国风》中“怀”“思”等字所表达的性爱情绪的分析，施蛰存对鲁迅小说《明天》中单四嫂的性心理的分析，都可以看出精神分析的影响。而20世纪20、30年代在欧美兴起的“新批评”，随着其代表人物瑞恰兹来华讲学，引起中国学院派批评家的兴趣，朱自清在西方语义学批评刚刚兴起时，就敏锐地发现它们在文学解读中的作用，并把语义学方法运用到对中国新诗和传统诗歌的分析中。①

在现代文学批评史上，值得一提的是中国一群年轻的批评家对法国印象主义批评的青睐。法国印象主义批评强调个人的感觉与印象，其在表现形态和对

① 参见朱自清：《诗多义举例》，见《朱自清古典文学论文集》（上），上海古籍出版社2009年版，第59—77页。

作品的态度上与中国传统的注重印象表达的评点式、感悟式批评有一定的相似之处，所以在中国新文学发轫之时就成为中国现代文学批评家着力引进的批评样式之一。20 世纪 20 年代初，茅盾怀着极大的热情介绍西方的印象批评。熟稔中西文化、宣扬个性文化和美文伦理的周作人则从域外直接引进印象批评的定义和原则，在国内大力宣传。他直承法朗士、赫兹利特等人的观点，力主一种完全凭借对作品的直觉印象并由此生发感受而进行鉴赏的批评方法。在印象批评方面取得显著成就的当推李健吾的批评理论和实践。从法国归来的李健吾娴熟地将印象批评的理论和方法运用于自己的批评实践，在师承法国印象派的基础上，吸收中国传统文学批评的某些思维方式，形成了中国印象批评的模式。他认为，批评是一种独立的艺术，是一种体现自我价值或意义的创造性活动，并将自己的评论集定名为《咀华集》，取"含咀英华"之义，把作品当作美妙的花朵来品尝，书名本身就标明了一种批评姿态，批评是鉴赏而非判断。两本《咀华集》的问世显示了印象批评在中国的实绩。在中国现代文学批评史上，除李健吾外，朱光潜、沈从文、梁宗岱、李广田等人的文学批评主张和实践也都体现了印象批评的某些基本特征。不过，西方印象主义批评在中国流传过程中，受到中国当时社会历史环境的影响，不可避免地加入了现实主义的因素，李健吾等人的批评实践往往呈现出情感与理性并重，社会性与鉴赏性结合的倾向。尽管 20 世纪的中国文坛引进了多种批评流派和思潮，但主张文学应该反映社会生活的观点仍占主导地位，而与此同时的西方却刮起形式主义批评的旋风。这可以说是中西文艺理论批评的时代错位。

（三）当代文学批评与 20 世纪西方文论

我国当代文学批评的建立，是以对西方 20 世纪文学批评理论和方法的引进为基础的。不论人们对 20 世纪 80 年代我国大量翻译、介绍西方近百年文学批评理论的现象持何种态度，这种引进和传播毕竟改变了人们传统的思维模式，极大地促进了中国当代文学批评研究的兴盛，这一点已成为共识。当今流变研究的任务之一就是梳理西方文学批评的译介情况及其在新的时空中所发生的影响和变异。

结构主义兴盛于 20 世纪 60 年代的法国，其理论渊源则可上溯到 20 世纪初的俄国形式主义和捷克布拉格学派。结构主义批评的目的是要发掘文学的深层结构，从而认识文学的结构关系和规律。中国的文学批评接受了结构主义的批评思想和方法，表现出追求文学批评科学性的姿态，但结构主义叙事学在中国的发展则与它在西方所遭受的抽象性诘难形成鲜明对照，中国的批评家十分热衷于将叙事学运用于具体的小说研究，从而显示出中国式形式主义对"文学性"特有的关注。

解构批评是20世纪后半叶出现的一种重要的文学批评流派之一。西方的解构主义是对自柏拉图到黑格尔,自亚里士多德到海德格尔所建立的形而上学传统的否定和反动。解构批评要冲击的是西方的逻各斯传统,它致力于揭露某些表面上和谐的形而上学观念所内含的冲突与矛盾,使原来似乎稳定的结构显出各种游移不定的差异。解构批评以大胆的怀疑精神、独特的批评策略开辟了文学批评的新领域,并在世界范围内产生了深远的影响,但被横向移植到中国,离开了植根的土壤,就减弱了反叛的锋芒。中西传统文化背景和意识形态的不同以及汉字的特殊性使解构批评在传入中国的过程中受到阻碍。当这一直接根基在西方逻各斯中心的解构主义被翻译、介绍到中国时,国人更多的是吸纳解构批评的一些鲜活而深奥的术语,如"异延""播撒"等概念,失却了那种对一切现存结构的咄咄逼人的挑战意味和犀利的批判锋芒,并且中国的解构批评具有强烈的历史情结,在对中国经典文本作解构式阅读时,总是乐于从中发现新的时代意义。

流变研究是中国当代文学批评理论建构的一个重要的研究类型。在文化交流日益频繁的当下,随着大量西方文论的进入,中国文学理论与批评的面貌和内涵正在发生深刻的变化,同时,这些批评理论又经过中国人的选择、移位、变形和重组,被整合后服务于中国文学批评自身的知识体系与现实需要,成为中国文学批评的组成部分。

第三节　比较诗学的意义和前景*

一、研究比较诗学的意义

比较诗学对于促进比较文学研究的深入,把握我国传统文论的体系特征,建设具有中国特色的文艺理论体系具有重要意义。

(一) 拓展和深化比较文学研究

比较诗学进入比较文学领域是比较文学深入发展和开拓的结果,它不仅带来了比较文学空间的扩展,使比较文学进入跨文化的理论批评领域,而且超出个体经验和一般的表层类比,深入理论层面,从而使比较文学研究更具深度。在研究中,从理论的角度对中西文学共同面对的一些基本问题加以思考,将会为中西比较文学研究做出独特的贡献。并且,比较诗学以其理论的先导性将带动比较

* 请访问爱课程网→资源共享课→比较文学/胡亚敏→第十章:比较诗学→教学录像(00:46:22-00:51:00)

文学研究的突破，理论层面的新观念、新框架将会促进文学研究和文学创作的新的尝试和实践。已故的美籍华裔学者刘若愚在他的《中国文学理论》一书“导论”中对比较诗学的价值作了充分的肯定：“我相信，对历史上互不关联的批评传统的比较研究，例如中国和西方之间的比较，在理论的层次上会比在实际的层次上导出更丰硕的成果。”①

（二）科学地认识和把握我国传统文论的体系特征

在对我国传统文论的整理和研究中，从学科知识系统的高度来审视传统文论是非常必要的。中国传统文论在概念、命题、表达上的特殊性使其面临着比西方文论更急迫的现代阐释和现代转换的问题。以往的批评史研究偏重于资料性和一般性的说明工作，而缺乏学科性建设。通过比较诗学，在互相参照中建构一套分析图式，以逐步实现中国文论的现代转型。

比较诗学的任务还在于通过中西文论的互相阐发，更清楚地认识和把握中国传统文论的民族特色，以及了解中西文论中相近或相似的文学思想和批评原则，这是孤立地研究古代文论所难以达到的。不仅如此，通过互相阐发，用分析性的语言把古代文论中的描述性概念和范畴重新表述出来，使非东方诗学体系的读者能够了解到其中所蕴含的微妙而丰富的意义。

（三）建立现代的、科学的、多元的文学理论

比较诗学对于中国文论的建设具有积极意义。近代以来，特别是新中国建立以来，我国的文学理论批评接受外来的影响较多，一些不尽相同的文化体系都对中国文学理论批评的建设做出了贡献。通过比较诗学的整合，将使当代文论拥有多元的文学理论批评视野和话语。

如今，文学理论与批评已具有广泛的国际联系，各种思潮、学派的世界性传播已成为一种必然。比较诗学是各国文艺学交流、沟通的必然和必要的方式。新的理论应全面地了解、吸收和综合各国的文学理论和批评，用比较的方式反思差异纷呈的文艺学诸问题，相互参照、相互批判和相互补充，共同构筑文学理论批评的大厦。正是在这些意义上，钱锺书指出：“比较诗学是一个重要的而且是大有可为的研究领域。”②

二、理论模式的建构

（一）理论模式的探寻

20世纪的世界文坛，文学理论批评流派迭起，但人们都在以各种方式走向

① 刘若愚：《中国文学理论》，杜国清译，台湾联经出版事业公司1985年版，第3页。

② 转引自张隆溪：《钱锺书谈比较文学与“文学比较”》，载《读书》1981年第10期。

综合。世界各国的文艺理论批评家都试图建构某种能够涵盖东西方文学理论的模式，作为评价不同民族文学和不同理论批评体系的“坐标”，尤其是处在强势文化地位的理论家、批评家，这种努力就会更明显、更强烈一些。

美国著名文学理论家艾布拉姆斯在其论著《镜与灯》中呼吁：“对我们来说，当务之急是找出一个既简易又灵活的参照系，在不无端损害任何一种艺术理论的前提下，把尽可能多的艺术理论体系纳入讨论。”[①] 他提出的艺术四要素的三角形（即与文学相关的三个要素是世界、作者和读者，这四者合在一起，构成了完整的文学系统）就是一个试图包容各种文学理论批评的构架：

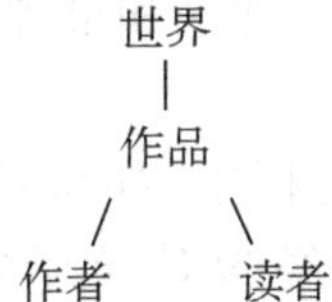

在这个图示中，作品与世界的关系构成模仿理论，作品与作者的关系构成表现理论，作品与读者的关系构成实用理论和接受理论，作品本身为文本理论，由此囊括历史上出现的形形色色的文学理论与批评。

刘若愚在他的《中国文学理论》一书的“导论”中也表达了这一愿望，希望通过他的工作，“对普遍的世界性的文学理论的形成有所贡献”。在该书中，他从探求超越东西方历史文化差异的世界性文学理论出发，以西方文学理论为参照，把艾布拉姆斯在《镜与灯》中提出的艺术四要素加以改造，将中国传统文论分为形而上、决定、表现、技巧、审美、实用六种理论，试图建立一个分析中国传统文论的整体框架。这种将中国传统文论放在艾布拉姆斯的“艺术四要素”的框架中加以梳理的做法，似乎有削足适履之嫌。不过，刘若愚并不完全囿于这个框架，而是根据中国文学理论的特点对阿氏理论加以改造，将四要素三角形拉成一个圆形的双向循环，如图所示：

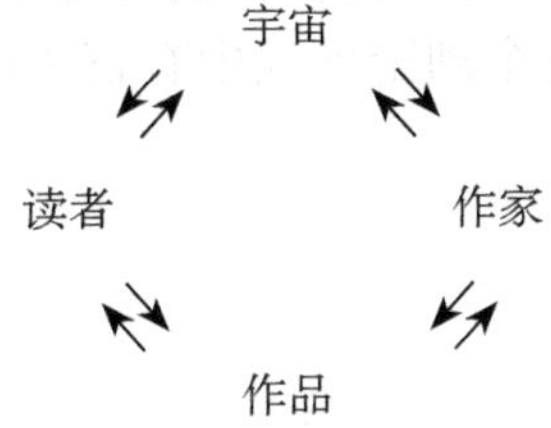

宇宙影响作家，作家也可以影响宇宙；作家不仅是作品的创作者，作品也会对作家产生积极或消极的影响。同样，作品与读者之间，读者与宇宙之间都存在双向

① ［美］艾布拉姆斯：《镜与灯》，郦稚牛等译，北京大学出版社 1989 年版，第 4 页。

的相互作用的关系。[①] 这是刘若愚的创造，由此也显示出一种圆活的新意。美籍华人学者叶维廉也一直努力寻找中西文学的共同的理论规律，他将这种理论规律称为共同的“模子”，共同的“美学据点”，并将他在内地出版的论文集冠以《寻求跨中西文化的共同文学规律》的书名[②]。在探寻共同诗学的道路上，我国学者在关注本民族理论思维特点的基础上提出了自己的设想。如王先霈提出的圆形批评，借助中华民族的尚圆心理，抛弃绝对肯定或绝对否定的思维方式，在接受中走向融合。他提倡建立一种以社会历史批评方法为主导，综合吸收其他的新的批评方法的文学批评，即感性与理性融合的、适合文学的审美特性的圆形批评。这些都可视为重构共同的文学理论和批评的努力。

（二）理论模式的异质并存

在寻找共同的理论模式的过程中，如果这种共同模式是处于强势文化的学者凭借其文化权力，以自身的经验对异邦文学理论“命名”的话，那么这个理论模式的普适性就会受到质疑。理论模式应建立在各民族文学理论平等对话的基础上，是在不同文化的诗学基础上的建构，而不是现有某种诗学的扩张。

理论模式所追求的是异质并存，而不是简单地趋同。理论模式的存在不是要清除各民族文学理论的差异，而是使各种异质文学理论批评之间有更多的沟通和交流，消除话语上的隔膜和抵牾，也就是人们常说的“和而不同”。汤一介对中国文化的“和而不同”作了精当的解释：“‘和而不同’的意思是说，要承认‘不同’，在‘不同’基础形成的‘和’（‘和谐’或曰‘融合’）才能使事物得到发展。如果一味追求‘同’，不仅不能使事物得到发展，反而会使事物衰败。把这一‘和而不同’作为处理不同文化传统之间的一条原则，是不是对当前世界文化的发展有积极意义呢？”[③] 这种“和而不同”的文化原则不是要把各民族的文学理论拉到同一个价值秩序中来整合，而是择善而从，分别采取不同的理论见解，使得文学研究具有多种不同的视角与方式。我们要努力建构的正是多元文化中有价值的理论模式，每个民族在这个理论模式中有言说的权力，并能体现出本民族的理论个性。

① 参见刘若愚：《中国文学理论》，杜国清译，台湾联经出版事业公司1985年版，第12—13页。

② 参见温儒敏、李细尧编：《寻求跨中西文化的共同文学规律——叶维廉比较文学论文选》，北京大学出版社1987年版。

③ 汤一介：《文化的多元共处——“和而不同”的价值资源》，见《跨文化对话》（一），上海文化出版社1998年版，第9—10页。

专栏

专栏 1

抑我国人之特质，实际的也，通俗的也；西洋人之特质，思辨的也，科学的也，长于抽象而精于分类，对世界一切有形无形之事物，无往而不用综括(Generalization)及分析(Specification)之二法。故言语之多，自然之理也。吾国人之所长，宁在于实践之方面，而于理论之方面则以具体的知识为满足。至分类之事，除迫于实际之需要外，殆不欲穷究之也。

王国维：《论新学语之输入》，见《王国维文集》第 3 卷，中国文史出版社 1997 年版，第 40 页。

专栏 2

我们所谓中国文评的特点，应是：(一)埋养在自古到今中国谈艺者的意识田地里，飘散在自古到今中国谈艺的著作里，各宗各派的批评都多少利用过；惟其它是这样的普遍，所以我们习见而相忘。(二)在西洋文评里，我们找不到它的匹偶，因此算得上中国文评的一个特点。(三)却又并非中国语言文字特殊构造的结果，因为在西洋文评里，我们偶然瞥见它的影子，证明一二灵心妙悟的批评家，也微茫地，倏忽地看到这一点。(四)从西洋批评家的偶悟，我们可以明白，这个特点在现象上虽是中国特有，而在应用上能具普遍性和世界性；我们的看法未始不可推广到西洋文艺。

钱锺书：《中国固有的文学批评的一个特点》，见北京大学比较文学研究所编：《中国比较文学研究资料(1919—1949)》，北京大学出版社 1989 年版，第 46 页。

专栏 3

中西文学既有着迥然相异的传统，则自西方文学现象归纳而得的与中国文学现象并不完全同的理论，其不能完全适应于中国之文学批评。这种相异，正如两个身材全然不同的女子，按照这个人体型所做的衣服，穿在另一个人身上，自然不能完全适合。可是体型虽然不同，然而剪裁制作原理却又正有着某些共同的可以相通之处。如果不能从原理原则上着眼来对中国说诗的传统加以拓展和补足，而只想借一件别人的现成衣服来勉强穿在身上，则一方面既不免把自己原有的美好和体型全部毁灭，更不免把借来的衣服扭曲得十分丑怪。

叶嘉莹:《我的诗词道路》，河北教育出版社 1997 年版，第 148 页。

思考题

1. 简述比较诗学的研究范围。
2. 钱锺书说:“东海西海，心理攸同；南学北学，道术未裂。”结合这句话，举例并阐述中西文论所包含的几个相似的理论观念。
3. 试分析中西文论中言意关系的异同。
4. 试分析中国现当代某一批评家或理论家所受到的外来影响。
5. 举例说明 20 世纪西方某一文学批评流派或某一批评术语在中国的变异。
6. 谈谈比较诗学在当代的意义。

进一步阅读

1. [美]厄尔·迈纳:《比较诗学》，王宇根等译，中央编译出版社 1998 年版。
2. [美]刘若愚:《中国文学理论》，杜国清译，台湾联经出版事业公司 1985 年版。
3. 钱锺书:《中国固有的文学批评的一个特点》，见北京大学比较文学研究所编:《中国比较文学研究资料(1919—1949)》，北京大学出版社 1989 年版。

4. 叶维廉:《东西比较文学中模子的应用》,见叶维廉:《比较诗学》,台湾东大图书有限公司 1983 年版。
5. 王元化:《刘勰的譬喻说与歌德的意蕴说》,见张隆溪、温儒敏编选:《比较文学论文集》,北京大学出版社 1984 年版。
6. 杨周翰:《镜子与七巧板》,中国社会科学出版社 1990 年版。

第三编　跨学科研究

第十一章　文学与其他艺术形式

文学与其他艺术形式的关系是跨学科研究的一个重要组成部分,它包括文学与其他姊妹艺术如绘画、音乐、影视、雕塑、建筑、摄影等关系的比较研究。

文学作为文艺这个大家族的一员,与其他姊妹艺术在起源、思维方式、情感因素乃至创作意图等方面都有着一些共同的原则和规律,存在着“天然的姻缘”,这些共同因素构成了各类艺术之所以为艺术的必要条件,并且也是某些文艺流派和思潮能在不同种类的艺术中盛行的根据。印象主义思潮作为一种创作思想就不仅出现在绘画中,也出现在音乐、文学乃至文学批评中。如今的后现代主义则从建筑开始,很快流行于文学、绘画及批评理论等领域。文学和其他艺术形式之间的这种类似、关联、模仿和比照,正是跨学科比较和分析的基础。

各门艺术之间彼此又拥有各自的媒介手段和发展历史,具有不同的艺术效果和功能。在讨论文学与其他艺术的关系时,应当承认,“每一门艺术都会创造出一种完全不同于其他艺术的独特经验,每一门艺术创造的都是一种独特的基本创造物”。[①]各门艺术都有其特殊的对象,莱辛曾借用古罗马作家普卢塔克的话说:“谁若是用一把钥匙去劈柴而用斧头去开门,他就不但把这两种东西都弄坏,而且自己也失去了这两种工具的用处。”[②]这是一方面,另一方面,也应当看到,当今各个艺术种类为扩大其表现力,正在突破原有的疆界,互相借鉴和吸收,形成了一种超媒介的趋势。法国诗人波德莱尔说:“今天,每一种艺术都表现出侵犯邻居艺术的欲望,画家把音乐的声音变化引入绘画,雕塑家把色彩引入雕塑,文学家把造型的手段引入文学。”[③]

文学与其他艺术的这种汇通和差异在传统美学中已经论述得比较充分,比较文学的跨学科研究主要探讨文学与其他艺术之间的互相借鉴和渗透。“这种研究以全部艺术为领域,从单个艺术品之间的偶然联系直到整个文化时期文学

① [美]苏珊·朗格:《艺术问题》,藤守尧等译,中国社会科学出版社1983年版,第74页。

② [德]莱辛:《拉奥孔》,朱光潜译,人民文学出版社1979年版,第202页。

③ [法]波德莱尔:《波德莱尔美学论文选》,人民文学出版社1987年版,第383页。

艺术作品互相渗透的极为复杂的情形,可以有无数值得研究的题目。”① 尽管文学与艺术之间关系的研究选题很多,但必须坚持文学主体性的原则,韦斯坦因曾指出,在跨学科研究中,我们应谨慎从事,以适当的分寸从小到大,从具体到总体。还应特别注意论证时进展的逻辑,因为在比较艺术研究中,不知不觉地离题是最容易发生的事了。一般说来,文学和艺术的比较往往遵循三个基本途径,即两者的关系、影响和综合。从研究方法上说,既可以是历史性的因果联系研究,又可采用基于一定框架下的平行研究。

第一节 文学与绘画 *

中西方很早就认识到诗画有着密切关系。古希腊抒情诗人西蒙尼德斯说:“绘画是无声的诗,诗是有声的画。”我国北宋诗人苏轼在评论王维时说:“味摩诘之诗,诗中有画;观摩诘之画,画中有诗。”(《书摩诘蓝田烟雨图》)在我国古代,文人墨客常常在一幅意境幽远的绘画上,题上一首小诗,再加上几枚朱印,诗书画融为一体,可谓珠联璧合,构成了艺术史上的独特样式。中国诗歌历来讲究“诗情画意”,绘画史上多有以诗为题作画比赛的逸事掌故,如“踏花归来马蹄香”“野渡无人舟自横”等,成为中国绘画史上的佳话。在西方的小说和诗集中也常常配有精美的插图,图文并茂无疑大大增加了作品的吸引力。同时,中西方也都看到了诗与画的区别。陆机说:“宣物莫大于言,存形莫善于画。”莱辛根据诗与画的不同的艺术手段和读者的感觉方式,对诗与画作了更为明确的区分。他认为,绘画适合于模仿空间中并列的物体、静止的状态,诗适合于模仿时间中展开的动作和情节。人们观看一幅画时,是靠画中各物体的空间关系来理解整体,而在读一首诗时,则是靠时间序列来理解它。文学与绘画的关系可以从不同角度研究,这里主要探讨文学对绘画的借鉴,即文学是如何通过借鉴绘画的因素来丰富自身并实现新的转换的。

一、从绘画中获取技法

由于绘画艺术手段的直观性,小说家多有意识地学习绘画中的基本技法,包括色彩、线条、光线和构图等,通过对光和色的着意处理以丰富文字的表现力。英国小说家哈代对人物和环境的描写具有很强的可视效果,字里行间给人一种

① [美]玛丽·盖塞:《文学与艺术》,见张隆溪选编:《比较文学译文集》,北京大学出版社 1982 年版,第 134 页。

* 请访问爱课程网→资源共享课→比较文学 / 胡亚敏→第十一章:文学与其他艺术形式→教学录像(00:14:02–00:27:21)

如临其境的感觉。康拉德也非常注重从色彩上塑造空间,并且以他特有的感觉,通过色彩的描绘使空间变形,请看下面一段:

> 快要落山时的太阳的直径变小了,一道奄奄一息的褐色无光的光线……北方出现了一道浓浓的云堤,它带有一种阴险的乌黑的橄榄色彩,低低地一动不动地压在大海上,仿佛在航道上设置了一道坚固的障碍。(下划线为笔者加)
>
> ——康拉德:《吉姆爷》

这里不难感受到印象主义绘画和俄国画风的影响,作家的主观感受和作品中色块的融合产生了一种难以名状的压抑效果。

中国绘画中的空白和简洁等也成为中国一些文体意识比较强的作家的自觉追求。所谓"空白",是中国画的一种特殊技巧。中国画家在描摹景物时,不重西洋油画那种通过浓墨重彩的方式传达出物的外在形态,让物的底层阴影填实了物体的"面",而是用写意的方式创作,采取虚实结合的手法,"计白当黑",赋予空白以韵味和生机。同样,对笔墨而非线条的重视则使中国画较西洋油画更为简洁、灵动。中国画的这些技法为中国作家所领悟,成为他们创作中的重要技巧之一。鲁迅说:"要极省俭的画出一个人的特点,最好是画他的眼睛。……倘若画了全副的头发,即使细得逼真,也毫无意思。"[①]

绘画给文学的启发还表现在对题材的选择上。钱锺书在谈到莱辛《拉奥孔》时,提到绘画中"富于包孕的片刻"。莱辛认为,与时间是诗的因素不同,空间是造型艺术的最主要因素。如果说艺术的最终目的是要传达出一个有意义的整体,那么在选择题材这一点上,画家比诗人责任更大,他们必须选取一个行动当中"富于包孕的片刻"加以描绘,从而暗示出前后的行动。这一刻往往给观者多样的感觉,产生强烈的震撼力和无尽的遐思,甚至化瞬间为永恒。如今,叙事作品也开始吸取绘画中的画面选择原则,精心处理事件的场景与故事的开头和结尾,以刺激读者的想象,让人们从故事中品味其前因或后事。

二、借鉴绘画的空间意识

20世纪以来,人们在诗画关系的研究上又有了新的理解,产生了新的话题。文学作为时间的艺术是与它所运用的媒介——字词联系在一起的,而一些现代诗人和作家在寻找新的表现方式和技巧时越来越注重空间感觉的原理。他们所努力追求的恰恰是要打破传统的时间序列,希望读者不是通过一个行动接着一

---

① 鲁迅:《我怎么做起小说来》,见吴福辉编:《二十世纪中国小说理论资料》(第3卷)(1928—1937),北京大学出版社1997年版,第213页。

个行动的理解来获得完整的印象，而是打乱时间让人们从空间中理解他们的作品，像欣赏一幅画或一座雕塑一样，同时得到作者所要传递的各种印象。有个叫约瑟夫·弗朗克的美国人在研究现代小说的空间形式时说，由 T.S. 艾略特、庞德、普鲁斯特、詹姆斯和乔伊斯为代表作家的现代文学，正在向空间形式的方向发展。这就是说，读者大多在一个时间片刻里从空间观念去理解他们的作品，而不是把作品视为一个序列[①]。

这些现代派作家在作品中表现出了对时间和顺序的拒绝和对空间与结构的偏爱，他们不仅任意切断叙述中的时间流动，而且在文本中并列置放那些游离于叙述过程之外的各种意象和联想。意识流小说的"瞬间集合"就是一种空间意识的体现。它打破叙述的时间流程，小说中的人物睹物生情，一时间各种往事纷至沓来，发生在不同时间的事情在这一刻同时涌现。弗吉尼亚·伍尔夫的《达罗卫夫人》就是具有空间形式的小说。全书描写的时间集中在 1923 年 6 月的一天。这一天达罗卫夫人出门买花，在伦敦城的几个区里漫步；闻到大城市的各种气味；听见公共汽车和一架飞机的喧声、乞丐的吵闹声；遇见商店里的顾客、公园里的游人和大街上熙来攘往的人流。伍尔夫在具体的时间和地点这两个界限之内，并没有放置任何连续的行动或者思想，她的小说里不断重复出现的某些象征和意象——达罗卫夫人举办的晚会、议院塔上不时响起的大钟的钟声、太阳的意象、花的象征、似乎随便从《辛白林》和《冬天的故事》中摘引出来的诗句、未说明身份的人物等——所有这些象征和意象综合成总的效果。在这部作品中，每个叙述都是片段，呈现的是不断变化着的物象。而读者几乎须站在某一点上，随着人物的思路在时间上来回移动，通过"反射式参照"，才能把作品中的各个部分拼列出来。

文学创作和理论上的"视角主义"和"场景描绘"是文学向绘画借鉴空间感的又一方式。受现代物理学的影响，立体派绘画认为，以往绘画中所采用的平面透视的方法不能见出事物真实的立体的存在，须通过多视角来多方位地观察事物的构成，使画中的人物和景物仿佛被打碎后重新组合一样，给人一种扭曲和变形的效果，其代表人物为毕加索，他的立体几何式的绘画开创了西方绘画的新视野。受立体派绘画的激发，法国新小说派代表作家罗布－格里耶的《咖啡壶》，就分别从三个不同的视角透视咖啡壶的位置，展示该物体的不同侧面，由此呈现出视角变换所导致的叙事对象的不同形态。格里耶的《密室》则直接以一幅画作为自己的描写对象，小说中没有通常所说的情节，也没有合乎逻辑的动作，场景的再现代替了叙事，整个作品由画面组成。读者阅读这部作品时，从中获得的不是时间序列（当然我们也可以从画面中推断出时间），而是一幅幅画面。这类小

① 参见［美］约瑟夫·弗朗克：《现代小说中的空间形式》，秦林芳编译，北京大学出版社 1991 年版。

说只有从空间上把握,才能很好地体会其中的意蕴和氛围。如今,空间已成为文学创作和理论的重要维度,文体实验的空间转向也成为当代社会碎片化的表征。

三、中国古代文论与画论

中国古代文论是一个具有很强包容性的系统。由于中国古代诗画多有关联,中国古代文论从绘画理论中受惠颇多,画论中的术语和思想常常被运用到诗文理论之中。以贯穿我国古代文论的“形神”这对范畴而言,它的出现就与绘画中的形神理论相关。魏晋时期,随着人物画的逐渐成熟,东晋著名画家顾恺之明确提出绘画中必须“以形传神”的理论。唐代以后,山水画异军突起,取代了人物画的地位,形神理论也由此进入一个新的阶段。宋人曾说,“世徒知人之有神,而不知物之有神。此若虚深鄙众工,虽曰画而非画者,盖只能传其形,不能传其神也。故画法以气韵生动为第一”[①],指出“物”也有“神”。后来文人画的兴起又使画者格外注重表现个人的品格和理想,这些都深深地影响到诗文创作,使唐以后的文论一改六朝以前对“形似”的强调,开始认识到“神似”的重要性。诗圣杜甫就明确把传神作为艺术创作的审美标准,他说,艺术形象不仅要传形,还应传神,作家的才力、学识修养是艺术创作传神的重要条件,“读书破万卷,下笔如有神”。到了司空图,更强调诗文要有“象外之象”“韵外之致”“味外之旨”,要“离形得似”。中国古代文论中的“风骨”概念也是对中国绘画中“骨法”一技的借鉴。明清时期的小说评点家曾用绘画概念来说明小说的叙事技巧,如“背面傅粉法”“横云断岭法”“重作轻抹法”“草蛇灰线法”等,这些绘画中的概念变成了中国古代小说理论说明小说技法的术语。

第二节　文学与音乐*

在人类的童年时代,诗乐舞是结合在一起的,用于祭祀和欢庆。封建社会早期,诗歌与音乐也有着密切联系。我国第一部诗歌总集《诗经》就是篇篇可入乐的,古人曾指出诗与乐、舞的内在联系。《毛诗序》曰:

> 诗者,志之所之也。在心为志,发言为诗。情动于中而形于言,言之不足,故嗟叹之,嗟叹之不足,故永歌之,永歌之不足,不知手之舞之、足之蹈之也。

① 邓椿:《画继·卷九·杂说·论远》,人民美术出版社 1963 年版。

* 请访问爱课程网→资源共享课→比较文学/胡亚敏→第十一章:文学与其他艺术形式→教学录像(00:27:22-00:41:32)

在古希腊，诗与乐起初也是同体共生，诗即乐，乐即诗，合二而一，故名诗乐。不仅诗配有乐，吟唱时要用乐器伴奏，而且诗中有乐，诗文创作要依据一定的声韵与格律，其自身结构就具有音乐成分。因此当时的诗人离不开他的七弦琴。随着社会的进化，分工逐渐细密，相应地文学与音乐也独立开来，成为不同的艺术种类。钱锺书认为："诗、词、曲三者，始皆与乐一体。而由浑之划，初合终离。凡事率然，安容独外。文字弦歌，各擅其绝。……即使折衷共济，乃是别具新格，并非包综前美。"[①] 文学与音乐的分离是一种必然，这种分离促使了各自发展的完善。没有这种分离就没有现代文学和现代音乐的高度发展。而如今两者的互相渗透和互相倾慕又表现出各自对自身的超越。

同为艺术门类，文学和音乐有着一些共同的因素，它们都充盈着情感和想象，并且相对绘画、雕塑而言，文学和音乐都属于时间艺术，时间是这两种艺术存在的框架，音乐是在时间中展示的声音动态结构，文学是在时间中连续呈现的词语有序结构。不过，它们所用的媒介又各不相同，音乐的旋律比文学的文字更为抽象，它对听众提出了更高的要求，也给听众带来了更多的想象的自由。而这一特点正是文学所努力追求的。而音乐的某些表现方式如叙述性、戏剧性与文学的某些本质特征也有着一定的关系，如约翰·施特劳斯的舞曲《闲聊波尔卡》《电闪雷鸣波尔卡》显然有很重的模仿和叙事的成分。有些音乐作品的题材则直接来自文学作品，如著名的小提琴协奏曲《梁山伯与祝英台》就是在民间广泛流传的梁祝故事基础上创作出来的。

文学与音乐的关系在那些具有比较深厚的音乐造诣和音乐经历的作家的作品中表现得更为明显。音乐往往成为作品的组成要素之一。在罗曼·罗兰的《约翰·克利斯朵夫》中，音乐在作品的整体结构和表现手法上都起到了重要作用。美国黑人女作家托尼·莫里森的《宠儿》开端就显示出爵士乐即兴演奏的特点。在作家研究中，知晓该作家的音乐造诣，对于理解其作品大有裨益。

一、对音乐技巧的借鉴

文学，尤其是诗歌，一直与音乐关系密切。英国现代派诗人艾略特指出："我认为诗人研究音乐会有很多收获。……音乐当中与诗人最有关系的性质是节奏感和结构感。"[②] 他获诺贝尔奖的诗作《四个四重奏》就是这方面的尝试。《四个四重奏》由四首诗构成，每一首诗都以一个与诗人的全部经验中某一时刻相关

① 钱锺书：《谈艺录》，中华书局 1984 年版，第 27 页。

② 转引自［美］玛丽·盖塞：《文学与艺术》，见张隆溪选编：《比较文学译文集》，北京大学出版社 1982 年版，第 126 页。

的地方命名。从结构上说,每首诗分成的五个部分,就像“有自己内在结构的五个乐章”。诗人所采用的音乐手法使诗歌回环跌宕,严谨而富于流动美,也使人们在“倾听”中领略作品的美感。

文学对音乐结构和节奏的借鉴也表现在叙事文学上。昆德拉的小说就是突出的例子。他将音乐的思维方式引进小说创作,以音乐为参照系,在小说形式上作了大胆的革新。他要求新的小说既能包容现代世界存在的复杂性,又具有建筑结构的清晰明确。换句话说,既要广阔复杂,又要简洁凝练。而这一思想直接来源于捷克音乐家雅那切克作品的启迪。为了增加小说的密度,昆德拉借鉴了雅那切克的创新手法,即在音乐中无情地删去无用的音符,只让能表达基本内涵的音符存在,并且不用过渡,采用突然的并列,不用变奏,采用重复。由此,他要求小说必须摆脱陈规旧习,削去一些无意义的展示、描写、解释和过渡,使其言简意赅。昆德拉所追求的小说对位艺术也受到音乐中复调的启发。所谓复调,即同时展开两个或几个声部(旋律),它们既保持其相对独立性,同时又构成一个统一的整体。昆德拉所说的复调小说不仅仅指几条情节线索的对称和平衡,还要求把非小说性的文体合并到小说的复调中,如哲学、历史、诗、梦在小说中的运用,其意旨在于构成一支关于人的存在的和谐的音乐。他在自己的小说中努力探索并实践着这种音乐对位。在《生命中不能承受之轻》第六章中,我们看到了多种因素的并置:斯大林儿子的死,一次神学思考,亚洲的一个政治事件,弗朗兹在曼谷死去,托马斯在波希米亚下葬。这些叙述构成了一种多层次、多线索、多形式交织融合的立体小说风格,更适合表现复杂的现实世界。此外,音乐中有一种通过主导动机的反复出现来标明特定情景和人物以加强结构的方法,文学中也常采用这种主导动机的方式,通过重复使作品的某些意蕴得到加强,或在结构上形成呼应。在这个意义上,音乐结构对现代小说文体的变革产生了深刻的影响。

二、对音乐本体性的追求

现代以来,文学对音乐的吸收已不是一般性的要求诗歌应该具有“音乐美”,也不仅仅是通过借鉴音乐方法来丰富和扩展文学创作领域,而是对音乐本体的追求。音乐成为文学的“理想自我”。

这种追求首先表现为音响的运用。音乐之所以较之其他艺术门类能更直接地作用于人的情感,重要原因之一就在于它是通过音响的强弱来实现的。这一点正是法国象征主义诗歌所看重的,这些象征派诗人在创作中表现出对音乐中音响模式的渴求。前期象征主义诗歌的代表人物保尔·魏尔伦在《诗的艺术》这篇象征派诗歌的宣言中特别强调诗歌的音乐性,认为诗歌的首要因素是音乐。在他的《被遗忘的小咏叹调》里,将一些有表现力的词语反复呈现,模拟雨声的单调、连绵，渲染出哀愁、忧伤的情调。后期象征派诗人瓦莱里更重视语义和音响的融合，他的《海滨墓园》被称为"诗之乐"。在用词上，他选用半谐音和叠韵词使诗句铿锵错落，富有律动；在语调上，又根据内容情调的抑扬起伏、强弱变化进行巧妙的设计，使开篇与结束首尾呼应，中间的语调变化丰富，全诗具有一种昂扬乐观的基调。象征主义诗人对诗歌音乐性的追求，使诗歌中的音乐因素更加鲜明、突出，从而丰富了诗的表现力和美感。我国现代诗人戴望舒的《雨巷》受到象征主义诗歌的影响，在诗中不仅成功地运用了象征手法暗示诗人的感伤情绪，而且在声音的处理上别有特色。诗人反复描写雨巷的悠长，姑娘"默默彳亍着"，"走近"，"飘过"，"远了，远了"，体现了法国前期象征派诗人讲究形象的流动性的特点，而诗中反复出现的"悠长"的"长"、"雨巷"的"巷"、"希望"的"望"、"女郎"的"郎"等字，韵母相同，音韵和谐，具有法国前期象征派诗人魏尔伦主张的音乐美，为我国新诗用韵开辟新径。

文学对音乐性的追求更重要的是表现为对音乐语言的抽象性、含混性的仰慕。丹纳在《艺术哲学》中指出："音乐比别的艺术更宜于表现漂浮不定的思想，没有定型的梦，无目标无止境的欲望，表现人的惶惶不安，又痛苦又壮烈的混乱的心情，样样想要而又觉得一切无聊。"[①]19世纪后期的音乐奇才瓦格纳的诗剧《尼贝龙根的指环》对意识流小说的产生具有重要影响，普鲁斯特在《追忆逝水年华》中就一再提到这位音乐大师。当然，文学对音乐本体的这种追求是在类似的层次上，而不是说要最终取消语言。可以说现代人对音乐本体的追求是现代社会和文化的折射，音乐化的语言似乎比具有明确所指的文字陈述更能传达出对现代生活的感受。

三、文学批评理论与音乐

文学批评理论与音乐的关系又可分为两个方面：一是在批评的过程中用听音乐的方式感受作品，形成阅读文学的新模式；二是文学批评理论对音乐的理念和方法的吸收。

用阅读乐谱的方式阅读神话，从和声中把握神话的深层结构是结构主义人类学家列维－施特劳斯主张的一种阅读方法。在《神话与意义》这本小册子中，列维－施特劳斯将神话的阅读和理解与音乐相提并论。他说，如果我们阅读神话像阅读报纸和小说那样，一行接着一行，从左到右，我们是不会了解这个神话的。……神话的基本意义是不能从一段一段的事件来了解的，神话必须从许多事件中去了解，虽然这些事件在故事的不同时间里出现。所以我们读神话时，应该像阅读交响乐

① ［法］丹纳：《艺术哲学》，傅雷译，人民文学出版社1981年版，第63页。

队的乐谱一样，不是一行五线谱接着一行五线谱，而是要领悟全页。他本人就是用这种方式阅读俄狄浦斯神话系列的。他将不同时间的一系列事件加以组合排列，在纵横交错中读出了其深层的二元对立，即亲属关系的高估和亲属关系的低估。

文学批评理论对音乐的借鉴主要表现在对音乐理念和方法的吸收上。其中比较熟悉的概念有“复调”理论。所谓“复调小说”，是由俄国著名文学理论家巴赫金在对陀思妥耶夫斯基小说进行分析时提出的，指作品中权威声音的消失，众多人物构成一种平等的对话。复调小说目前已成为现代小说中颇受青睐的一种。巴赫金认为，陀思妥耶夫斯基的小说是一种“多声部性”的、全面对话的小说，作者笔下的人物是独立的、平等的，由此使作品不再是“在作者统一意识支配下层层展开”的艺术品，而构成了“众多的、地位平等的意识连同它们各自的世界，结合在某个统一的事件之中，而相互间不发生融合”，宛如音乐复调中多个并行穿插的旋律。也许小说作者并不是有意创作一部“音乐化”的小说，但批评家却在音乐的启发下，“读出”了小说中的复调结构。文学批评中所出现的一些术语如“变奏”“动机”等也都来自音乐。

第三节　文学与影视艺术*

影视艺术作为现代科技的产物，具有得天独厚的优势。它综合运用光、影、声结合的技术，逼真形象地表现人物和事件，并以直观、方便的欣赏方式走进千家万户，使普通民众成为艺术的欣赏者。影视的传播方式和对受众的覆盖面是传统意义上的文学难以与之抗衡的。影视艺术的诞生在改变人们的感受方式和认知方式的同时，也在改变传统的文艺观念和受众群体。由于影视的强烈冲击，人们日益疏远书写的文字。这一状况既造成了文学的危机，同时也促使了文学的反思和革新。

一、文学和影视的联姻

影视与文学作为两种不同的艺术形式，它们在创作方式、表现方式、存在方式和受众接收方式以及对受众的要求方面都有很大区别。但影视作为综合艺术，文学脚本是其中的重要因素，甚至可以说文学脚本在很大程度上决定了影视艺术的思想价值。优秀的影视艺术往往与脚本的文化底蕴有关，在这个意义上，文

*　请访问爱课程网→资源共享课→比较文学 / 胡亚敏→第十一章：文学与其他艺术形式→教学录像(00:41:33-00:52:41)

学脚本的质量是影视作品能否成功的关键之一。事实上,很多影视剧都是先有文学作品然后改编的,著名导演张艺谋曾坦言,他所拍的电影几乎都是由小说而来的。尤其是对经典名著的改编,人们除了评价演员的表演外,一个重要标准就在于是否体现了原作的精神。

当然,在改编中可能会失去文学的一些特质和特定手段,但影视毕竟使文学作品得以广泛传播。不少人是借助于影视而知晓中国的古典名著《西游记》《三国演义》《红楼梦》等,外国小说《飘》《战争与和平》等。今天的许多作家也开始"触电",《孽债》《贫嘴张大民的幸福生活》等一批优秀作品,问世后旋即被搬上荧幕,从而家喻户晓。可以说,影视帮助文学找回了失去的读者,不仅如此,影视的热播还带动了相关图书的畅销(不可否认,这种互动也有商业炒作的色彩),人们通过观看影视作品产生了阅读纸质作品的冲动。在影视和文学的这些有效合作中,两者实现了"双赢"。

二、影视冲击下文学的革新

在以影视为代表的新型艺术的冲击下,文学创作处于不断翻新的过程中。法国小说理论家萨洛特在《怀疑的时代》一文中曾反思道,小说之所以成为次要艺术,是因为它固守过时的技巧。文学须尽可能地创新(包括外在形式、表现技法和内容等)才能获得自身的生存空间。西方 20 世纪以来的现代小说和我国 20 世纪 80 年代中后期以来的小说创作为此做出了种种努力。

在与影视的互动中,影视的要求悄然改变着书写的文学的叙述方式和结构,促使文学不断探索新的表现方式。为适应当今快节奏生活的需要,如今的小说创作尽可能地去掉概述和评论,推崇省略和空白,"于无声处"凸显叙事的魅力。同时,影视中灵活的镜头转换也给小说的叙述技巧以很大的启发,在莫言的小说《红高粱》中不难发现,蒙太奇的手法在故事时间的衔接上运用得十分自如。可以说,如今小说的面貌已发生了很大变化,呈现出由描写向展示的变化,这与影视艺术的冲击不无关系。此外,从叙事学的发生史看,电影理论也为叙事学提供了灵感和实践。

三、图像时代文学的魅力

尽管以影视艺术为代表的图像世界无处不在,但可以肯定地说,以直观形象为特色的影视艺术不可能取代以语言文字来表情达意的文学。作为语言艺术的文学有许多东西是影视作品无法表现和替代的。首先,影视艺术主要用影像说话,它通过历历在目的景色和鲜活的人物形象提供并担保了故事的确定性和真实感。给人以逼真的感觉是影视艺术的胜处,但这种画面在便于观众直接欣赏的同时也固化了这一形象。文学由语言文字构成，文字的间接性和歧义性以及由此所带来的广阔性和暗示性为读者营造了自由想象的空间。这一点在小说《红楼梦》和电视剧《红楼梦》的差异中表现得十分明显，借用“一千个读者就有一千个哈姆莱特”的套话，《红楼梦》是“一千个读者就有一千个林黛玉”，而电视剧《红楼梦》则是“一千个观众就只有一个林黛玉”了。其次，影视艺术具有快捷的特点，它作为一种文化快餐给人们提供视觉享受，人们在用眼睛观看瞬息变化的画面时往往放弃了思考；而经典的纸质文学作品则可以常读常新，回味无穷。再次，文学语言所具有的隐喻、修辞乃至评论等手段也有其他媒介难以企及之处，再高级的摄像机也很难再现语言艺术所深藏的奥秘。这些正是文学的生命力或魅力之所在。

专栏

专栏 1

近百年来大多数重要的文学运动的名称极少是从文学本身来的，例如自然主义(实际上是音乐和绘画流产的术语)、象征主义和超现实主义就是如此。现实主义虽然几乎在文学和艺术中同时发生，但显然是居斯塔夫·库尔贝题名为“现实主义”的画展使这一术语流行起来。至于表现主义和印象主义，它们毫无疑问首先是在造型艺术中产生的。因此，在分析这些风格的各种文学流派时，仅以文学为出发点，完全忽视其他艺术显然是错误的。

[美]乌尔利希·韦斯坦因:《比较文学与文学理论》，刘象愚译，辽宁人民出版社 1987 年，第 83 页。

专栏 2

诗画之区别:——“画是哑巴诗，诗是盲人画”。二者都各尽己能模仿自然，都能用来阐明各种道德风习，象阿培勒画《诽谤》时所作的那样。

绘画替最高贵的感官——眼睛服务。从绘画中产生了谐调的比例，犹如各个声部齐唱，可以产生和谐的比例，使听觉大为愉快，使听众如醉如痴;但画中天使般脸庞的协调之美,效果却更为巨大,因为这样的匀称产生了一种和谐,同时间射进眼帘,如同音乐入耳一般迅速。

诗就及不上它们美妙。它在表现十全的美时,不得不把构成整个画面谐调的各部分分别叙述,其结果就如同听音乐时在不同时刻分听不同声部,毫无和声可言;也正如脸部一次只露出一点,看过的便遮没,由于眼睛不能同时将视野中的各部分一齐摄入,我们的健忘使我们不能形成谐调的比例印象。诗人在表现任何美丽的事物时就是这样,不同部分在不同时间分别叙述,以致记忆中感受不到任何谐调。

[意]列奥纳多·达·芬奇:《芬奇论绘画》,戴勉编译,人民美术出版社1979年版,第23—24页。

专栏3

普鲁斯特懂得,为了体验时间的流逝,超越时间并且在他称之为"纯粹时间"的瞬间同时掌握过去和现在,这是很有必要的。但是,显而易见,"纯粹时间"根本就不是时间——它是瞬间的感觉,也就是说,它是空间。通过人物不连续的出现,普鲁斯特迫使读者在片刻时间内空间地并置其人物的不同意象,这样,对时间流逝的体验将与他们的感受完全联结起来。在普鲁斯特的方法与他所钟爱的印象主义画家的方法之间有着一个引人注目的相似;但是,这种类似较之对普鲁斯特风格的"印象主义"的通常解释更为深刻。印象主义画家把各种单纯的色调并列在画布上,而不是把它们混合在调色板上,以便让观众看到调和的色彩。与此相似,普鲁斯特把或许可以称之为人物的纯粹观相的东西交给了我们——即在其生活的各个阶段里的他们"在视觉瞬间静止"的观相——并且允许读者的感觉把这些观相融为一体。每个观相都必须被读者作为一个单元来理解;只有当这些意义单元在一个瞬间内相互反应参照时,普鲁斯特的目的才实现。我们看到,与乔伊斯和现代诗人一样,空间形式也是普鲁斯特迷宫般的杰作的构架。

[美]约瑟夫·弗朗克等:《现代小说中的空间形式》,秦林芳编译,北京大学出版社1991年版,第15页。

专栏 4

人们可以把放映电影的幕布与绘画驻足于其中的画布进行一下比较。幕布上的形象会活动，而画布上的形象则是凝固不动的，因此，后者使观赏者凝神观照。面对画布，观赏者就沉浸于他的联想活动中，而面对电影银幕，观赏者却不会沉浸于他的联想中。观赏者很难对电影画面进行思索，当他意欲进行这种思索时，银幕画面就已变掉了。

［德］瓦尔特·本雅明：《摄影小史、机械复制时代的艺术作品》，王才勇译，江苏人民出版社 2006 年版，第 92 页。

思考题

1. 试分析某部文学作品中的绘画、建筑等因素。
2. 中国古代文论与中国画论关系密切，试举例说明。
3. 举例并分析诗歌和小说对音乐结构和节奏的借鉴。
4. 如何看待影视艺术对文学的冲击？

进一步阅读

1. ［美］玛丽·盖塞：《文学与艺术》，见张隆溪选编：《比较文学译文集》，北京大学出版社 1982 年版。
2. ［美］乌尔利希·韦斯坦因：《比较文学与文学理论》第七章“各种艺术的相互阐发”，刘象愚译，辽宁人民出版社 1987 年版。
3. ［德］瓦尔特·本雅明：《摄影小史、机械复制时代的艺术作品》，王才勇译，江苏人民出版社 2006 年版。
4. ［美］约瑟夫·弗朗克等：《现代小说中的空间形式》，秦林芳编译，北京大学出版社 1991 年版。
5. 钱锺书：《中国诗与中国画》，见《七缀集》（修订本），上海古籍出版社 1994 年版。

第十二章　文学与社会科学

文学与社会科学关系密切，纵观文学发展史上，宗教、哲学对文学的影响乃至控制处处可见。20世纪以来，弗洛伊德的心理学、以索绪尔为代表的现代语言学也对文学和文学批评有着深刻影响。对这些影响和渗透的研究不仅有助于解释文学发展的环境和条件，深入理解文学的内涵和意蕴，而且可以更清楚地了解文学的开放性品格。

第一节　文学与宗教 *

从文学发生学的角度看，人类历史上文学艺术与宗教有着千丝万缕的联系，原始神话与巫术仪式常常交织在一起。不仅创世神话、天启神话、英雄始祖神话等神话形态中充盈着宗教色彩[①]，而且很多其他样式的原始神话也都与巫术仪式相伴。虽然在后来的历史发展中文学与宗教成为人类精神生活的两种方式，但它们仍有不少共同点，如文学和宗教关注的对象都是人，特别是人的心灵和精神，都表现出对人的关怀和对终极的追问，并且宗教与文学都通过想象和幻想，营造着人类精神家园的梦，都具有强烈的情感和感受等。此外，宗教经典中有不少篇章具有文学价值，《圣经》不仅是基督教的教义典籍，也是一部优美的古希伯来文学选集，其中《约伯记》《雅歌》和《启示录》还为文学提供了一些创作样式，古希伯来民间流传的神话故事、历史传说、战歌、爱情诗等都在《旧约》中得以保存和流传。

一、文学史与宗教

在西方，《圣经》同古希腊文学构成了西方文学的两大源头。从某种意义

---

* 请访问爱课程网→资源共享课→比较文学 / 胡亚敏→第十二章：文学与社会科学→教学录像（00:01:38–00:26:05）

① ［加］诺思洛普·弗莱：《诺思洛普·弗莱文论选集》，吴持哲编，中国社会科学出版社1997年版，第124页。

上说,西方文学是在宗教的怀抱里长大的,基督教与西方古典文学的关系之密切怎样估计也不过分。美国比较文学学者斯托尔克奈特曾说:“对过去十六七个世纪里西方文明的任何时期的精神和文化生活的评论必然涉及那一时期的领导者如何理解和解释《圣经》。”[①]《圣经》不仅为一代代作家和诗人提供了大量的题材和人物原型,而且基督精神往往内在于文学作品之中。就夏洛蒂·勃朗特的《简·爱》而言,人们只有认识和把握了小说中的宗教意识,才能更深切地体会到其所表现的人性与神性的冲突和统一,从而获得某种普遍性和超越性。可以说,《圣经》是理解西方文学乃至西方文化的“密码”,离开基督教知识和背景,很难真正读懂西方文学。

佛教与我国古代文学之间的相互依存、相互生发的关系同样是有目共睹的。佛教自东汉传入中国之后,不仅给中国古代文学输入了新内容,带来了新的形式,而且潜移默化地改变着中国文人的思维方式和表达方式。其中有两点影响深远:一是格律,发端于沈约、谢朓等人倡导的永明体,就是从梵文经典那里学来的,它受到转读佛经的启发。据陈寅恪考证,“中国文士依据及摹拟当日转读佛经之声,分别定为平上去之三声,合入声共计之,适成四声。于是创为四声之说,并撰作声谱,借转读佛经之声调,应用于中国之美化文。”[②] 永明体创四声八病说,经过后来诗人的不断改进,到初唐以后就形成严格的作诗格律,为唐代诗歌的繁荣奠定了形式基础。二是变文的讲唱体和铺叙手法,可以说唐宋以来的各种俗文学形式,如话本、鼓子词、诸宫调、弹词等都与它有渊源关系。因此,佛教东来后中国文学的变化史是一个大可研究的课题。

近代以来,中国新文学的先驱也看到了基督教文化的价值和独特作用。陈独秀于 1920 年 2 月 1 日在《新青年》第七卷第 3 号上发表《基督教与中国人》一文,对基督教的平等博爱、牺牲奋进、至上人格、反思忏悔等精神品格作了热烈的颂扬。他呼吁:“把耶稣崇高的、伟大的人格和热烈的、深厚的情感,培养在我们的血里,将我们从冷酷、黑暗、污浊坑中救起。”由于受到基督牺牲自我救赎众人的伟大精神的影响,不少中国现代作家的创作中都出现了一些富有自我牺牲精神的救世者形象。鲁迅《药》中的夏瑜,也与《马太福音》中的耶稣之死相似,他们同是被出卖,同样得不到人们的理解,最后夏瑜坟上的花环也是一种显灵的体现。曹禺戏剧中的原罪意识,郁达夫小说中的忏悔和冰心的爱的主题等,都蕴含着对基督教文化的体认。基督教精神经过中国现代作家的吸纳和消化,成为

---

① [美]斯托尔克奈特:《文学和思想史》,冯国忠译,见张隆溪选编:《比较文学译文集》,北京大学出版社 1982 年版,第 91 页。

② 陈寅恪:《金明馆丛稿初编·四声三问》,生活·读书·新知三联书店 2001 年版,第 368 页。

中国现代文学的文化新质。

二、文学创作与宗教

就文学创作而言，宗教的影响首先表现在作家身上。有些作家或诗人本身就是虔诚的信徒，他们的宗教信仰对他们的创作思想有深刻影响，托尔斯泰就是一个突出的代表。在他的创作中，宗教的博爱与人道主义精神的结合形成了"托尔斯泰主义"。但是作为批判现实主义的大师，东正教的教义也使托尔斯泰的创作产生极大的矛盾。一方面，托尔斯泰是天才的艺术家，创作了无与伦比的俄国生活画卷，并在作品中激烈抨击了教会的虚伪和罪恶；另一方面，他又是发狂的教徒，极力宣扬"勿用暴力抗恶"，主张"道德自我完善"，由此使其创作体现出文学与宗教的矛盾统一。

对中国文人影响较大的是中国化的佛教——禅宗。禅是梵文的音译略写，意为通过静修止观达到精神专注、物我两忘的澄明境界。中国的山水诗融入了佛教的清静，谢灵运、王维、孟浩然、柳宗元等人的诗中都有禅意。"诗为禅客添花锦，禅是诗家切玉刀"，元好问的这两句诗道出了诗与禅的密切关系。王维就是一位比较典型的融艺术与禅趣于一体的诗人，他在诗中多次提及"夜禅心更寂""闲坐但焚香""安禅制毒龙"等，对禅宗的深刻领悟使他晚年的山水诗如"人闲桂花落，夜静春山空"等充满了"见山是山，见水是水"式的禅趣。苏轼的诗中也有禅悟，他在《送参寥师》中写道："欲令诗语妙，无厌空且静。静故了群动，空故纳万境。"用艺术感受的方式传达出禅宗"色即是空，空即是色"的物我归寂的境界。

其次，宗教为文学创作提供了素材和意象。欧洲文学史上有不少名篇取材于宗教，如弥尔顿的三部长诗——《失乐园》《复乐园》和《力士参孙》就取材于《旧约全书》。《失乐园》援引《旧约》中亚当、夏娃因受撒旦引诱，偷吃知识树上的禁果，被上帝逐出乐园的故事，塑造了一个骄傲、野心勃勃同时又深受上帝压迫的撒旦的形象；《复乐园》则根据《新约·路加福音》里耶稣在约旦河畔由圣徒约翰施洗后，经历圣灵安排的撒旦诱惑这一考验的故事，强调了信仰消除情欲的强大威力；《力士参孙》取材于《旧约·士师记》中以色列民族英雄参孙被妻子大利拉出卖给非利士敌人后宁死不屈，和敌人同归于尽的悲剧故事，表现了坚强的革命精神。在这个系列史诗里，旧有的宗教故事经过加工提炼后脱胎换骨，表现出作者在英国革命及复辟时期的痛苦、感受和思考，成为文学和宗教艺术结合的范本。不仅如此，宗教中的一些形象还成为文学中常见的原型和意象，如十字架、天使、犹大、原罪、伊甸园等经常在西方文学作品中出现。D.H. 劳伦斯的作品就经常出现"伊甸园"的模式。从第一部小说《白孔雀》到《查泰莱夫人的情人》，劳伦斯一直在寻找伊甸园式的极乐之地，探寻灵肉合一的理想的两性关系。而我国的《山海经》,魏晋时期的志怪小说,以及后来的《西游记》等也都可以明显地看到佛教的影响。

再次,宗教在一定程度上提高、丰富了文学艺术的表现技巧。例如,佛教文学中的丰富的想象和散韵并用的文体对我国古代文学尤其是通俗文学产生了较大的影响。佛教中的前世、今生和来世的观念,因果轮回、三界五道的观念,大大扩展了中国人思维的时间和空间。同时,佛教的面壁玄思,从一粒蚕豆上变化百出,天上地下、无奇不有的超时空的想象力给了中国文学创作以很大的启迪。在魏晋时期的志怪小说中,"梦幻式""离魂式""死而复生式"等叙事模式的出现,就与佛教有直接关系。中国小说中"话本"的发展,也与佛教"俗讲"有相当深的渊源。"说话"即讲故事,本是民间自古就有的娱乐,后来佛教传入中土,为了广泛宣传教义,争取更多的信徒,于是有了所谓的"俗讲",即用通俗化的方式宣传佛教教义。俗讲吸收了民间说唱的一些方式,在宣讲教义时穿插了历史故事、民间传说,甚至还有一些现实生活中的故事。"说话"受到"俗讲"的影响,在叙事技巧上更为成熟,为其后小说的成熟作了很好的准备和铺垫。

不可否认,文学在接受宗教洗礼的同时,也表现出对宗教的反叛和改写。在中外文学史上,都不乏一些具有反宗教倾向的文学作品。《十日谈》中就有很多恣意嘲笑讽刺宗教伪善的故事。十个男女青年为躲避黑死病,在佛罗伦萨乡间一个别墅中共度十天,讲了一百个故事,这些故事大多揭露和讽刺了罗马天主教会僧侣生活腐朽、道德败坏而又伪善虚伪的面目,热情称道现世生活,表现出欧洲文艺复兴初期对禁欲主义的否定和批判。王尔德的《莎乐美》(*Salome*)虽取材于《圣经》中的《马太福音》,但表达的却是唯美主义的思想观念和艺术特色。《圣经》中的主角是莎乐美的母亲希罗底,她憎恨约翰,并怂恿女儿莎乐美在跳舞后要求用约翰的头作为回报。而王尔德的《莎乐美》则在关键情节上作了改写,剧中莎乐美痴情于约翰,爱慕他惊人的美,遭到拒绝后请求父王将他杀死。希律王要求莎乐美跳"七重面纱之舞",然后满足她疯狂的爱欲。王尔德的诗剧突出的是美与爱的巨大力量以及推崇肉体的感性至上的观念,成为英国文学中唯美主义的代表作。

三、文学批评与宗教

在西方,提到宗教对文学批评的影响,会很自然想到阐释学的历史。"《圣经》阐释学是现代阐释学的前史。"(伽达默尔语)最初阐释学主要用于对《圣经》的释义,一般分四个层面:一是直义,二是寓言层面,三是道德层面,四是神秘意义。中世纪神学家奥古斯丁在《基督教教义》中用一首小诗对这种解释方法作了简洁的概括:"字面意义多明了,寓言意义细分晓,道德意义辨善恶,神秘意义藏奥妙。”19世纪德国神学家、哲学家施莱尔马赫则将这种阐释《圣经》的方法上升为普通阐释学，定义为“理解文本的艺术”。在他那里，阐释学不仅是神学的基础，而且成为一切人文科学的基础。后来的德国哲学家狄尔泰则进一步从认识论和方法论上完善了施莱尔马赫的理论，成为文学阐释学的奠基者。

现代阐释学将传统阐释学方法论性质的研究转变为本体论性质的研究。海德格尔进一步认为，人的存在或称“此在”从根本上说是历史的，它总是与人们置身的具体情况卷在一起，历史性的个人生存应成为哲学关注的焦点。而人对世界的理解又依赖于一种“先在”。这种“先在”或称理解的前结构，它是解释发生和进行的前提。伽达默尔也指出：历史性正是人类存在的基本事实，无论是理解者还是文本，都内在地嵌于历史性之中。真正的理解不是去克服历史的局限，而是承认并正确地对待这一历史性。在谈到对“意义”的理解和解释时，伽达默尔认为，作者的意旨不能穷尽作品的意义。对作品的解释，离不开解释者的历史条件，“总是由解释者的历史环境乃至全部客观的历史进程共同决定的”。当作品从一种文化环境移到另一文化环境的时候，一些新的意义就可能从作品中抽取出来。因此，作品的意义存在于过去和现在的对话之中，不同时代的不同读者对文学作品将会产生不同的解释。

中国传统文论主要受佛教影响。我国第一部完整且成体系的文论著作——《文心雕龙》就与佛教关系极大。从概念层面看，其中的“道”“心性”“物感”“文质”等概念，都近于玄学和佛教的意义层面；从论述方法看，其“振叶以寻根，观澜而索源”的论证思路，明显有别于儒学经验式的论说传统而打上了佛学“由观假象而观实象”的影子。隋唐以后，禅学兴盛，不少文人喜欢引用禅理来谈论文学，“以禅喻诗”成为中国古代文学批评的特色之一。尽管禅与诗在对待情感和世事上差别很大，但在把握对象世界的运思方式和语言策略上十分相似。禅宗认为佛之真谛是难以用语言表达的，只能靠主体的体验去感悟其言外的意蕴，即所谓的“参禅”。禅师们在传授中常常借助比喻、隐语等方式旁敲侧击，所谓“学诗浑似学参禅”（北宋·吴可《学诗诗》）就是用禅宗参禅的方式去理解诗歌。司空图的“韵味说”、严羽的“妙悟说”和王士禛的“神韵说”等都是从禅理引申过来的，这些文人借用禅理的妙谛来论述诗歌的奥妙，由此在中国诗坛上形成了一种淡泊清空的诗风。

第二节 文学与哲学

人们通常认为，哲学与文学以各自不同的方式认识世界，解释世界。哲学是对世界的清楚深刻的认识，而文学则是对世界的虚构和隐喻；哲学以思辨的、理性的、逻辑的和高度概括的、抽象的方式表现世界，表达思想，追求形而上的思考，而文学则是奔涌的情感世界的再现，它以具体的、感性的、形象的方式反映社会人生，以生命的热情感悟世界。

其实，就中国传统文化而言，文史哲是不分家的，一些士大夫往往集哲人与文人于一身。西方早期也是如此，在古希腊，前苏格拉底的哲学家喜欢用寓言的形式写论文，而古希腊那些伟大的悲剧作家在剧中往往涉及的是关于命运、生死等永恒的主题，柏拉图的《文艺对话录》则是一种诗与剧的综合体，书中讨论的多是一些哲学和美学问题。亚里士多德首创哲学专题论文，进而引起了哲学和文学的分化。但文学与哲学仍有着不可割舍的联系。作家在用文字倾诉时，其中就暗含作者的价值观。集哲学家和诗人于一身的如蒙田、赫尔德、萨特等，他们用优美的文学形式所提供的深邃思想直到今天仍散发着鲜活的生命力。在这个意义上，韦勒克、沃伦说，“通常人们把文学看作是一种哲学的形式，一种包裹在形式中的‘思想’”，认为“文学可以看作思想史和哲学史的一种记录”①。

文学与哲学的关系十分复杂，下面从三个方面概要阐述。

一、哲学对文学的滋养

哲学对作家的影响是深刻的，也是显而易见的。法国比较文学家布吕奈尔说：“从毕达哥拉斯到斯多葛派，所有希腊思想家，大部分的现代哲学家，都在文学上造就了大批的后继者。”② 如西方近代以来，斯宾诺莎对歌德、克尔凯郭尔对卡夫卡、马克思对布莱希特的影响，等等。并且，哲学思想的变化，必然会引起作家生活观念、生活方式的变化，由此也引起文学思想、文学形式的变化。鲁迅由进化论转变为阶级论者以后，作品中就不再是“青年胜于老年”的简单进化论，而对社会有了更辩证的看法。

哲学对文学的影响往往通过体现作家精神人格的文学作品表现出来，因此对作家的研究常常与作品联系起来。一部作品之所以伟大除了它展示的精巧绝伦的艺术形式外，一个重要因素是它传达出深刻复杂的思想。文学既是对生活的反映，又是一种评价，几乎所有的作家在创作中都必然会将一定的哲学思想融入自己的作品中，特别是那些具有强烈责任感的作家。如 18 世纪法国启蒙主义者伏尔泰与狄德罗等，他们往往将对社会的批判和启蒙融入深刻的哲理小说中，这些在伏尔泰的小说《老实人》和狄德罗的《拉摩的侄儿》中均有体现，只不过前者

① ［美］韦勒克、沃伦：《文学理论》，刘象愚等译，生活·读书·新知三联书店 1984 年版，第 113、124 页。

② ［法］布吕奈尔等：《什么是比较文学》，葛雷、张连奎译，北京大学出版社 1989 年版，第 120 页。

比后者温和得多。也许有人对从文学作品中寻找中心思想的做法不赞成,但不得不承认,虽然思想深刻的作品不一定伟大,但杰出的作品必然包含着深刻的思想,伟大的作品应该是情感和理智的结合。从某种意义上讲,哲学思想在一定程度上决定了作品的质量,历史上任何一本伟大的文学作品最终都会指向人类的终极问题,例如普鲁斯特的《追忆逝水年华》,全书几乎没有完整的故事或情节线索,读起来非常散乱,但其中所蕴含的人生的苍茫感和深邃的哲理韵味,却通过对“过去的时光”的眷恋和不断追寻以及“重建失去的时光”的执着努力而体现出来。

哲学对文学的影响不仅表现在对单个作家或作品的影响,更多的是体现为一种思潮,并促进文学思潮的出现。在西方文学史上,文学思潮更替和演变的根源,除了经济、政治等社会历史原因外,与当时的哲学思想的引导直接相关。存在主义文学的基础就是存在主义哲学思潮。第二次世界大战期间,西方社会在法西斯主义的铁蹄下无法摆脱面临灭顶之灾的恐惧,在个人自由和生存受到威胁的迷惘、痛苦、绝望中,以往盛行的古典主义对理性和外在秩序的信仰受到冲击,人们感到用人的理性来解释作为基本哲学问题的宇宙之谜是有缺陷的,最重要的是存在而不是本质,外部世界毫无意义,人是完全自由的,他们对使自己成为怎样的人负完全责任。于是,由丹麦哲学家克尔凯郭尔提出、德国思想家海德格尔提炼并创立的存在主义哲学开始流传,这直接催生了存在主义文学的诞生。萨特的小说《恶心》《墙》《自由之路》,戏剧《苍蝇》《禁闭》《死无葬身之地》等以严肃的哲理探索思考着人在非人化环境下的存在,被人们视为“存在主义哲学的图解”。他的作品被广泛地接受,在一定程度上也促进了存在主义哲学在大众中的传播,因此有人说:“就存在主义发展的历史进程来说,它的文学思潮是先于它的哲学思潮所展现在法国公众面前的。”①

不可否认,文学与哲学的关系时而也有不和谐之音,思想大于形象,主题先行,在文学创作中时有发生。克罗齐指出:“当诗歌在哲学意义上显得卓越时,也就是说比诗本身更卓越时,它就失掉了成为诗的资格,反倒应该把它看成低劣的东西,也就是缺少诗的东西。”② 也正是在这点上,克罗齐指责歌德的《浮士德》的第二部受了过分理智化的拖累。

二、文学批评理论中的哲学思想

任何一种文学批评和理论都有其哲学思想作背景。中西方古典文论之所以有如此大的差异,哲学思想的不同是其重要根源。西方哲学推崇以二元对立的

---

① 林骧华:《西方文学批评术语辞典》,上海社会科学院出版社 1989 年版,第 60 页。

② 转引自[美]韦勒克、沃伦:《文学理论》,刘象愚等译,生活·读书·新知三联书店 1984 年版,第 130 页。

思维方式把握世界，把人与世界的关系理解为主体与对象的关系，模仿说正是在这种思想背景下产生的；而中国古典哲学讲究“天人合一”，它为中国古代长于感悟、印象式的文学批评提供了营养。

文学批评中的哲学思想在批评活动中具有多种作用。首先它具有对研究对象的定向和选择作用。批评家对对象的选择从来就不是随意的，在处理纷至沓来的文学现象时，他必然有一番理性的考虑，有意无意之间受到一定理论范式的支配。柯尔律治曾说过，“观察只是思考的眼睛，它们的视野是由‘沉思’预先决定的”[①]。只有批评主体能够确证或者赋予客体某种性质或特征时，才对客体加以评论。接下来文学批评还需要借助哲学的穿透力观察文学作品，揭示其思想深度。19 世纪俄国革命民主主义批评家就是在唯物主义哲学指导下发掘俄罗斯文学的美学和历史意义的。20 世纪各种文学批评理论流派背后都有一位或几位哲学导师，它们为文学批评提供理论基础和思想资料，如现代人本主义、非理性哲学与印象主义批评，德国现象学对接受美学、读者批评等。

同时，我们看到，一种新的哲学思潮的出现往往会冲击或否定固有的文学观念，从而促使文学批评理论的发展演变。20 世纪的“语言学转向”首先是从哲学上开始的，现在已经全面深刻地渗透到 20 世纪的各种文学批评之中。在当代哲学和语言学的影响下，文学批评中的“语言”被赋予一个全新的概念。世界由语言划分，主体在符号系列中建构，文学在语言世界中生存。这种崭新的语言意识使人们对世界、对自身、对文学的看法等都发生了深刻的变化。往日的反映论、表现论在这种语言观的观照下失去庇护所。世界被高度符号化了。

毋庸讳言，哲学自身的谬误也会使文学创作和文学理论受到损害。机械唯物论的反映论就在一定程度上导致了庸俗社会学的出现。这类批评用阶级分析代替艺术分析，政治标准成了文学批评的最高标准，正常的文艺批评变成了政治斗争，使中国当代文学和批评受到严重损害。

三、文学与哲学的互渗

传统的哲学与文学之间存在等级关系，也就是说，文学是低于哲学的一个层次。随着文学特别是小说的独立精神的增强，文学与哲学的关系正发生着微妙的变化。这种变化首先表现为小说的论文化倾向。这样的小说在功能和目的上与哲学极为相似，成为探讨人生的手段。昆德拉曾说过，小说的智慧不同于哲学的智慧，小说是从幽默精神中产生的，它探究的是一种具体的存在。昆德拉的《生命中不能承受之轻》《玩笑》《不朽》等，都是以小说形式展开的对存在的思

① 转引自［美］艾布拉姆斯：《镜与灯》，郦稚牛等译，北京大学出版社 1989 年版，第 175 页。

考和探索,即对人的生活这种“具体的形而上”的思考。在阅读理论上,也出现了文学与哲学位置互换的声音。解构批评家德里达甚至认为,对哲学著作的最忠实阅读是将其当作文学作品来读,找出其虚构、修辞的结构,发掘其隐喻。与此相对,对文学作品最相宜的阅读则是用哲学的姿态阅读,梳理其与内在的作为根基的哲学诸对立命题之间的关系。

鉴于学科之间出现的日益综合和边界淡化的趋势,文学与哲学的“互携互渗”将会继续发展。海德格尔认为,人的生存是不能用概念分析的,而存在的解释又必须从人的生存开始。哲学深处往往蕴含诗的意味,而诗的极致则必然弥漫哲学的精神。海德格尔从品达的诗中发现了对显现其本质存在的深深关切。而早在 19 世纪末,尼采的哲学中就有一种不可遏止的激情。抽象的哲学思想经过优美的文字处理,往往更能广泛地为人们所接受;而文学创作的哲学化追求,则能赋予作品独特的魅力和价值。

第三节　文学与心理学

文学与人的心理活动有着直接关系,对文学创作和文学欣赏心理的关注在文学伊始业已开始,我国陆机的《文赋》和刘勰的《文心雕龙》中所谈的“文心”主要指创作过程中的心理因素。柏拉图在《理想国》中通过苏格拉底告诉我们,诗人、诵诗者和听朗诵的人,都会“失去自主,陷入迷狂”;亚里士多德在《诗学》中那段关于悲剧的著名定义中“借引起怜悯与恐惧来使这种情感得到净化”等,都涉及文学创作和欣赏中的心理状态特点。19 世纪后半叶以后,随着心理学学科的独立和其研究成果逐渐被承认和接受,人们越来越关注文学与人的精神生活的关系,探索人类文艺心理活动的奥秘成为 20 世纪文学批评的热门话题之一。

根据研究对象的不同侧重点和方法上的不同角度,心理学又有多种流派,这里主要探讨与文学关系十分密切的两类心理学:一是与普通心理学联姻产生的文艺心理学,它主要侧重研究作者和读者常态心理;二是与 20 世纪异军突起并雄居心理学批评之首的弗洛伊德精神分析批评,它将精神分析的触角直指文学活动中隐秘的深处——无意识。借鉴这些心理学的概念、术语和方法研究文学,往往获得与单纯的文学内部研究不一样的效果。

一、文艺心理学

文艺心理学是文学与心理学联姻的产物,它主要研究作家创作心理,作品中的心理现象和读者的欣赏心理,其研究范围限于人的意识活动。

作家的创作心理有很多值得研究的东西，如灵感、想象、情感、记忆等。康德曾这样界定天才："天才是天生的心灵禀赋，通过它自然给艺术制定法规。"[①]这实际上涉及创作主体的心理特征。康德认为，天才可以成为后继者的范例，但不能成为摹本，天才表现的是一种独创性，它只能唤起另一个天才对自身独创性的感觉。近代美学家立普斯提出的"移情"说也与作者的情感和想象有关。福楼拜曾谈到他在写包法利夫人和情人在树林里骑马时的感觉："我就同时是她和她的情人……我觉得自己就是马，就是风，就是他们的甜言蜜语，就是使他们的填满情波的双眼眯着的太阳。"[②]作家的这些感受只有从文艺心理学的角度才能体会，仅靠认识论是难以奏效的。

心理学上有个概念叫"通感"，指在日常经验里，视觉、听觉、触觉、嗅觉、味觉彼此打通，眼、耳、舌、鼻、身各官能的领域不分界限。钱锺书将心理学上的"通感"视为文学中的"一种描写手法"，从古今中外的名作名著中撷取精华作比较研究。钱锺书指出，通感有从视觉中获得听觉的感受的，比如中国宋祁《玉楼春》中的名句"红杏枝头春意闹"，苏轼《夜行观星》中的"小星闹若沸"，用"闹""沸"形容无"声"的景色。西方有意大利近现代诗人巴斯古立的名句"碧空里一簇星星啧啧喳喳像小鸡儿似的走动"和18世纪神秘主义者圣·马丁的"看见发光的音调"。也有听觉挪移为视觉的，如李世熊的"月凉梦破鸡声白，枫霁烟醒鸟话红"；西方荷马史诗《伊利亚特》中的"像知了坐在森林中一棵树上，倾泻下百合花也似的声音"。还有嗅觉转移为听觉、视觉，味觉转移为触觉与视觉，以及各种感觉相互挪移的，比如英国17世纪玄学派诗人邓恩的《香味》一诗中的"一阵响亮的香味迎着你父亲的鼻子叫唤"，贾岛《客思》中的"促织声尖尖似针"等，这些构成了对文学作品的新的体验和感觉。[③]

亚里士多德关于悲剧效果的"净化"说和梁启超谈到小说功用时提出的"熏浸刺提"都涉及读者接受的心理活动。亚里士多德曾这样描述音乐的魅力："有些人受宗教狂热支配时，一听到宗教的乐调就卷入迷狂状态，随后就安静下来，仿佛受到了一种治疗和净化。这种情形当然也适用于受哀怜、恐惧以及其他类似情绪影响的人。某些人特别容易受某种情绪的影响，他们也可以在不同程度上受到音乐的激动，受到净化，因而心里感到一种轻松舒畅的快感。因此，具有净化作用的歌曲可以产生一种无害的快感。"[④]梁启超则谈到："人之读一小说

① ［德］康德：《判断力批判》，宗白华译，商务印书馆1983年版，第152—153页。

② 转引自朱光潜：《西方美学史》（下），人民文学出版社1981年版，第672页。

③ 参见钱锺书：《通感》，见张隆溪、温儒敏编选：《比较文学论文集》，北京大学出版社1984年版，第21—30页。

④ 伍蠡甫主编：《西方文论选》（上），上海译文出版社1979年版，第96页。

也,不知不觉之间,而眼识为之迷漾,而脑筋为之摇飏,而神经为之营注。"① 读者阅读中的情感、玩味、顿悟乃至判断都涉及文艺心理学的理论和方法。

二、弗洛伊德的精神分析与文学活动

弗洛伊德的精神分析心理学对20世纪的文学创作和文学批评产生了巨大影响。"无意识"和"性本能"是弗洛伊德理论的两个核心概念,在弗洛伊德看来,传统心理学的研究对象主要是人的意识,而精神分析认为人的意识活动在其全部精神活动中不过是极小的一部分,无意识才是人的全部精神活动的主导部分。弗洛伊德将人的心理活动划为本我、自我和超我三结构,提出意识活动最终取决于无意识的本我冲动。弗洛伊德把性本能视为人类一切活动的重要组成部分,认为性的冲动是人类的社会活动和艺术创造的原动力。

(一) 精神分析与文学创作

弗洛伊德的精神分析引起了人们的惊喜、渴求和探索,也为文学创作展示了一片新的天地。超现实主义、意识流等现代主义文学流派的产生,在很大程度上就受到这种思潮的影响。作家们认为,现实主义所依赖的那种理性和逻辑的秩序把世界和人简单化了,甚至可以说歪曲了,他们要突破传统写作方式的束缚,为现代社会和现代人的复杂性找到更恰当的表现方式。法国超现实主义代表人物布勒东在《第一次超现实主义宣言》中指出:"弗洛伊德正确地将批判的锋芒指向梦境。心理活动如此重要的一部分竟然还没有引起十分重视,这确实是不能容许的。"② 超现实主义对梦境和无意识活动的书写印证了它们与弗洛伊德理论的亲缘关系。美国文学批评家特里林在《弗洛伊德与文学》一文中列出了西方诸多作家与弗洛伊德的关系:

> 卡夫卡显然是有意识地探讨了弗洛伊德关于罪与罚、梦以及惧怕父亲的概念。托马斯·曼自称与弗洛伊德志同道合,他深受弗洛伊德人类学的影响,醉心于各种神话和巫术的理论。詹姆斯·乔伊斯也许可算是最透彻和最自觉地发挥弗洛伊德思想的人,他对于潜在意识中各种状态的兴趣,他的一词一物和一词多物的用法,他关于一切事物互相联系和互相渗透的扩张意识,以及相当重要的他对于家庭主题的处理,都充满弗洛伊德的色彩。③

弗洛伊德的理论被介绍到中国后,对"五四"以来的现代文学创作也产生了

---

① 梁启超:《论小说与群治之关系》,见阿英编:《晚清文学丛钞·小说戏剧研究卷》,中华书局1963年版,第62页。

② 柳鸣九主编:《未来主义·超现实主义·魔幻现实主义》,中国社会科学出版社1987年版,第246页。

③ [美]特里林:《弗洛伊德与文学》,胡亚敏译,见艾略特等:《小说的艺术》,社会科学文献出版社1995年版,第26页。

一定作用。施蛰存的短篇小说《春阳》就有弗洛伊德的痕迹。小说通过一位抱牌成亲的寡妇的心理活动,展示了被压抑的性本能的骚动。和暖的阳光催发了35岁的婵阿姨躯体中蕴藏的情热,竟使她从银行取钱回来后产生了一个“记忆失误”,以为自己没有锁上银行的保险箱。而这一“记忆失误”正是弗洛伊德学说的圆活运用,婵阿姨对银行男职员产生了爱欲,渴望能回去重见那位对自己微笑的英俊的男职员,但由于受到贞节和羞耻感的压抑,她的爱欲不能进入意识之中,通过这种“记忆失误”使她既能回银行与男职员见面,又掩饰了见面的真实动机。鲁迅对弗洛伊德也深有研究,他说:“偏执的弗罗特先生宣传了精神分析之后,许多正人君子的外套都撕破了。”(《华盖集》)鲁迅的《肥皂》《高老夫子》等作品正是运用弗洛伊德的理论讥讽了那些道貌岸然的道学家,他创作的《不周山》则用力比多的过剩解释人和文学的缘起。随着思想观念的变化,鲁迅逐步认识到弗洛伊德把一切都归于性的偏颇:“弗洛伊德以被压抑为梦的根底——人为什么被压抑呢?这就和社会制度、习惯之类连接了起来。”[①] 于是他用批判的眼光有选择地吸收弗洛伊德学说的合理因素并运用于自己的小说和杂文创作,他的《狂人日记》在描写疯癫的同时深刻揭示了封建社会对人的戕害。

(二)精神分析与文学批评

由弗洛伊德创立、他的弟子和阐释者们加以发展的精神分析批评已成为20世纪文学批评的主要模式之一,被广泛地应用于作家的人格分析及其作品的解读。

弗洛伊德关于作家与白日梦的理论为作家研究提供了新思路。弗洛伊德把作家的创作活动解释为“白日梦”,认为作品中的主人公常常是作家的无意识的化身,作家的无意识领域充满了种种受到压抑的欲望,如荣誉、权力、财富、名望和爱情等,这些欲望构成了强烈的冲动。但作家缺少满足这些欲望的手段。于是,他就像任何其他欲望未得到满足的人一样,对现实不满,把自己的兴趣转移到幻想之中,在创作活动中通过作品的宣泄,得到一种放荡不羁的替代性满足。不过文学创作不像白日梦那样荒诞不经,而是利用创作技巧对之进行改装,因而在表达时能给读者提供纯粹的美感。钱锺书说:“大家都熟知弗洛伊德的有名理论:在实际生活里不能满足欲望的人,死了心作退一步想,创造出文艺来,起一种替代品的功用,借幻想来过瘾。”[②]

弗洛伊德提出的“俄狄浦斯情结”也是一个当今流行的批评术语。俄狄浦

---

① 鲁迅:《听说梦》,见《鲁迅全集》第5卷,人民文学出版社1973年版,第62页。

② 钱锺书:《诗可以怨》,见张隆溪、温儒敏编选:《比较文学论文集》,北京大学出版社1984年版,第36页。

斯情结又称恋母情结，是弗洛伊德在分析古希腊悲剧作家索福克里斯的《俄狄浦斯王》时提出的一个重要概念，用来命名男孩对母亲的乱伦欲望和对父亲忌妒、仇恨的心理。弗洛伊德认为对母亲的爱和对父亲的忌妒是童年早期的一个普遍现象。由于俄狄浦斯情结为道德、良心和社会所不容，因此在幼年时它便因父亲发出的"阉割"威胁而被压抑在无意识中，成年后则被超我挡在意识门外。尽管如此，俄狄浦斯情结仍会在无意识中以种种伪装的形式表现出来，弗洛伊德甚至认为"宗教、道德、社会和艺术之起源都系于俄狄浦斯情结上"[①]。这一理论运用于文学批评的著名例子是琼斯对莎士比亚的《哈姆雷特》的解读。琼斯通过对王子独白的细微检验以及对哈姆雷特与母亲和继父的关系的研究，指出哈姆雷特的延宕、含糊其辞和自相矛盾都是出自他内在的弑父欲望。这些富有创造性想象的分析揭示了以往未觉察的人物心理的深层结构，对于分析作品包括了解自身颇有启发。但若把"俄狄浦斯情结"作为文学批评的一种普遍模式，或作为对作家作品的唯一解释，则有牵强附会之嫌。

精神分析批评还可用来揭示和阐释作品所蕴含有关性的象征和隐喻。如将文学作品中出现的凹陷的形象(水池、花朵、杯子、花瓶、山洞、坑洼、楼台、门户等)都解释为女性生殖器的象征，把一些带尖端的东西(塔、山峰、蛇、手杖、旗杆、教堂尖顶、蜡烛、剑等)视为男性生殖器的象征，把舞蹈、骑马、飞翔、锯木头等解释为性快感的象征，而截肢、伤残、失明等则象征着阉割。精神分析批评认为，作品中看到的只是显在的情节，而这些情节下面隐藏着的潜在内容则指向的是性欲。

第四节　文学与现代语言学*

文学作为一门语言艺术，与语言学的关系十分密切。文学时时都在为丰富和发展人类的语言做出贡献，同时也对语言学的某些规范提出挑战，从而为语言学研究提供了一些新的课题。20世纪的语言学研究则主要是在哲学的层面上展开的。20世纪人文科学的重大事件就是"语言学转向"。

一、索绪尔的语言学理论

现代语言学走在20世纪人文社会科学的前沿，瑞士语言学家索绪尔是其杰

① ［奥］弗洛伊德：《图腾与禁忌》，杨庸一译，中国民间文艺出版社1986年版，第192页。

* **请访问爱课程网→资源共享课→比较文学/胡亚敏→第十二章：文学与社会科学→教学录像(00:31:18–00:43:41)**

出的代表。索绪尔在他的《普通语言学教程》一书中对传统语言学的研究对象和研究方法作了革命性的改造。他将人类的言语活动分成两大类:语言和言语。语言是社会集团为了使个人有可能行使言语机能而采用的必不可少的规约,为社会所有成员共同遵守;言语则是“人们所说的话的总和”[①],是语言的具体表现和运用,是一种个人现象。现代语言学研究的对象是语言而不是言语,只有语言才有稳固的性质,人们可以通过语言要素的相互关系认识语言现象的整体,而言语的表现是暂时的,它的整体是无法认识的。

索绪尔进一步认为,语言是一种符号系统,由能指和所指构成。能指即语言符号,所指是语言所引起的音响形象,但能指和所指联结的不是名称和事物,而是任意的,是一种语言习惯的产物,所谓意义只是约定俗成的产物。每个符号作为一个语言要素,又与其他要素互相依赖、互相制约,共存于一个相对稳定的系统中。现代语言学不应满足于对个别的、孤立的符号的研究,而应着重研究符号之间的关系以及它们的结构规律。

在区分了语言和言语并把语言界定为符号系统之后,索绪尔提出了共时语言学与历时语言学的问题。“共时语言学研究同一个集体意识感觉到的各项同时存在并构成系统的要素间的逻辑关系和心理关系”[②],即研究同时要素间的关系;历时语言学研究的是时间上彼此代替的各项连续要素间的关系。索绪尔认为,共时研究优于历时研究,如果语言学家置身于历时的展望,那么他所看到的就不再是语言,而是一系列改变语言的条件,它无法找到自己的终点。

索绪尔提出的观察语言现象的新角度和同步分析的模式被称为社会科学的“哥白尼式的革命”。他关于将语言学的研究对象转向整个语言系统而不是个别言语的主张,他关于语言是由能指与所指构成的具有任意性和差异性的符号系统而不与外界事物相对应的思想,他对语言学研究中共时性的强调,这些极富启发性的理论为结构主义文学批评提供了方法论的基础。

二、现代语言学与文学批评

随着语言学转向,哲学讨论的重大问题由主客关系转向语言与世界的关系,是语言开启了世界,建构了世界。语言不再是为独立存在于世界的实体提供的一套标签,恰恰相反,人们正是通过概念之间的差异来理解世界的。由此,人们不由得产生了这样一个疑问:作为语言艺术的文学作品表现的究竟是真实的存在,还是一套语言符号?从索绪尔语言学中吸取了养料的文学符号学充分认

① ［瑞士］索绪尔:《普通语言学教程》,高名凯译,商务印书馆 1982 年版,第 42 页。
② ［瑞士］索绪尔:《普通语言学教程》,高名凯译,商务印书馆 1982 年版,第 143 页。

识到文学的语言符号性质，从而排斥了文学对经验的依赖关系。这是一种新的文学观，这种文学观被人们理解还需要时间，但它毕竟打破了一统天下的模仿说和表现说的根基，引导人们开始思考文学本质的新层面。

现代语言学对20世纪文学理论和批评的影响是显而易见的。尽管这些批评流派在批评主张和批评方法上不尽一致，但都从不同角度表现出对语言的强烈兴趣，现代语言学的概念、方法和模式在文学批评领域得到了广泛运用。在形式主义文学批评中，语言被提到十分突出的位置。俄国形式主义所倡导的“文学性”，雅克布森对音位学的研究，都表现出对语言问题的关注。新批评的“细读法”则是一种细致的语义分析。在索绪尔现代语言学基础上产生的结构主义文学批评更是一种用语言学方法改造文学批评的大胆尝试。它们借助索绪尔的观点，对文学批评的研究对象和研究方法作了根本的改造，表现出与经验世界的决裂。根据现代语言学的研究对象不是言语而是语言的理论，结构主义文学批评的着眼点也不是个别具体的文学作品而是存在于这些作品中的叙述方式和结构模式，即使在描述一部作品时，结构主义文学批评也是把它作为某种叙述方式的具体表现。在研究方法上，结构主义批评抛弃归纳法，而采用演绎的方式，去确立一些规则和模式。

语言学转向不仅是坚持文本批评的各种流派的理论基础，而且也影响到标举主体和重返历史政治的批评思潮。在以研究人的无意识活动为主要对象的精神分析批评中，就可以看到语言的踪迹，“心理分析学所全力探究的事实上正是梦的语言结构和语法”。拉康则进一步断言，无意识是语言的产物，是语言对欲望加以组织的结果。即使在主张重返历史的新历史主义批评那里，语言也具有本体和建构的特征。新历史主义批评与传统历史批评的重要区别之一就在于突出了历史的文本性，历史不再是一种真实的再现，而是一种语言的阐释，意识形态也是一种语言建构，它们都带有一切语言构成物所共有的虚构性。可以说，20世纪的文学批评正是在语言的构架中得到重塑的。在今天的文学批评中，我们处处发现语言的渗透力，不仅语言、符号、话语、语境等已经成为常用词汇，而且主体、文化、权力、意识形态等都以话语形式在文学批评中出现。

这种对语言的推崇给文学批评带来了双重效应。一方面，它扩展了批评阐释的空间，并通过语言的差异使批评话语获得了更大的自由度。另一方面，我们也看到，这种对语言的标举也使批评陷入一种逻辑困境，批评语言的狂欢，差异的极端化，将可能造成对话和交流的困难。

综上所述，文学活动不是在自我封闭的圈子里运行，而是在与其他意识形态形式不断发生直接或间接的联系中发展的。文学正是在与其他人文社会学科的对话和交流中，被注入新的营养，从而获得了更新的动力。

专栏

专栏 1

文学可以看作思想史和哲学史的一种记录，因为文学史与人类的理智史是平行的，并反映了理智史。不论是清晰的陈述，还是间接的暗喻，都往往表明了一个诗人忠于某种哲学，或者表明他对某种著名的哲学有直接的知识，至少说明他了解该哲学的一般观点。

［美］韦勒克、沃伦：《文学理论》，刘象愚等译，生活·读书·新知三联书店 1984 年版，第 114 页。

专栏 2

有什么东西比哲学家们的奥林匹斯山看起来更与世隔绝的吗？这里有远离世俗的柏拉图、亚里士多德、圣·托马斯、笛卡尔、斯宾诺莎、洛克、康德、黑格尔、马克思和基尔凯郭尔，仅举出一部分就够了。但是，如果没有柏拉图，怎么理解费纳隆或雪莱？没有圣·托马斯怎么理解但丁？没有笛卡尔怎么理解高乃依？没有莱布尼茨怎么理解蒲伯？没有洛克怎么理解狄德罗和斯特恩？没有斯宾诺莎怎么理解歌德？没有康德怎么理解席勒？没有谢林怎么理解柯勒律治？没有黑格尔怎么理解泰纳？没有基尔凯郭尔怎么理解卡夫卡？没有马克思怎么理解布莱希特？从毕达哥拉斯到斯多葛派，所有希腊思想家，大部分的现代哲学家，都在文学上造就了大批的后继者。

［法］布吕奈尔等：《什么是比较文学》，葛雷译，北京大学出版社 1989 年版，第 120 页。

专栏3

首先是语言学,要是离开了语言学,譬如说,无论是拉康的精神分析学还是罗兰·巴尔特的文学批评都是不可想象的。对于艺术、文学、哲学、心理学和社会科学等领域中结构主义所作的认识论的研究来说,现代语言学所起的作用,某种程度上相当于一种数学的作用。

［比］J.M. 布洛克曼:《结构主义:莫斯科—布拉格—巴黎》,李幼蒸译,中国人民大学出版社 2003 年版,第 76 页。

思考题

1. 举例阐述文学与宗教的关系。
2. “一位伟大的作家必然是一位伟大的思想家”,你是否同意这一说法,为什么?
3. 以一位作家为例,分析精神分析批评对其创作的影响。
4. 简述现代语言学对 20 世纪文学批评理论的影响。

进一步阅读

1. ［美］斯托尔克奈特:《文学与思想史》,见张隆溪选编:《比较文学译文集》,北京大学出版社 1982 年版。
2. ［加］诺思洛普·弗莱:《伟大的代码:圣经与文学》,郝振益等译,北京大学出版社 1997 年版。
3. ［美］特里林:《弗洛伊德与文学》,胡亚敏译,见艾略特等:《小说的艺术》,社会科学文献出版社 1995 年版。
4. ［瑞士］索绪尔:《普通语言学教程》,高名凯译,商务印书馆 2001 年版。

第十三章 文学与科学技术

20世纪以来科学技术迅猛发展,深刻地改变了人与世界的关系,潜移默化地影响了人类的思维方式和价值体系,也在一定程度上改变了文学的面貌。在高科技语境下如何认识和把握文学艺术与科学技术的关系,这一问题不仅是时代对比较文学提出的要求,而且它将为比较文学这一开放体系带来新的因素和新的发现。

第一节 文学与科学的联系*

英国学者斯诺(Charles Percy Snow,1905—1980)于1959年在剑桥大学作了一场著名的演讲,该演讲稿后来以《两种文化与科学革命》为题出版,文中提出当今存在两种文化即科技文化和人文文化。针对人们将科技文化与人文文化对立的做法,斯诺主张人文学者应该敞开胸怀接受科学的精神与成就,该书出版后引起很大反响,1963年再版时改名为《两种文化及其再检讨》。虽然斯诺在书中主要痛陈人文学者与科学家的分歧,但实际上他讨论的范围涉及整个人文学科与科学的差异。斯诺本人并非要扩大这种差异,而是希望在人文与科学之间架起桥梁。长期以来,人们一直将文学与科学作为认识世界的不同方式来看待的,对它们之间的差异和对立看得十分清楚,但对它们之间的整体共生和互相渗透却很少在意。了解、研究文学与科学的联系,将有助于更好地认识人类社会的发展规律。

一、文学与科学的共生性

在人类文明史上,文学与科学的关系像其他领域一样,经历了一个从共生到分离的发展过程,文学和科学的分野只是人类发展到一定阶段才出现的。在

* 请访问爱课程网→资源共享课→比较文学/胡亚敏→第十三章:文学与科学技术→教学录像(00:00:30-00:09:08)

古代,科学同哲学、文学、宗教等混杂在一起,没有获得独立的学科地位,世界是以整一的方式呈现的,古希腊人关于宇宙本原、数学等知识大多包含在他们的哲学和历史著作中。中国的《易经》也蕴含了丰富的哲学、天文等知识,其"阴阳五行"学说已涉及万物构成的问题。

西方直到 15 世纪后期对自然的研究才有用实验来检验思辨的想法,伽利略把实验知识与数学结合起来,因而被看成是现代科学之父[①]。18 世纪以后,随着科学技术的迅速发展和日臻完善,西方逐步形成体系严密的各种专业领域。人文与科技、社会科学与自然科学等分别在自己的天地里发展着它们关于世界的知识体系,牛顿的彩虹与诗人的彩虹分道扬镳。

现代学科知识分类的细密化、专业化在加深认识世界某一方面的同时,也使人们失去了对世界的整体观照。马克斯·舍勒谈到:"我们有一个科学的人类学、一个哲学的人类学和一个神学的人类学,它们彼此之间都毫不通气。因此我们不再具有任何清晰而连贯的关于人的观念。"[②]20 世纪以来对综合性的追求使人们对这种形而上学的分工提出质疑,学科的划分不是从来就有的,它们也不会永远不变。20 世纪后半叶出现的大量学科交叉研究的现象证明,文学与科学并非水火不相容,它们共存于社会这个总体的相互联系之中。各个学科门类也不是孤立的和割裂的,而是相互依赖、相互渗透的。也许在学科之间的交接处,人们可以找到新的研究入口。

二、文学与科学的互通性

文学与科学不仅走过了一段"之"字的路径,而且两者在对立和渗透中也有共通之处。人们已经看到文学与科学的某些共同属性,并开始对这些属性和相互关系加以研究。尽管文学与科学在思维方式和研究方法上有很大差异,但从根本上说,文学和科学都属于创造性活动,都需要创新精神。并且文学家和科学家都注意对生活的观察和体验,文学创作初期,作家有一个对材料的收集和提炼的过程,而很多科学家的理论发现也都与生活中的启示分不开。再则,文学和科学两者都离不开假设和想象,实验科学虽然强调实证,但提出问题是需要假设的,运用演绎方法产生的科学定律更是与假设分不开,有些理论甚至难以在实验室里求证。特别需要提及的是,受现代物理学的启发和语言学转向的影响,作为同是符号的科学与文学在认知方式和表述方式上也具有某些共同点。物理学家关于自然现象的所有理论、包括所描述的"定律"都是精神的产物,都具有符号

---

① 参见灌耕编译:《现代物理学与东方神秘主义》,四川人民出版社 1984 年版,第 9—10 页。

② 转引自[德]恩斯特·卡西尔:《人论》,甘阳译,上海译文出版社 1985 年版,第 29 页。

性质而不是实体本身。在这个意义上，科学和文学一样具有虚构性质。就终极目的而言，文学与科学技术也是一致的。文学的使命是为人类寻找与提供精神家园和情感归宿，科学技术的未来也是为了给人类寻找更适宜的生存空间。

在人类发展史上，文学艺术的发展往往与科学技术的发展结伴而行、相互促进。文学艺术的变革推动了科学技术的进步，而科学技术的突破又促进了文化艺术的发展（关于科学发现对文学的影响参见本章第二节）。欧洲14世纪下半叶到16世纪的文艺复兴运动，就曾极大地解放了人的思想，促进了科学技术的发展，为现代实验科学打下基础。并且科学上的一些重大发现，早在被科学家揭示出来之前，在文学作品中就有描述。从某种意义上讲，文学的想象力有时成为启发和印证科学的先导，往日文学率先大胆描述的那些奇妙的虚幻之物，在今天的科技发展中已成为现实；尤其是中国古代传说中的“洞中方七日，世上几千年”所体现的变形的时空观在现代物理学中竟获得验证。如今，艺术的先导性再次表现出对科学理论中固有判断的颠覆。立体派的绘画、超现实主义的作品看似与现代物理学毫无共通之处，但它们却有着内在的关联，因为它们都粉碎了物体的确定性。并且，随着科学对现实和宇宙认识的深化，一些科学不能完全解释的东西似乎只能用隐喻来表现，如宇宙大爆炸理论。在这个意义上，文学艺术促使科学想象力的触角延伸至新的时空。

三、文人与科学家

兼具科学头脑的文人在中外文化史上不乏其人。亚里士多德就是一个百科全书式的人物；德国大文豪歌德对植物学有浓厚的兴趣，曾写了《植物的蜕变》一书；法布尔的《昆虫记》则以其在文学和科学上的非凡成就受到举世推崇；我国诗人屈原在《天问》中曾对宇宙和自然发出了一连串的诘问，表现出一种强烈的求知和探索精神。《徐霞客游记》既是一部游记文学作品，又对山川形胜、岩石地貌、水文矿产有翔实的记述，后人因此又称徐霞客为地理学家。之所以列举这些，是因为它们再次说明文学与科学并不完全是两条道上跑的车，作为人类的一种创造性活动，文学与科学在精神上有相通和相济之处。不仅如此，一些经典作家曾自觉地学习和运用科学理论和方法。如福楼拜就曾对医学、自然史、考古学等学科表现出极大的兴趣，巴尔扎克对人相学有着深入研究。相比之下，我国当代的作家艺术家，对现代科学知识了解不够，有的甚至表现出对科学技术的某种抵制，这也许是一个认识误区。集科学家和艺术家于一身的达·芬奇说，艺术借助科技的翅膀才能高飞，这是有其合理性的。

同样，科技也可以借助文学艺术的翅膀，科学家从文学中获得过很多滋养。爱因斯坦称，陀思妥耶夫斯基给予他的东西比任何思想家都多。而伽利略为了让自己的“新科学”被更多的公众接受,有意识地打破学者用拉丁文写作的传统,用漂亮的意大利语散文写作,如他对月亮的描写就带给读者一片纯净空灵的感觉。可以说,作为科学家的伽利略看世界的方式受其文学修养的深深影响,而他的文学功底又使其科学观念拥有更强的征服力。

当然,文学与科学毕竟是两种不同的话语体系。文学作为一种审美活动,与科学活动中的主客体关系不完全一样。科学研究标举客观性、系统性,主客体主要是一种认识关系,是主观思想不断地逼近客体的过程;而在文学中,主体虽不排斥对客体本身的认识,但更注重主体的感受,它推崇的是激情与想象,主体的情感、态度和评价在文学创作中始终居于主导地位。我们研究文学与科学之间的关系,并不是为了泯灭差异,而是为了使今天的生活更加丰富,更加完整。

第二节　科学发现对文学的冲击和渗透*

科学技术作为生产力的一部分,具有推动历史前进的伟大力量。从思想层面看,科学对世界的新发现不断更新人们对世界的认识,直接或间接地影响社会科学及意识形态,包括对文学的渗透和影响。例如,哥白尼的“日心说”将人从神所主持的秩序中解放出来,增强了人的自我意识和对自身的信心,进而改变了西方文化的面貌。从技术层面看,科学技术为文学艺术的发展提供了更多的手段和更广泛的空间。如纸张和印刷术的发明,极大地推动了思想文化包括文学艺术的普及,使每一个识字且买得起书的人都能够接触到哲学、宗教和文学。而电脑和网络技术的出现,更使文学和研究发生革命性的变化。如今,高新科技在文学艺术领域得到广泛运用,当代美国电影之所以能够全球风行,成为强势艺术,其重要原因之一就是它背后有高科技支撑。下面以文学为基点,谈谈几个划时代的科学发现对文学观念和文学创作的冲击。

一、达尔文的进化论与文学的发展观

1859年,达尔文的《物种起源》在英国出版。达尔文认为物种是由遗传和变异形成的,大自然无时无刻不处在一个残酷的竞争中,“物竞天择,适者生存”。这种进化论学说深刻地影响了西欧的哲学、社会学、历史学、伦理学等学科,也全

*　请访问爱课程网→资源共享课→比较文学/胡亚敏→第十三章:文学与科学技术→教学录像(00:09:09–00:27:37)

面刷新了文艺学各个领域。①

19 世纪的一些文学理论家和文学史家将进化论广泛运用于文学研究，以探寻文学发展的规律。达尔文认为，变异性是生物机体的基本特性之一，生物的生存有两个因素：机体本质和外界条件。环境可以影响到机体本质，使之发生变异。法国学者丹纳在《英国文学史》《艺术哲学》中套用了进化论的观念，提出了制约文学发展的三大要素：种族、环境、时代。其中种族相对于生物的机体本质，环境和时代则相对于生物的外界条件。法国的另一学者布吕纳蒂耶在《十九世纪法国抒情诗的进化》中也试图用达尔文的进化论解释文学类型的变迁，他认为各种不同的文学类型在很大程度上如同物种一样进化发展，并且当一种文学类型（物种）消亡时，它的某些因素又进入新的文学类型（物种）之中。

有些作家直接将进化论思想运用于文学创作。英国科幻小说家威尔斯在小说《时间机器》(1895) 中就依据进化论的原则描述了几十万年之后的世界。他设想那个时代的人类已分成两类彼此截然不同的敌对动物。一类住在地面上，因长久不劳动而躯干退化缩小；另一类整天在地下工厂劳动，具有野兽般的特性。这两类人展开了殊死的斗争。还有些作家接受由社会学家阐发的社会达尔文主义，将动物界的生存斗争和自然选择的结论套用到人类社会中，不过，他们在运用这一法则时则表现出不同的思想倾向和立场。例如，与那些推崇强者生存的作品不同，英国作家哈代从社会达尔文主义中感受的是被压迫的弱小人物可悲的命运，在诅咒不公道的社会的同时，喟叹无法改变强者得意弱者受难的宿命现象。

达尔文的进化论对中国文学特别是在“五四”新文学诞生的过程中有着不可低估的作用。起初，文学进化论被用来肯定白话文学的必然发展。梁启超认为：“文学之进化，有一大关键，即由古语文字变为俗语文字也。各国文学史之开展，靡不循此轨道。”② “五四”运动前夕，文学进化论成为向旧文学宣战的思想武器。胡适在发起文学改良时说：“文学者，随时代而变迁者也，一时代有一时代之文学，此非吾一人之私言，乃文明进化之公理也。”（《文学改良刍议》）胡适接受了进化论中“渐变”的观点，主张文学改良循序渐进。陈独秀则把“进化”和“革命”连在一起使用，“自文艺复兴以来，政治界有革命，宗教界有革命，伦理道德亦有革命，文学艺术亦莫不有革命，莫不因革命而进化”（《文学革命论》），陈独秀将革命看作实现进化的原因和动力。鲁迅早期也是一个进化论的宣传者，他

---

① 尽管当今有些考古发现对达尔文的进化论有所质疑，但进化论的问世毕竟给世界带来了巨大的震动，并产生了深远的影响。

② 阿英编：《晚清文学丛钞·小说戏剧研究卷》，中华书局 1963 年版，第 308 页。

欢迎革命,相信将来胜于过去,青年胜于老年,抨击旧物,催促新生。从一定意义上讲,他对国民性的批判也是以进化论为参照的,那种对“一代不如一代”的焦虑感成为鲁迅挥之不去的心结。后来鲁迅接受了马克思主义,认识到进化论的局限并转变成一个阶级论者。总之,达尔文的进化论曾成为“五四”时期一代学人的主导观念,为中国文学的变革提供了理论支持。

二、爱因斯坦的相对论与文学观念的变革

从科学发展史上看,19 世纪末 20 世纪初自然科学领域出现了重大突破,非欧几何的问世,量子论的提出,用基因概念解释遗传机制,狭义相对论和广义相对论的创立……这些研究成果修正或否定了过去被认为是无可辩驳的真理的科学结论和定理,其中最具有挑战性的理论就是爱因斯坦的相对论。在相对论的世界里,一切都与人的运动、人所处的位置有关。一个人乘坐光子火箭到宇宙空间去旅行,返回后看到儿子已是白发苍苍的老人,自己却还是那样年轻。这就是说,时间与运动相关,在不同的速度中有不同的时间。并且,空间也不是独自存在的,而是与时间互相依存的。物体的质量是可变的,牛顿定律只在常规中有效,超出一定范围,它便是错的。

现代科学的这些惊人的发现改变了世界的面貌,也引起了人们思想观念、思维方式上的革新,其中包括文学观念的变革。英国著名美术史家贡布里希在《艺术的历程》一书中这样描述道:现代科学的概念常常是看来十分玄奥和不可理解,而事实证明了它的价值。如今很多人都会想到的最突出的例子当然是爱因斯坦的相对论,在时间和空间的观点上,它显得与一般的感觉如此相异,可是它得出的质量和能量的方程式却产生了原子弹。艺术家和评论家两者皆受到科学的力量和威望的震慑,不仅因此获得了在试验方面的正常的信心,而且产生了对于所有看来玄奥的事物的不太正常的信心。昔日的真理可能变成谬误,而表面荒唐的思想中也许孕育着真理。正是在这种科学精神的鼓舞下,人们努力去发现、去探寻前人未意识到、未涉足过的领域和世界,开始了一系列的创新。

艺术家们在作品中所表现出来的迷惘和强烈的实验倾向显然也受到了现代科学思想的冲击。艺术家们对现象世界产生了怀疑,世界被扭曲和变形,这一点在达利那怪诞的时间雕塑中得到生动表现。文学创作上时空观念的改变就在一定程度上受到爱因斯坦相对论潜移默化的影响。以往人们往往将时间的发展视为线性的、不断延伸的、不可逆的,因而小说往往是在一定的时间序列中不断绵延展开的事件或人物,这种观念受到相对论冲击后,很快在新的小说样式中得到了回应。在法国新小说中,时间可以被凝固,一个动作可作多次描写;而在魔幻现实主义小说中,时空的界限被打破,现实与非现实的东西交织在一起,神奇

的描写与现实的反映达到一种奇妙的结合；在许多超现实主义的小说中，我们还能见到时间的分割、时间的变形等。

饶有意味的是，在后现代主义思潮中也不难瞥见爱因斯坦相对论的思想火花。现代性往往设定了一个最后和最高的真理，具体事物的性质都是由那个唯一的、永恒的存在决定的。后现代思潮则否定了最后真理的存在，它认为事物的性质是由参照系决定的，任何事物都处于一定的关系之中；并且决定具体事物性质的参照系是无限多的，具体事物可以选择或变换参照系，由此而具有特殊性和开放性。

当然，我们也应看到自然科学对文学的影响的有效性和局限性。自然科学对文学的影响和冲击将有助于拓宽文学的视野，丰富文学研究的方法。而真正能对文学发生影响的自然科学理论必须同时具有先进深刻的哲学意义或方法论上有参考价值，这种哲学意义或方法论才是自然科学作用于文学的主要因素。

三、计算机与文学革命

计算机的迅猛发展给世界带来的变化是巨大的，互联网已深入社会的方方面面，使人们的生活方式乃至生存方式发生了深刻的改变。美国麻省理工学院教授兼媒体实验室主任尼古拉·尼葛洛庞蒂写了一本书，叫《数字化生存》，他在书中热情洋溢地为我们描绘了后信息时代人们的生活。他告诉人们，在后信息时代，“大众”传媒正演变成个人化的双向交流，电脑对个人的一切了如指掌，包括个人的怪癖和生命中的偶发事件：

> 举个例子，你的电脑会根据酒店代理人所提供的信息，提醒你注意某种葡萄酒或啤酒正在大减价，而明天晚上要来做客的朋友上次来的时候，很喜欢喝这种酒。电脑也会提醒你，出门的时候，顺道在修车厂停一下，因为车子的信号系统显示该换新轮胎了。电脑也会为你剪下有关一家新餐馆的评论，因为你10天以后就要去餐馆所在的那个城市，而且你过去很赞同写这篇报道的这位美食评论家的意见。电脑所有这些行动的根据，都是把你当成“个人”，而不是把你当成可能购买某种牌子的浴液或牙膏的群体中的一分子。①

同样，计算机对文学的影响也是巨大的、深刻的。打开电脑，人们可以从容地浏览古今中外的各类经典作品，特别是多媒体的出现更使文本变得五彩缤纷，文学、声音、图像、动画、视频等信息经剪辑综合而成的新形态文学，使阅读由过去的单一路径变成调动人的多种感官的全方位的审美体验。

① ［美］尼古拉·尼葛洛庞蒂：《数字化生存》，胡冰、范海燕译，海南出版社1997年版，第193页。

下面，仅从两个方面探讨计算机所引发的文学革命。

（一）计算机与文学创作

“换笔”是作家运用计算机的开端，在电脑上书写不仅使作家的书写方式发生变化，而且影响到作家的创作方式和思维方式。当越来越多的作家在为自己成功地进入电子时代庆幸时，他们也或多或少地意识到这种改变给自己的创作带来的变化。“换笔”为文学创作提供了新的手段，键盘输入使修改变得非常容易；“复制”和“粘贴”功能使拷贝、拼贴手法在文学创作中大量运用；对其他文本乃至超文本的借用成为作家们得心应手的创作方式；此外，输入法的特点使谐音、多义乃至符号语言的运用在作品中屡见不鲜。

而文学与计算机的更深层的革命是如何运用计算机进行文学创作。计算机已为绘画、音乐提供了新的发展空间，文学如何走进计算机，如何像创作三维动画、电子音乐一样，用电脑创作出诗歌、小说，这是 20 世纪末人们不断思考和研究的问题，如今这些正在变成现实。新的创作软件正在研制过程中，人机对话、任意进入，多重结尾等试验正改变着文学创作的结构模式，电脑小说、电脑诗歌指日可待。当然，创作软件的出现并不意味着取代作家创作，未来的作家创作与电脑创作将并行不悖，竞放异彩。

（二）文学遭遇网络

信息技术的迅猛发展使文学的载体发生了又一次革命，催生了一种新的文学形态——网络文学。

在网络技术支撑下产生的网络文学，使世界各地的文学产品共生于一个载体之中。网络文学以其全新的技术特征，形成不同于传统书面文学的新特点。首先，网络文学带来了创作主体的变化，人人都可以在网上发表作品，或者读写、批评和修改作品，作者与读者的界限日趋接近，创作由专业化走向平民化。这种创作主体的改变给文学又带来了一些新的因素，审美趣味变得多元化、私人化，特别是形成一种简洁的、时尚的、符号性的网络语言。并且，网络作品往往不是稳定的存在，而是流动的、永未完成的。这种新文学样式在不断冲击着既有的文学创作规则的同时，也在不断开拓着文学表现的空间，引起人们对文学存在方式和意义的新的思考。

网络本身所具有的自由平等的特性，开启了一个大众写作的时代。它一方面使文学赢得了前所未有的传播范围和传播速度，另一方面由于减少了作品发表之前的审查机制，文化公共空间最大限度地向私人话语开放，从而颠覆了文学的等级制度。但由于网络文学的高度自由和方便，致使网络作品良莠不齐，鱼龙混杂，但“大浪淘沙”，网络文学只有在竞争中才能“方显英雄本色”。对传统的纸质文学而言，虽然网络文学的产生对其产生了极大的冲击，但由于受众的差异，纸质文学仍有其存在空间。

第三节　文学与科学关系再审视*

20世纪高速发展的电讯、互联网、机器人、“人类基因组计划”的实施等，正在摧毁传统中不合时宜的东西，包括传统文化中一些珍贵的价值层面如亲情、伦理、道德等，从而深刻影响着社会、经济、政治、文化的结构，甚至改变着人类历史的进程。面对高科技，文学与科技之间存在着一种“剪不断、理还乱”的矛盾情结，一方面，人们享受其带来的方便和舒适，另一方面，又对正在逝去的东西产生惆怅、惋惜之情。“面对二十一世纪新人文精神的发展，文学的跨学科研究可能会更多地集中于人类如何面对科学的发展和科学对人类生活的挑战”①。

一、文学对科学的反思

以西方马克思主义为代表的人文社会科学的学者对高科技和文化工业所带来的问题以及对文学艺术的冲击进行了深入的反思和批判，如本雅明、阿多诺、马尔库塞、詹姆逊，等等，我们可以列出“灿烂的一群”。在大规模机械复制兴起后不久，本雅明比较早注意到这种现象并力图辩证地加以概括。他一方面看到这种复制使艺术走向了民众；另一方面，他又一针见血地指出，在现代资本主义生产条件下，技术对艺术的入侵不仅表现为艺术地位的下降，更表现为文学艺术作品已和许多其他部门一样，日益成为先进的机器制造业，具备了资本主义商业活动的众多特性。作家“独立创作”和伟大的创造力由于受到市场规律的强大支配，日益混同于现代工厂的流水线生产。复制与以往的手工制作不同，能制造出无数的摹本，并完全抹杀了这些摹本与真品之间的区别，以至于它可以用摹本代替原作独一无二的存在，这使得笼罩在传统艺术上的神圣的“光晕”日益消退，失去了其独特性与永久性，而成为暂时性和可复制性的。② 本雅明批判的还只是文学艺术在工业社会中的境遇，后工业社会中的艺术的拼贴和复制较其生存的那个时代更有过之而无不及。

随着现代艺术制作日益要求大规模的系统管理和经济核算，艺术生产就像经济生产部门一样，越来越依赖科学技术装备。技术进步成为“支配艺术发展

---

* **请访问爱课程网→资源共享课→比较文学/胡亚敏→第十三章：文学与科学技术→教学录像（00:27:38-00:41:43）**

① 乐黛云等：《比较文学原理新编》，北京大学出版社1998年版，第32页。

② 参见［德］本雅明：《摄影小史、机械复制时代的艺术作品》，王才勇译，江苏人民出版社2006年版。

倾向的纲领”，而这种机械复制性的生产是与文学的独创性、新颖性、陌生化和先锋性相悖的，文学正被标准化和模式化侵蚀。作家张炜指出，在一个塑料化纤和集成电路的时代，人就不可避免地要告别和脱离悟想。表现在当代小说创作上，就是其作品越来越没有了个人思悟的色彩和质地。①

二、文学艺术对科学的忧虑

当代科学技术的巨大而可怕的力量引起了人们对其家园——地球所面临的种种危机的担忧。技术一旦发展到某种程度，失去控制就可能走向反面。人们担心核武器会毁灭人类，担心人造的计算机或机器人有朝一日可能控制人类，特别是对生物学的突破性进展，克隆技术对生物甚至“人”的复制与人的尊严的关系感到恐惧。表现在文学上，就出现了千奇百怪的科幻小说、科幻电影，它们向人们展示了科学异化为人所不能控制的力量时人所面临的悲惨前景以及所带来的种种社会问题。

基因技术是当代科技发展的热点之一。如果人们完全破解了基因密码，掌握了人的生老病死的奥秘，会不会出现新的歧视呢？在美国影片《变种异煞》中，未来世界里人们可以根据从人的头发中取出的基因，把人分成两大类——健康的“贵族”和有缺陷的“贱人”，而所有高级的工作只能由健康的“贵族”担任。克隆技术的出现更无异于打开了潘多拉的盒子，若这项技术被运用于人类，制造出和某个人外貌完全相同、身体条件非常相似的个体时，人的尊严和独立性何在，将成为一个难题。施瓦辛格主演的美国影片《第六日》就展现了这样一幅可怕的图景：10 年后，有人制造了很多“空白人”，把任何一个人的外表特征和记忆注入一个“空白人”体内，“空白人”就会成为他（她）的完美的复制品。由此，影片向人们提出了一个严峻的问题：两个分毫不差的“施瓦辛格”，到底哪一个更应该拥有作为“人”的家庭和财富？

影片《未来水世界》则向人们展示了冰山融化后地球上的景象，由于温室效应，整个地球成为大海，昔日的城市成为海底的遗迹。另一部影片《光》（*Yeelen*）讲述了一个拥有骇人魔力的父亲，他执意要追寻他的儿子，而儿子也试图得到父亲的魔法，终于在一场决斗中他们相遇了，战斗的结果是双方的毁灭乃至世界本身的毁灭，在最后的原子弹爆炸中只剩下茫茫沙漠一片。富有告诫性的结局以其视觉的壮观和寓言性的魅力造成了一种强烈的震撼。影片《青豆》（*Soylent Green*）则描述了未来人们居住的环境，那是一个死气沉沉、贫瘠、受到污染和人口爆炸的星球，清新的空气、洁净的水和星球上的生物都消失了，人们消耗的只

① 参见张炜：《时代：阅读与仿制·序》，中央编译出版社 1997 年版。

是书写的庞大的自然美景，而真实的美景早在一个世纪前就已不复存在了，影片暗示人类正在高科技的仪式中走向死亡。而这些科幻作品主要表现的是黑暗的、危机四伏的未来世界，流露出的是一些悲观的思想。2014年上映的科幻巨片《星际穿越》(*Interstellar*)则探讨了更为深层的问题，影片讲述了在不远的未来，地球在历经极端气候与粮食危机而濒临末日之际，科学家们发现了一个神秘的“时空裂口”，通过它可以到外太空寻找延续生命希望的机会。一个探险小组越过已知的银河，在星际间寻找未来出路。同时飞行员库珀则须在与自己女儿重逢与拯救人类的未来之间做出抉择。这部电影一方面极大地刺激了人们的想象力，同时也涉及科技与人的情感、爱与勇气、生存与挑战等重大问题。这些科幻作品表现出的严重的危机意识给人们以必要的警示，它提醒人们要关爱我们的家园，遏止盲目的发展，我们需要的是一个更加人道和合理的社会发展模式。

三、人文和科学的协调发展

人类社会的发展需要两翼——人文精神和科学技术，缺少其中的一翼，人类生活就是不完美的，甚至是畸形的。21世纪的世界呼唤与科学协调发展的人文研究，而比较文学要做的是如何通过“审美”这一中介来探寻建立文学与科技的新型关系。

我们看到，科学技术正在更新人的感觉和想象力，现代科技的发展在导致旧神话衰落的同时，也催生了新的神话变体即科幻小说和科幻电影的兴盛，这是一方面，另一方面，文学可以借助科学技术的力量飞得更高，传播得更远。在文学艺术与科学技术的关系上，文学艺术可做的事情还很多，例如，文学艺术可以通过展开想象的翅膀为科学技术注入审美的因子，促使科学技术最大限度地表现出人文关怀，使人们在科技文明的语境中“诗意的栖居”。还有，文学艺术可以凭借自身的优势，去探寻超出科学方法论控制以外的经验，通过情感的升华和对人生的畅想，影响科学技术的方向，促进人、自然、社会的和谐发展。

“我是谁”这个古老的问题至今仍不断响起，如今“人类向何处去”之问又严峻地摆在面前，这些问题需要人文和科学携起手来共同面对，共同探究。早在1844年，马克思就预言：“自然科学往后将包括关于人的科学，正像关于人的科学包括自然科学一样：这将是一门科学。”① 有人曾这样比喻，科学和艺术，就像两位登山者，他们从不同的路径向山顶攀登，经过艰难曲折的穿行，最终会师于山顶。这也许是人类社会发展的必然。而跨学科研究的价值就在于打通整个文化领域，通过比较和综合促成科学和艺术会师的那一天早日到来。

---

①　马克思：《1844年经济学哲学手稿》，见《马克思恩格斯文集》第1卷，人民出版社2009年版，第194页。

专栏

专栏1

诗是一切知识的起源和终结，——它像人的心灵一样不朽。如果科学家在我们的生活情况里和日常印象里造成任何直接或间接的重大变革，诗人就会立刻振奋起来。他不仅在那些一般的间接影响中紧跟着科学家，而且将与科学家并肩携手，深入到科学本身的对象中间去。如果化学家、植物学家、矿物学家的极稀罕的发现有一天为我们所熟悉，其中的关系在我们这些喜怒哀乐的人看来显然是十分重要，那么诗人就会把这些发现当作与任何写诗的题材一样合适的题材来写诗。如果有一天现在所谓科学的东西这样地为人们所熟悉，大家都仿佛觉得它有血有肉，那么诗人也会以自己神圣的心灵注入其中，帮助它化成有生命者，并且欢迎这位如此产生的人物成为人们家庭中亲爱的、真正的一员。

［英］华兹华斯：《抒情歌谣集·序》，见伍蠡甫主编：《西方文论选》（下卷），人民文学出版社 1964 年版，第 15 页。

专栏2

常常看见专治科学、不兼涉美术的人，难免有萧索无聊的状态。……因为专治科学，太偏于概念，太偏于分析，太偏于机械的作用了。譬如人是何等灵变的东西，照单纯的科学家的眼光，解剖起来，不过几根骨头，几堆筋肉。化分起来，不过几种原质。要是科学进步，一定可以制造生人，与现在制造机械一样。兼且凡事都逃不了因果律。……就是一人的生死，国家的存亡，世界的成毁都是机械作用，并没有自由的意志可以改变他的。抱了这种机械的人生观与世界观，不但对于自己竟无生趣，对于社会毫无爱情，就是对于所治的科学，也不过"依样画葫芦"，决没有创造的精神。

蔡元培：《美术与科学之关系》，见《蔡元培全集》第 1 卷，中华书局 1984 年版，第 33—34 页。

专栏 3

但究竟是夷人可恶，偏要讲什么科学。科学虽然给我们许多惊奇，但也搅坏了我们许多好梦。自从法国的昆虫学大家发勃耳（Fabre）仔细观察之后，给幼蜂做食料的事可就证实了。而且，这细腰蜂不但是普通的凶手，还是一种很残忍的凶手，又是一个学识技术都极高明的解剖学家。她知道青虫的神经构造和作用，用了神奇的毒针，向那运动神经球上只一螫，它便麻痹为不死不活状态，这才在它身上生下蜂卵，封入窠中。青虫因为不死不活，所以不动，但也因为不活不死，所以不烂，直到她的子女孵化出来的时候，这食料还和被捕当日一样的新鲜。

三年前，我遇见神经过敏的俄国的E君，有一天他忽然发愁道，不知道将来的科学家，是否不至于发明一种奇妙的药品，将这注射在谁的身上，则这人即甘心永远去做服役和战争的机器了？那时我也就皱眉叹息，装作一齐发愁的模样，以示“所见略同”之至意，殊不知我国的圣君，贤臣，圣贤，圣贤之徒，却早已有过这一种黄金世界的理想了。

鲁迅：《春末闲谈》，见《鲁迅全集》第1卷，人民文学出版社2005年版，第214—215页。

专栏 4

音乐和物理学领域中的研究工作在起源上是不同的，可是被共同的目标联系着，这就是对表达未知的东西的企求。它们的反应是不同的，可是它们互相补充着。至于艺术和科学上的创造，那么，在这里我完全同意叔本华的意见，认为摆脱日常生活的单调乏味，和在这个充满着由我们创造的形象的世界中寻找避难所的愿望，才是它们的最强有力的动机。这个世界可以由音乐的音符组成，也可以由数学的公式组成。我们试图创造合理的世界图像，使我们在那里面就像感到在家里一样，并且可以获得我们在日常生活中不能达到的安定。

［德］爱因斯坦：《爱因斯坦文集》第1卷，许良英等译，商务印书馆1976年版，第258页。

思考题

1. 文学与科学的联系表现在哪些方面?
2. 举例说明科学发现对文学的冲击与渗透。
3. 举例说明文学对当代科学技术的忧虑与反思。
4. 你认为文学和科学可以会师吗?为什么?

进一步阅读

1. 灌耕编译:《现代物理学与东方神秘主义》,四川人民出版社 1984 年版。
2. [英]C.P. 斯诺:《两种文化》,纪树立译,生活·读书·新知三联书店 1994 年版。
3. [苏]贝京:《艺术与科学》,任光宣译,文化艺术出版社 1987 年版。
4. [法]丹纳:《艺术哲学》,傅雷译,人民文学出版社 1983 年版。
5. [美]尼古拉·尼葛洛庞蒂:《数字化生存》,胡冰、范海燕译,海南出版社 1997 年版。
6. 蔡元培:《美术与科学之关系》,见《蔡元培全集》第 4 卷,中华书局 1984 年版。

结语　跨文化的文学关系研究

比较文学已走过百年,在这百年中,比较文学有过辉煌,也有过沉寂,并不时响起比较文学危机的警报。但比较文学总是顽强地在否定中发展,不断将危机变为自我更新的契机。进入 21 世纪以来,随着文化研究在西方的勃兴和在中国的传播,“文化”从背景走到前台,成为研究的热门话题,比较文学的研究领域也因此显得更为驳杂。面对比较文学的“文化转向”,人们不免露出忧虑,担心比较文学这门学科会淹没在无所不包的文化研究热潮中,因此经常听到比较文学应坚守“文学性”的呼声。对于这一呼吁,我们在倾听的同时也需要辨析,21 世纪的今天,如何为比较文学定位,是需要认真思考的问题。

“文学性”是俄国形式主义者引入文学研究的一个术语,但深究起来,“文学性”并非一个严格规范的概念,而是文学研究过程中的产物。在中外文学发展史上,“文学”是一个逐渐明确但没有清晰界限的门类,特别是今天,“文学”这个概念的内涵和外延正在发生变化,在抽象方面它可以接近哲学,在具象方面它几乎模糊了与日常生活的界限。法国新小说派作品中那些没有人物、没有传统情节结构的作品在 19 世纪批评家眼中,几乎不能算作文学,但今天却成为人们研究的经典,正是文学的这种开放性品格,才使其不断获得新的滋养和发展。与之相关,“文学性”这个概念应随着文学边界的扩展而不断刷新,迄今“关于文学性,我们尚未得到令人满意的定义”(乔纳森·卡勒语)。这里姑且依据俄国形式主义的代表人物雅各布森的说法,设定“文学性”是文学特有的东西,是文学特殊的表达方式和结构方式。俄国形式主义者希望从语言手段和形式手法方面捕捉文学的特殊性,反对并拒绝用作家的个人生平、心理学以及哲学研究来替代文学科学的建构。那么,根据这一限定,可以肯定地说,比较文学关注的对象一直不是“文学性”。

从比较文学的历史发展看,比较文学伊始就与这种“文学性”有距离。法国是比较文学的故乡,法国学派的代表人物确立的可比性基础是各国文学之间的接触和交流,不同民族文学之间的传播方式、传播途径和接受方式、接受效果等是他们关注的重点,用韦勒克的话说,法国学派研究的是“文学的外贸”。注重事实联系构成了法国学派的学理依据,他们甚至希望“‘比较’这两个字应该摆脱了全部美学的涵义,而取得一个科学的涵义的”(梵·第根语),这一宣称显然是对“文学性”的否定,可见“文学性”不是比较文学与生俱来的属性。作为对法国学派的反拨,美国学派代表人物之一的韦勒克提倡立足文本的新批评方法,并信誓旦旦地表示:“我们必须面对‘文学性’这个问题,即文学艺术的本质这个美学中心问题。”[①] 但美国学派的理论主张和操作实践却与新批评的主旨相距甚远。如果说法国学派强调的事实联系还是围绕文学之间的借鉴展开的话,那么,美国学派倡导的平行研究和跨学科研究则走得更远,它不仅径直从文学走向了文化,而且法国学派所标举的文学关系也被抛在一边了。“古今中外,人天龙鬼,无一不可取以相与比较。”(陈寅恪语),因为平行研究的理论前提是基于人类文化、文学的普遍性和特殊性。

比较文学之所以远离“文学性”,也与对文学性质的认识有关。在比较文学看来,文学作为意识形态的一部分,具有深厚的文化内涵。从马克思主义、女权主义、新历史主义批评的角度审视,不难发现文学作品中的社会压迫、性别歧视、权力话语以及意识形态中的异己成分。文学是语言艺术,但它的语言也不是中性的,主体、权力等都以话语的形式渗透在语言表达之中。在当今,人文社会科学各个领域的研究成果直接运用到文学创作之中,例如弗洛伊德的精神分析理论、女权主义观念等都对文学创作产生了或隐或显的影响,促进了文学创作的翻新。因此,比较文学不仅要分析不同国家文学作品中的词语、形式和结构特点,而且还要了解这些作品中体现的价值观念,群体性格,精神趣味等,以及其他文化符号如原始仪式,地域风俗,自然意象乃至神话传说等。这种综合研究大大拓展了比较文学的研究空间,同时也对比较学者的知识储备提出了更高的要求。

文学除了自身的文化意蕴外,还与整个社会有着广泛的联系。如果我们将社会结构作为一个总体,就会发现,文学并非在一个自我封闭的圈子里运行,它在历史发展中必然与其他文化形态发生直接或间接关系。意识形态的其他方面如政治、宗教、哲学、道德对文学都有或大或小的影响,有时这些影响还是直接的甚至决定性的。因此在从事比较文学研究中,我们不应该孤立地考察作品本身,也不应仅仅寻找文学与社会的对应,而是需要在文化的综合网络中研究文学以及文学与其他子系统之间的联系。

随着比较文学学科意识的确立,比较文学的研究范围不断扩大。最初,比较文学仅涉及欧洲各国之间的文学关系,如法德关系、法意关系,“研究拜伦和普

① [美]韦勒克:《比较文学的危机》,沈于译,见张隆溪选编:《比较文学译文集》,北京大学出版社 1982 年版,第 30 页。

希金,歌德和卡莱尔,司各特和维尼之间的事实联系”(卡雷语)。如今这种研究已不再限于欧洲文化背景之中,而是扩展到完全不同的文化背景之间,研究不同民族、语言、文化之间的文学关系。特别是21世纪以来,国际比较文学界已经看到第三世界文学发展的重要意义,东西方比较文学研究越来越引起各国学者的兴趣和重视。并且,比较文学“不仅把几种文学互相联系起来,而且把文学与人类知识活动的其他领域联系起来,特别是艺术和思想领域:也就是说,不仅从地理方面,而且从不同领域的方面扩大文学研究的范围”①。比较文学正是在这些关系之间找到了自己的位置,比较文学要研究的是文学在这些关系中的冲突、对话和互补。而在不断扩大的领域里,文学关系始终是比较文学这门学科的出发点和最终指向。

如果将比较文学研究锁定在文学关系上的话,那么,比较文学就不可避免地进入跨文化的层面,因为比较文学是“一种坚定地从国际角度从事文学研究的设想”(勃洛克语)。比较文学的基本精神是将全世界的文学视为一个联系的总体,把各国文学置于这个整体结构中加以认识和比较,从两种或多种文化体系上观察文学现象,去发现文学之间以及文学与其他人类活动领域之间的种种关系。通过不同民族的文学的比较,人们将发现人类文化的某些共同点和不同点,了解不同民族的文化背景和文化模式,由此推动各民族文学的交流和汇通。

“文化”这一概念在19世纪的重新定义缘起于人类学家对地球上原始民族的观察,用詹姆逊的话说,文化“缘自至少两个群体以上的关系”,“任何一个群体都不可能独自拥有一种文化:文化是一个群体接触并观察另一群体时所发现的氛围,它是那个群体陌生奇异之处的外化”②。群体之间虽有差异但不完全排斥,而是每一方都依靠另一方来限定自己。因此在研究中,詹姆逊推崇比较的方法,“为了研究某一种文化,我们必须具有一种超越了这种文化本身的观点,即为了了解资本主义文化,我们必须研究了解另外一些来自完全不同的生产方式的文化”③。他希冀通过各种文化的互相观照、互相审视,从而达到一种文化上的沟通。坚持跨文化的视野,还因为文学与文化有着不可割舍的联系。文学的体验形式、创作形式都是在特定的文化心理和历史传统中实现的,文学不可能摆脱深层文化机制的制约。任何文学文本的产生都离不开特定的文化环境,同是写爱情,中西方文学在价值观念、人物形象和语言表达上就有较大

① [美]雷马克:《比较文学的定义和功用》,张隆溪译,见张隆溪选编:《比较文学译文集》,北京大学出版社1982年版,第7页。

② [美]詹姆逊:《快感:文化与政治》,王逢振等译,中国社会科学出版社1998年版,第420—421页。

③ [美]詹姆逊:《后现代主义与文化理论》,唐小兵译,陕西师范大学出版社1986年版,第11页。

的差异。由此,和“文学关系”一样,“跨文化”也是比较文学的一个不可或缺的根本属性。

也许人们会说,“跨文化”一词进入比较文学的定义,不是什么新鲜提法,但这里提出的“跨文化”则补充了一些新的含义,需要作进一步阐发。

首先,“跨文化”应超越中西方文化的这种二元对立模式。如今的文学不再是单一文化的产物,而是多种文化因素共同作用的结果。事实上,纯粹的中国文化和纯粹的西方文化都是不存在的。就中国文化而言,在其漫长的历史发展过程中受到过多种外来文化的影响,特别是近代以来,中国的知识分子向西方学习的热情十分高涨,中国现代文学所表现的启蒙和反封建主题就融入了西方诸多现代性因素,中国现代文学对西方的借鉴甚至超过对传统的继承。而西方文化也通过与其他异国文化的交流乃至征服、掠夺而吸纳了异国文化的营养,因此,要在中西方文化之间划分出一条截然的界限是不可能的。跨文化研究不仅要研究东西文化的对峙,而且应看到中西方文化的交流、变异和融合。

其次,“跨文化”也不仅仅是两个因子的连接,而应包括多种文化传统。也就是说,比较文学在关注强势文化的同时,也应该去了解、体验其他多种文化传统。从历史上看,除西方的古希腊文化传统外,中国文化传统、印度文化传统、阿拉伯文化传统以及非洲文化传统等多种文化都深深影响着当今的人类社会。当今,随着“全球意识”和“多元化”的提出,这一问题就更加突出。其实,一些从事比较文学的前辈在新中国成立之初就写下了一批跨文化研究学术论著和论文,如季羡林的《中印文化关系史论丛》、齐思和的《中国和拜占廷帝国的关系》等。北京大学东方文化中心所创办的《东方文学研究通讯》也为我们了解阿拉伯世界提供了一个新的窗口。中国的比较文学在向西方敞开大门的同时,须面向世界的多种文化,关注除西方之外的其他民族的文学和文化,并通过研究不同民族的文学关系,达到各民族文学之间的理解、尊重和宽容。换句话说,比较文学应该在世界范围内营造多样的区域化的文化生态,让理性之花、野性之花都在其间竞相绽放。

再则,跨文化还含有综合研究之意。文化是一个有着多种子系统的体系,文化语境是一个由政治、经济、哲学、艺术等交织而成的大文本。事实上,文化研究已经渗透到人文科学乃至自然科学的各个领域。在这个意义上,跨文化研究涵盖了文学与其他学科的关系研究。

由此,我们将比较文学定位于“跨文化的文学关系研究”,这是从比较文学的性质和内涵上划界的。如果说法国学派强调的是注重事实的影响研究,美国学派倡导的是基于普遍性的平行研究的话,那么,“跨文化的文学关系研究”正是中国比较文学所追求的特色。

将比较文学定位于“跨文化的文学关系研究”并不意味比较文学不能或不应该从事文学研究,而是要求比较文学应有开阔的视野和风度,即使研究某个细小的问题也有一种大气的手笔。如钱锺书的《管锥编》,在“针锋粟颗”之间纵论古今,横察世界。比较文学所具有的宽广领域使它拥有多条可能的发展途径和无数的研究课题,人们可以在比较文学的广阔天地里根据自己的研究方向和研究兴趣自由地选择研究课题。

未来的比较文学仍可以坚守以文学文本为中心的研究,通过分析不同民族文学作品中的人物、意象、主题的承传和异同,了解不同民族文学的审美特征和文学的某些普遍规律;或继续沿着国际文学交流史的方向前进,作“直接的文学关系和文学借鉴的研究”(约瑟夫·T. 肖语),分析作家在创作中的模仿、师承、借鉴和创造,把握文学思潮和文学运动的互相呼应,发掘文学史上的外来渗透和对外影响,把握各民族文学的交流轨迹和本民族文学发展中所受到的异质文化的浸染。

比较文学也可以继续在比较诗学领域里纵横驰骋,在理论的层面上寻找中西方文学和文论的规律与特征。例如,中国古代文论具有很强的包容性,它所采用的术语有的来自佛典,有的来自书画,梳理这些术语、范畴的来龙去脉和转换轨迹也就了解了中国古代文论的生成史;又比如,关于中国现代文论与马克思主义批评的关系,中国主流批评为什么会选择马克思主义,马克思主义批评在中国化的过程中有哪些变异和发展,这些都是颇有兴味的课题。我们相信,中西比较诗学的研究是一个大有可为的领域,继续耕耘将会有更多的收获。

比较文学的跨文化研究如今有了新的变化和发展。如果说传统的跨文化研究比较关注学术上、形而上的问题,如文学与哲学、宗教等学科的关系,那么,当前的跨文化研究则更具有现世关怀性,例如,英美高校就开设了关于民族研究、黑人研究、性别研究、权力话语、身份问题、后殖民问题等方面的比较文学课程。文学与高科技的关系则将给比较文学带来新的挑战,尤其是互联网媒介乃至新新媒介如微博、微信、QQ 的出现,研究这些最新的媒介对文学的当代书写和对读者思维方式和接受方式的影响,无疑是比较文学未来发展的又一迷人方向。

最后用一比喻作结,我们不必把比较文学建成一个精致、高贵的殿堂,而最好把它设计成一个四通八达的广场,广场所具有的开放性和包容性正是比较文学的魅力所在。比较文学在发展中可能还会出现种种危机,但它毕竟已成为一门具有自己独立的研究领域、研究方法的学科。无论是现在还是将来,比较文学都会在不断变化的诠释中更新和存在。

思考题

1. “比较文学不是一个封闭的建筑物，而是一个广场，它可以向四面八方敞开”。你是否同意这一说法？为什么？
2. 谈谈你对比较文学未来发展趋势的预测或设想。

后记

《比较文学》(第三版)是在普通高等教育“十一五”国家级规划教材《比较文学教程》(修订版)基础上的再次修订。

在修订过程中,编著者坚持“以生为本”的教育理念,一切以教学需要和学生可接受性为基点。考虑到本科教学大纲中比较文学课程的教学时数有限,本次修订在章节上未做变动,只对有关章节的内容做了适当增删,对个别史实做了考辨和修正。同时,为了便于学生自主学习,这次在编排体例上增加了网络资源部分,即将教材部分内容与爱课程网中国家级精品资源共享课“比较文学”链接,并对原有的“专栏”“思考题”和“进一步阅读”做了扩充,努力为学生课外学习提供富有启发性的参考资源,以帮助其形成更具批判性的理解和激起进一步探究的活力。

作为高校比较文学概论性教材的一种,本教材力求简明扼要地阐述比较文学的基本理论和方法,尽可能为师生的教与学留下空间。同时,本教材重在阐发中西文学与文论的关系,以突出中国比较文学研究的实绩。第三,本教材由编著者一人独立撰写,故在概念的解释和行文风格上较为统一,并体现出一定的理论个性。

为不误人子弟,编著者在修订中格外用心,但常感力所不逮,比较文学所要求的知识结构似乎构成了对人的智力的挑战。不过,也惟其如此,比较文学才显得更具魅力。

本教材于 2011 年被评为教育部普通高等教育精品教材,同年译成越南文由越南教育出版社出版。此次教材修订得到高等教育出版社刘新英女士的热情支持,在此特表深深的谢意。

胡亚敏

2015 年 6 月 13 日

郑重声明